守土

刘小玲 著

陕西师范大学出版总社

图书代号：WX21N2046

图书在版编目（CIP）数据

守土 / 刘小玲著.—西安：陕西师范大学出版总社有限公司，2021.12
ISBN 978-7-5695-2659-2

Ⅰ.①守… Ⅱ.①刘… Ⅲ.①长篇小说—中国—当代 Ⅳ.①I247.5

中国版本图书馆CIP数据核字（2021）第232268号

SHOU TU
守 土

刘小玲 著

责任编辑 / 张旭升
责任校对 / 庄婧卿
装帧设计 / 锦　册
出版发行 / 陕西师范大学出版总社
（西安市长安南路199号，邮编710062）
网　　址 / http://www.snupg.com
印　　刷 / 陕西龙山海天艺术印务有限公司
开　　本 / 720mm×1020mm　1/16
插　　页 / 2
印　　张 / 17.25
字　　数 / 340千
版　　次 / 2021年12月第1版
印　　次 / 2021年12月第1次印刷
书　　号 / ISBN 978-7-5695-2659-2
定　　价 / 59.00元

读者购书、书店添货或发现印装质量问题，请与本公司营销部联系、调换。
电话：（029）8530786485303629传真：（029）85303879

序

十年前,我就认识小玲了。她在榆林城里开着个小杂货部,做自己的老板。业余,利用晚上小店关门后的时间,挑灯熬夜,写了一部厚厚的小说《榆钱谣》,由她的哥哥引领,来请我看一看,看我能不能有话要说。我在陕北住过,对陕北的人和事就像对自己的事一样,尤其对陕北的文学新人更有着许多的期待。当时,我是戴着老花镜看完的稿子,看得很吃力,看完却被震惊,文字很干净,很简洁。于是,我就写了《文学是一口强人吃的饭》作为序言。其是鼓励,也是期望,更是扶持,是一个多吃了几年咸盐的人,对后之来者的应取的态度。

之后,我和小玲有过几次见面——"百人计划"的课堂上、中哈作家交流的会场上,还有别的一些场合。全是我在台上讲课,她在台下聆听。课间,她会和众多文学新人一样,跑上讲台找我合影。在我的眼里,她就是我的学生,较之其他学生,她秀气一些,腼腆了一些,但正因这秀气与腼腆,却让我记住了她。

陕西有个"百人工程",小玲是入选者之一。记得在专家评审会总结时,我说,刘小玲是一位有实力的陕北作家,出于对文学的热爱和敬畏,她白天在榆林城中开个杂货店,晚上伏案写作,咱们这项工程,就是为这样的业余作家提供的。给点阳光就灿烂,也许三五年下来,就会给我们抱个"金娃娃"回来。果然,我的话应验了。四年之后,小玲真就抱着一个"金娃娃"来见我。她说,她的《守土》入选2019年度中共陕西省委重点文艺创作资助项目,现在要出版了。我高兴啊,为她的成长而高兴。

现在,小玲已不再是榆林城中那个小杂货店小老板了,她现在成为榆林市全民健身的推广大使了,人总是要成长的。她带领着一城榆林人投入到慢跑健身的行列中,并成功举办了数场大小不等的马拉松活动,而她本人也成为一名业余的马拉松选手,北京、厦门、重庆、杭州、敦煌……西安更不必说，她几乎跑遍了全国。就在这样的一种情况下，她依然坚持着文学创作，并且硕果累累，真让我刮目相看了。

我在《文学是一口强人吃的饭》中写道："你相不相信，艺术家是天生的，各个门类的都是！他们天生慧根，他们被上帝打造到这个世界上来，就是来完成一次创造，就是用一己之燃燃来点缀这个平庸的世界。在熙熙攘攘的人群中，你很容易就能发现他们，多愁善感，郁郁寡欢，心不在焉，等待点燃。"现在，我想说，上述这段话对她来说，业已过时。她已经点燃，是被她自己的执着与勤奋、乐观与非凡的经历点燃。

小玲的《守土》较之于十年前的《榆钱谣》，无论从语言的凝练，还是故事的铺排，乃至行文的节奏，都老练了许多，精致了许多，耐读了许多。《守土》是一部集陕北农村发展史、陕北农村水土资源流变史、陕北女人爱情史、陕北男人创业史于一体的长篇现实主义小说。小说在宏大的历史背景下，以主人公夏小草的成长经历和心路历程为主线，讲述了地处陕北的河川湾村，祖辈手里就会做粉条，并以此为生存之道，但在改革开放初期的一段时期，人们却丢开赖以生存的老手艺，开始了新的致富渠道，但由于不懂科学，又急功近利，最终导致河川湾的生态遭到了严重的破坏，水土资源被严重污染，从而引发一系列令人追悔莫及的事故。值得一读，值得深思。

写到这儿，我突然间就想对小玲说：其实，真正好的作家，都有着非凡的人生经历和心路历程。正因为如此，他们才悲悯、豁达、朴实、低调。他们才不屑于名利场上的沉浮，心中始终牵挂苍生。小玲，只要你胸中有情，笔尖有墨，那就让文字如淙淙泉水，尽情流淌吧！拿出你跑马拉松的毅力与恒心来对待文学，总有一天，人间苍生就会如同马拉松赛道上的那些观众，回馈你最诚挚的褒奖，最热烈的鼓掌！

就说这些吧！我们这一代人，行将老去，这场宴席将接待下一批食客。

是为序。

2021 年 5 月 26 日

目 录

卷一 / 001

卷二 / 031

卷三 / 103

卷四 / 189

卷五 / 241

后记 / 268

一

一个生命就要诞生了。

灶火口是敞开的，红红的火焰在里面一跳一跳，一闪一闪，精灵一般。锅盖在锅障立着，锅里面的水早已沸腾，白气腾腾。窑洞里异常暖和。

夏茂源抽一根自制卷烟，站在灶火口前。他口里吐出的白烟连弯也不打，径直钻进红红的灶火口。

秋菊抱起炕上叠放的被子和褥子，一块一块，尽数递给炕栏跟前的冬枣。冬枣接了，转身又搁在地下的红门箱顶上。秋菊又把炕上铺的两块棉毡也尽数卷起来，立在炕角。小草猛地爬上炕，在光席子上打滚。秋菊一把拽住小草，朝小草屁股狠擂一打，扔过去一把笤帚，尖声说："小草，扫炕。"小草才不理会，屁股一溜就下了地。秋菊只好自己拿了笤帚扫炕。眨眼，席子上的灰尘就滚滚起飞，转瞬又聚拢成一束光，扑入灶火口。常艾莲双手搂着大肚子，在地下来来回回走着。她满头是汗，满脸痛苦，却依然走个不停。小草看着妈妈腆着的大肚子，忙过去扶，却被奶奶误会，一把拉过去，往后脑勺上戳一指头，呵斥道："一边耍去，不要黏人。"话落，奶奶踮着三寸金莲，从水瓮里舀了几瓢水，续进锅里，继而就在红门箱里拿出一块透明塑料布往后炕的光席子上铺。

一家人各忙各的，唯独小皋一人清闲。她捣乱，被二姐打屁股；她帮忙，被奶奶戳后脑勺。她很是无趣，趁大人不注意，悄悄溜出了门。外面，白晃晃的一片。远山近川在白茫茫的银雪映照下，宛如白昼时一样明亮。

雪是大前天开始下的，下了整整两天，今早刚停。

一大早，夏茂源率领着大儿子——夏小满，甩开臂膀扫雪。雪太厚，扫一会儿就扫不动了。父子俩分工，一人铲雪，一人扫雪。

两孔窑的院子并不大，却攒起来三个大雪堆。

冬枣和秋菊跑出院子，看见雪堆，就用黑炭和树枝装扮起来，一小会儿，就把三个雪堆装扮得宛如大肚子的常艾莲，腰身滚圆。

天太冻了，夏小满兔子一样窜回窑里去了。夏茂源却蹲在门道里想抽烟。他手上的烟还没点燃，头上就开始冒白气，继而，额头就结上了一层细碎的小银珠。他抽完一棒烟，站起身来，朝窑里大声喊道："小满，小满，走，跟爸爸接奶奶走。"说话间，他就拉着拉拉车下坡了。

夏小满从窑里出来，不见爸爸的身影，便飞跑起来，头上的火车头帽子却先飞了出去，落在正在院子里玩雪的小草手边。小草捡起帽子，跑过去想递给哥哥，却和小满撞了个满怀，受了疼便"哇"的一声哭出来。小满忙用戴着棉手套的手揉小草的脑袋，并乖哄道："不哭，不哭，哥哥给你买糖吃。"

奶奶住在老院里，距离夏茂源一家住的新窑院有二里远。

新院是两孔新修的石窑，住人的一孔做了新窗子，另一孔只是用土砌了两个窗台，窗台上插着细橡子，门也是简易的木栅栏，充当凉窑和仓窑。

川田里无数玉米秸秆堆成的小塔，此时全都穿上了洁白的裙装，戴上了洁白的帽子。

"小草，快回来，冻死了。"夏茂源撩起门帘，探出脑袋，冲外面喊了一声。

小草一点不冷，反而感觉像在春天一般温暖。她正仰着红扑扑的脸，痴痴看着，呆呆望着。窑脑畔上，烟囱里升起一股浓烟，袅袅娜娜。

按往常，早就到了睡觉的时间，左邻右舍的窑里已看不见一丁点光亮，院子里的那些猪、羊、鸡，全都进窝了。夜，静极了。

夏茂源慌急急跑出院子，把小草抱回家，扔在炕上。

冬枣和秋菊一齐上手，剥葱似的，把小草的衣服剥了个精光，把她按在被子里。

"哥哥呢？怎不见哥哥？"小草发现家里少了一人，便问。

"你甭管。"冬枣说。

"找大牛打桶桶去了。"秋菊说。

之前，夏茂源一家六口人全挤在一盘炕上。今夜常艾莲临盆，小满已经是大后生了，不方便在家里睡觉。再说家里也着实睡不下，这才找大牛挤被窝去了。冬枣、秋菊和小草并排横睡在前炕上，姐妹仨合盖一床被子。小草使劲挣脱两个姐姐，一百八十度大翻身，抬起脑袋，在昏暗的煤油灯下，开始观察。奶奶在红门箱前的木凳上坐着，夏茂源灶火口前站着，常艾莲在后炕跪着。她嘴唇紧咬，满头满脸全是汗水，膝盖下铺着的透明塑料布油亮油亮。

"小草，闭眼。"夏茂源说一声，吹灭煤油灯。

小草毫无睡意，大睁着眼睛。灶口里炉火红红，大锅里热气腾腾，银雪映照下，窑里的景象分外迷人，如仙境般，雾气缭绕。

渐渐地，常艾莲的喘气声变粗。她开始经历分娩前的阵痛。她之前已经生过四胎了，按理说这第五胎了，轻车熟路，不应该多费事，但可能胎儿过于淘气，还不想立刻来人间报到，仍想留在妈妈的暖宫里。这样一来，她就难免发出压抑的嘶吼，喊叫。

冬枣和秋菊一动不动，她俩白天帮大人干了很多的活，很累很困，已经睡着了。

"妈妈，你怎么了？"小草低声问。

"小娃娃，问什么问，闭眼睛。"不等妈妈回答，奶奶抢先答话，说话间，还抢上炕来，一把就把小草的脑袋塞进被子里，补一句："再爬出来，奶奶把你丢外边，喂大灰狼吃。"

小草就再没动一下，也没说一声。过了很长时间，一声嘹亮的婴儿啼哭划破了寂静的夜，也惊醒了刚刚入睡的小草。小草揉揉眼睛，从炕上爬了起来，迷迷瞪瞪地看着眼前的景象。炕栏上煤油灯的灯花挑得奇大，窑里异常明亮。奶奶把一个洗得褪了色的小花被卷递进常艾莲怀里。常艾莲的眼泪"唰"的一下就涌了出来。

那块褪了色的小花被，是小满、冬枣、秋菊和小草裹过、盖过的，仿佛还留着孩子的体温，现在它又找到了新的主人。

小草终于眼明了。她明白发生了什么事，"嘿嘿嘿"地笑着，凑向妈妈。"去去去。"常艾莲早察觉了，举起胳膊把小草拦住，不让她近前。小草不大高兴，努着小嘴，悻悻地钻进被窝。

那天，是一九七二年腊月初八。那年，小草三岁。

小花被里裹着的娃娃取名叫夏小寒。他的到来，让夏小草的生活有了天翻地覆的变化，也让夏茂源对未来的生活有了一种从未有过的美好憧憬。

二

隔年冬天，河川湾显得格外萧索，干瘪，凄清，阴冷。人们的肚子仿佛成了掏空的钱夹。农闲下来的婆姨们，大都吃了饭，一边纳着鞋底，一边哼唱着小曲，坐在热炕头上，做针线哄娃娃两不误。

常艾莲纳着一双大鞋底子，宛如变戏法大王，手里长长的麻绳，在空中飞过来飞过去，一眨眼变短了，一眨眼又变长了。

小寒独自在炕上摇着一个木质的拨浪鼓玩。拨浪鼓是夏茂源亲手做的。两块带着细长木把儿的木头，大头部分掏成圆钵状，宛如象棋子一般大小，钵对钵，用胶粘合起来，圆心处钻开一个眼，穿进去一根极细极细的尼龙绳，两端穿着两颗牛眼睛似的酸枣核。

小草坐在温热的灶台台上。灶台台用黑色的水泥抹过，粗粗糙糙的。但小草喜欢坐，为的是能取暖。她趁妈妈不注意，把坐在灶口上的小铁锅，轻轻地掀起来，又放下；掀起来，又放下，反反复复。

灶火口里正烤着洋芋，诱人的香味早已在她脑海里缭绕，缭绕。

等待是相当漫长的。

小草时不时抬头看一眼妈妈。为了打发漫长的时间，她的两手只能把玩棉袄上的布疙瘩纽扣。她表面平静，其实内心里早已火烧火燎，宛如灶口里的温度，快把自己烤焦了。有那么一阵，她甚至怀疑过灶口里的火可能熄灭了。

灶口里终于飘出了令人陶醉令人迷恋的烤洋芋香味。她的小脸上顿时就漫上一副急不可耐的表情来。她的嘴唇开始咂巴，似乎烤洋芋已经吃进她嘴里。她抬头看了一眼妈妈，低声叫道："妈妈。"

常艾莲头也不抬，就猜到了小草的心思。她依然飞针走线，嘴上却回应："翻一翻。"

小草领命跳下地，大模大样地端起小铁锅，把小手伸进灶口里，把一颗洋芋前后左右全都捏一遍，感觉靠上面的部分还硬着时，才挨住把几颗洋芋依次翻一遍，又坐好小铁锅，跳坐在灶台台上，开始把玩棉袄上的布疙瘩纽扣。

若火候恰到好处，烤熟的洋芋就没有那层硬壳，全是酥酥软软，一咬就馕口的绵沙沙，那将全成为小寒口中的美味。但常艾莲通常会分一小块给小草解馋。

娃都是娘身上掉下的肉，当娘的怎会不心疼。

今天洋芋显然没有烤好。常艾莲把洋芋一掰两半，用早就准备在炕栏上的小勺子把里面的绵沙沙一勺一勺挖出，喂进小寒嘴里。这当儿，小草就紧紧盯着妈妈手里的勺子，目光随着勺子的移动而移动。她的嘴巴也跟着弟弟嘴巴的蠕动而蠕动，但她咽进胃里的全是口水。常艾莲终于把那半个黄硬壳给小草递了过去。小草一把接住，快速吃进一口，慢慢咀嚼起来。她不舍得一下子把嘴里已经嚼碎的洋芋咽进肚子里，担心几口吃完，又会眼馋。她等妈妈把另一半递过来，才放心地几口吃完前一半。

"小草，跟我耍走。"小草正咀嚼着洋芋香味，炕上的三毛出现在门口。

三毛大名叫胡三毛，男孩，大小草两岁，个子高大威猛。他家总有吃不完的好吃的，他的衣服兜里，像变戏法一样，常常能变出饼干、糖果、小蛋糕之类的好吃的来。这是诱惑小草跟三毛一起玩的唯一理由。三毛的爹在大城市的银行工作，没有钱才是怪事。

一看见三毛进门，小草就知道他又有好吃的了，便不在乎灶火里烤的洋芋了。她从灶台台上溜下，小跑着出了门，给妈妈连声招呼都没打，就跟上三毛走了。

三毛的娘，小草叫二婶，不在家，不知去谁家串门了，估计没走远，连门也没锁，从外面搭关着。三毛两腿叉开，两脚蹬在窗台上，打开门闩，又跳下来，推开门，把小草拉进窑里。三毛的好吃的全摆在小炕桌上，有好几样，用花花绿绿的纸包裹着，看得小草心里直痒痒。

三毛跳上炕，从炕桌上随手拿了一个明明亮亮、闪着星星点点亮光的花纸团儿扔给小草。小草没有接住，花纸团儿掉地下了。小草赶忙弯腰捡起来，用手捏一捏，感觉软软的。她举起细细端详，却认不得它是何物，这是她从没有见过的玩意儿。三毛站在炕上哈哈哈大笑，直笑得弯了腰。他笑够了，才说："小草，你没见过吧？是芝麻牛奶糖。剥开，能吃，可好吃了。"

小草轻轻咬了一口，旋即一股奶香便满嘴荡漾开来。她之前从来没吃过这样的糖，好吃极了，甜甜滑滑，特有嚼头。她舍不得几口咬着吃完，于是把糖整个塞进嘴里，如以前吃水果糖一样，让糖慢慢融化。

那张包糖的花纸纸也特别好看。小草把它对折，再对折，折成一个小方块，装进衣兜里。她想，那闪着亮光的花纸纸，可以垫进上学用的文具盒里。她见过大姐和二姐的文具盒，里面就垫着花糖纸。

"小草，上炕来，先陪我玩过家家，一会儿我再给你吃更多好吃的。"

还有更多好吃的。糖已经实在诱人了，为了更多好吃的，小草一定要陪三毛玩。她将两手递给三毛。三毛一弯腰，就拉小草上了炕。

小草和三毛开始玩过家家。他们演一家人过日子，让一个枕头演他们的娃娃，三毛演娃娃的爸爸，小草演娃娃的妈妈。过日子嘛，无非做饭饭，吃饭饭，睡觉觉。刚开始，他们玩得挺开心，小草"咯咯咯"地笑。可是到了"睡觉觉"的环节，三毛却一反常态，不允许小草搂着娃娃睡了，说他自己要搂着娃娃睡。小草不让，说怎能让母子分开睡？他们发生了争执，大吵起来，吵得不可开交，最后打了起来。

完全出乎意料，超出了玩耍的性质，也超出了游戏规则，他们耍恼了。

小草怎会是三毛的对手，可想而知的惨了。

三毛扑上来，把小草扑在炕上，肥大的身体全部压在小草身上。

小草顿觉呼吸困难，胸闷心慌，用力推三毛，却无济于事。三毛的身体本身就很沉，加上一身臃肿的棉衣，压得小草实在支撑不住，连一点反抗的力气都没有了，嘴大张，气大喘，嘴里还来不及化掉的牛奶糖就不失时机地堵在了喉咙口，一口气没上来，就失去了知觉。

二婶串门回来了，进门看见三毛身体下压着小草，一把扯起三毛。她以为两孩子耍恼了，打架了，扯开就没事了。她万万没料到小草脸上一点血色没有，嘴巴大张着，一动不动。她当即吓出一头汗水，双手抓住小草的双肩使劲摇着，嘴里还不停地大声叫唤："小草，小草，醒醒，醒醒，你别吓婶啊！你这是怎么了？"

就在这个时候，被拉下地的三毛似乎意识到自己闯了祸，吓得号哭起来。二婶听见儿子的哭声，没好气地骂道："龟儿子，你怎么她了？她醒不来，咱娘俩得顶命。"

"我又没有打她，我们只是玩过家家了，我还给她吃牛奶糖了，她现在嘴里都噙着糖呢。"

多亏二婶的娘家爹爹是个老中医，教过二婶一些医道。只见二婶把小草仰面朝上的脑袋搬成侧睡状，一根手指探进小草的嘴里掏了小半天，果然掏出堵在小草喉咙口的牛奶糖。但小草还是没有反应。二婶就掐住小草的人中，可她掐了小半天，小草依然不醒来。二婶立时慌得六神无主，她转身看见三毛还在身后站着，恨得她朝后一脚，三毛就被她踢出门外。继而她设坛点香焚纸祷告，祈求关公老爷保佑小草平安无事。

"妈妈。"小草嘴里发出一声微弱的喊叫，随即睁开眼睛，便看见二婶双膝跪地，头像捣蒜一样磕个不停，而锅台中央，摆着一个米碗，米碗里插着三炷香，香头上飘着袅袅青烟。三毛不在家里，他去了哪里？小草全不知道。

二婶正祷告着，隐约听见炕上的小草说话了，忽地停止磕头，侧脸向炕上看去，只见小草大睁着一双眼睛看她。她满脸欣喜，立即从地上爬起来，俯下身子，把她的一张大脸靠在小草的小脸上，喃喃道："好闺女，再说一声，叫一声二婶婶。"

"二婶婶。"小草从喉咙里又发出一声弱弱的叫声。

"哎！亲死二婶婶了。我的好闺女，二婶婶把三毛打跑了，二婶婶现在给你做炒鸡蛋吃，你乖乖躺着，一下下就好了。"二婶说完，转身到外面抱回一捧干黑豆柴，不一会儿，只听见铁锅里发出"嘶嘶"的响声，炒鸡蛋的香味便满窑里弥漫开来。

小草从二婶婶手里接过小碗，几口就扒拉完鸡蛋，连粘在碗上的一点点鸡蛋渣渣也用舌头舔了，直舔得整个小碗干干净净，跟清水洗过一般。

二婶抱小草下了炕，蹲下来，附在小草耳边悄声嘱托："小草乖，小草听话，别跟你妈妈说二婶婶给你吃炒鸡蛋。二婶婶以后还会给你吃炒鸡蛋，你要是给你妈妈说了，二婶以后就再也不给你吃炒鸡蛋了。"

"二婶婶，我不会告诉妈妈。"

事实不然，小草再也没机会吃到三毛的好吃的，二婶也再没有机会给小草吃炒鸡蛋。全因三毛、二毛、大毛以及二婶，全都被二叔接去大城市住了。

三

修梯田、打坝田以来，好多山沟荒地全部被改造成肥沃的耕地了，河川湾的耕地面积在原来的基础上大大增加，加之风调雨顺，到了秋天，全村迎来了大丰收，家家户户分了有史以来最多的粮食。

转眼到了年底，河川湾全村人准备迎大年。

腊月二十三这天，很多人家要蒸黄馍馍和打扫窑。蒸黄馍馍的热气能把窗户纸打潮打湿，让窗户纸变得容易撕扯，却不容易起灰尘。

常艾莲一早起来就开始蒸黄馍馍了，她要蒸几大锅，搁在凉窑里，正月里慢慢吃。

河川湾人到了腊月二十三这天，大部分家户已经把过年的吃食，诸如豆腐、米酒、年糕、油馍馍都准备得差不多了，黄馍馍通常放在最后。

第一大锅黄馍馍蒸熟了。常艾莲把二尺大的锅盖一揭开，热气就从锅里窜出，整个窑洞被热气笼罩，窑里的人谁也看不见谁。

夏茂源搬回一把高梯，放在窗子前，两手两脚攀爬，站在梯子最高处。他要趁着热气，撕掉已经破旧不堪的窗户纸。

小寒早学会走路了，也会自个儿端碗吃饭了，却耍赖，坐在羊毛毡筒里，要姐姐冬枣喂他吃。那是一碗荷包蛋拌疙瘩，香味在满窑里飘荡。

小寒吃相呆萌可爱。他吞咽疙瘩时，故意发出"咕噜咕噜"的声响。

在小草听来，小寒吞咽疙瘩的声响简直悦耳动听极了。她太不争气了，抵抗不了香味的诱惑，更抵抗不了小寒的得意劲儿，明明是小寒在吃，她的喉咙却下意识地做着吞咽食物的动作，一下，一下，又一下。她的嘴跟着小寒的小嘴不由自主地咂巴起来。

冬枣只管喂小寒吃，不看一眼馋涎欲滴的小草，居然把碗底的一口疙瘩汤汤，仰头倒进了自己的嘴巴，头也不转地对小草说："把碗放下去。"

小草只感到胃里直冒酸水，再也控制不住，泪水就连珠成串滚落了下来。

"接碗。"冬枣不见小草接碗，又喊一声。

小草抹一把眼泪，接了碗，溜下炕。

烩酸菜黄馍馍吃毕，常艾莲不让自己喘一口气，立马洗碗、喂猪、喂羊。小满率领着小草和秋菊往外搬东西——炕上的被子、棉毡、席子。常艾莲抽空把蒸熟的黄馍馍掊盖在外面的二盆里，把洗净的碗筷放进春锅里盖住，锅盖外再用报纸盖好。冬枣领命，抱了小寒去串门。夏茂源戴了帽子、口罩，穿好蓝大褂，从外面拾回一把绑了长棍子的扫帚开始扫窑。小满找来一根短木棍，叫小草和秋菊拉住席子的两边，他拉住席子中间敲打。一根棍落下，毡上、席子上蹿起一股股灰尘，飞飞扬扬。

夏茂源把窑洞里面靠住扫过一遍后，窑洞是干净清爽了，他却宛如一个出土文物，眉毛变得灰白，鼻扎变成黑洞。等窑里的大灰尘散了，他又攀爬上梯子，用笤帚上上下下、左左右右、里里外外、仔仔细细扫窗棂子上的灰尘。扫完两架窗子上的灰尘，他就变成一个弓腰驼背的老人。他慢慢下了梯子，做了数个伸展腰肢的动作，才直起他清瘦的腰身。他开始检查两个女儿的工作，觉得还算满意后，连连点头，而后扬起嗓子叫："小满，小满！"

小满早不见了踪影，他去前庄打问征兵的消息了。只能让常艾莲打下手了——糊窗子不是一个人的活，裁麻纸、递糨糊、递笤帚等，必须有人站在下面配合。就在这个时候，小草和秋菊跑回窑里。秋菊手快，先从妈妈手里抢过小刀，她要给爸爸打下手。常艾莲看见秋菊有模有样地裁麻纸，便放心地把打下手的任务移交。小草也不闲着，也要帮忙。她爬上梯子，双脚站稳，一手扶住梯子，叫二姐把裁好的麻纸递给她，再由她转递给爸爸。

常艾莲已经上了炕，看父女三人配合默契，笑一笑，便埋头忙起了另一桩活计——用旧报纸糊炕围子。她今天的任务最多，后窑台上的一行纸囤，前窑木方上的瓶瓶罐罐，前后窑两盘炕，炕围子，水瓮圪崂，以及那些看不清的犄角旮旯，全都要清理、擦洗。

夜幕降临的时候，打扫窑的工程宣告结束。一家人全都累了，饿了，精疲力竭。夏茂源坐在后炕锅头上抽烟。常艾莲打发秋菊去叫冬枣，她又去放火。冬枣回来，看见妈妈忙着喂猪，喂羊，连大气都没敢出，就把小寒交给秋菊和小草，让他们一块儿耍去，她则悄悄地去做黑饭。她不会做复杂的，熬一锅钱钱饭，里面煮几块洋芋，临熟时再熥几个黄馍馍。小黑罐里有秋后腌制好的咸菜，抄几筷子放在搪瓷盘里。困乏至极的一家人，感觉这就是一顿上等美味了。

饭还没熟，小草已经很饿了，她想象着钱钱饭煮洋芋，仿佛无数只青蛙钻进她肚子里，"咕咕咕"地直叫。

四

一九七七年正月还没过完，河川湾上空就隔三岔五有飞机光顾。听见飞机响，小草和小寒就会跑出去看。那飞机不像别的飞机划过一道白线就消失了，而是在天空中不停地转圈圈，一圈一圈，一会儿绕大圈，一会儿绕小圈，酷似电影里的轰炸机，在寻找下方的目标。

正月二十四这天，河川湾新上任的村主任常爱民带着一拨人在公路底滩还没有解冻的庄稼地里缭乱，像是丈量土地，却不拿软皮尺。他胳膊扬起，身后跟着的人就朝他指的地块走过去，仔细看上一阵；他再指一块地，那些人再过去看上一阵。看着还比画着，指指公路上面的窑洞，指指河对面的川地，一直指画到傍晚时分，那拨人才恋恋不舍地离开。

隔几天中午，公路上大车小车停下一行。大车上装着一堆红钢杆，小车上下来许多人，有西装革履的，也有穿勘探队工作服的。那些穿着勘探服的人把大车上的红钢杆全部搬到公路底滩紧靠公路的第一层梯田台上。四五个勘探工人一齐上手，没用半个时辰，那堆红色的钢杆就套成一个巨高巨大的红钢架，继而发电机响起，红钢架正中吊下来一个钻头，"突突突"地钻入地里。

小草看着新鲜，跑回窑里大声呐喊："爸爸，爸爸，公路下面很多人，很多汽车，高大的红架子，我们去看！"

夏茂源听后，左手拉着小草，右手拉着小寒，三人就去公路上要看仔细。到了公路上，他才知道原来是勘探队来钻油。

勘探队的人说河川湾地底下有一条很宽的油河，如果能把油钻出来，河川湾人就能过上富得流油的好日子。

人们开始吵吵，你一言，我一语，好像幸福的生活就在眼前。

小草立即想起前些日子隔三岔五的飞机。

好消息随风飘，河川湾的男女老少，聚拢来黑压压一片人。大家都激情满满，兴奋异常，大人和娃娃全都表现出少有的欢欣鼓舞，好像油已经钻出来了。所有人寸步不移，围拢在红架子周围等待结果。

然而，让人万万想不到的是，勘探工人用了一整天时间，竟然钻出来一股水，一股咸水，极咸极咸的，既不能浇地又不能喝的咸水。水量巨大，迅速漫开。

"快堵住，快堵住，这水能把这儿彻底毁了！"李广发从后面坡上跑了下来，还没到跟前就大吼大叫起来。

常爱民的脸立时难看，勘探队的人脸色全都灰败下来。他们前一秒还信誓旦旦，说地底下有条油河，现在见出来一股咸水，就觉着脸上不光彩了，个个脸拉得像驴脸一般长，却见又跑出来个扎眼人大吼大叫，便急忙聚在一起商议对策。

"常爱民你做甚哩？你掌权了就没王法了吗？怎能这样胡整？坏水渗到地里，地里还能长出庄稼吗？赶紧堵，否则我就上公社告你。"李广发骂骂咧咧一阵，转身离开了。

李广发从心底里不服气常爱民，逮到个事情不说道说道不是他的个性。不过他说得也对，咸水真不养庄稼，而这一片土地恰好是河川湾数得上的肥沃土地。常爱民也不傻，他觉着李广发说得也有理，便听了李广发的建议，让勘探队把那股从三十米深的地底下钻出来的咸水给堵住。

勘探队当然能堵住，用他们的老办法——在淌水的粗铜管（勘探队专用的输油管）中打进几根长长的橡棒，又在橡棒与铜管的缝隙处塞进许多棉花，硬是把水堵住了，事态也就没再扩展。

让人想不到的是，没过半年，咸水却把铜管中的木头腐蚀，从木头缝隙里溢了出来，飘飘逸逸的水花顺着铜管，流进一片玉米地里。

这一重大发现居然又让李广发抢了先，他满川里吼叫："快来看呀，快来看呀！不得了！坏水又流入地里了，这块地可没收成了！"

李广发的吼声吸引过来许多人，锄玉米的社员和没有上工的闲人全都过来看景致，大家又一阵吵吵。

常爱民骑着自行车急匆匆赶来，看到这番景致，着实吓了一跳。他抬眼一望，发现咸水跟前一片地的玉米叶泛着黄。他又弯腰细细观察，发现咸水管跟前的地皮泛着白色，上面覆盖了一层白绒毛，宛如玉米饼受潮发霉，长出一层霉子一般。他看了一阵汩汩冒出的咸水，听了一阵李广发的抢白，兀自没说一句话，骑了自行车朝河川公社方向去了。他一路上犯愁，这并非他的本意，再说毁坏耕地是祖宗都不允许的呀。他现在没招儿了，只能上报。

隔几日，清河县派人来河川湾取了一瓶咸水回去化验，结果出来，才知咸水并不是什么坏水，而是有价值的水——盐水。

这时，人们才恍然所悟，勘探队勘探到的其实是一条盐水河。

为了合理利用盐水，秋收后，河川公社研究决定让河川湾村委会围绕盐水开辟出一片盐地，又在第二层梯田里修了一个大蓄水池，通过地下管道把盐水引进去。

盐地有二十眼窑面宽，从公路底开始，梯田一般，一层一层延伸到河边。

一日，广播里通知：全体社员请注意，我们村要成立种盐小组了。种盐和种地一样，都计工分，都分粮食。盐归公，上交，家户用盐可用工分换取。有意加入种盐小组的社员，接到通知到村委会报名，明后两天派往十里盐湾学习种盐技术。

五

十里盐湾也属清河县管辖，距离河川湾有十几里地。河川湾村委会选派了十名社员去学习种盐技术，学成归来，又让这十名社员带领其他社员学习种盐技术，组成种盐小组，约三十名成员。

种地是劳动，种盐也是劳动，都挣工分。夏茂源就在盐地跟前住着，占有得天独厚的优势，也报名参加，成了种盐小组的成员。

常艾莲高兴地说："这样好，劳动离家近，吃饭、歇晌都方便，娃娃有个风头脑热好招呼，闲时还能帮家里搭把手。"

从此，夏茂源几乎每天都在盐地里熬活。

夏茂源从事种盐后，还没上学的小草再也不黏妈妈了，她开始黏爸爸，见天儿跟在爸爸屁股后面看种盐。

夏茂源从事种盐后，经常穿一件黑色的老布坎肩，穿一条洗得发白的蓝卡其布裤子，坎肩上和裤腿上时常有白色的盐水印。小草看着，仰起脸问："爸爸，那白色的道道是什么？"

"那是汗水画在衣服上的图画。"

夏茂源肩膀上整天扛着扁担，腰板却挺直。小草看着，仰起脸问："爸爸，你整天挑水，不累吗？"

"盐吃了身体有劲，干活不累。"

夏茂源种盐后，脸庞、臂膀、脖颈，全晒成古铜色，到了大夏天，肤色更加黝黑。小草看着，仰起脸说："爸爸，太阳把你晒成黑煤球了，好丑哟。"

"瞎说！看你的小脸白白，吃饭饭不香。以后跟上爸爸好好晒太阳，等晒成爸爸一样的黑脸了，吃饭饭就香了，就再也不闹肚肚疼了。"

夏茂源种盐时戴一顶常艾莲用细细的芦苇亲手编制的草帽。小草看着，仰起脸问:"爸爸,草帽戴头上不热吗?"

"不热,可凉快了。"

夏茂源有一副好嗓子,种盐的时候,为了解乏,常常扯开嗓子唱《十瓢水》。小草有灵气,也学爸爸唱歌。

小草真遗传了爸爸的好嗓子。她学唱歌很快,长长的《十瓢水》,她竟然全记住了,且唱得有板有眼儿。

小草学会唱《十瓢水》后,夏茂源再拿起扁担,她便蹦蹦跳跳,跑在爸爸前面领唱:

一瓢水洒呀洒出一树花
咱盐工翻身乐呀乐哈哈
往日里干活为着狗掌柜
今日里干活为咱自家

两瓢水洒呀洒出两道光
咱盐工翻身呀全靠共产党
共产党好比太阳星
它照到那达那达就亮

三瓢水洒呀洒出三条龙
咱世世代代莫呀莫忘毛泽东
毛泽东他是中国的大英雄
他把咱盐工救出了火坑

四瓢水洒呀洒出星满天
咱子子孙孙记呀记住刘志丹
刘志丹他马一跑当先
红旗插在咱十里盐湾

五瓢水洒呀洒出五彩虹
行行里头出呀出英雄
咱种盐的英雄就是郭负才
他领导咱掀起个生产大运动
⋯⋯⋯⋯⋯

每每唱到这里，小草便停止唱了，仰起脸又问爸爸话。夏茂源不嫌烦，小女儿问什么，他答什么，小女儿天天问，他天天答。

"郭负才是谁？"

"一个大英雄。"

"咱湾里的吗？"

"不是。"

"哪的？"

"十里盐湾的。"

"咱这里不是盐湾吗？"

"不是。"

"咋就不是了？"

"咱这里是河川湾。"

"不是盐湾，咋还种盐？"

到了盐水池，夏茂源不回答小草问题了，他开始忙活。

小草继续唱着歌，跟爸爸到了盐地边。

"小草，上来，照看小寒去，别让他出乱子。"常艾莲站在埝畔大声喊。

小草不想照看小寒，小寒现在本事可大了，不听她的话，她若看不好，要挨妈妈的训。她只管看爸爸和其他种盐工人忙活。

"小草，快去看弟弟，听话。"爸爸也催小草。

小草不得不离开爸爸，去看弟弟。她刚跑上院坡，迎面碰见小寒正往坡下跑。她问小寒去哪，小寒头也不摆一下，只管跑下坡。就在这个时候，常艾莲正好又追出埝畔，看见小草，撂下一句话："小草，看好弟弟。"转身就回窑里了。小草只好转身去追弟弟。

酷暑六月，炙热的太阳下，柏油路面晒得乌黑油亮。小草穿着塑料凉鞋，不小心踩在软化了的柏油上，顿时凉鞋好像被烧红的烙铁吸住一样，她的脚板刹那间感到火烧火燎。

小寒精光着上身，下身只穿一条蓝短裤，光脚板在柏油路上箭一样飞奔。他的脚板似乎不怕烫，上面粘着一层黑黑的柏油，仿佛脚底贴了黑色膏药似的。

光脚走路是小寒从小练出的本领。他刚学会走路，每当大地回暖，他就脱掉鞋袜，开始光脚走路，光脚跑步，光脚度春秋。常艾莲不管，任由他的性子来，甚至还鼓励小寒光脚板，她说："省下鞋子秋凉后穿，未尝不是好事。"

小草显然比不了弟弟，她太娇气，穿着塑料凉鞋，还怕柏油路烫脚。她溜着柏油路边窄窄的土路跑。不好，小石子钻进凉鞋了，脚板硌得生疼。她蹲下，把小石子从脚底下抠出来。不好，鞋带又开了，一步也跑不动了。她又蹲下，系好鞋带。等她再开跑，弟弟就像风一样，刮远了。一辆黄帆布篷吉普车从她身边飞驰而过。她远远看见弟弟要横穿公路了。"危险！危险！"她大声喊："小寒，来汽车了，要跑了，站住！站住！"小寒全不理会，就在吉普车接近小寒的瞬间，他突然间横穿公路。

"小寒，小寒……"小草看不见弟弟了，哭喊着跑向帆布篷。

六

小寒吓得够呛，呆愣在汽车前面，居然毫发无损。

小草抹一把泪水，一把拉了弟弟，转身就跑。

"再不敢让弟弟乱跑了！"

声音是从帆布篷里传出的。姐弟俩原地立定，转身望过去。

帆布篷里的司机竟然穿着一身黄军装。恍惚间，小草就把那黄军装认成她的哥哥夏小满了。她当即欣喜起来，就拉着弟弟的手向帆布篷跑过去，嘴里还连连叫着："哥哥，哥哥！"待她跑近一看，发现自己认错了人，便满脸羞红，又拉着弟弟跑开了。帆布篷里穿黄军装的司机看一眼姐弟俩，笑了笑，一脚油门，车便离开了。

夏小满是年前冬天当兵走的。

夏小满当兵走的前一晚，地面落了一层厚厚的雪。

常艾莲早早就起来捣炭，掰柴，放火，准备做饭。

小满到河川公社武装部集合，原计划是夏茂源骑自行车去送，可一场雪下得计划全乱了，自行车是注定不能骑了。

新兵入伍，必须先到公社武装部报到集合，由公社武装部交县武装部，县武装部再交部队接管。部队安排新兵在县城集中住宿一晚，天亮在县武装部举行新兵欢送仪式。欢送仪式究竟会如何庄严，如何盛况空前，夏茂源一家人只能想象了。

河川湾距离县城太远，又下了厚厚的雪，根本没办法，也没条件抵达县城。常艾莲就带领着她的四个娃儿站在埝畔上，目送男人跟大儿子的身影渐渐隐入一片皑皑白雪之中。

"妈，快回来，哥哥那对棉手套呢？你不是说哥哥当兵走了，手套就给我戴吗？你放哪里了？"冬枣站在窑里大声喊叫。

常艾莲听到大女儿的叫声，转身走回窑里。

一个小时后，夏茂源气喘吁吁地跑回来了。他告诉家人一个特大的好消息——河川公社武装部送新兵的车会途经有新兵的村庄并在公路上停靠，每站停留三分钟，为的是让穿了军装的新兵与家人告别。

这真是一个好消息，全家人各自翻箱倒柜找新衣服穿。一家人穿戴整齐，并排站在坡下的公路边等待送新兵的车到来，仿佛他们是要迎接远道而来的贵客一样。

来了，一辆军绿色的大卡车鸣着响亮的喇叭声到了。车厢内足足站着三十名身穿军绿色服装、头戴军绿色帽子、胸佩大红花、一样身高、一样威武帅气的后生。要不是夏小满从车厢里跳下来，一家人一时半会儿还真认不出来。

汽车的副驾驶室里下来一名军人，碎步跑到夏茂源面前，敬了一个军礼，站立一边。夏小满学着军人敬礼的样子，向家人挨个敬一遍礼。

夏小满就要启程了，常艾莲抑制不住情绪，泪水直流，却又怕被人看见，把脸使劲别过去，偷偷擦眼泪。夏茂源目光冷峻，似有万语千言卡在喉咙里出不来，只见他喉头蠕动了半天，却只说出一句："到了部队，给家里写信。"冬枣脸上藏不住欢喜，更有一种羡慕的神色在眼里绽放。秋菊满脸惊喜，更有一种骄傲的神色在眉宇间盛开。小草却没有微笑，她脸上有一种落寞，似乎有眼泪要溢出眼眶。小寒则在每个人之间穿梭、蹦跳、欢叫。载着新兵的军车徐徐开动了，慢慢离开了，转过弯道后，完完全全看不见了。一家人依然站在公路上，向着军车离开的方向眺望。

帆布篷走远，小草搬起小寒的屁股，狠狠地打了两巴掌。小寒一滑溜，又跑走了，跑向一块新推开的宅基地。

宅基地上，六七个光脑小子在玩打土仗。一种极其暴力的玩法，土块乱飞，喊声一片，仿佛两军对垒，枪支弹药全部用光，只能用身边的土疙瘩互相击垮对方。

连着好几天了，小寒每天都来这里打土仗，每次都被打得灰头土脸。庆幸的是他只是灰头土脸，并没有碰着磕着。小草想，土疙瘩不长眼，倘若小寒今天被土疙瘩打中，那是怎样的后果呢？想到这里，她就觉得必须把小寒叫回来，要是小寒在她照看的时间内有个闪失，爸爸和妈妈肯定会怪罪她。

然而，尽管她心里这样想，却不敢进打土仗阵营里去拉小寒。土疙瘩真不长眼，她更害怕自己被土疙瘩打中。于是，无奈之下，她只能大声喊叫："小寒，小寒，别耍了，快下来……"

小草连着喊叫了数遍，快把嗓子喊哑了，小寒却连一声都没有听到。是啊！他怎么能听到？小草的声音早被光脑小子们的喊叫声淹没了。

小寒依然在忘情地战斗。

不好！小寒中弹了。

小寒的一只眼睛被土疙瘩击中，他捂着眼睛败下阵来。一个男孩嫌他扯后腿，推了他一把。他猝不及防，蜷曲成一团，仿佛一颗皮球，滚下土坡，滚到小草眼前。

小草不知缘故，以为弟弟和往常一样，只是败下阵来，并没有受伤。所以她一看见弟弟就怒吼起来："不亏，再逞能，倒被打败了！"她吼着上前拉了小寒一把。她还想着拉起小寒，一定要好好教训一顿，心里才解气一点。没想到她的手刚刚触及小寒的胳膊，小寒就尖声怪叫起来："疼死了，疼死了！"随之"哇"的一声大哭起来。

小草一看不对劲了，风一样，大刮着去盐地里叫爸爸。

夏小寒两处受伤。左眼睛被土疙瘩打中，看上去宛如大熊猫的眼睛，乌黑乌黑。右胳膊滚下土坡后大概碰伤了，疼得碰也不能碰了。

小草目送爸爸和妈妈抱着弟弟走远后，呆瞪在埝畔上。

七

冬枣和秋菊放学回来，问她怎么了。她"哇"地哭起了，哽咽着说了小寒受伤的经过。

冬枣马上给三姐妹分工，她负责做饭，让两个妹妹去捋①羊草。

秋菊比小草只大两岁，本事却比妹妹大了好多，她就像一个男孩子，天不怕，地不怕，敢上树掏鸟窝，敢下河捉青蛙。捋羊草这等小事，对于秋菊来说，就是鼻涕流在口里的顺事，几分钟就可以搞定。她把羊窝棚上的长柄镰刀扛在肩膀上，招呼小草一声，先走下坡，到了水壕垴，物色好一棵柳树，把镰刀往地下一撂，猴子一样，"嗖嗖嗖"地爬上了树，双脚踩在树杈之间，一手环抱住树干，蹲下身，一手伸下来，嘴里喊道："小草，镰刀递上来。"

长柄镰刀在小草手里，沉得厉害。小草根本举不起来。

秋菊在树上比画，她教妹妹借助树的力量慢慢把镰刀竖起来，竖到她能够到的地方。这办法果然管用，镰刀终于稳稳当当送到了秋菊手上。

秋菊双手举起长柄镰刀，宛如孙悟空把玩金箍棒，要高就高，要低就低，要斜就斜，要横就横。所过之处，柳枝纷纷跌落，眨眼间，便跌落一地，酷似孙悟空拔了一根毫毛吹了一口仙气，瞬间就变出许多柳枝。

"小草，快点捡，不要攒下太多了。你要将功补过，表现好了，妈妈一准就不训你了。"秋菊勾着柳梢，还不忘记督促小草捡柳梢。

"晓得了，等你下来，我一定能捡完。"小草在树下捡着柳梢回应。

"哎哟！"捡柳梢的小草发出一声惊叫。

树上的秋菊听到小草的惊叫，才发现镰刀已经从刀柄上飞了出去。她被小草的惊叫声惊着了，慌乱之中，身体失去了平衡，在树杈之间摇晃起来。树下小草吓呆了。她本来站起来要质问秋菊，却看到如此险情，脑袋便呈四十五度角上仰，嘴巴大张着一动不动了。阿弥陀佛，紧要关头，秋菊撂开了长镰刀柄，双手抓住横在面前的树枝，身子悬吊在半空，像一只猴子拽着树枝晃荡。秋菊太厉害了，身子悬吊在半空，

---

① 捋：陕北方言，拔、找、寻的意思。

还不忘记说话,她喊道:"小草,你不疼吗?你都流血了,快往回跑。"

"二姐,你能下来吗?"小草恢复了神志,她似乎感觉不到疼,反而担心悬吊在树上的二姐。她不知二姐能否脱险,但她看到那柳树很高,她很担心二姐会抓不牢掉下来。若是二姐真抓不牢掉下来,腿胳膊指不定会摔断,抑或还有更严重的后果。她不敢想了。那一刻,她完全忘记了自己的烂脑袋,也忘记了疼痛。

"能行,你快回去。"秋菊还在树上荡着秋千。她说着移动着两手,把身体慢慢向树身靠拢。小草依然站着,她要等二姐安全落地,才能放心地离开,她不动声色地看着二姐的两只手一下一下地移动。

"小草,你不想活了吗?"秋菊的后脑勺好像长了眼睛,她头也不回,又吼了妹妹一声。小草被二姐的吼叫声惊得一激灵,便感觉到头上的伤口痛了。她隐隐觉着头上的血从头发里流淌到脸颊上,流淌到脖颈上,流淌到她穿的粉褂子上,肚皮上似乎有一种黏糊糊的感觉。她害怕了,管不了二姐了,拔腿就往家里跑。

夏茂源家里,今天彻底乱套了。

小寒太淘了,幸好他的胳膊只是脱臼。而当他脱臼的胳膊刚刚上好,黑青的眼睛也刚刚处理好。可就在返回来,走到院子里时,他却把一只小脚丫子伸进自行车轮的网丝里去了,脚背上生生地扯起一张油皮,血肉模糊。小草顶着一颗烂脑袋跑回家时,小寒正哭声惨烈。常艾莲的眼泪汇成了河,夏茂源的脸色急成了乌黑,正做饭的冬枣撂了手中的活计,骑着自行车,去请赤脚医生。

赤脚医生包扎好小草头上的伤口,给小寒处理脚伤的时候,秋菊抱着一捆柳枝回来了。她平日里叽叽喳喳,总像小鸟一样活跃,今日一看阵势不对,把柳枝给羊喂上,悄悄躲进后窑里,再也没敢露面。

赤脚医生处理好小寒的脚伤,端详了半天小寒,又看了一阵小草,叮嘱道:"小草头上的血没少流,可要好好补点营养了。小寒这脚也伤得厉害,可不敢再让他乱跑,再伤着就麻烦了。"

夏茂源家的三个孩子,今天简直惊险。镰刀尖竖着扎在夏小草的脑袋上,扎开一个血口子,流了很多血,却也无大碍。夏秋菊几乎要从树上掉下来了,却安然脱险。然而,比起两个姐姐,夏小寒则尤为不幸了,却也是不幸中的万幸,他的左胳膊只是脱臼了,右眼只是眼皮下有瘀血,吃几天消炎药,瘀血散开就没事了,至于脚伤,小孩细胞再生能力强,过几天也就好起来了。

夏小草没有照看好弟弟,原来准备挨训的,却因脑袋被镰刀扎破,非但没有挨训,反而赚到了一碗妈妈亲手做的荷包蛋拌疙瘩。夏秋菊运气有点差,挨了常艾莲的教训不算,晚饭也只吃了一碗稀钱钱饭,饭后还被妈妈罚洗碗、喂猪和喂羊。

八

一九七九年七月，夏小满复员回家了。

八月，夏茂源紧锣密鼓地给夏小满操办婚事。他的理由充分——生产队已经传开了，秋收后要分地单干，并且按人分，家里多一个人就能多分一个人的地。

娶回门的新娘子叫苏月影，娘家在距离河川湾五里地远的苏家湾，也属于河川公社管辖。家里总共四个娃娃，苏月影排行老大，下面有两个弟弟、一个妹妹，娘老子全是受苦人、本分人，知根知底。苏月影个子高、身材好、人样好，高中毕业，会做茶饭，能种地，喂牲口，做碾磨，样样都在行，庄户人家能娶进这样的媳妇子也再没得挑了。最关键的是夏小满和苏月影第一次见面，两人就看对眼了。

秋收一停当，常爱民果真组织社员开大会，传达了公社的政策，紧接着就开始分地。家家户户按人头分，山地、川地、沟滩、坝地、肥沃地、贫瘠地，平均搭配，户户均摊。

分地结束的当天晚上，为了庆祝包产到户这一重大举措，大队部院子里公演电影。河川湾男女老少几乎全部出动去看电影。

夏茂源一家，除了缝纫机上赶做衣服的常艾莲外，其他人全都去看了。看电影的人很多，大队部三眼窑院，黑压压的一片人。有席地盘腿而坐的，有搬石头瓦块坐的，有凳子上坐的、站的，有地上站的，有把娃娃架架楼的，也有干脆爬上土围墙坐的，更有爬上院子里的高柳树杈坐的。总之，能坐人的地方都坐了人，能站人的地方也都站满了人。

小草和小寒个子太小了，坐到后面只能看见大人的屁股。夏茂源就让两个娃娃钻进人群，到前面去看。

小寒已经很有男子汉的样子了，拉着三姐的手去找好位置，他在前面开道，人小还占优势。运气好极了，他们找到了好位置，刚坐下，电影就开演了。电影演的是打仗，枪炮声直响，有飞机摺炸弹，响声隆隆。正看得起劲，电影却不放了，是上集完了，要换下集。电影场里顿时一片吵吵，有娃娃尖叫着要去尿尿。就在这时，李广发和常爱民两人吵了起来，他们为分地吵。李广发说常爱民分地不公平，给他分的地不好，欺负他。常爱民说地按好赖搭配，抓阄分的，又公又平。李广发要常爱民重新分地，常爱民不搭理李广发，李广发就把放映机掀翻，不让放电影了。常爱民忍不住，一拳头打过去。李广发站立不稳，跌倒在地，人就一动不动了。李广发人倒在地上半天不起来，来看电影的人全围了过去，好好的电影放到一半泡汤了，放不成了。电影场乱成了一锅粥，你推我搡，仿佛顽皮孩子捅了马蜂窝，一窝蜂四处飞开，到处乱闯，互相乱碰。有大人喊娃娃的声音，有娃娃喊大人的声音。有娃娃找不见大人了，在哭喊；有大人被推倒在地了，在叫骂。仿佛麻雀窝被戳了一棍,叽叽喳喳叫个不停;又宛如骡马大会散场,吵嚷声不绝于耳。小草和小寒放开嗓子叫"爸爸",夏茂源却不回应。吵声太大,他根本听不见。不知谁把小草推了一把,她站立不稳,脚又被电影场的石头绊了一下,跌倒了,把拉她的弟弟也扯倒了。她感到左腿膝盖疼得厉害,站也站不起来了。小寒好像一下子长大了许多,成了响当当的男子汉,他双手一撑,站了起来,拉住小草的手,大声问:"三姐,你碰上了?"

"哪个龟儿子撂下的石头?砸死人了。"小草拉着哭腔回话。

"爸爸,快来,爸爸,快来,三姐碰石头上了。"小寒见三姐站不起来,又成小孩了,哭喊着扯开嗓子叫爸爸。

夏茂源正围在放映机跟前看热闹,猛然听见像是小寒哭叫的声音,一下子想起他还带着两个娃儿了,忙循着哭声跑过来,看见情形不对,一把抱起小女儿,叫一声小寒,风一般,大刮着回了家。

常艾莲看着小草流血的右腿膝盖,一阵心疼,顾不了数落老汉,忙开始包扎。她包扎好小草的伤腿,这才记起埋怨,怨一阵老汉,怨一阵冬枣和秋菊,临了还怨一阵小寒。被埋怨的自知理亏,谁也不还嘴,悄悄听常艾莲一人放大堂。就在她的埋怨声中,夏小满和苏月影一前一后推门进来了。

夏小满和苏月影是从电影场回来的,进院子就听见常艾莲的抱怨声,便进门看详情。苏月影见小草掉着眼泪哭鼻子,就走过来安慰:"小草,不哭。"随之又对婆婆说:"妈,娃娃伤,好得快,您就消消气。"

夏小满说:"好好的电影让李广发搅散了。常爱民这下麻烦大了。"

"李广发还没醒过来?"夏茂源怕常艾莲继续唠叨,赶紧接儿子的话茬。

"没呢。刚刚送河川卫生院了。"

"你送去的?"

"我和常爱民一起送的。常爱民留下当陪护了。"

"李广发装着了!"

"他作弄常爱民,给个筛子让他尿。"

果真如夏茂源所料,李广发从头到脚检查不出一点伤,硬说自己头疼,成了脑震荡,住在卫生院整天让常爱民伺候着好吃好喝,就是不回家。

常爱民没办法,寻河川公社书记党向阳说情。党向阳到医院看李广发,碗大汤宽地说了一箩筐表扬李广发的话,不承想李广发油盐不进,只有一个条件:让常爱民下台。

人常说:"好汉怕赖汉,赖汉怕死汉。"李广发现在就是条死汉,他和常爱民结下梁子不是一天两天了,他现在就是要给常爱民下套,让常爱民往里钻,不钻还不行。

党向阳说服不了李广发,只好原话说给常爱民听。

李广发在卫生院住了半个月,把常爱民的光景折腾得锅也揭不开了,就差求爷爷告奶奶和给李广发下跪了。他巴不得早点卸掉这个恶水罐子,一大家子人要吃要喝,全指望他了。他对党向阳说:"只要组织允许,只要有人担这担子,只要李广发不再讹我,下台就下台,我答应。"

过几日,党向阳到河川湾组织村民大会,说明了要物色一名代理村主任的决定。村民们便一致推举由夏小满担任代理村主任。

九

夏小满成为河川湾新任村主任这件事,给夏茂源脸上增色不少,也给他追求美好生活的向往注入了更强大的力量和新鲜的血液。

从此,夏茂源便觉着腰杆挺直了许多。

夏小满上任的第一年秋天,也是河川湾包产到户的第一年秋天。河川湾洋芋喜获丰收,家家户户的洋芋窖存满之余,院子里还堆放得如同山峁一样高。

单干了,不是农业社了,可以搞副业赚钱了,赚了钱就能过上好日子了。

洋芋大丰收,对于河川湾人来说,简直是大好的事情。河川湾人有祖传的致富本领,面对大快人心的好政策,河川湾人的致富激情一下子高涨起来。秋收一结束,家家户户把搁置了整整十年的致富手艺又抖了出来,全村人起早睡晚,开始推洋芋,做粉条。结果不到一个月,放眼望去,河川湾的川田里,白格生生的粉条,一挂一挂,一帘一帘,迎风招展,简直就是一道十里八乡都羡煞的靓丽风景。

光景过好了,不等于人就没忧愁了。依然有,夏茂源就有。

已经上小学的夏小寒时常给夏茂源惹事,不是他打了人家的娃娃,就是人家的娃娃打了他。人家大人把挨了打的娃娃领到家里来,稍有人情味的,进院讲摆一阵,火气山了,领上娃娃也就回去了;没人情味的,里门指着夏茂源和常艾莲,鼻子不是鼻子、脸不是脸地骂一通还不算数,总要说下个头头道道才肯罢休。夏茂源和常艾莲就时常赔着笑脸给人家说好话,送东西压惊,有时甚至用钱了事。

能用钱解决的事都是小事,不足以让夏茂源头疼,最让他头疼的是夏小寒逃学,逃课,不完成作业。老师三天两头就给他告状。他三天两头带着小寒去学校认错。打架,逃学,不完成作业,这些事情毕竟还小,顶多挨老师训一顿,责成改正,也就过去了,可有一件事却让他下不来台,颜面尽失。

那天,夏茂源在盐地里劳作了一整天,他回家好一阵了,一家人都吃了黑饭,小寒却还没回来。常艾莲心焦地在硷畔上照了好几回,不见回来,就打发冬枣骑了车子到学校里找,也扑了个空。就在一家人都急得团团转的时候,小寒回来了,他身后跟着一个陌生的老农。老农手里拎着两颗生西瓜蛋子，一进院就把西瓜蛋子往地上使劲一摔，西瓜蛋子立时"粉身碎骨"，白瓤绿籽滚开半院。一家人顿时惊呆了，但却全都心明如镜。小寒这次可是闯下大祸了。

"娃娃可不能这样惯，再让我捉住，腿把子给掰断了。"老农指着夏茂源，撂下一句狠话，愤愤离去。

夏茂源的脸顿时就气成青紫。常艾莲的手哆嗦不停。小草、秋菊、冬枣三人蜷缩在墙角不敢大声喘气。夏小满和苏月影也静静地看着，不敢说一句话。小寒的头低垂着。

片刻后，夏茂源在羊摊场上捡起一根软柳条，扑风风过来，一把扯住小寒的胳膊，扒下他的裤子，照准光屁股蛋子，狠劲一阵抽打。

夏小寒眼泪直流，却咬牙忍着，不让自己哭出声来。常艾莲泪水直流，却不敢上前阻拦。小草、秋菊、冬枣三姐妹随着柳条抽打的声响，有节奏地哆嗦着身体，却不敢看爸爸一眼。夏小满和苏月影几次上前阻拦，都被夏茂源用胳膊挡开。夏茂源直把那根柳条打断了，才罢手，气呼呼地回窑里，倒头睡在炕上。

次日清早，夏茂源骑了自行车下坡了。不多时，他又回来，悄悄塞给常艾莲一瓶紫药水，转身挑了桶担，去盐地干活。

中秋节过后的一个周末，放学站队时，夏小寒的班主任给夏小草一封信，要她回家转交爸爸。她预感到弟弟可能又闯祸了，回家路上左右盘问，却什么也问不出。她不敢隐瞒，等爸爸回来，把信递过去。夏茂源看了信，脸色变得乌黑难看，兀自没说一句话。家里的气氛顷刻间就变得沉闷起来。

次日晚上，夏茂源交给小草一封信，让她转交给小寒的班主任，却没让小寒跟着一起去学校。原来小寒连着七天没交作业，学校怕耽误小寒，建议夏茂源给小寒换个学校。

小草与小寒正好相反，就在小寒转学到邻村学校时，小草已经上到了小学三年级。让家里人出乎意料的是，河川教委举行全公社小学生作文竞赛，小草竟然获得了三年级组一等奖。全公社仅此一名。

小草拿出奖状奖品——五本崭新的连环画册、一张大红奖状、一个软皮笔记本、一支钢笔，给爸爸和妈妈炫耀。

夏茂源和常艾莲立时眉开眼笑，满眼含泪。他们高兴、激动、兴奋。夏茂源搬了把凳子坐下来，摆弄小女儿的奖状奖品。常艾莲搂住小草，在脸蛋上亲一口，继而又叹气说："要是小寒有你一半懂事就好了。"

得到爸爸妈妈的认可，小草简直欢欣雀跃，她溜出妈妈的怀抱，笑着说："妈，我去给羊拔草。"

"别去远处，一阵回来吃饭，妈给你做好吃的。"常艾莲笑说。

一朝被蛇咬，十年怕井绳。自从上次小草的脑袋被镰刀扎破，夏茂源和常艾莲就再也不让娃娃们用镰刀勾柳枝了。

小草一溜小跑，穿过脑畔山，到了后坝滩。她看见玉米地里盛开的打碗碗花，情不自禁，张嘴哼唱起来："打碗碗花开粉脸脸笑，三妹妹拔草在山坳坳，掐一朵花儿扎在辫梢梢，由不得回头把影影照……"

十

早秋，小草顺利考入河川中学。

初一后半学期开学不久，她突然间就患了一种叫干咳嗽的病，每次咳嗽总要持续很长时间，直咳得鼻涕眼泪全都出来，肠子都快吐出来的时候，狠狠打几个喷嚏，才稍稍舒缓片刻。

自从咳嗽以来，小草几乎成了风吹不得、雨淋不得的"布娃娃"。又好像空气也成了过敏原，去了学校咳嗽，回了家也咳嗽；气味也成了过敏原，闻见酸味咳嗽，闻见辣味也咳嗽，闻见乱七八糟说不清的气味更咳嗽；气温也成了过敏原，受冷咳嗽，受热也咳嗽；大自然刮的风也成了过敏原，东南风吹着咳嗽，西北风吹着也咳嗽。

夏茂源看在眼里，急在心里，却无计可施，只能带着小女儿到处看医生。他先带小女儿去河川卫生院检查。医生似乎就是狗屁不通的庸医，净开些不管用的药，吃了总不见好。无奈，他又带小女儿去清河县医院检查。清河县医院的医生说小草的病叫慢性过敏性咽炎，不好治，西医没有好办法，中医只能慢慢调理。好心的医生推荐清河县有名的老中医，庆幸的是老中医恰好住在河川街上。老中医给小草把脉后，写了一个处方，打发夏茂源抓齐药，临走又说必须用冬至那天的消雪水熬药，否则不管用。夏茂源捧着一大包草药，眼泪都要出来了。老中医看着夏茂源，慢条斯理地问：

"这女子在哪里上学？"

"河川中学。"

"早不说，不吃中药了，用针灸。"

"针灸？"父女俩异口同声道。

"河川中学有位校医，姓韩，人称韩一针，针灸了得，找他去吧。"

韩一针医术了得，夏小草在学校早就听说。但小草不曾见过。

辞别老中医，小草就跟着爸爸到河川中学找韩一针。

一进韩一针办公室，小草的鼻子就受到异味刺激，当即一阵剧烈咳嗽，足足持续了七八分钟，连着打了十几个喷嚏，直咳得面红耳赤，一阵干呕后方才停止。

"这女子怎么了？"

韩一针说话声音适中，语气和蔼。看面貌，比夏茂源显年轻。夏茂源说明原委。韩一针先看小草舌苔，接着把脉，眉头一皱，低沉道："缠手。"

"能看好吗?"夏茂源一脸着急。

"能。"

"得多久?"

"三个月。"

"那么长时间啊!"

"女子气虚、脾寒、肝火旺、血热,得慢慢调理。"

"那么多毛病?"

"甭心急,调调就好了。"

"那听你的,调调。"

"不耽误上课,每天中午放学,针灸一小时。"

"先付多少钱?"

"免费。"

"多少?"

父女俩全以为听错了,又异口同声问。

"我是校医,给学生看病免费,再说也不用药。"

小草又开始咳嗽,又是一阵喷嚏打过,鼻涕眼泪都下来,才算停止。夏茂源深感意外,他全没想到看病不需要钱,内心里禁不住慨叹:真是好人,好人啊!先不说病能否看好,单单医德就让人肃然起敬。想到这,他当即就握住韩一针的手激动道:"好人,谢谢您!"

"治病宜早不宜迟,现在太阳正当头,时间也适合,扎一次,女子明早上就能上课了。"韩一针说话间就拿出一个铁盒子,从里面取出一个黄绸子小包,打开小黄包,露出大小不等的一堆银针来。

小草又开始咳嗽,她跑到外面去了。待她再进门,韩一针已把障炕被子上的枕头拿了下来,放在炕栏边了。小草领会,脱了鞋子,横睡在炕栏边。她第一次扎针,怕疼,心里紧张得不行。

"放松,别紧张。"韩一针一语停了,手起针落,小草的头上、手上、胳膊上、脚上、小腹上,顷刻间就扎上了无数根银针。

夏茂源简直不敢相信,禁不住暗暗嘀咕:"神针,神针啊!"

的确神针,小草还没反应过来,那些针就全扎在她身上了,而她连一丝丝疼都没有感觉到。更神奇的是,第一根银针扎进去,她就止住咳嗽。这时,她才彻底明白人们为什么叫他韩一针了。说也奇怪,针扎上一小会儿,她便感觉困意上来,上下眼皮直打架,迷迷糊糊中睡着了。

"要是女子能在学校吃饭,把来回跑路的时间省出来就能扎针了,也误不了上课。"

"那我给她报学校大灶吃饭。"

"不行的，大灶非住校生不给报。"

"那怎么办呀？"

"让我想想，想想。"

河川湾距离河川中学，说远不远，说近不近，足足十里远。小草每天骑自行车上学，属于跑校生。

"有了，让女子报老师灶，老师灶吃得好，有利于女子病情恢复。就这样吧，你不管了，我给报。"韩一针笑道。

"那太感谢了。"夏茂源说话间就上前双手抓住韩一针的手，使劲晃。

次日早上放学后，小草就独自去找韩一针，她站在韩一针办公室门口，脆清清打一声报告，听到办公室内传出一声"进来"，她推门进去。顿时，一股扑鼻的饭香迎面而来。韩一针已经帮她把饭打回来了。两份饭就放在韩一针的办公桌上，而韩一针已经开始吃了。

韩一针看见小草进门，拉了下他旁边的凳子，把饭盒推了下，看一眼小草，示意她坐下吃饭，又自顾自吃起来。小草没有坐。她不习惯，她长这么大，从来没有在外头吃过饭，何况身边坐着一位给她看病的医生，一个她之前并不认识的中年男人。韩一针大概感觉到身边的女娃娃还站着，又抬起头，微笑道："赶快吃，一会儿凉了不好吃，里面有肉，可好吃了。"

小草还是没坐，还站着。

"以前我在饭堂吃，往后我打回来吃，一下课你就赶紧来吃饭，吃过饭，空开半个小时才可以扎针的。赶紧吃，还站着做甚？"韩一针说。

小草听说后，移了下饭盒，缩缩肩膀坐了下去，开始吃饭。

韩一针发现了小草的小动作，抬眼看一眼小草，笑道："我有那么可怕吗？甭怕。"

小草没有吭声，头也不抬，只管吃。

"好吃不？"韩一针说。

"好吃。"小草小声回应。

韩一针先吃完了，拿着饭盒站起来，倒暖壶里的开水洗饭盒，筷子在饭盒上碰得拨啦啦直响。他洗好饭盒，走过来看见小草还在吃，就坐下来，随手翻一本《故事会》看。等小草吃完了饭，又把小草的饭盒拿去洗。

"我洗，我在家里也常洗碗哩。"小草急忙忙说。

"半个小时后开始扎针，扎针需要一小时，中途不可以起来。要上厕所现在去上，上厕所回来洗手，漱口。"韩一针头也不迈，摆摆手道。

小草便不再争抢洗饭盒，出门去上厕所。待她再进门，韩一针指着门口桌子上的脸盆和茶缸。茶缸里正冒着热气。小草洗了手，端起茶缸，水还有点烧，便放在口边吹。这个时候，韩一针又说话了。他说："扎针后一小时内不能喝水，扎针期间不能喝凉水，不能动冷水，平时你要是口渴了，来我这里喝热水。"

小草静静听着，一一应着，慢慢喝着水。她把小半茶缸水喝完，扎针的时间还不到，就百无聊赖地看窗子，回想吃饭时的情形，便对韩一针有了一丝丝亲近感。她正发呆着，听见韩一针叫她上炕躺下，才知扎针的时间到了。针扎上不多时，瞌睡虫又像昨天一样，爬了上来，迷迷糊糊中，她又睡着了，却并睡不实，迷糊了一小会儿，又睁开眼。

韩一针面对着小草坐着，直立着身子，眼睛闭着。突然间，韩一针的头一低，身子激灵了一下，又睁开眼睛，抬眼看了看小草，又坐端身子，闭上眼睛。

这些，小草全看在眼里。她想，饭后最容易犯困，韩医生也瞌睡了，为了给她扎针，却睡不成，坐在椅子上打盹儿。想到这儿，她便觉着满是歉意，觉着自己打扰了韩一针的休息，忍不住叫道："韩一针，韩一针。"

韩一针睁开眼睛，笑道："犯困了，吃了饭容易犯困。"

小草道："您上炕躺一会儿吧！"

韩一针又笑道："现在不瞌睡了。"说着他又拿那本《故事会》翻看，大概看到了很好笑的段子，嘴角上扬，笑了起来。

小草也犯困，却不敢闭眼，她正了正头，让眼睛正对着窑顶。

这是一孔砖窑，喷过白灰，砖与砖的缝隙看起来模糊不清，却隐隐约约可以辨别出来，宛如数学作业本的印格，因纸厚而显得模模糊糊。

韩一针站起来行针，见夏小草睁着眼睛，便笑道："眼睛闭上睡一会儿，扎针需要闭目养神，对治病有好处。要是瞌睡，就睡一觉，到时间了，我叫你。"

小草听话地闭上眼睛，瞌睡虫正袭击着她呢，眨眼便睡实了。

这一觉小草睡得真香，她只觉得有人推她肩膀，随之听见是韩一针叫她："小同学，小同学，醒一醒，醒一醒。"她清醒了，知道扎针已经结束了，就要往起坐，却感到手脚麻木，动也动不了。

"手麻还是脚麻？"韩一针显然很清楚小草正处于什么状态。

"都麻。"

"别动，我看。"说话间，韩一针开始搓小草的手、脚、小腿，继而又翻过她的身体，在她的后脖颈、肩胛骨穴位上按压，大概四五分钟后，他说："好了，起来。"继而他弯腰拿起小草的鞋子，帮她穿上，又像父亲一样，从小草的两腋下，把她扶下地。

小草顿时就有了一种别样的感觉，脸"腾"的一下就烧了起来，她一手拎了书包，逃也似的出了门，再不敢回头看一眼。

十一

　　扎针十天为一个疗程，满十天，休息两天，周而复始，这样就难免会遇上周日也要去学校扎针。第一个周日，小草到了韩一针办公室，发现韩一针办公室门虚掩着，人却不在，她只好等。等不多时，韩一针进门来了，他手里拿一只红红的熟猪蹄，阵阵香味直往小草鼻孔里钻，小草的喉咙条件反射地蠕动了一下。韩一针把猪蹄放下，并不招呼小草扎针，却从办公桌抽屉里拿出一把刀子切起了猪蹄，切了小半碟，放在桌子上，又放一双筷子，看着夏小草道："女子，把它吃了。"

　　"我吃过饭了。"小草说。其实她恨不能几口吃光，却不好意思。

　　"再吃点，今天有时间，不忙着扎针。"韩一针说。

　　听韩一针这样说，小草便真吃了起来，一阵就把切好的猪蹄全吃光了。那猪蹄真好吃，她从来没吃过。她妈妈每年喂的猪，到了腊月就卖给人家，即便过年要吃肉，也只是她爸爸从集市上割回来三四斤猪肉。而小草妈却把买回来的猪肉和大白菜、洋芋、粉条混在一起吃，那样的吃法是断然吃不出刚刚的香味来的。

　　韩一针看着小草一阵吃完，脸上便挂上一副会心的笑容。他把碟筷推在一边，拿起《故事会》给小草念笑话，逗得小草"咯咯咯"笑不停。念了几则，他看了一下手腕上的表，便叫小草准备扎针。扎针结束，本来到了他扶着小草下炕栏的环节，他却并没有扶小草下地，而是双手搂住小草的身体，在小草脸上、头发上一阵狂风暴雨般地亲吻，继而就把小草紧紧抱在胸前，看着小草的红脸蛋，一动不动。

　　小草一脸茫然地望着韩一针，她不知道他怎么了。她本能地要挣脱出他的怀抱，却只感觉她越要挣脱出去，他越抱得紧了。猛然间，她感觉到他的身体一阵哆嗦，之后他又用满是胡茬子的脸摩挲她的小脑袋，继而又放开她，扶她下炕，打发她回家。回家的路上，她一路回想刚刚发生的情景，却找不出答案。

　　打那以后，韩一针总给小草变着花样买好吃的，有时还给她买学习用具。小草不要，他硬给，说他想收小草做干女儿。他要小草多喝热水，他让小草每天到他办公室喝两回热水。而小草每次去喝热水，韩一针都亲自给她倒水，他用两个茶缸传水直到水不烫了，才递给小草喝。而每逢周日扎针结束，他又总要抱着小草，用他的胡茬子脸摩挲一阵，哆嗦一回。但每次结束，他总会后悔，总会自责。韩一针陷入一种无法言明的痛苦中。但是他克制不住，他觉得小草就是上帝特意打发来这个世界带给他快乐的。他有好长时间都不会激动了，有好长时间都不会让自己的下身勃起了，而那天，他看着小草，看见小草宛如林黛玉一样病恹恹的脸，不知怎么就潮起阵阵激情，下身竟然会勃起了。他当即欣喜若狂，就觉着小草是治疗他男人病的良药。然而，旋即他就在心里暗暗地把自己狠狠抽了一个嘴巴，他觉着自己几乎犯了滔天大罪，亵渎少女的滔天大罪。

但是，韩一针最终没能克制住自己，他给自己铺了一条跌入痛苦深渊的路。但是他不允许自己十恶不赦，他想到自己毕竟是一个老师，毕竟是一个医生，师德与医德的双重枷锁镣铐着他；他更想到小草还是一个需要呵护的，需要保护的孩子，他不能做到畜生一般的残忍。然而，他又管不住自己的激动，管不住自己身体里要喷发出的火焰，他不得不搂着小草孱弱的身体，完成一种无比煎熬的释放。

每次释放后，他望着小草茫然的目光，总会在心里抽自己无数个嘴巴，而每次遇到周日小草来扎针，他就又不由自己了。庆幸的是这样的机会不多，否则他想自己非早死不可。

然而小草却像一个过早成熟的女孩，隐隐觉着韩一针对她产生了一种特别的情愫，难以言说的情愫。她并没有觉着这情愫有多么可怕，也没有对他产生反感，反而觉着自己有点依恋他的怀抱，有点习惯他用胡茬子扎她的脸。在她年少不谙世事的潜意识里，她以为他看见她亲才会那样。在她的记忆深处，暗藏着一个不可告人的秘密，那就是弟弟出生后，爸爸再也不抱她，不抱住亲她，像亲弟弟一样的亲她的脸，一回家就抱住亲弟弟。弟弟长到一周岁后，爸爸竟然晚上搂着弟弟睡，但从来不搂她。一种浓浓的恋父情结，让她感到无比的失落，而她弥补失落的唯一办法便是白天黏着爸爸，一刻也不想离开爸爸。而现在，有一个如爸爸一样年长的男人，肯这样子亲她，这样子关心她，让她内心里感到一种莫名的快乐，无比的快乐。她竟然产生了一个奇怪的念头，想叫他一声"爸爸"，有好几次，她都叫到嘴边了，却又咽了回去。

三个月扎针转瞬间结束了，小草的病真的好了，彻底好了。夏茂源和常艾莲高兴至极。他俩都觉着韩一针给小草看病不收钱，这情意担得太大了，怎么也要补偿一下，否则心里过意不去。两人一商量，决定给韩一针缝一件衣服补情。农村人礼多，不欠情。

半月后的一日，下午放学后，小草带着妈妈给韩一针缝的一件深蓝色中山装去送礼。

韩一针变化真大，小草几乎认不出了。他脸色蜡黄，眼神无光，好像害了大病一样。小草想问是不生病了，又没敢问。她说明原委，就从书包里掏出衣服给韩一针递过去。韩一针当然高兴，当即试穿，大小正好合身，便连说喜欢，却转身从柜子里取出二十元钱塞进小草的书包。小草自知不可以要钱的，她妈妈交代过的。她急着要往外掏钱韩一针却连推带送，把她推出门外，从窗子里丢出一句话："快点回去，天马上就黑了。"

小草回家复命。常艾莲训道："憨娃娃呀，谁叫你要钱了？明天把钱送回去。"

次日下午放学，小草带着妈妈的任务，又去给韩一针送钱。韩一针却板着脸，吼了一声："那你把衣服带回去。"他转身从柜子里拿出那件深蓝色中山装，不由分说，塞进小草的书包。小草从来没听过韩一针这样说话，她吓蒙了，满眼泡豆豆，走也不是，站也不是，任泪水兀自流淌。

韩一针看着小草淌眼抹泪的样子，一时间意识到自己有点过分了，弯腰用手揩着小草脸颊上的泪水，叹一口气道："好孩子，钱我收下，衣服我也收下，好了吧？不哭了，不哭了，快回去。"说完，他又把衣服从书包里拿出来放进柜子里，把钱也收了起来。小草却傻站着不动。韩一针又说话了："好了，我都收下了，我也送你一个小礼物，你也收下，我们就公平了。"说着他又打开柜子，取出一个纸盒子，装进小草的书包里，又说："别人送我的小保温杯，一直没用，送给你，以后别喝凉水，每天装些热水，带学校喝，早点回家去，别让大人担心，别让你爸爸再多心。"

回家的路上，小草满脑子都是韩一针的异常举动，她觉着韩一针像变了个人，变得和她生疏了，她更奇怪韩一针怎么没有抱抱她，或者亲亲她。她感到一种从未有过的失落。

后来，好长一段时间里，小草竟怀念韩一针的怀抱和胡茬子，并且想再见一面。有好几次，她都走到他办公室门口了，却又没敢进去。更有无数次，她站在教室外张望，期盼他能出现在视线内，却总是失望。

十二

暑期，冬枣接到省城一所高等院校的录取通知书，是邮差直接送到家里来的。这是一件让全家人都欢欣鼓舞的大事情。

整个暑期，夏茂源脸上洋溢着抹不去的笑容。他表现出少有的和蔼，少有的好说话。最为明显的是，他不给冬枣安排任何家务活，任由冬枣到处找同学拉话，走亲访友。他允许小寒和村里的男孩们疯玩、打闹。而他除了在盐地里忙活，还要侍弄庄稼，帮大儿子料理生意。当了村委会主任的小满新近又开了贸易货站，从事收售粉条的生意。常艾莲除了要做一日两餐，喂养家畜，还要帮苏月影照看娃娃。秋菊成了家里的主力军，担水，拔草，洗碗，上山摘豆角。唯有小草闭门家中，装模作样地学习。家人们都以为她在用功学习，实际她却处在一种思想的熬煎里。她不经意间就会想起韩一针，她努力不让自己去想，努力摆脱，却总是无济于事，这念头仿佛幽灵一样，在她眼前始终绕着。她脑子里始终转着韩一针的眼神，响着韩一针的话语，以至于韩一针的胡茬子都好像在她小脸上摩挲着。她感觉这个暑期比以往任意一个假期都漫长，她盼望快快开学。她产生了强烈的念头，开学之后，一定要去看一次韩一针。在这个漫长的暑期里，小草学会了写日记，学会了孤独，学会了把自己的思想隐藏起来。

开学第一天，小草听到一个消息，差点当场晕倒，幸亏同学在她身边扶住了她。韩一针病了，肝癌晚期，在家等死，最多能活半年。消息来源于她最要好的同学。同学的爸爸是清河县医院院长，也是韩一针的同乡。同学的消息千真万确，如同一声惊雷，震得她当即心胆俱裂，天旋地转起来。接下来的好几天，到了学校，小草无心听课；回到家中，她无心学习。终于挨到礼拜六，小草鼓足勇气哭着向爸爸和妈妈讲了韩一针得病的消息，并说了她要去看他。小草的爸爸和妈妈如同她一样震惊，半天没有反应，呆呆瞪瞪中，两人都泪眼模糊起来。夏茂源答应了小草的请求，决定明天带上小草一同去看韩一针。然而，睡了一夜，早晨起来，他又变卦了，他不带小草一同去了。理由是小草体弱，一些邪气晦气容易上身，更见不得病人。他带上常艾莲准备好的礼当，独自骑了自行车就走了。

小草也知道爸爸和妈妈为自己好，也不能强要去，心里却郁闷，提不起精神帮妈妈干活，也无心思看书学习，破天荒地连每周一次的衣服头脸都没洗，整天蒙头睡在后窑炕上，闭着眼睛发呆。

傍黑，夏茂源进门带回来一个更让人难过的消息——韩一针皮包骨头，没人样了。小草在后窑听得清楚，顿时，这消息仿佛一块巨石压在她的心上，伤感便随之袭来，眼泪再也忍不住，浸湿枕巾。

三个月后，韩一针便永远离开了人世。

为此，小草久久不能释怀。然而，奇怪的是，她却没有因此而闹病。

又过三月，仿佛得到了高人的点化，小草内心里凭空增加了一种巨大的力量。力量的爆发，完全表现在她学习刻苦和成绩优秀上。此后，她变得更加孤僻，不与任何人接触，常常独来独往，似乎除了学习，再没有与她相关的人和事了。

卷二

十三

距离中考只差两个月的时候，秋菊辍学了。她不上学了，要和同学去省城打工。同学的亲戚在省城一个工厂里负责，说能找下临时工。秋菊听到耳朵里了，也要跟着同学去打工。她之所以志在跟同学一起去打工，有三个因素：其一，那同学是她心仪的男生，也就是说她心里已经有了小九九；其二，她的姐姐冬枣在省城上大学，去了也有照应；其三，她考试成绩一直不好，她感觉在学校念书形同受罪，老师每次站在讲台上念成绩，她自我感觉很不好，很没面子。

也确实如此。秋菊从小不爱念书，常艾莲又把她当个男娃娃一样使唤，好在她去了学校不惹乱子，老师睁一眼闭一眼，让她在班里吊着，磕磕绊绊，中途实在跟不上，还留了两级。她能跟到现在也实在不容易，她很努力了，很尽力了，就算是给家里人带面子了。

这些情况小草很清楚，家里其他人却不怎么知晓。

秋菊和小草虽说年龄差了四岁，性格也不同，但两人比较投缘，秋菊有什么心思往往只跟小草说。秋菊外向，小草内向。秋菊外面遇到不愉快的事情了，回到家里，在小草面前把那些让她不愉快的人一阵排侃，气便消了。小草嘴牢，不爱倒腾，秋菊说什么，她听什么，听完之后就完了，不发表意见，微微一笑，抛在脑后。秋菊有时要小草出个主意，小草愣是不出，问得麻烦了，便抛出一句："自己的主意自己拿。"好像一个长辈的口气。后来秋菊便不问小草主意了，但照样倾诉她内心的苦闷。

秋菊好打扮，爱穿新衣服，却因家里光景不好，不能满足她的好穿戴，而时常郁闷。猛然间听她的心上人说除了考学还有别的出路，并且能立马挣到钱，她便不再有所顾虑，要跟同学出去打工。

夏茂源和常艾莲坚决不同意。

秋菊却有对策。她向来做事干脆，又胆大，心里想什么，行动上必定要跟上。爸爸妈妈不同意，她有的是办法。她想到了苦肉计，选择绝食。到今个，已经绝食整整两天了。

小草对于秋菊半道辍学出去打工也持反对意见，从来不发表意见的她私下里跟秋菊交流过。她以为先让秋菊的同学出去，等那面确实稳妥了，秋菊也就高中毕业了，到那时再去也不迟，一方面合了大人的心意，另一方面她也能顺利出去，现在就没必要整这样一出戏了。但秋菊不听。小草说服不了二姐，又不想惹爹娘生气，便私底下打掩护，偷偷给秋菊拿些吃的，免得秋菊饿坏身体。

秋菊跟爹娘僵持了半个月后，最终获得胜利。

是常艾莲先妥协的，然后给夏茂源做工作。她说："二女子从小让我戳慢使唤，养成了她的野性子，现在强留她在学校里，不好好念书，不见得将来就能有出息，她执意要走，就让走吧，出去吃点苦头，兴许会是好事。"

夏茂源说："话是那么说，但她毕竟还小，出去了你能放心吗？"

常艾莲说："我们写封信，让冬枣多关照点妹妹，情况不好就让回来。"

夏茂源说："就怕撞倒南墙，再后悔就迟了。"

常艾莲说："那她几天不吃饭不是饿坏身体了。"

夏茂源说："你当娘的能舍得，我还能说什么。"

就这样，秋菊跟随她的同学同去了省城。

河川湾距离省城近千公里路，坐长途公共车，途中需要歇两晚。这样一来，路上的干粮必须带了。常艾莲心细，给二女儿准备了两个黄帆布包，一个包里装着她的换洗衣服，一个包里装了十来颗煮熟的鸡蛋和几张烤熟的豆面饼，要她和同学在路上吃了。

秋菊去公路上等车，夏茂源没有去送。他内心里是一万个不愿意。当初冬枣考上大学，给了他足够的荣光，现在秋菊辍学，还要跟个男同学一同走，他的脸上挂不住，当然不会去送了。但秋菊出门前，他还是交代了一句话。他说："好出门不如歪在家，外面不好，你就立马回来。"常艾莲去公路上照了，但秋菊直至上车，她都没说一句话，眼眶里泪花却在打转……小草也去公路上照了，之前酝酿好的祝福话，竟然干涩地卡在了喉咙口。直至汽车开远，她都没能说出口，她原来想着要像送姐姐上大学时一样，也追着汽车跑几步，用力挥舞着手，表示她的不舍，但在汽车开动的一瞬，她却断片了，任泪水流淌，眼前模糊一片。

老人们常说："农村的娃娃，不吃三年闲饭。"但小草却吃了十五年闲饭，而她之所能吃十五年的闲饭，全因上头有大四岁的秋菊罩着，护着，帮着。

秋菊去了省城，小草一夜之间就长大了。下午放学一回家，没用常艾莲多说一句话，家里的挑水担子就扛在肩上了，院里两只绵羊的羊草也揽在手上了。礼拜天，她还主动帮妈妈做饭，洗衣服，馇猪食，以及农村庄户人家的一应琐碎生活，她似乎早就学会了。

其实，农村长大的娃娃做家务活，并不需要手把手教。言传身教，耳濡目染，看都看会了。这叫门里出身，自会三分。

小草不傻不痴，且有三分伶俐，爱学胜过秋菊，听话胜过小寒。她与生俱有自学成才的天赋，所谓农村女孩子要做的家务活，她不学自通，样样做得好，常艾莲的微笑就是对她最大的褒奖。她学习刻苦自觉，成绩优秀，总得到老师表扬，同学羡慕。绝不是夸她，成绩摆在那儿，初中毕业，她顺利考入高中。

开学还不到一周时间，同学们就送了小草一个外号——山里红。

山里红是山丹丹花的别称。山丹丹花是陕北地域里极少见的一种花，也叫野百合花，陕北人通常叫山丹丹。山丹丹花娇艳无比，特别水灵，具有一种神奇的美。20

世纪 70 年代，一首唱响大江南北的革命歌曲《山丹丹开花红艳艳》使得生长在黄土高原上的这种"野百合"家喻户晓。

同学们给夏小草送了这样一个外号，说明她好看，是校花。也确实如此！人说"女大十八变"，而小草还不到十八岁，才刚刚十六岁多点，就出落得人见人爱了。

漂亮女生往往会遭男生惦记，小草也不例外。

高一三班有两个男生，一个叫贺小强，一个叫徐晓明。贺小强是班长，徐晓明是学习委员。两人竟然同时惦记上了他们的同班同学夏小草。

这得从两个小星星说起。

期中考试刚刚结束的课间，小草从书包里往出掏语文课本的瞬间，书包里掉出两个粉红色的小星星。她以为是下课收拾书本时误把同桌折叠的小星星装进自己书包里了，便忙赔礼道歉，并把那两个小星星还给同桌。

同桌也是女生，平时就爱折星星玩，书包里时常装有一个七色星星瓶。出乎意料的是，同桌说那两个星星不是她的，因为她的七色星星瓶里压根就没有粉红色的，而同桌也不喜欢粉红色。

既然不是同桌的，又从小草的书包里掉出来的，那就是小草的了，小草也就有了主宰权。小草之前还不曾折星星玩过，不是她不喜欢，是她的父母没有宽余的钱给她买星星纸。这下好了，她正好可以用这两个星星练手玩玩了。想到做到，她当即就把两个星星拆了开来。

这一拆可不得了，原来星星里大有秘密，而这秘密竟然在第一时间就让小草的同桌看了个清清楚楚。同桌是个快嘴女生，嗓门奇高，尤喜欢搬嘴。只见她从小草手里快速抢过那两张星星纸，迅速跑上讲台，扯开她的高嗓门，大声朗诵起来——

"亲爱的小草同学，我借你的油笔，请你下午放学，务必来操场旁的杨树林里取。切记，切记。贺小强。"

"亲爱的小草同学，我明天早上会把贺小强借你的油笔还给你，今天下午放学，你千万不要去操场旁的杨树林。切记，切记。徐晓明。"

快嘴女生这一朗诵，当即就把夏小草推在了风口浪尖上。

旋即，全班同学便大声哄笑起来。

继而，平时形影不离的贺小强和徐晓明在教室里扭打成一团。

显而易见，贺小强和徐晓明的扭打，是因为他们互相发现了对方成了自己的情敌。

其实，徐晓明和贺小强的父亲都在河川邮电所上班，他俩同是河川邮电所大院长大的娃娃。贺小强个矮，面丑，外向，不爱学习，说话宛如竹筒倒豆子。徐晓明个高，英俊，内向，不爱言语，一有时间就抱着书看。也正是因为两人性格有互补，在这件事情发生之前，两人的关系一直很好，就像一双筷子，常常出双入对。

现在可好，因为一个夏小草，两人竟然大打出手了。

夏小草在这之前，她是压根都不知道这档子事的存在。

毕竟都是学生嘛！贺小强和徐晓明对夏小草的喜欢大概仅限于一种暗恋行为，或者说应该属于青春期对异性懵懂的好感，两人还全都不知道用怎样一种方式表达，所以当贺小强对夏小草表达他的心思的时候，才激发出徐晓明内心的善良和下意识的保护。

这事情如果放在当今时代，根本就不算什么，但当时可不行，再加上那快嘴女生的故意使坏，夏小草瞬间便成了全班同学的谈资，攻击对象，并且还赢得一个响当当的称号——脚踩两只船的女生。

从此，她的学习生活就不得安宁了。

贺小强是他老子花了钱塞进学校来让打发时光的，学习成绩在本班总是倒数第一。让贺小强当班长，实属班主任老师的无奈之举。当时，新生见面，班主任老师让同学们推荐一名班长。贺小强竟然站起来自告奋勇要当班长。班主任老师对贺小强的情况略知一二，颇不满意，但当时再无第二个人要和贺小强竞争，他便不好拒绝，就让贺小强当了班长。老师以为贺小强当了班长也许会变得有责任心，并能维护班集体名誉。不想他全错了。时隔不久，某个课间十分钟，贺小强把一个女生关进教室，勒令全班同学站在距离教室一米之外。结果上课铃敲响，同学们推开教室，便看见女生站在墙角，浑身哆嗦，头发凌乱，失声痛哭。许是女同学觉得自己无脸见人了，便跌跌撞撞跑向课桌，拿了书包，旋风一般，出了教室。为此，班主任老师还受到了学校的批评。

基于这件事情的发生，高一三班的女同学，全都像躲瘟疫一样躲着贺小强。徐晓明对贺小强也有了看法，觉着他不能再与此人同流合污。于是，徐晓明就和贺小强变得貌合神离起来。

夏小草的事件发生在那位女同学之后。

值得庆幸的是，徐晓明也喜欢夏小草，并且在第一时间破了贺小强的局。否则，夏小草大约也如那个女同学一样，已经辍学回家了。

十四

上到高二，文理科分班，夏小草报了文科。夏小草喜欢文科，她爱写作文，也写得好，语文老师常把她的作文当范文诵读。

贺小强也报了文科。他的理由很充分。他说："学啥也是混光阴，夏小草学文科，我就学文科，我必须要和她一个班。"

出乎意料的是，理科成绩相当好的徐晓明也报了文科。他说："我学啥都没关系，我之所以学文科，正是要监督贺小强，保护夏小草。"

这不是摆明了要挑衅吗？贺小强不干了。他纠结起一帮狐朋狗友叫板徐晓明。但徐晓明也不是吓大的，他才不在乎贺小强呢！他也有一帮哥们。

好家伙，贺小强的一帮人，徐晓明的一对人，两对人足足有二十个，全都赤手空拳，分两排在操场上对峙，挥拳踢腿，开始对打。

这还是学生吗？他们是把学校当成自家的后花园了呀！

阵势搞得太大的话，往往很容易熄火。恰恰如此！就在他们摆开阵势，还没有真正进入角色的时候，学校保卫科来人了，把两队二十个学生全部扭送校长办公室。

次日上午，学校开大会，贺小强和徐晓明均以纠结聚众斗殴为由被学校惩罚，各罚负责浇学校菜园一周，共七个下午。

高二后半学期，这学期的课程已经全部进行完，老师开始教高三的课程。加上寒暑假，学校要求高二学生留校补习，这样的话，等高二生真正升入高三阶段，高三课程就已经全部学完，剩余的时间，便成了高三学生的突击冲刺备考阶段。

就在这个时候，学校的人事有了大变动，使得毕业班的代课老师迟迟不能到位，即便到了位的，大概知道课程已经上完，也就时常不光顾面临高考的学生了。而毕业生们也似乎忘记了学生的本分，忘记了来学校的目的，竟然来去自由，随便出入教室，随时迟到早退。老师还在讲课，学生竟然连报告都不打就长驱直入。

就在毕业生全都处于一片混乱时，夏小草遇到了一件让她再也不能忍气吞声的事件。

那是一个课间，夏小草同学上完厕所，回到教室，蓦然发现自己的书包不见了。"我的书包哪去了呢？谁见我的书包没？"她边喊着询问，边四处找。突然间，她发现在座所有的同学都用一种异样的目光看她，更有她的男同桌，用胳膊肘碰了一下她，继而就用右手食指，指了指黑板。她意会后，看向黑板。一行歪歪扭扭的大字，即刻映入她的眼帘：

"夏小草，我命令你立刻来操场旁的杨树林找你的书包，否则别怪我不客气。贺小强。"

这个榨菜！他要干什么？她转身跑出教室，跑向杨树林。

班里的同学看见小草跑出了教室，一拥而出，全都跟上她跑到杨树林。

同学们是准备好好看一场热闹了。

让小草始料不及的是，徐晓明和贺小强正在杨树林打架。

"别打了。"

小草一声断喝。两人暂停打架，却处于怒目对峙状态。继而，两人开始嘴斗。

"徐晓明，你别以为老子不敢揍你！"

"老子奉陪到底。"

"你还是曾经的你吗？"

"那是因为你不是曾经的你了。"

"老子就是喜欢她,碍你什么事了?"

"老子也喜欢她,也不碍你的事。"

"徐晓明,你还算人吗?"

"你才不算人,你尿泡尿照照,你配得上她吗?"

"老子告诉你,只要你不干涉老子,老子就把书包还给她。"

"你休想,你试试,你如果敢把她的书包烧了,老子废了你!"

突然间,只听"噗"的一声响过,贺小强手里拎着的书包就着火了。只见徐晓明飞起一脚,踢飞贺小强手里的书包,又抢上去,两脚踩灭书包上的火苗。贺小强转身冲过来,一把摔倒徐晓明,两人又扭打了起来。

看热闹的同学们开始吵吵,无非就是一个话题,贺小强和徐晓明,两人为了夏小草,不顾昔日友情,反目成仇。

贺小强家里有钱,营养好,吃起一身横肉,憨胖,却并没有多大力气。而徐晓明爱好广泛,尤喜爱健身,平日里经常打篮球、吊杠、练拳击,看起来相当精干,再加上个高,手和胳膊上也有劲。如此一来,几个回合,徐晓明就占了上风。贺小强自感体力不支,又恐败下阵去丢脸,情急之中,就在裤腰上拽出弹簧刀。说时迟,那时快,徐晓明的后背就被贺小强捅了一刀。

徐晓明万万没想到贺小强会破了规矩,偷袭自己。他突然间感到后心剧痛,脚下一趔趄,一个马趴下去,还好,他反应敏捷,抱住一棵杨树支撑身体,不至于全身扑倒在地。他抱着杨树,强忍着疼痛,静立片刻,猛地一转身,反手扭住贺小强的胳膊,只听"咯嘣"一声响过,贺小强便滚倒在地上,"哇哇哇"地开始嚎叫。这个时候,徐晓明再也支撑不住,便一个马趴,扑倒在地。

杨树林里顿时乱成了一锅粥,同学们仿佛躲避瘟疫一样,四处逃散。

小草眼睁睁地看着两个男生因为自己打架,却不敢上去拉架,更不敢告诉老师,就在她努力思想着该怎么制止他们的时候,情况变化了……

徐晓明趴在地上,一动不动,一声不吭,甚至连一声疼痛的呻吟声也没有。他脊背上栽着那把匕首,还端端直立,就像凯旋的战士屹立在战场上一样。

贺小强大概胳膊被徐晓明拧疼了?拧坏了?拧断了?他一直在干号。

小草反应过来后,哆嗦着身体,跑向徐晓明。她想看徐晓明是死是活。

"站住,别过去。"一个老师飞奔过来,吼了一声。

小草原地立定,慢慢回头,见老师瞪着眼睛,便低下了头。

"你好厉害啊!"老师挖苦小草。

十几分钟后,河川卫生院和河川派出所的人都赶到了。徐晓明背上的弹簧刀依然端端栽着,鲜血渗出来,把他的米色短袖染红一大片。贺小强依然"哇哇"地嚎叫。

在卫生院和派出所来人的忙乱中,贺小强和徐晓明的父母也都赶到了。

此刻,夏小草混在学生堆里,目送救护车驶出校门后,她的心一下子跌入了冰窖。

十五

发生了这么大的事情,夏小草再不敢在学校停留片刻。她骑了自行车,疾驰回家。刚到坡下,看见路边停着一辆蓝色中轿,才想起明天是大姐出嫁的日子。而那辆蓝色的中轿,正是冬枣的未婚夫请的司机开来接人的。

夏冬枣大学毕业,分配在榆泉财院当教师。她在上大学期间谈了男朋友,名叫袁明博,分配在榆泉政府部门工作,据说是一个相当厉害的笔杆子,目前是领导的文书,负责单位的文秘工作。

夏冬枣的婚礼要在榆泉的大酒店里举行。婚礼前一周,她回到了河川湾,陪常艾莲住了几天。她现在是拿工资的人,完全脱离了农村的土气,满身城市人的味道。她给夏茂源和常艾莲买回来新衣新裤,要父母亲体体面面出席她的婚礼。

夏冬枣心里希望一大家子人都去榆泉参加她的婚礼。夏茂源的邻居说可以帮常艾莲喂那些张嘴的牲口。常艾莲却不允,她希望家里留一人喂牲口。

晚上,一家人围坐在炕上,讨论谁留下来喂那些张嘴的牲口。

苏月影在这些场合上很明事理,主动说她留下来。常艾莲却坚决反对,说两个孙子不听话,需要当娘的管理,她带着去了没办法;又说小姑子婚礼,嫂嫂不参加不合理。

夏茂源拍板道:"那就叫秋菊留下。"他转头用乖哄的口气对秋菊道:"听爸爸的话,这次你就不去了。等我们回来,你一人去姐姐家串门,住多久都可以。"

秋菊是专程从省城赶回来参加大姐的婚礼的呀!

秋菊顿时不高兴起来,争辩道:"不,我就要去。妈,我可以帮你带娃娃,我保证他们听话。"

常艾莲道:"听话,你嫂嫂不能缺席,就你留着。"

秋菊嘴努着,嘟囔道:"人家从西安专门回来,为的就是赶姐姐的亲事啊!你们权当我没回来不成?"

听到这里,小草说话了,她出来打圆场:"爸,妈,让二姐也去。我们学校正在复习阶段,我就不去了,我给喂牲口。"

秋菊一把抱住小草,连连道:"好妹妹,二姐没有白亲你,二姐回来给你买好衣服。"

小草根本无心思参加冬枣的婚礼,就是全家人都能去,她也不会去。她的心情一团糟,正想找个安静的地方躲起来呢。这未尝不是好机会,送个顺水人情,两全其美。

常艾莲顿时眉开眼笑。

小草觉得没她的事了,就悄悄溜进后窑,关了过洞门,强迫自己看书,留一家人欢喜热闹到后半夜才相继睡去。

次日一早,苏月影系着围裙给厨师打下手。

夏茂源节俭惯了,依然主张简办,只准备了三桌酒席的食材,跟大儿子结婚时一样,只请了亲门子里的家人。

中午放学,小草刚回到坡下,就听见轿车在公路上"突突突"地响着预热了。看样子快出发了。小草推着车子风一样刮上坡,看见家里人已经都吃了,碗碟散开,杯盘满桌,一片狼藉。

常艾莲跑过来给小女儿交代,仿佛要出门很久的样子,必须事无巨细。小草慌忙扒拉几口饭,看见一行人拾掇起准备出发,她撂下碗筷,跟着出院,下坡,站在公路上目送一家人依次上车后,泪水便再也止不住,夺眶而出了。她泪眼模糊地向前方望着,一直等着轿车淡出了视线,才转身上坡,回到窑里。

三桌酒席后的摊场,小草收拾了小半天。当她跨上车子,疾驰到学校,刚把车子停好,上课铃就响了。

她一进教室,同学们的目光就齐刷刷投过来。教室后边有几个男生便开始打口哨,尖叫,更有一个满头长着几根细黄毛,平时还跟她关系很不错的女同学,全不顾及同学情谊,从喉咙深处发出一声干呕,把一口浓痰啐在地上,狂笑道:"同学们,你们说怎样的人最容易脚踩两只船?"班里的同学便随着女生的话音落下,大声哄笑起来。她只感觉脸颊发烧,脑袋发胀,还没有走到座位的脚,竟然不听她使唤,折转身,便向外疾跑起来。

殊不知,她埋头跑步,慌乱之中,疏忽了讲台的高度,身体突然失重,整个人便一个马趴跌倒在教室门口。教室里旋即又爆发出一浪更比一浪高的尖叫。这当儿,班主任老师进了教室。

班主任老师是一位特别面慈心善的中年男人,他并没有说什么,把讲义放在门口的课桌上,伸出一双强有力的大手,扶小草站了起来,继而摆摆手,示意她坐回座位,之后便沉着脸吼道:"无法无天了!十来年,你们是怎么受教育的?有没有人情味啊?要是你们自己也跌倒,别人也尖叫、坏笑,你们什么感觉?简直不可救药。"

班主任老师来了,亲自扶她站起来了。那一瞬间,她心道:"哪怕自己有再大的委屈,再大的艰难,哪怕教室就是一片火海,也不能不给老师面子,必须坚持到下课。"想到这,她便低着头穿过讲台,又坐回座位上。

班主任老师开始讲话,让同学们推荐新的班长和学习委员。同学们你一言,我一语,最后指定了班长和学习委员。究竟谁是班长,谁是学习委员?小草不关心,她也没有用心听。老师让学习委员发试卷。当试卷发到她手里时,小草看见试卷上一片模糊,连一个字,一道题都看不清楚。她无心思考,无心解题,心跳得慌,七上八下,仿佛有只逃生的兔子,找不到出口,四处乱闯。她硬推到下课,老师前脚走,她后脚就跟出教室,骑了车子,风一样刮回家,关了门,倒头就睡,躺下却睡不着,满脑子都是徐晓明血红的脊背。她在心里默默祈祷,祈祷徐晓明平安康复。一直睡到傍黑,她强迫自己从炕上爬起来,喂猪、喂羊、喂鸡,安顿好牲口,她又上炕睡下。

她的书包徐晓明给抢回来了,她却没有心思看书学习,更没有勇气再去学校,趁家人都不在家,她把自己关在窑里。连着三天,她连院子都没出。第四天家人回来,她强迫自己又去学校,在学校里硬着头皮挨到放学。

十六

下午放学,小草刚走到坡下,小寒从后面追上来,叫住她,诡秘地问道:"三姐,那几天没去学校吧?"

小草哑然。

小寒又道:"我全看见了,我都晓得。我不打算念书了。"

小草愕然。暗暗自问:"难不成与我的事件有关?"

阿弥陀佛,全没关系。

小寒语带老成道:"我就是不想念了,没意思。"

小寒现在是河川中学初中三年级的学生。夏小草同学在学校的传说,通过这次打架事件,全部被证实了,在他看来,河川中学好比一个羊圈,学校的老师好比羊倌,而他们这些来学校念书的学生就只能是羊圈里的羊了。羊倌把羊拦大了,养肥了,交予社会,任人宰割,而羊只能"咩咩"地嚎叫几声,然后蹬腿,闭眼。小寒不想做只任人宰割的羊,他要主宰自己的命运,所以他打算不上学了,他要闯社会。

从此,他真的不去学校了,但他也不在家里窝。一早起来,他依然装出要去学校的样子,到了吃饭时间,他又装模作样地回家。他不是瞎逛,他在寻事做。他内心对父亲还是有点胆怯,所以他就想着要个找合适的时间,再告诉父亲自己辍学的事。他全错了。没过三天,夏茂源就觉察了。

夏小寒私自辍学,无异于给夏茂源当头一棒。

他曾期待过夏小寒光宗耀祖,光耀门庭,他万万没有想到,他抱有最大希望的儿子,竟然这样报答他。那日傍晚,他黑着一张脸,跟儿子交谈。

"为甚不念了?"

"不想念了。"

"那是理由吗？"夏茂源的音调提高了。

"学校比羊圈都乱，能学下个屁，还不如早进社会，早闯荡。我不想在羊圈里长大，任人宰割，我不要成为一只逆来顺受的羊，我要主宰自己的命运。"

夏茂源被小儿子的话呛着了，一双眼睛睁得卵大，一时间竟然找不到合适的话来对答。

夏小草更是两眼放光，她万万想不到不好好念书的弟弟竟然有这么独到的认知。从那一刻开始，夏小草对她的弟弟夏小寒开始刮目相看。与此同时，另一个她却在手心里为夏小寒又攥着一把汗。

常艾莲端着一盆猪食，她本来要去外边喂猪的，猛然听见小儿子的一串说辞，一时间竟忘记了喂猪，驻足在半脚地，呆瞪着父子俩。

"不好好烧香，还嫌庙不高。"夏茂源终于回过神来，他低吼道。

"我不喜欢烧香拜佛。"

夏茂源被夏小寒的顶撞气坏了，他双拳紧握，牙齿咬得咯噔噔响，仿佛要把拳头挥向不听话的儿子一样。端着猪食盆，立在地下的常艾莲立时就紧张了，忙给小儿子使眼色，示意他不要犟嘴。夏茂源果真把拳头举起来了，但举在半空又轻轻放下了，他的声音也低了下来，仿佛小儿子的抢白扼住了他的喉咙，使得到了喉咙口的话卡住了，半天上不来，最后竟然变成一声沉闷而声嘶力竭的呐喊："不学无术，还谈主宰自己的命运？怕连讨吃的门门也找不上。"

"我已经长大了，我的未来我做主。"

夏茂源抄起脚地上的扫把，一扫把就要扬过去。夏小寒往下一蹲。常艾莲看见不对，把手里端的猪食盆蹾地下，一把夺下扫把，嗔怪道："怎能拿扫把打人哩？扫把打人打福哩！有话不能好好说。"

"你解下个屁哩！书也不念了，哪来的福？"夏茂源见婆姨上手，突然有气力了，冲着常艾莲大声吼道。

"小寒，要不叫你爸给你转个好学校？"常艾莲不计较老汉的吼叫，翻过来劝说小儿子。

"自己不学好，还赖上学校不好了。小草门门功课都能学好，他就学不好，死猫扶不上树。转再好的学校也要自己学哩。"夏茂源气呼呼道。

"转哪我也不念了，我要到社会上闯闯，闯不出个人样，做不出番景致，我不姓夏。"夏小寒撂下一句话，转身出门，推了自行车，腿一抬，冲下坡走了，留下他的爹娘在窑里生闷气。

小寒跟父母讲摆的时候，小草就在后窑里听着，大气没敢出一声。她现在连自己也顾不了，哪里还敢出场劝架。再说夏茂源凶起来可怕人了，放在往常她也不敢出面调和的。

　　小草欣赏小寒的魄力，也认同小寒的观点。她感谢小寒没有对爹娘讲出她的事情，给她留下了足够的脸面。她现在抱着一颗慌乱的心在爹娘面前装模作样地看书，其实心思根本不在书上。她也萌生了辍学的念头，只是她不想给父母火上浇油，她害怕看到父亲失望的面容，她宁愿让自己独自承受。

　　她想，尽量推到高中毕业吧。

　　河川中学，近年来，升学率极其差，能考上小中专的，也就有数的几个，能正儿八经考上大学的，更是寥寥无几。

　　夏小草读高中一年级的时候，夏小寒读初中一年级。那一年，河川中学所有的学生上学时开始自带凳子，否则没凳子坐。据说是被走出学校大门的学生偷回家了。

　　偷凳子事件要往前追几年。几年前，河川公社逢集必公映电影，电影荧幕扯在当街的戏台上，人们要站在戏台下看。河川中学是清河县有名的中学，学生之多，可谓了得，从初中到高中，六个年级，少说也有二十四个班，加上初三一个补习班，高三一个补习班，全校学生将近两千人。学生想去看电影，他们有得天独厚的优势，可以把学校里的凳子带去坐着看，无须挨受站立累困疲乏之苦。河川街上的住户看不下去了，也去学校拿凳子。

　　河川中学只有围墙，没有大门，也不设门卫，更没有保安。逢集公映电影时，街皮就来学校撬门翻窗，拿凳子。没用两年时间，街上的住户，家家必有学校的凳子了，少则一两个，多则三四个，这是人尽皆知的事情。家长喜欢让儿女往家里拿，老师也不过问，学校又不追究，听之任之。久而久之，等到夏小寒考进河川中学，居然连老师坐的凳子也没有了。

　　校长心知肚明。

　　新学期开始，召开全校师生大会，全校师生在土操场上席地而坐。校长在会议上首先做了自我检讨，又以委婉的口气说明了学校目前面临的难处，最后才说出了要求学生自带凳子上课的这一决定。

　　学生把从学校里偷出去的凳子又带回了学校。学校从老师到学生都知道那些凳子原本属于学校，每个凳子下面都刻着学校的名称。按理说，追回也无可厚非，可学校却不予追回，放任自流，让浩浩荡荡的学生带着凳子上学，这景象维持了整整半年。

　　夏小寒之所以辍学，也有此原因。另外的因素是，那一级学生，课堂上看小说、画画、写情书、拉话、吵嚷，甚至随便出入教室，无视授课老师的存在，旷课也不补假条；学生恋爱，甚至搞大肚子，也不算惊奇，刮宫处理一个月不来学校，老师绝不过问；课堂仿佛会场，老师只负责讲课，学生爱听不听，与老师无关，完全就是"姜太公钓鱼，愿者上钩"的教学态度；自习课上，像是鸦雀窝被戳了一棍子，叽叽喳喳，吵翻不停。

夏小草幸运，侥幸没赶上。她上初中的三年，学生基本上保留传统的封建思想，男女生不敢互相说话，即便互相有好感，也只是心里暗暗喜欢，不敢流露，不敢表白，完全属于心有淡淡情愫、眼神浅浅交流的一代人。

夏小寒有别于那些不学无术的学生，他有一种生不逢时的感觉，他太不合群了。他不认同老师的教学态度，也不苟同学生的学习态度。他感到一种旷世奇有的孤独，仿佛自己就是被上帝打发到这个世界来干一番大事业的人。他郁闷，纠结。他讨厌课堂，讨厌那些整天浑浑噩噩、玩世不恭的同学。他想立即逃离学校。他能顺利念完初一、初二的课程，基本上也是硬着头皮坚持下来的。

夏茂源苦口婆心，软硬兼施，硬是无济于事。无奈之下，他去找夏小寒的班主任老师了解情况。回来之后，便长吁短叹，连晚饭都不想吃。夜晚睡下，他一百八十度大转弯，对常艾莲轻声细语说：

"小寒万一说不听，不上就不上吧，叫他社会上闯去。"

"怎的啦？"常艾莲大感奇怪，当即问。

"唉！风气坏了。"夏茂源叹气说。

"他还那么小，不上学做甚呢？混坏呀！"常艾莲不无担忧。

"甭操心了，顺其自然，猪娃头上也顶三升粗糠。"夏茂源说。

次日，夏茂源就再没催促小寒去上学。但他约法一章，不允许小寒随便出去瞎逛，一切行动要听大人安排。

夏小寒小小年纪，辍学在家，无所事事，混入社会，糟糕的社会风气，难免学坏。约法一章管用吗？

至此，夏茂源心灰意冷，他彻底不指望小儿子能为他扬眉吐气了。他整天眉头紧锁，唉声叹气。

一日，家里来了常艾莲的远房亲戚。亲戚打算拾掇一个水孵小鸡的营生做，却没有本钱，想和常艾莲挪借几千块钱。亲戚的想法激活了夏茂源的思路，他当即就和亲戚合计了一个合伙生意——水孵小鸡生意。整个生意由夏茂源张本，亲戚负责技术，亲戚带上夏小寒学本事，盈利对半分。亲戚万分感激。

次日一早，亲戚就带了夏小寒和钱去买设备。

水孵小鸡的厂房就设在夏茂源家的一孔石窑里。

其时，夏小满已经搬进新修的三眼新砖窑里。他另起炉灶，过上自己的小日子了。他腾出的那两眼砖窑，夏茂源和常艾莲住了。夏茂源和常艾莲原先住的两眼旧石窑，前窑小草住，后窑小寒住。小寒和亲戚要合伙做生意了，小草和小寒都搬过去跟父母住一个前后窑。到了晚上，小草睡在后窑的小炕上，小寒和父母睡在前窑的大炕上。这样一来，留出的两孔石窑，前窑做了水孵小鸡的厂房，后窑则成了亲戚一家人的临时住宿。

水孵小鸡是季节性营生，一年里也就是春暖花开三几个月时间。夏小寒性急，亲戚也性急。第一天，准备厂房，买设备，安装，调试。第二天，亲戚和夏小寒走乡串户收鸡蛋。第三天，正式开始水孵小鸡。过半月，第一批小鸡破壳而出。又过三日，亲戚和夏小寒两人结伴出去卖小鸡，留亲戚的婆姨在窑里继续第二批小鸡的孵化工作。再过三日，第一批小鸡全部脱手，两人顺利返回。接下来，夏小寒出去收鸡蛋，亲戚负责窑里的孵化工作，周而复始。

夏小寒年轻、灵动、反应快，第一批小鸡卖出后就完全入道了，收鸡蛋、卖小鸡，他一个人全能应付过来。

然而，让人料想不到的是，小寒第三次一个人出去卖小鸡，却差点回不了家。他乘坐一辆开往榆泉市的班车到素有"塞上香港"的旱码头清川去卖小鸡。运气不佳，班车出了清河县连出两次故障，单单等修车就耽误了好几个小时。天公不作美，临到清川又下起了大雨。小鸡不能淋雨，淋雨后的小鸡，不出一天全部会死掉。他没有回天之力。小鸡没等到清川就全部夭折在路上。小寒的情绪糟透了。小鸡全部死了，损失惨重，而夜间不放班车，他又回不了家，只能留宿清川。晚上住一小旅店，同房间竟然住进来两个酒鬼。两酒鬼不知为甚半夜打架，一个飞刀伤人，刀子飞出，不偏不差扎在他的被子上。庆幸的是他半夜受冷蒙头睡着，否则真不敢想象。小寒被两酒鬼惊醒，逃出旅店，不多时，警察就从旅店里抬出一具尸体。他惊魂不定，再也不敢进旅店半步，在漆黑的雨夜里硬挨到天亮，拦了第一趟班车回了家，进门便栽倒在地，人事不省。

夏茂源骑了车子请回来医生，诊断后才知是疲累过度加上受寒感冒引起的高烧，并无大碍。病因吃清，医生先给打一针退烧针，又开了一些内服的西药，喂他服下，便让他安稳睡去。结果，小寒一连睡了三天。第四天烧退了下去，他的精神也回来了，这才又开始继续他的水孵小鸡营生。

天要下雨，娘要嫁人。有些事情，只能怪天。老天若不想要人挣钱，人再努力，也是白搭。这一年，从春到夏，雨多得就像怨妇的眼泪，两天不哭，三天定哭。亲戚急，夏小寒急，夏茂源更急。急也没办法，何况有任何生意都存在风险一说。全怪天不蹬劲，他们的生意终因天气原因，以赔本告终。

生意赔钱了，亲戚脸上不光彩，小寒心情不好，常艾莲心里不高兴。可出乎意料的是，夏茂源却没有表现出任何不高兴来，反而异常淡定，异常豪爽，甚至逢人就宣讲小寒的吃苦精神和聪明才智，让人误以为这场生意还赚了不少钱。

"能个甚了？又没给你抱个金娃娃回来。"常艾莲看着老汉脸上挂不住的笑容，满脸疑惑道。

"妇人之见。舍不出羊，套不住狼。吃得苦中苦方为人上人。"夏茂源把"吃得苦中苦方为人上人"这句话说得尤为漫长，余音袅袅。

十七

贺小强和徐晓明复校后,学校召开全校师生大会。校长站在大会主席台上,宣布贺小强和徐晓明被学校开除学籍,取消高考资格。

听到这一处理意见,夏小草的脑子在第一时间"轰"一声炸响,随即便有一种深深的自责涌上心头——是她带累了徐晓明,是她害了徐晓明。

贺小强反而不再恨夏小草,他把全部的怨恨转嫁给徐晓明。他胳膊还打着石膏,挂着吊带,便在路上围追堵截给夏小草道歉,给夏小草说好话,甚至直截了当地说:"小草,我真心喜欢你,我不会伤害你,我要和你结婚。"而每次他的话刚说完,徐晓明就像从天而降一样,出现在贺小强面前,把身子一斜,插在贺小强和夏小草之间。徐晓明和贺小强彻底撕破了脸皮,他扬言要和贺小强死磕到底。他居然拿出撒手锏,当着贺小强的面,诵读自己给夏小草写的情诗。

夏小草在徐晓明和贺小强两人的双面夹击下,心力交瘁,无心学习,惶惶不可终日,简直精神崩溃。她从来没有这样焦躁不安、心神不定。她想跟父亲摊牌,说她不想上学了,上学路上的艰难她没办法对付,她想回到家里。然而,她又怕刺伤父亲。她选择了沉默,选择了忍耐。她强迫着自己去学校,上学的路上,她想尽办法与贺小强和徐晓明周旋。她不想逃学,哪怕去了不学习,也天天去学校。这其中有一个最关键的因素是她不想让徐晓明失望,她说不上为什么,就是不想。距离大考只剩一个多月了,一日下午放学回来,夏小草推着自行车刚进院子,突然间就昏倒了。当时常艾莲正在院子里,突然看见小女儿昏倒,当即抓嘛喊叫起来。夏茂源还在盐地里,突然间听见婆姨大喊大叫,急火慌忙跑上坡来,见情况不对,又站在埝畔上喊大儿子夏小满,让他赶紧叫三轮送小草去医院。

夏小满开着三轮,拉着父亲和小妹妹到河川卫生院检查,得出的结论是,小草学习压力太大,导致脑神经衰弱,需暂时停学休养。

夏茂源长叹一声,迫于无奈,只能让小女儿请假回家休养。可这一回家休养,便硬是把迫在眉睫的高考给耽误了。

夏小草因脑神经衰弱的缘故没能参加高考,夏茂源和常艾莲心里总感歉疚与自责。

小草请假回家,不能去学校了,这正合她的心意。她没能参加高考,除了感到点点遗憾之外,内心的自责感反而减轻了许多,释然了许多。但夏茂源和常艾莲却不明缘故。他俩担心小女儿,担心小草因为没能参加高考而想不开,更郁闷,更纠结。两人便想着法儿扰乱她的思想,让她放松心情。今天派她去外婆家散淡,后天又带她去戏场消遣，要不就让她帮家里做点轻松的营生，要是她不乐意做，也全不勉强，任由着她的心情，哪怕她吃了睡，睡了吃，家里生活再忙，也不叫做。两人尽心尽意为她着想，全盼她心情好了，身体好了，各方面的营养都赶上了，来年继续补习高考。

小草请假回家的起初几天，她感觉有愧于父母的期望，所以尽量表现得勤快，帮妈妈打下手做饭、洗碗、挑水、扫院、㧟羊草等，根本不需谁提醒，自己抢着去干。她如此做法，为的是祈求自我的宽恕，让内心少些自责，多些坦然。

几天后的一个傍晚，小草和爸爸妈妈正在吃饭，门里进来一位稀客。

稀客叫李军，是个油匠，小包工头，在榆泉城里干活，手下雇佣几十号人。他来拜丈人，可丈人太老，说不上话，便来找夏茂源拉话，打发时光。他丈人和夏茂源是远房弟兄，上下坡邻居。

李军一进门，就笑呵呵道："二叔，正吃饭哩。"

"来，炕上坐，几时回来的？"夏茂源说着，顺手指指前炕。

"昨个。"李军说着，屁股一斜坐上炕沿。

"吃饭没？再吃点，让你二婶舀。"

常艾莲已经舀来一碗，端给李军。

李军连连摆手，急道："二婶，你们快吃，我刚吃过了，吃了揪面片。"

夏茂源道："回来有事？"

李军道："今中午到河川街卜收了两个学徒。"

夏茂源眉头一抬，满眼欢喜道："你的生意是越做越大了，还要学徒不？"

李军道："要咧，二叔手上有人？"

夏茂源吃完碗里的饭，把饭碗搁在炕栏上，从兜里掏出一支烟递给李军。

李军又摆手，嘴里道："早戒了。"

"让小寒跟你学手艺。"夏茂源点燃烟，深吸了一口。

"小寒，不是上学吗？"李军一脸惊讶。

"唉！甭提，不念书都半年了。"

"噢！"李军道："现在的娃娃受不得罪，小寒受得了吗？"

"受得了，受得了。开春那阵，我给他拾掇了个水孵小鸡的营生，他样样能行，做事有始有终，也能独当一面。我看出来了，他很能吃苦，不是那种舍得住的娃娃，一舍下就急得挠瓦上墙。二叔也想不出好法子来，我看你现在弄这营生就挺好。"

"二叔，你不知道，顶儿营生。我是没得法了。你能舍得小寒受罪？不是我欺小，小寒一准受不了。你可不晓得，我的学徒走马灯一样，来来去去不停换，能坚持下来半年的少得可怜。好多学徒都闻不惯油漆味。再说那气味确实难闻，闻多了对身体也不好，能闹出病，绝对不是好营生。二叔还是劝小寒好好念书，而今这社会，考学才是正经出路。"

"这些我都晓得,世上就没有不受罪的营生。唉!气得不能说,为了他念书,不晓给老师说过多少好话。你没和小寒拉过话,他说得一套一套。他说学校是羊圈,学生就是圈里的羊,入了社会没有生存能力,主宰不了自己的命运。还说学校里什么也学不下,打死也不念书了,非要社会上闯。已经这样了,不受罪也不行。"

"就怕他学不了多久。"

"跟了多久算多久,二叔不怪你。"

"小寒不在家?"

"串喀了。他回来,我叫他上来跟你拉话。"

小寒串到很晚才回家来,回来看见夏茂源黑灯瞎火炕上坐着抽烟,惊道:"爸爸,你咋还不睡?"

"等你哩!"

"等我做甚?"

夏茂源便说了他的想法。小寒一听,转身跑出门。

次日一早,小寒就拿了简单的行李,跟上李军去了榆泉。

小草到公路上照小寒远行。等班车时,小草悄悄问道:

"听李军姐夫说油漆活顶儿营生,味可难闻了,你受得了?"

"我试试,在家也是闲着。"

小草从小寒简短的回答里,觉察出了小寒骨子里潜藏的那份一心想做事的魄力与胆识,禁不住又自惭起来。

确实如此,现在的夏小寒如同初生牛犊。他现在有的是力量,有的是劲头,有的是锐气,有的是时间。哪怕唐僧转世,带他去西天取经,即便路途艰险,困难重重,需要面对九九八十一难,他也会勇往直前。

小寒走后,夏茂源把注意力全部集中在小草身上了,这让小草感到很不适应。她尽量躲开爸爸的视线,只要爸爸回到家里,她就把自己关在后窑里,胡乱写画,让思想信马由缰。她脑子里忽闪过一丝要补习的念头,又想到很有可能在上学的路上遇到贺小强的骚扰,当即否定。她在家休养了大概两个月,也就是高考结束后不久,爸爸又带她去医院检查,听医生说已无大碍后,便要她做好补习的准备。她不敢明确说"不",只是沉默不予答复,心里却举棋不定,万般犹豫。夏茂源知道小女儿一贯语言少,也没细追问。

全没想到,可恶的贺小强打发媒人来上门提亲。这可是让全家人都大跌眼镜的事情。小草的脸在那一刹那间红到了耳根。

媒人是河川街上的熟人,认得夏茂源,也认得夏小满,偶尔跟夏小满合伙做贩卖粉条的生意。

夏茂源不知缘故，看着媒人，两眼大瞪。

媒人受贺小强的委托，实际是来探口风的。

贺小强可以说是真心看上了小草了，但他喜欢人的方式不对，上学时尽做些让小草反感讨厌的事，实在没有给小草留下好印象。他没有足够的把握主动来见小草，却派来一个媒人，说明他自己内心里也拿不准小草的想法。

媒人说明来意，看看夏茂源，又看看小草，等待答复。

小草一脸窘相，满脸发烧。她恨不能把媒人立即赶出家门，又担心媒人笑话她没家教，给父亲丢了脸，便转身摔门而出。

媒人还算明智，没有在家里傻等，跟出了门，追上小草，悄声道："贺小强说你们是同学，说他真心看上你了，说为了你，被学校开除了。你对他究竟怎么个态度？我好给他回话。"

小草想，贺小强真是没皮没脸，竟然想出这一出来。想到这，她就恨恨道："你告诉他，白日做梦。"

小草把媒人一抢白，媒人便没话了，愣神片刻，便径直走下坡。

媒人走后，小草不敢回家面对夏茂源了，她也下了坡，想到河畔走走，思考接下来自己该怎么办。可刚走到半坡，却遇见邮差骑着车子上坡来。她惊问："有我家的信？"

邮差车子也没下，两腿立地，转身到后座斜挂的黄帆布包里翻，翻着翻着，自言自语："夏小草的信。"

"我的信？谁给我写的信？"小草疑问着从邮差手里接过信。一看信封上的字，她便全明白了。当即她的心便"突突突"地狂跳了起来。

是徐晓明给夏小草来信了。

小草风一般刮下坡，刮到河畔上的一块青石板上，把脚丫子伸进河水里，一把撕开信封——

小草：

　　近日可好？想你！

　　后来总遇不到你，以为你刻意躲着我，又觉得不对，又见贺小强也是每日败兴而归。我去学校打问，才知道你也退学了。你为什么要退学？我和贺小强是迫不得已，你又为甚呢？

　　告诉你一个好消息，贺小强主动找我打问你了，说他再没见着你，问我有没有见。我如实说了——也没有见着。不承想，仅隔一天，他就告诉我，说要退出竞争。他现在跟亲戚学开车去了。

　　你知道我现在的心情吗？高兴，激动。他终于被我打败。我就知道会有这样的结果，他以后再也不会骚扰你了，你可以安心上学了。我决定去清河中学复读，你也走，我们依然同班，好不好？七月初七饭后，邮电所门前老槐树下我等你，见面详谈，不见不散。

徐晓明

十八

小草的心让徐晓明激活了，她马上就做出了决定——跟徐晓明同去清河中学复读。她想，只要离开河川中学，只要避免与贺小强碰面，她完全有信心考上的。她即刻开始幻想新学校的优美环境，以及她复读后的美好心情。她完全忘记了媒人上门来的事情。她一溜烟跑回家，就准备和父母商量去清河中学复读的事。没想到，她一进门，夏茂源拦门一句话，噎得她小半天没有了反应。

"这么长时间才回来？媒人呢？你打发了？"

"无聊。"她顿了半晌，抢白了父亲一句。

"不像话。"夏茂源小有生气。他从来没有对小女儿发过火，显然是被激怒了。

"爸爸，我说错话了。你不生气了，好不好？我是说媒人无聊。我还要念书哩！"小草见不对劲，连忙赔笑撒娇。

"噢！那就好。"夏茂源听到小草的解释，说话的语气和神态顿时温和。

这天晚饭后，小草等父母的活计全部忙完，两人双双上了炕后，她从后窑走到前窑，站在炕栏跟前，说出了她想去清河中学复读的打算。

夏茂源和常艾莲半天不说话。夏茂源掏出纸烟点燃，一口接一口抽。他本想说："好娃娃哩！去县城中学补习，开支会更大。学费高不算，住校要交住宿费，吃饭要交伙食费，家里到学校来来回回要出车费，而爸爸是个受苦人，哪里来的那么多的钱。"可话到嘴边，羞于出口，又咽了回去。他觉得自己好无能，没本事，由不得仰头看窗户，真希望窗户上能出现一丝明亮的光线，指引他一条明道出来。他不想再跟大儿子开口了，开春为小寒跟大儿子借的钱，现在还没有还上，儿子虽亲，可媳妇是外人家老婆生的，两张皮着哩，指不定儿媳妇心里念叨过。小女儿学习好，他本该满足她的心愿，可咋满足哩？他愁坏了，一根烟抽完，又掏出烟丝和纸，再卷一根，继续抽。

小草提出的问题难坏了她的父母，使得本该祥和的气氛变得异常沉闷。小草听不到爸爸妈妈爽快的答复，感觉到不妙，预感到她去清河中学补习可能会成为泡影。

过了好一阵，常艾莲低声说："你那身体，去那么远上学，妈的心也跟着。"

常艾莲的答复可算把夏茂源救了。夏茂源想："老婆子想到这一层，我怎没想到呢？这可是个好借口，对，就这样回答。"想到这儿，他吐出一口烟圈，跟着常艾莲的思路说："对着哩，你妈说得太对了。要是你有个好身体，爸爸砸锅卖铁也供你去县城里的中学念书。你就在河川中学念，离家近，我们好照应。"

常艾莲又说："你从小在妈妈跟前生活，猛然间为念书，走那么远，要是有个头疼脑热的，可怎办？就门跟前念，别让妈妈操太多的心。"

夏茂源又说："我们小草上学一直学得好，成绩常常优秀，不像小寒，调皮捣蛋不好好念书，门门考试不及格。爸爸想，你不管在哪里念，只要身体好好的，一准能考上。"

小草本来想争辩的，经父母这样一分说，全无力气争辩。她觉得爸爸妈妈说得完全在理，她长这么大，还不曾离开过妈妈的视线、爸爸的庇护，而她本人不是感冒，就是发烧，长这么大似乎总是病体恹恹，每年都要生病找医生，没有顺顺当当过一年。而她的父亲只是农民，又哪里能和徐晓明的父亲比。人家的父亲在邮电所上班，有工资，这些择校费、学杂费、住宿费、伙食费、来回的车费，当然交得起。想到这些，她突然间就觉着自己是异想天开，好不现实。她看一眼父母，一言不语，转身就回了后窑。

小草内心里已经妥协，再也高兴不起来。她上炕拉开被子蒙在头上，为自己不能与徐晓明一起补习而伤感，一夜垂泪，一夜无语。天明起来，她依然闷闷不乐，挨到下午，侄儿和侄女上来，她才提起精神，给俩孩子教书识字，辅导作业。

小草的侄儿夏宇越刚开始上学，淘气，不爱学，老师布置的家庭作业总完成不了。小草的哥哥夏小满整天忙贸易货栈的买卖，从来不过问儿子学习，放任自流。小草的嫂子苏月影转锅台、喂猪打狗、做茶饭是一把好手，上学时学的那点知识，经过这些年生活的熬煎，所剩无几，也不敢辅导娃娃。

夏宇越的老师是河川湾的熟人，出于责任，在夏小满和苏月影面前说到夏宇越不按时完成作业，不好好听课，没有一个端正的学习态度，要当大人的配合。夏小满和苏月影见小草休学在家养病，但看起来又跟好人一样，便灵感出窍，这才想起叫小草辅导侄儿作业。

小草念及姑嫂之情，不好拒绝，勉强答应。她高中毕业，辅导刚上学的娃娃完成作业绰绰有余。没承想，她的侄女——夏宇雯看着有趣，也哭着闹着要学习写字。她就想，一个娃娃是哄，两个娃娃是带，闲着也是闲着，没当过老师，又不是没当过学生。庆幸的是，两个娃娃管起来反而比一个娃娃好管。两个娃娃为了得到她的奖赏与表扬，有了学习的兴趣，也不需要她怎么费心，夏宇越完成作业也就成了水到渠成的事情。

她在收到徐晓明的信之前，还是比较安心代替嫂子管理侄儿侄女的，待她收到徐晓明的信，和父母商量了补习的事情后，便再也安不下心管理两个娃娃了。她也不清楚，她对男女情怀并不了解，内心深处却有根琴弦似乎被拨动，她真想和徐晓明一起去复读。但静下心来想起父母为她的身体担忧，想起爸爸顶着大太阳在盐地里熬活，她就不想再给父母增加负担。

过两日，她突然间脑洞大开，想到说服徐晓明别去清河中学复读，跟她同在河川中学复读。她想，既然贺小强已经学了开车，上学的路上贺小强也再不会出现，再说他已经说了要退出。而别的同学呢？都已经毕业了，即便有也是来复读的，又有谁能兴风作浪呢？时过境迁，说不准同学们早忘记那码子事情了。她暗暗兴奋，以至于忘记之前的不快，静等七月初七的到来。

七月初七这天，一吃早饭，她就骑了自行车，急急向河川街刮去。路两边的柳树、槐树、白杨树、榆树硕大的树荫把公路遮蔽得凉爽无比。路上行人很多，步行的、坐驴车的、坐三轮车的、骑自行车的、骑摩托车的，络绎不绝。有个别年轻人，骑着摩托车，放着流行音乐，甩一甩染黄的头发，飞驰而过，在行人与牲口之间左右穿梭。驴子受到了惊吓，挣脱缰绳，狂声叫唤，撒腿疯跑。行人受到了惊吓，一句脏话就从嘴里扔出："谁家的晃烂脑小子？羞你大的鬼经。"

河川街三七逢集，初七正好遇集。女人去置办日常用品，男人去做牲口买卖。年轻人去理发馆理发，去裁缝部做新衣服，没有任何买卖的只是去混个熟脸。混熟脸的，未婚者居多，有男有女，西装革履，油头粉面，打着呼哨，姿势张扬，顾盼左右，目光游离。

小草被行人感染，由不得双脚给力，两腿生风，上坡路也不下来走，一口气就把车子骑到河川街上邮电所门口的大槐树下。大槐树下已经聚集了好多人。她把车子支好，伸长脖子在人群中搜寻徐晓明的影子。

徐晓明藏在大槐树后，要给小草一个惊喜，要制造一种浪漫的气氛。他蹑手蹑脚绕到小草身后，两手绕过小草的身体，把自行车把捉住，嘴巴附在小草的耳朵上"哒"的一声。

小草能感觉得到，她满脸烧起来。

徐晓明毫不害羞，继续耳语："信收到了？"

小草低头悄声道："你怎知道我家的地址？"

徐晓明自豪道："我可是邮电所长大的娃娃呀！"

小草严肃道："我们别去清河中学补习，就在河川中学，好不好？"

徐晓明惊道："为什么？我爸爸已经联系好了，学校里爸爸有熟人，你也去，我们一起去，换个环境念书，对你我都有好处。"

小草不无遗憾道："那我们只能分开补了，我爸爸不同意我去那么远的学校，关键我妈妈不放心我。"

徐晓明道："最最关键的是我和贺小强打架那件事影响太坏了，把我的威信彻底搞坏了，河川中学的龟儿子校长不要我，我爸爸去找校长谈了三次，龟儿子校长硬是不放话，所以我爸爸才又帮我联系到清河中学的。"

徐晓明说话间放开了他的胳膊。小草转过身体，面对着徐晓明，幽幽道："那我们分开补，一年后，考完试我们在这里见面。"

徐晓明伸出小指："拉钩。"

小草也伸出小指，勾在徐晓明的小指上，两人异口同声道："拉钩上吊，一百年不许变。"

小草道："那我回去了。"

徐晓明指着邮电所后院，笑道："不看看家？都走门口了。"

小草捧腹大笑道："哪敢？"说完她推了车子就走。

徐晓明冲着小草的背影又大声道："说话算话，明年高考结束，你不来见我，我就去你家找你。"

小草站立，回头看去，只见徐晓明站在人群里正向她挥手。她双眼一热，泪水涌出了眼眶。她原地站立呆瞪了半天，又转身没入人流之中。

小草推着自行车在人流里正走着，感觉自行车被人拽住一样，随即就听到有人叫："小草，小草。"她回头一看，见是远房亲戚——河川中心小学教委会主任周治国。

周治国见把人叫停了，又高声道："小草，我叫你半天了，叫不应你，才跑上来。你爸爸没上街来？"

"我爸没来。叔叔，你有事？"

"小草，给你爸捎个话，让你爸爸给我打问一个高中毕业生，有个学校现在缺一个教师，还有编制哩，让你爸爸上心帮我物色一个，下一个集上记得给我回话。"

"叔叔，编制是什么？"

"就是国家承认的教师，月月能领工资的。"

"叔叔，我去可以去吗？"小草一听需要个教师，并且还是国家承认的，月月有工资，当即打消了补习的念头。

"你？不合适，不合适。你的身体我知道，再说你爸也不会同意。那地方是后老乡，太偏僻，不是你想象的学校，学校里只有一个老师，十几个念书娃娃，娃娃们放学走了，学校静悄悄，一满不好舍。我们是亲戚，我才这样跟你说哩！让你爸爸千万不敢跟人家说实话，就说有一个编制教师的位子，看谁想去哩！"

"叔叔，我知道了。你还有别的事吗？"

"没了，没了，就这事。记着让你爸爸打问一下，早点给我消息，就说我等着他的消息哩。"

"好。好。叔叔，没别的事，我回家跟我爸商量去了。"小草转身，腿一抬，上了车子，在人群里钻来钻去，向家里赶去。

小草推着自行车刚上坡，一眼看见爸爸正在院子里站着，便来不及放好车子，就把她在街上遇到周叔叔的事，原原本本说了一遍。

夏茂源笑道："我哪有时间给他打问，他自己做甚了？"

小草道："爸爸，我干脆不念书了，我去教学。姐姐念书毕业，还不是也在教学。"

夏茂源笑道："傻女子，那地方能跟你姐姐的学校比？你姐姐在大城市，那地方是小山村，去那教学有什么出息，你还是去补习，将来到大城市工作。"

小草却道："爸爸，你有没有想过，你就是一个农民，挣钱有多辛苦，而我现在有机会帮你挣钱了，你却要放弃。"

夏茂源就是一个农民，他的认识原本就不高，经过小女儿的分析，思想便开始动摇。他想起二女子念书半途而废了，小儿子念书也半途而废了，由不得怪怨祖坟上没埋进去状元、探花、榜眼，不会冒青烟，以至于后人们也不能响亮出色。而小女儿的身体本来不好，今年高考她脑神经衰弱，明年高考她又生出另一出，也指不定呢。现在，既然有了这么一步出路，小女儿自己都心甘情愿，他也就见坡下驴，省得费心了。

促成小草思想转变的主要因素，并不是说她要替家里挣钱，最关键的因素是她听见周治国说那学校只有一个老师，学生也不多，而且极为清净，她就觉着那是一个极好的去处。她一直有个不为人知的秘密，梦想着成为一名小说家。她其实在上初中的时候，就开始偷偷写小说，写一些唯美的纯情校园文字，只是不曾给谁看过，也不敢给任何人看，怕大人骂，更怕同学们笑话。她清楚学生的职责是什么，但她更清楚她的理想是什么，倘若她继续上学，那她就没有更多的时间来写自己想写的文字，而现在有了这么一个机会能让她距离理想的目标更近，她又怎么能放弃这个机会而去补习呢？她不是没想过自己会有更美好的前程，而是她更想过，自己可能会坠入徐晓明的世界里而不能自拔，说不准还会影响了徐晓明的未来。现在她清楚地认识到，与徐晓明拉开距离是成就自己未来的最好途径，也是成就徐晓明未来的最佳办法。

十九

去北蒿塬教学，只是夏小草冲动下的决定，但就是这一念冲动，彻底改写了她的命运。

一个风和日丽的中午，北蒿塬村主任亲自开着三轮车来接小草去上任。一路上，她满脑子幻想着学校会是怎么一个样子。大山、枯草、破院、塌墙。她想学校最差劲也莫过于此种苍凉的景色，除此之外，应该全算美好的、孕育生机活力的。她现在满怀信心，朝着理想的圣境迈进。来接她的村主任是四十开外的中年男人，做事干干脆脆，开三轮风风火火。三轮先沿着柏油路"突突突"地跑了够二十分钟，又沿着一道坑坑洼洼的土路颠簸了二十分钟，最后爬上一道弯弯曲曲的山路，蜗牛一般爬行了二十分钟。一个小时后，村主任把三轮停在一个小院子里。村主任下了三轮，扶小草从三轮上下来，开始给她介绍学校情况——

北蒿塬小学，坐落于河川公社北蒿塬村。

北蒿塬村是河川公社海拔最高的一个点，位于山顶，四季缺水。也不知从哪朝哪代起，这里有了村庄，世代相传至今。村子只有三十几户人家。自新中国成立以来，这里一直有学校，却因留不住教师，常常停课，甚至会出现半年都开不了课的情况，学校一直维持原状。

学校由三间土窑组成：左面一间是驴圈，圈里有一头瘦驴；中间一间是教室，里面设有四个班级——幼儿班、一到三年级；右面一间是办公室兼教师的寝室。

瘦驴既是学校的固定资产，又算学校的成员，它的身份相当重要，可以说如果没有它，学校会面临倒闭。瘦驴负责从山下往山上驮水、驮粮、驮柴、驮炭。

学校每学年的学生人数不超过十六名，最少有过九名。学生若超过十二名，教室里无法舍下。教室的讲桌和课桌用条石代替，凳子学生自带，开学带来，放假带回家。

村主任走进办公室，小草也跟了进去。所谓办公室的土窑里有一盘能睡两人的土炕，紧靠窑障。窑膀右侧，紧挨着土炕砌着一个蛤蟆形的土灶台，依次搁着菜板的锅台，盛水的黑青龙瓷缸。窑膀左侧，挨着土炕的是个小土台，上面搁了一只破旧的木箱；挨着木箱，悬空支一块长条石，就是办公桌了，下面放着两只旧木凳子。

当她的目光落在落满灰尘的土窑里时，内心深处当即便涌上一种莫名的悲哀，眼泪也由不得她控制，竟然在片刻间滚落了下来。

村主任眼尖心细，一眼看出了她表情的变化，也判断出了她情绪的波动，当即解释道："夏老师，知道你来，两天前我把窑顶靠住扫了一遍，现在看到的都是浮尘。你先在槐树下的石床上坐着歇会儿，我叫几个婆姨帮忙打扫出来，保准干干净净。今晚的饭就在我家里吃。"村主任说完，转身出门下了坡。

村主任走后，小草也走出院子，细细打量校园。

四四方方的一块土质硬地，地面平整干净，硬地的边缘长了一株苍劲婆娑的老槐树，高大的树冠和繁茂的枝叶，把整个校园营造成一处阴凉所在，树下支着一张大大的石床。

校园里进来三个婆姨。一人担着一担水，一人抱着一床铺盖，一人拿着三个脸盆和几块毛巾。三个婆姨一进校园，打头端脸盆的婆姨热情地打招呼："你就是夏老师？长得真水灵！十几了？"

小草莞尔笑答："十八了。"

抱铺盖的婆姨，把铺盖放在小草身后的石床上，一眼盯着小草看了小半天，惊讶道："你长得这么俊，你妈怎能放心你来我们这穷地方？我家女子十六了，看起来都比你大了几岁。啧啧，啧啧，又不知爱死多少后生呀？"

小草不再还言，只对她抿嘴笑。

担水的婆姨，把水桶搁在石床旁，无不酸楚道："人家川里长大的娃娃，跟我们这干山上长大的女子能比吗？我们这干山上生下的白娃娃，过几年都晒成黑疙瘩了。夏老师，你歇着，我们先打扫去，一会儿你验收，以后就辛苦你了，我家招弟也念书哩。"

三个婆姨一人一段算是跟小草打了招呼，相继进了土窑。

下午，夏小草正在窑里规整带来的行李，忽听校园里叽叽喳喳热闹起来，出外一看，见村里的念书娃娃，三三两两相跟着都来到校园。七高八低十来个娃娃，全集中在大槐树下。

看着这群稚气未脱的孩子们，小草内心里"嗖"地一下，就升腾起一种前所未有的自豪与荣光，仿佛她站上了昔日的领奖台，眼前面对的是班里的同学们。她清了清嗓子，抬高声音，用一口标准的普通话，微笑道："同学们好！"

孩子们却愣愣地看着他们的老师，没有反应，就连那两个稍大的女生也笑着不答话。

小草摇了摇头。她想，也许之前的老师并没有教孩子们礼仪。想到这，她又道："上学的都来了吗？"

"都来了，夏老师，要我们帮忙吗？"孩子们蛮懂事的。说话的是个高个子女生。

"不需要的，我的行李很简单，卫生已经打扫好了。"小草说，"只是明天要放火，你们帮我在附近拣点树枝啥的，可以不？"

"没问题，夏老师。"高个子女生胳膊一扬，嘴里又道，"走，跟我去捡柴。"

孩子们都走了。她又折回窑里，继续开始规整。

她的行李确实很简单，几本小说、几个笔记本、一个衣服包和洗漱用具。铺盖是村主任带来的，一床褥子、一床被子、一个枕头，炕上的席子和破棉毡原先就铺着，看上去已经打扫干净了。她先铺好褥子，在衣服包里掏出一块红白相间的格子床单铺在褥子上面，掏出一块素淡小花的被罩套在被子上，又掏出一块红黄白三色相拼成菊花图案的枕巾盖在枕头上。弄好这一切，她溜下炕，站在门口向炕上看去，感觉蛮像一个窝了。

高个子女生领着同学们回来了，每个人怀里都抱着柴，有干树枝，有湿树枝，一个男孩子提着一筐子劈柴。高个子女生道："夏老师，沈主任说了，烧火柴不需要出去捡，我们这里有林场，他说过会儿会给你详细交代。"

下午饭有点晚，傍晚时分才吃，吃完饭天已经大黑了。

入夜，寂静的校园里，再也听不到一点声响，仰躺在土窑硬邦邦的土炕上，小草产生了一种与世隔绝、身处旷野的感觉。她满脑子萦绕着小时候听过的鬼故事，禁不住害怕起来。她把被子蒙在头上，身子蜷缩起来，战战兢兢地挨到天放微光，立即起来，顾不得洗脸，赶着毛驴下山驮水。

她穿一件橘红色的半长风衣，脖子挽了一条白色的丝巾，下面是黑色的裤子，足蹬一双纯色白球鞋。这是她的看家衣服，风衣是大姐冬枣给买的，裤子和白丝巾是二姐秋菊给买的，白球鞋是她来学校前到河川街上特意新买的。她一点都没觉着自己鲜艳的穿戴与毛驴不协调，她仿佛特意用那件橘红色风衣传达此时的美好心情。

是啊！今天对于她来说，是具有划时代意义的一天，绝不能与往日相比，她必须郑重其事，必须热情对待。

她的好心情完全是这个名叫北蒿塬的地方带来的。远远望去，连绵不绝的大山，瓦蓝透亮的天空，苍劲挺拔的大树，清晰无比的空气，这些无不让她感到神清气爽，而昨夜的那种坏心情，随着一口深深的呼吸，一扫全无。

毛驴前面走，她后面跟。脚下曲曲弯弯的山路，眼前苍苍茫茫的山脉，两旁是稀疏、瘦弱、单气、营养不良却不畏贫瘠的庄稼。

一声公鸡的打鸣声传来，引出满村的狗叫、驴叫、山雀雀叫，笨重的木板门"吱扭吱扭"地响，倒尿盆的婆姨出门了。

下山的途中，毛驴迈着细碎的脚步，驴蹄子在松软的土路上敲出一种浑浊而低沉的"嘚嘚"声；驴背上，两只空木桶与木鞍子相互摩擦、碰撞，发出有节奏的声响。她唯恐走错路，始终跟在毛驴后面。

村主仟昨晚交代："你别小看这又瘦又小的毛驴，它有灵性，村里人都说它是神驴。只要把木桶挂在木鞍子上，它准会把你带到水井旁；只要把柴篓子搭在木鞍子上，它准会把你带到林场放干柴的地方；只要把炭篓搭在木鞍子上，它准会把你带到炭场。但你必须跟在它后面走。"

她呼吸着山村清新的空气，手握短鞭，左顾右盼，步履轻快，若飞似跳。

眼前出现一片更美的景色。放眼望去，层层梯田上，高大威猛的杨树、槐树，以及许多她叫不出名的树木，把整座大岇装扮得郁郁苍苍。她的脚步开始滞缓，毛驴也似乎懂得了她的心情，止步不前。驻足片刻后，她用短鞭轻抽一下毛驴屁股，毛驴便带着她走进树林。只见树林里的鸟儿掸掸羽毛上的水珠，在半空中飞翔，又落在树杈上，嘴里发出"叽叽喳喳"的一阵鸣叫。乍一看去，那些歇脚的鸟儿，仿佛成了五线谱中的音符；乍一听去，那"叽叽喳喳"的鸣叫像极了清脆而又婉转、优美动听的音乐。树下的草叶上汇聚着一颗颗晶莹剔透的水珠，仔细看去，草叶儿水灵细嫩。

在她看来，这简直就是人间仙境，河川湾绝没有这么美的景色。她正惊异于这美景时，一个牌子映入她的眼帘——北蒿塬林场。

原来这就是北蒿塬林场呀！小草上学时就听同学们说这里的风光美，好多同学都慕名来玩，而她却不曾来过，这下有机会，也有时间，她要好好地与这山、这景亲密相处了。

　　通往水井的路斜穿过林场。一进入林场腹地，即刻就有种进入圣境的感觉。浓荫密蔽，鸟语阵阵，世外桃源一般。噢！这里绝对是穷山沟里的世外桃源。

　　她挥起短鞭又轻抽一下毛驴臀部，毛驴又"嘚嘚嘚"地走了起来。

　　穿过林场，下一道长坡，便到沟底。沿沟底湿湿的草滩再走不多时，毛驴便止步不前了。她正诧异着，却见毛驴低头伸出长长的舌头，舔吸一堆石头缝里的山泉水。她以为毛驴怠工，又用短鞭抽打一下毛驴屁股。毛驴便仰头朝青石上望去，继而发出一声低嚎。她这才惊觉，水井应该到了。

　　水井果然隐蔽，走到井边了竟然发现不了。她全没想到石崖下硕大无比的青石上会有一口井，给人的感觉是能工巧匠在青石上凿出的一个大圆钵，仔细看去，才发现显然不是凿开的，而是天然生成的一个青石钵。一眼可见钵底有股泉水往上冒。井不深，约一米；井不宽，约二尺五。距离井沿五公分处，有个约一公分的小眼，通向青石外，小眼里不停地流淌着一线细细的泉水，穿过一堆乱石，漫过一片矮草，最后流进了沟底的小溪里。

　　小草被眼前的景致完全吸引。大青石、水井、泉水、毛驴。

　　她观看了好一阵，又折回毛驴身边。她陶醉了足够五分钟。她摸摸毛驴的头，把脸颊与毛驴挨在一起。她摸摸毛驴消瘦的肚腹，从木鞍子里取下木桶，蹲在井沿开始舀水。她先舀起少半瓢，仰起脖子"咕咚咕咚"喝了净光，继而又一瓢一瓢往木桶里舀。

　　两只桶都盛满了水，小草走过去拍拍啃吃青草的毛驴脑袋。毛驴仰起脑袋，看一眼她，而后转身，两后腿下跪。她把两只桶挂上木鞍子，用手轻拍毛驴屁股。毛驴领会，两后腿一蹬，站直身子，"嘚嘚嘚"地迈开步子，走了起来。

　　上山路一直是慢坡，毛驴走起来并不吃力。毛驴锻炼出来了，她却不行。小草之前从没有帮家里上山种地收割过庄稼，她一贯轻出轻进，娇气未脱，初来乍到，要她一口气走长长的山路，怎能吃得消，只能走走停停。她走不了多长距离，便开始气喘吁吁，赶紧拽住毛驴缰绳。毛驴领会她的意思，停下不再行走，站着啃咬路边的青草。她却累得够呛，顾不了黄土粘在黑裤上，一屁股坐在路上，歇息了下来。

　　小草正歇着，隐约听见有人唱歌。歌声粗犷悠扬。她竖起耳朵细听，歌声清晰起来："对面圪梁梁上那是一个谁？那是我要命的二妹妹。"她循声望去，看见一个拦羊后生，站在对面山坡坡上正引颈高唱。好听！她立即拍手叫好，她摆摆手，与拦羊后生打招呼。拦羊后生却撵羊去了。她歇好了，又起身，赶一鞭毛驴，继续前进。没走几步，歌声又传进耳朵，依然是那两句："对面圪梁梁上那是一个谁？那是我要命的二妹妹。"她想，这拦羊后生大概只会唱两句词，禁不住笑了起来。

二十

　　小草与毛驴回到学校，到校的孩子们已经把院子扫得干干净净，全都围着老槐树叽叽喳喳，说笑不停。

　　孩子们看见她进了校园，一股脑围过来。个子高的三个帮她把木桶卸下，把水倒入缸里；个子小的两个把毛驴拉到圈槽边，喂一些草料让毛驴吃上。

　　看着孩子们这样懂事，她一阵感动，禁不住泪眼蒙眬。从那一刻开始，小草爱上了这群孩子，也决定当一个好老师。

　　她拿了哨子，站在老槐树下吹了一阵，又折回窑里梳洗打扮。她再次走进院子，十二个高低不等的孩子，已经分年级列队站在老槐树下。她内心里一如昨天下午一样，又升腾起一种庄严来。她心道："从今日开始，我就是你们的老师了。"这种新鲜的感觉，足以让她心潮澎湃。

　　她开始点名：沈小虎、沈晓丽、沈小强、沈晓梅、沈三娃、沈亮亮、沈磊磊、沈燕燕、崔二梅、崔三虎、崔小花、崔招弟。她每叫一个名字，对应的孩子就按她事先的交代，响亮地回答一声"到"。

　　这十二个孩子里，沈磊磊、沈亮亮和沈燕燕是幼儿班学生。沈小虎、沈晓丽、沈小强和崔小花是一年级学生。沈晓梅、崔二梅和崔三虎是二年级学生。沈三娃和崔招弟是三年级学生。崔招弟年龄最大，个子最高，她就是昨天带头说话的女生。点名完毕，她把孩子们集合进教室，按大小个安排座位。

　　小草第一次站讲台，免不了小紧张，一时间想不到从哪儿入手，当即陷入冷场的尴尬中，但片刻后，她便进入了状态。她让所有的孩子拿出语文课本，翻到第一课开始默读课文。说过之后，她巡视教室，却发现三个幼儿班学生没有课本。她临时改变策略，在小黑板上写了一个"a"，教幼儿班的三个孩子读。等三个孩子都能标准发音时，让他们也开始默读。随之，她又有了一个新发现，孩子们的语文课本全都破破烂烂。三十分钟后，她宣布早读结束，让孩子们到外面自由玩耍十分钟。

　　她再次吹响哨子，孩子们便鱼贯进入了教室，各自坐回到座位继续听讲。

　　中午放学，孩子们各自回家了，她开始生火做饭。

　　第一次在陌生的窑洞里放灶火做饭，她担心自己会手忙脚乱，昨晚睡前就把放火的柴炭都准备好了。她像往常在家里帮妈妈放灶火一样，先把绒柴塞进去，然后划了一根火柴扔进去。灶里的火却从灶火口里直冲冲冒了出来。顷刻间，土窑里马上被浓烟笼罩，烟呛得她泪眼婆娑，咳嗽不止。她忙拿起锅盖煽火，岂不知火非但没有煽上去，反而从灶口反窜出来，"嘶"的一声就把她额头刘海"吃了"一嘴，一股焦煳子味便扑面而来。她顾不了许多了，她又想起妈妈说长时间不烧的灶火，要在烟囱上投火。想到这，她抱着绒柴往外面跑，可她半天没找到通往脑畔的路。

这是三眼土窑，平展展的崖上挖出的三眼土窑，上脑畔的路在哪里？她长这么大第一次住土窑。河川湾所有的窑洞都是石窑和砖窑，土窑在她的印象里是个传说。她束手无策，任由烟在土窑里乱窜，人站在老槐树下发呆。

看着时间一分一秒过去，想着自己的狼狈样，她便产生了一丝后悔来这地方的情愫。她决定不吃早饭了。她坐在老槐树下的石床上，静静地等待土窑里的浓烟往出飞。她想，一会儿烟散得差不多了，回窑里舀盆水洗洗脸，孩子们来了继续上课。这样想着，她反而不急躁了，也没有了先前的后悔情愫，反而有种泰然处之的淡然，全不去想下午、明天乃至以后，倘若火烧不上去，她的肚子怎么喂饱？

"夏老师，火烧不上去？"

就在她正痴痴傻傻时，早上遇见的拦羊后生出现在她眼前。女孩爱美的心思作祟，她当即想到自己肯定黑眉灰脸，一脸狼狈。此时她尴尬极了，竟然表现出一种局促不安的情状来，呆呆瞪瞪，忘记了回话。片刻后，她抬头仔细看了一眼眼前的拦羊后生，发现对方也是灰头土脸时，紧张的心略感放松，从喉咙里发出一个单音字"嗯"表示回答。

"我回家给你端饭去，我家就在那儿。"拦羊后生说完话，胳膊扬起，指着学校对面的三眼窑洞，连滚带跑下了坡。

这是什么情况？天旱逢甘霖？出门遇贵人？

她被拦羊后生的话感动得没了反应，在老槐树下呆愣了小半天，才想起应该洗洗脸了。

窑里的烟还没散尽。她舀一盆水端到外面，搁在石床上，又进窑里拿来毛巾和香皂，站在石床前，先撩两把水把脸上的大灰洗下，又在脸上打了香皂，仔仔细细洗了一遍，而后又进窑里照着镜子把额头前火燎的头发弄好，乱了的辫子打开，重新梳好。待她把自己捯饬得清清爽爽时，那个身穿干净衣裤，洗得精气神十足的拦羊后生端着饭进了院子。

"夏老师，庄户人家的饭，你对付一顿。"拦羊后生说着把饭碗递过来。

"我吃了这碗饭，家里还有你吃的吗？要是没有，还是你吃，一顿饭不吃，不要紧的。"她没有接碗。

"有，有，有，多着哩。"拦羊后生说话间，硬把碗塞进小草手里。

"真不好意思。"她说了一句客套话，便站在老槐树下吃了起来，吃了几口，见拦羊后生依然站着不走，又道，"你吃过了吗？"言外之意是"你怎么不回去吃饭？看我吃饭做甚？"

"没，我不饿，等你吃完，我把碗带回去。"拦羊后生解释。

"噢。"她应了一声，心里却想，"这后生真怪，饭都给吃，还怕我不还他碗？"

饥不择食。她感觉饭真好吃。

"夏老师，下午不敢放火，白天不要闭门，门敞开，到了晚上窑里就不会呛了，晚饭我给你送来，明一早我过来帮你烧灶火。"

她吃得正香，听见拦羊后生交代一连串注意事项。这一串话，当即拉近了两人之间的距离。她抬起头，脱口而出："嗯。谢谢你！我是想上脑畔投灶火的，但没找到路，也看不到烟囱。"

"你不管了，交给我，我有办法。"拦羊后生说话很干脆。

"你叫什么？多大了？我俩谁大？"她自己也没搞明白，直冲冲就问出了。

"我叫沈天宝，村里的会计。村里人都叫我天宝，你也叫我天宝。我十九了。你多大了？"拦羊后生说话像竹筒倒豆子，噼里啪啦一阵响。

"我十八了。"说到这，她禁不住"扑哧"笑出声来，少顷，她又解释说："我妈常说'十八了，吃瞎了'，这话今天确实应验了，我连灶火都不会放，你是不偷笑了？"

"哪能呢！你是文化人，我羡慕你都来不及。"

"可不敢。你比我大一岁，以后我叫你天宝哥，以后我指不定要常麻烦你哩。可以吗？"

"太可以了。你的嘴真甜！我喜欢听。"沈天宝完全不曾料到，这么漂亮的女老师，会这么嘴甜，那一声"天宝哥"简直把他的心化成了糖水，顷刻间就向全身蔓延开来。

"你的嘴真甜！"——从沈天宝嘴里说出的这一句语带双关的话，让夏小草当即满脸通红起来，旋即意识到自己说错话了。她想："自己是不是有点太轻浮了？怎么可以第一次与陌生男子聊天，就说出叫人家哥呢？"这一连串的想法，让她再不敢冒昧说话了。

沈天宝见夏小草不接话茬，又补充道："没问题，以后有事尽管开口，只要我在家里，你站在老槐树下喊一声，我马上到。"说完，他脸上露出兴奋的神采。

沈天宝当然乐意效劳了，村里新来的漂亮女教师劳烦他，是他做梦都愿意的。小草专心吃饭，不再接话。沈天宝显然自居成小草的熟人，站一旁不管小草听与不听，只管叨叨："前几天我就听村主任说村里要来一位女教师，可我连着两天没在家，所以没有来学校认识一下你。今早上我拦羊，远远看见你那件橘红色的风衣，我的眼睛当即就亮了起来。第六感告诉我，穿橘红色风衣，赶着毛驴的漂亮妹妹，肯定是新来的夏老师。我当时就想到——夏老师初来乍到，人生地不熟，肯定需我的帮助。果然不出所料，我为自己的神机妙算感到非常高兴。"

沈天宝还没叨叨完，夏小草却已吃完了饭，她转身往窑里走。沈天宝停住话头，追过来，从夏小草手里接了饭碗，笑道："夏老师，不洗了，我们这地方水金贵，我吃了再洗。"

小草惊道:"不会吧?你用我吃过的碗吃饭?"

沈天宝笑道:"是啊!这有什么。夏老师的嘴那么甜,我能与夏老师用同一个碗吃饭,前世修来的福!"沈天宝一句嬉笑话撂出,一溜烟跑下坡。

夏小草满脸又发烧起来,忙用双手捂住脸,不自然地在校园里来回踱步。仿佛老槐树通了人性,毛驴也通了人性,偷听到两个年轻人的情话,正在偷笑呢!

二十一

"老师,沈磊磊尿裤子了。"

"老师,我的作业写完了。"

"老师,这道题怎么做?"

"老师,沈小虎抢沈晓丽的铅笔。"

"老师,我的橡皮找不见了。"

"老师,沈亮亮踩我的脚。"

"老师,崔三虎打我。"

下午最后一节自习课,夏老师没有在教室里站,她拿着沈天宝带来的小凳子坐在教室门口晒太阳。在这一节自习课上,找她告状的不下十人。他们的问题简单而琐碎,却都得认真处理。问题还没有处理完,就到了下午放学的时间。她只好推迟放学时间,把所有的问题都解决了,看见孩子们脸上露出了笑容,才宣布放学。

放学后,校园里寂静下来。

沈天宝说好给她送饭来,所以她不必生火做饭。她给毛驴加了草料,坐在老槐树下翻看一本小说,耐心等待沈天宝来送饭。这当儿,她突然间产生了一种怪怪的感觉,好像沈天宝成了她最亲的人,她的这种等待,成了理所当然。

山里人的晚饭是名副其实的晚饭,要等到天大黑后才吃。大大的太阳下,农人们还在地里劳作呢。

看了没两页书,小草就站了起来,仰头看见天边硕大的太阳,又觉着这大好时光,独坐在校园里简直是浪费光阴。她想起早上在北蒿塬林场看到的美景了,又想去林场转转,想好好看看林场的风景。她折回土窑里,放下那本小说,拿了一顶凉帽,又出了门,转身信步下坡,朝着林场走去。

林场真美!阳光洒进树林,地面上是点点玄幻的色彩,闭上眼睛,丝丝惬意沁入心脾。张开双手,与阵阵微风激情拥抱。她闻到了风的味道,带着丝丝青春的幽香。抬起头,小草在想:"如果徐晓明在我身旁,我一定会依偎着他,听他心跳的声响。"然而,岁月盛满忧伤,徐晓明只能出现在她朦胧的梦境里。她喜欢上了林场。

林场深处有一排木房，木窗格，木门，古色古香。房顶上压着茅草，让人想到武侠小说中的侠士莅临。透过窗格，可以看见里面简单的陈设：桌子、凳子、一张简易的木床，床上搁着一床铺盖，地中央一个火炉。噢，这应该是看林场的大爷住的地方了。

再往深处，有个长长的茅草棚，棚子下，正中间是一排长长的木凳。斜射过来的阳光把树影投在棚下，像粼粼波光，一片一片曼妙散开。她仰躺在木凳上，任微风拥抱，任阳光抚慰，任思绪泛滥。

结果，这一躺，她竟舒服地眯起了眼睛，不知不觉就日落西沉，暮色笼罩。她怪怨自己怎么迷糊了过去，害得没好好赏景。看见为时已晚，便余兴未了地返回校园。一进校园，她就看见灰头土脸的沈天宝拿着锄头站在校园里四下张望。

沈天宝早一步来到了校园，他从山里干活回来，怕小草等不及，没回家，先来学校了。他看着走进校园的小草，疑惑道："夏老师，你去哪里了？"

"林场。那里景色太美了，早上我就注意到了，没来得及细看，真是好地方。"

"每天下午都可以去，叫上你的男朋友，绝对是城里人谈恋爱的好场所。夏老师，我回去端饭，你等会儿。"沈天宝说完匆匆跑下坡。

小草坐在石床上，咀嚼沈天宝刚刚说的话，她眯着眼睛看着沈天宝的背影，心里却幻想和徐晓明下次见面的情形。

不多时，沈天宝端来了一大碗高粱玉米豆豆饭。沈天宝递饭时，满脸羞怯道："夏老师，担心你饿着了，灰头土脸的，我就端着饭来了，你别笑话。你先吃，我回去洗洗。"沈天宝说完这些表歉意的话，转身跑下了坡。

小草接住那一大碗温热的豆豆饭，却记不起说句感激的话，呆呆地看着沈天宝转身离开了，才想起自己是多么没礼貌。

沈天宝再来学校已是上灯之后了。他腋下夹着一块旧褥子，一进门，径直走向炕，揭起炕上的褥子说："夏老师，冷土炕，你们川道人适应不了，这旧褥子垫着，睡下会软和点。"他很麻利地铺好褥子，又走到水瓮跟前，揭起木盖子看一眼，又道："水还多着哩，明早不必下山寻水了。今太晚，你自个睡着，明你跟招弟说说，让她给你做伴。把门关好，用杠子顶住。这村里有不安分的人，半夜无论谁叫门，千万别开。"

小草听了一阵后怕，昨晚她一人睡觉，只是把门轻轻一插就睡了，谢天谢地，昨晚平安无事。她心生感激，就要脱口说出的"谢谢"两字又咽了回去，心里无端地生出一连串疑问："他为什么这么心细？为什么要对我这么好？从早到晚，始终如此。"

沈天宝说完，半天听不到夏小草的回话，脸上露出难以掩饰的尴尬来。他全想不到自己殷勤过了头，让对方怀疑了，还不识脸色地又追问一句："夏老师，你听到我的话了吗？"

小草再不能沉默了，她笑道："听到了，沈天宝同志，我全听到了，我会按照你的盼咐去做。"小草全无诚意,语调满含着不领情。她上午说过以后要叫沈天宝为"天宝哥",一天还没过去,就变卦了。真是女人心难揣摩啊!

沈天宝不傻,他从夏小草的口气上,感觉出来夏小草没有了上午的热情,反而多了一层难藏的冷淡,当即就觉着不便久留,告辞道:"那我回去了,把门关好,夏老师早点休息吧。"说着,他出了门,却并不离开,站在门外道:"夏老师,你现在关门。"

小草站起,把门一关,随口敷衍道:"关好了,你慢走,明天见。"可是她的话刚落,外边的沈天宝却又把门推了个大开。

小草不知缘故,大惊失色,条件反射,她连做两个拦门的动作——双腿、双臂同时张开,拦在门口。

沈天宝看着小草的举动,才知小草刚刚的冷淡全是因为误会自己了。想到这,他连忙解释:"夏老师,你误会了,我是要教你怎么关门。你看我像坏人吗?你刚才不说话,是不是把我当成别有所图的人了?夏老师,我给你明说,我们这穷地方,不三不四的人还真有,你还真要好好防范了,否则你还真会遇到想象不到的事情。"

沈天宝这一解释,小草才知道是自己错怪沈天宝了。只见她一脚拉回,一手收回,一个立正,后退一步,侧身站立,满脸赔笑道:"天宝哥,我向你道歉,请你原谅我,好不好?"

沈天宝也笑道:"好!我的夏老师妹妹,林子大了什么鸟都有,你有防人之心是完全正确的,只是防错了对象。"说话间,沈天宝进了门,又把门闭上,给小草示范如何关门。

原来脚地有个凹下去的坑,门正常插住后,要在门上顶一根木棍,木棍的一头定在门插子横档下,一头要放进那个坑里。而夏小草关门却没有用那根木棍子顶门,所以门就很容易被人推开。

沈天宝交代好又出了门。

小草站在门里关门,关好后,朝门外喊一声:"天宝哥,关好了,你再推。"

沈天宝在外面又推门,肩膀扛上狠劲推,确信门推不开了,便在门外低声道:"夏老师,这下关好了,我走了,你安心睡吧。"说完,他迈着矫健的步伐走下坡。

小草今晚睡下后,感觉又舒服又踏实,舒服是因为身底下感觉软绵绵,踏实是因为她感觉不到害怕了。但她一时却又睡不着,满脑子回想一天的经遇,感觉老天对她真是厚爱。

她初来乍到,各方面都不熟悉,上天赐给她一个同伴,给予她帮助,给予她关心。因为这些,她对北蒿塬产生了一种说不清的浓浓情感。

她又想到了徐晓明,想到了和徐晓明的约定。

她独自在暗夜里盘算了一阵,决定把自己的情况告诉给徐晓明,她想知道徐晓明的反应。但她却不知道徐晓明的通信地址，一时间竟然忘记了是自己违约在先，又无端地怪怨起徐晓明不给自己来信了。她正怪怨着，忽而又想到徐晓明怎么能知道她的决定？怎么能知道自己已来北蒿塬教学？他即便写信，也会寄到河川湾的家里去，怎么会寄到这里来呀。想到这儿，小草就断定徐晓明给自己写信了。

她盼望时间过快点，周末早点到来。

二十二

次日，天刚蒙蒙亮，"咚咚咚"三下敲门声打破了校园的宁静，紧接着是沈天宝粗犷的说话声传进土窑里："夏老师，起来没？我先上脑畔看看，待会儿下来。"小草担心沈天宝忙着出山，所以她也早早起来。她正在洗漱，听到沈天宝的声音，赶紧回话："起来了，起来了。"她一手拿着梳子，一手揽着头发，应声中打开门，头探出门外，却发现院子里已看不见人影。她出了院子，向埝畔跑去，才看见沈天宝抱着一捆干黑豆柴，朝后山坡上去。她又匆匆折回窑里，赶紧收拾自己的头脸。她对着一面小镜子梳好头发，确认已经一身靓丽，这才又出了窑门，跑出埝畔，向后山坡观望。

这当儿，沈天宝正好从山坡上跑了下来，他老远就向小草呐喊："夏老师，现在应该好了，可以点火了。"

小草却站在埝畔傻愣着，全想不到应该跑进窑里赶紧点火试试，痴痴呆呆地憨笑着，直等沈天宝进到窑里，才轻移莲步，随后跟进窑里。就在这个时候，沈天宝转身对跟进门的小草说道："夏老师，你洗得干干净净，不动手了，我看。"

他一手摁打火机，一手抓起一把黑豆柴点燃，迅速塞进灶口。只看见一股白烟在灶火口里转悠，转悠，接着听到"噼里啪啦"一阵爆响，继而就看见两丛火苗露出来，绕着圈圈，往锅膛里钻了进去，随之就听到"呼呼"声直响，酷似如雷的鼾声。沈天宝顺势把灶口的硬柴和炭都放了进去。

小草瞪着一双圆圆的眼睛，直直地看着沈天宝，满眼流露出一种膜拜的神色。她竖起大拇指，高兴道："以后，我叫你沈老师。"

沈天宝"哈哈哈"笑半天，继而严肃道："可不敢这样，让别人听见，非笑死不可。"

小草道："有什么可笑的，在我心里，你就是老师，以后指不定还要请教沈老师更多问题呢。"

沈天宝笑道："不开玩笑了，明早我再来烧火，连续烧几天就好了。你忙你的事，我也要放羊去了。"说话间，沈天宝走出了门。

小草追出院子道："沈老师，慢点走，山路不好走，路上注意点。"

沈天宝转身看一眼小草，微笑着挥挥手，又转身，风一样刮下坡。

以后四天，沈天宝每日清晨来帮夏小草放灶火，晚饭后把自己拾掇得干净清爽，又来学校找夏小草拉话。

多数情况下，沈天宝充当演讲的角色，夏小草只做听众。沈天宝口才好，平平淡淡的事情从他嘴里讲出，就能变得趣味横生。夏小草像听古朝一样，每天听沈天宝说上一阵话感觉晚上睡觉都踏实，第二天给孩子们上课都有精神。

单单从口才上评定，沈天宝似乎比夏小草渊博很多，上至国家政策，下至贫民生活，他无所不晓，无所不知。这让夏小草由不得自卑，觉得她瞎念了许多年书。

事实上是，沈天宝只是扯天扯地胡侃，东一句，西一句；实一句，虚一句。他心细嘛，担心小草独自待着会害怕；他想舍嘛，想跟漂亮女孩说话呀。沈天宝觉着每天跟漂亮的女老师拉上一阵话，晚上睡觉也香，第二天干活也不累，生活也有奔头，日子也阳光。他每天要等到招弟过来，才结束话题，才恋恋不舍地起身回家。

眨眼间，周末就到了。

小草惦记徐晓明的信，匆匆赶回家。一上坡，看见母亲正在院子里，便二话不说，立即问道："妈，收到我的信没？"

"没啊！你才走了几天，谁给你来信？"

母亲的回答，无异于一盆凉水。但她不相信徐晓明不给她写信。她在心里默默地推算了小半天，得出一个结论——徐晓明的信在路上走着，也许明天，也许后天，准能收到。这样想的时候，她刚刚失落千丈的心又恢复坦然淡定了。常艾莲一周不见小女儿，早已担心上了，现在看见她活蹦乱跳、脸色红润，当即放心，脸上便露出欣喜。她竟拉住小草的胳膊，问长问短。小草那颗悸动的心，此时全被徐晓明占领，哪里还有心情跟妈妈详细汇报学校的情况，便敷衍几句，忙摆摆手，说她要看小说。而事实上她想进后窑里给徐晓明写一封信，等他的信一来，有了详细地址，便立即就能寄出去。她一只脚刚跨进后窑，就看见夏小寒四仰八叉，倒睡在炕上。她当即惊道："小寒，你几时回家的？不会真受不了吧？"

小寒坐起来，两指头放在口唇上，"嘘"了一声，随即压低声音道："什么赖营生？干一年能减两年阳寿，我不学了。"

果然如李军所料。

"再不去了？"

"不去了。"

"爸爸知道吗？"

"我刚回来一阵。"

"准备挨训吧。"

小寒咧嘴笑。

吃完晚饭，夏茂源果真坐在炕上数落小儿子："这么点苦也不吃，将来你能做成什么了？叫你上学，你不上，还说学校里学不下东西。你分明就是站在东山看见西山高，学不下东西，将来怎么活？"

这当儿，小寒乖乖地坐在那台老掉牙的无敌牌缝纫机前固定的破旧木凳子上，硬着头皮听着，默不作声。常艾莲手拿针线，低头只管缝补旧袜子，兀自不说话。小草系着围裙洗碗，动作轻巧，生怕锅碗瓢盆发出任何声响。夏茂源数落上小儿子还不忘下达任务："你不是说要闯出一片天吗？你这娃娃呀！唉！也好，今年收秋有你帮忙，老子倒也轻松。明天开始，你就安心在家里受苦，今黑夜夔串可了，早点睡，明早跟我到黑山沟摘豆角。"

夏茂源数落够，扬起胳膊，摆摆手，示意退朝。一家人便各自领会，各干各的。小寒悄悄站起，溜进了后窑。

次日，天刚麻麻亮，夏茂源就叫上小儿子上山了。他空手走在前面，小寒提着筐子后面紧跟。筐子里放着一捆绳子和一卷蛇皮袋子。他们走了约有半个多小时，才到了目的地。父子俩分工。父亲下背洼洼地摘，儿子上阳坡坡地摘。

小寒做水孵小鸡那段时光，锻炼了两三个月，上坡下洼，腿脚上的功夫练出来了，晒太阳的功夫却还没有打熬到家。在日渐升高的秋阳下，他满头满脸全是汗水，感觉后脖颈的皮肤仿佛刀刮一样难受。现在，他是彻底领悟了所谓的"秋晒如刀刮"是什么滋味了。

早些年分地单干时，夏茂源要了一块盐地，山地川地就比别人家少了许多。但常艾莲会过光景，把山里川里所有能种的地，种得是边边不落，畔畔不留，洋芋林林，玉米林林，凡是能人走的地里，都套种了秋红豆。现在，秋红豆已经成熟，摘回去吃上一部分，晒干一部分，晒干的豆豆揉出来，搅拌一些豇豆、小豆、豌豆、高粱、玉米、麦仁，就可以熬杂粮粥吃；如果把这些豆豆推成面粉，擀成面条，那就是杂粮面，做成饸饹，就是杂粮饸饹，吃进肚子里，补胃养肺还顶饱，绝对好吃的。

这一天上午，父子俩在山上一直摘满三蛇皮袋子又一筐子豆角，才起身回家。回家时，小寒背着三蛇皮袋豆子，夏茂源只在胳膊肘里挎一筐子。

回家吃完饭，小寒一头栽在炕上睡得昏天黑地。这大概是他长这么大睡得最香的一觉了。睡梦中，他感觉肩膀被人推了下，努力睁开眼睛，看见乔飞站在炕栏跟前。

乔飞是小寒的同学，住在邻村，和小寒一样，同时辍学，现在家里务农。他听说小寒回家了，骑着自行车来串门。他把甜美梦境中的小寒叫醒，屁股斜坐在炕沿上问道：

"几时走？"

"不走了。"

"学成了？"

"哪有那么快？"

"为甚？"

"那活根本就不是人做的，能把人呛死。两个月了，我连油漆刷子也没摸过，我听别的学徒说，要出手得三年，我没事干了，三年下来，能把我磨死。"

"那你做什么？"

"解不下，走着看，今年秋立马就要收秋忙活了。"

"秋后跟我一起卖枣？"

"没问题。"夏小寒想，反正暂时也没事做，正好逃离家，免得整天被父亲教训，脱口答应。

"你家以后吃枣我包了，明年端午包粽子的枣我给挑好的。"

"好。"

"只是，只是。"乔飞吞吞吐吐，欲言又止。

"只是什么？你干脆点。"夏小寒大惑不解。

"我也是没事做，胡缭乱，就怕生意不好。"

"怕什么？枣是你家树上的吧？"

"嗯。"

"要掏钱买吗？"

"不用。"

"那你怕什么？不管本钱的买卖，卖了我们收钱，卖不了，还有枣在。"

"要是一秋下来，卖不来几个钱。"

"你是怕卖不来钱，没办法给我开工资吗？"

"嗯。"

"我是那样的人吗？多余。"

"每天出去吃饭啥的，我管。"

"那必须的，我也没钱给你买呀。"

"那就说定了，开始打枣，我来叫你。"

"行。不过不能耽误我帮家里收秋，我家地不多，山里种些洋芋，老爸昨天已经给我下达任务了。"

"肯定不能耽误，到时我先帮你刨洋芋。"

"嘞！"

"你算睡醒没？睡醒跟我串走。"

"等我洗把脸。"夏小寒说着跳下炕，端起脸盆，从水瓮里舀了两马勺水，端到院子里，放在石床上，连头带脸洗了起来。

他们两人拉话的时候，在外面跟常艾莲一起规整豆角的小草回窑里拿筛子，她把乔飞和小寒拉话的后半截听进了耳朵，复进后窑问了乔飞详细情况。听明白后，她对乔飞道："乔飞，你来得真及时，有你带着小寒做事，小寒还能取点生意经，好好干，争取干出点名堂。"

小寒洗好头脸，进门问小草道："三姐，你下午到学校骑车子不？"

小草看一眼乔飞道："你坐他的车子去。这次不同上次了，上次人家来接我去的，这次我得骑车子去，走路太远了。"

小寒道："嗯，我坐乔飞的去。到北蒿塬路不好走，你路上慢点。"

小草道："你而今就走？"

小寒道："嗯。我跟妈说一声就走。"

说着三人全出外。小寒对树影下规整豆角的母亲说道："妈，我去乔飞家串门呀，要是太晚了，就住他家了，你告诉我爸一声。"说完，他不等母亲回应一声，坐了乔飞的自行车，一溜烟就下坡了。

小草赶黑也要到学校去。

常艾莲心疼小女儿做不了饭，免不了装二升杂粮给带上，让熬吃杂粮粥能省些事儿。到了半后晌，常艾莲收拾给小草带的东西，接着开始做饭。她特意给小草做了荷包蛋揪面片，里面烩了西红柿、红豆和洋芋丁丁。她看着小女儿吃饱，又打发小女儿出行，临了还跟在坡下，直等的照不见小女儿身影了，才转身上了坡。

二十三

雨季的雨如情人的眼泪，凡人完全左右不了。

连阴雨下了三天还不停，愁死个人，急死个人。为了节约用水，小草每天只吃一顿饭，晚上脸也不洗就睡。这样节约用水，还是没等到雨停，她的吃水用水就全都断了。第四天，她干脆不洗脸就去上课。谢天谢地！中午学生回家后雨停了。她趁雨停，赶了毛驴，下山驮水。

她不懂，她犯了大忌。秋雨浸泡过的山路泥泞不堪。不过，她还算精明，也有所准备。她拄着棍子，拽着毛驴，小心翼翼，步步紧随。毛驴通人性，也会听话，晓得山路泥泞，走得很慢。然而，毕竟事不由人，更不由毛驴。她防不胜防，下山的路上跌倒数次，好在每次都有毛驴护驾，不至于跌下崖畔，跌下悬崖。最终，她与毛驴磕磕绊绊，跌跌撞撞，走到了水井边。上山的路更难走，步步泥泞，步步艰难。她心疼毛驴负重太大，尽量不拖累毛驴，拄着棍子，跟在毛驴后面，慢慢地移动，小心地前行。万万不曾料到，走到半山腰，她脚下一打滑，身子失去重心，跌倒，滚落在一个土圪塄下。

毛驴听到她惊叫,驻足引颈叫唤,半天不见人来,倒退着下了斜坡,绕到她身边,用驴嘴凑过来舔她的脸。

小草顿时热泪盈眶。她扶住毛驴的前腿,艰难地从泥地里站起来,捡起棍子,拉住毛驴的缰绳,拽着毛驴,一步一步,继续向前。没走几步,她的右膝剧烈疼痛起来,整条腿几乎使不上劲,给不上力,好在另一条腿没有不适的感觉。余下的路途中,她让毛驴充当那条疼腿慢慢向前移。

人究竟自私。她现在确实顾不了许多了。她始终不敢与毛驴分开,拽着毛驴的缰绳,吃力地,慢慢地,行走在泥泞的山路上。明眼人一眼就可以看清楚,她借着毛驴的力在行走,远远看去,她就像毛驴身上挂着的一袋粮食。

最让她觉得倒霉的是她的狼狈样,被站在塄畔上的沈天宝看得一清二楚。仿佛从天而降,沈天宝眨眼间就出现在她眼前,不分青红皂白,向她大声吼道:"谁要你下山的?刚下过雨的山路这么滑!你要是跌个三长两短怎么办?没有水,不会向村里人要吗?跌疼了?你呀!还当老师呢!连自己也不会照顾。松开,我扶你。"

这哪里像拦羊后生对漂亮女老师讲话的口气,分明就是经验老到的大人在教训不懂事的孩子。那连珠炮发的话语里,含着七分怜爱,三分怪怨。

此时的小草仿佛一个做错事的孩子面对严厉的长辈似的始终低着头,不敢犟半句嘴,但她又觉着委屈,加之膝盖也疼得厉害,止不住的泪水便直线流下来。

沈天宝不知缘故,过来搀扶住小草,可他扶反了方向,小草的伤腿给不上力,疼得她"哎哟"一声叫出,身子又差点跌倒。她掉着眼泪,指着受伤的膝盖,弱弱道:"我小时候,这膝盖受过伤,怕是落下病根了,滑倒时估计又伤着了,现在疼得不行,一步也走不动,我没办法才拽着毛驴走了,一路上多亏了毛驴,否则见不上你了。"说完,她又觉着自己太矫情,禁不住"扑哧"笑出了声。

沈天宝却严肃道:"夏老师,对不起!我错怪你了,我背你走。"

打死她也不敢让沈天宝背着走,一个大姑娘怎么可以随便让一个后生背着走。她连连摆手道:"还是让我拽着毛驴走,刚刚我们走得好好的,不远了,你看马上就到学校了。"

沈天宝却生气道:"难道你要我不如牲口吗?我是村里的会计,再这么生分,我生气了。"沈天宝说着强行背起小草。毛驴则跟在他们身后。

孩子们全都到校,看到他们的老师浑身泥巴,被人背进了校园,全都一脸惊慌。有的孩子旋即刮下坡。沈天宝叫招弟帮小草找干净衣服换上,他则跑回家拿烧酒和止疼药水去了。

不多时,村主任到了学校,问明情况,安慰了几句,看见沈天宝拿过来烧酒,知道是用烧酒火清洗受伤部位,便说:"夏老师,天宝是好后生,我们村里数一的,他的祖爷爷曾是远近闻名的老中医,隔代遗传,他顶得上赤脚医生的能耐,你要相信他。"顿一下，村主任又看着沈天宝笑道："天宝，有你照顾夏老师，我就放心了，我还忙着，先走了。"临走，他又道："夏老师，今天下午就不要上课了，让孩子们上自习，明天看情况再定。天宝，我走了，明天夏老师能不能上课，你随机应变。"村主任说完，便离开了。

下午的自习课，招弟负责管理孩子们。

半夜，小草睡得迷迷糊糊，嘴里断断续续叫着"沈老师、沈老师"。招弟被惊醒，爬起来，推她的肩膀，不见反应。又喊叫"夏老师、夏老师……"连叫几声，不见回应。又用手上去摸她的头，感觉异常滚烫。

招弟还是一个孩子，没见过这种阵势，一时间，吓得六神无主，哭了起来，猛然间，又听见小草嘴里呢呢哝哝着："沈老师、沈老师。"她一激灵，便黑摸着路，硬撑着胆子，跑出去叫沈天宝。

沈天宝早已入睡，听到门外的喊声，慌得连忙穿了衣服，跑去学校。

小草的确发烧了，估计被烧糊涂了，满脸通红，一个劲地呻唤。

这黑天半夜，沈天宝自然请不到医生，买不到药，这村子里压根就没有药铺。他却有办法，用凉水毛巾给小草退烧。

招弟睡也不是，站也不是，站在地下呵欠连连。

沈天宝听见了，笑道："你站着做甚？快睡去。"

招弟睡在炕上，却没有了睡意，她睁着眼睛看沈天宝用凉水毛巾在夏老师的额头、脸、胳膊、脖颈反复冷敷。看了一会儿，睡意又上来，上下眼皮直打架，便睡了过去。

次日一早，小草睁眼，看见沈天宝趴在炕栏边睡着，侧脸看见招弟也睡着没醒，忙推醒招弟，指着沈天宝，悄声道："招弟，他怎么在这里？"

招弟道："夏老师，你让我叫来的啊！"

小草道："我几时叫了？我咋不知道？"

招弟道："你发高烧，烧糊涂了，一口一个'沈老师'，我能不去叫？"

小草一听，恍悟，这才知道她带累了沈天宝，害得沈天宝一夜趴着睡。她正感激着，却又听到招弟说："夏老师，你现在好点没？今天能上课不？"

怎能不上课呢？

她从炕上坐起，试着挪腿，那条伤腿还是给不上力。她强迫挪动，膝盖便痛得钻心。她不得不泄气道："招弟，我腿疼得动不了，可怎办呀？"说完，她眼泪直流。

招弟见夏老师哭了，又慌了，还好，沈天宝趴在炕栏上睡着。招弟推着沈天宝的肩膀，嘴里急声叫唤："天宝哥！醒醒，醒醒！"

沈天宝头也不抬，低哝道："招弟，别烦我，叫我睡一会儿，再睡一会儿，你起来管管学生，夏老师今儿个上不成课了。"

招弟哭道:"天宝哥,你醒来看看,夏老师哭了。"

沈天宝一激灵,头猛地抬起,揉揉红肿的眼睛,急忙解释道:"夏老师,昨个半夜你发烧,招弟跑来叫我,你烧得厉害,我家里又没药,没办法,我就用土办法给你降温,我太瞌睡了,竟睡着了。天打五雷轰,我什么也没做,清清白白,你不信,问招弟呀。"

沈天宝完全误会了,他赌神发咒地解释。

夏小草却破涕为笑道:"沈老师,你胡言乱语什么?我感激你都来不及,还怪你不成?我觉得自己太不中用。你说我这腿哪天才能好起来?窝在炕上,不给孩子们上课,我心里难受。"

沈天宝道:"原来这样啊!那我就放心了。你的腿可能是软组织损伤了,我回去翻翻祖爷爷的偏方,看有没有好办法。要不我带你到清河县医院拍个片子看看?我姑夫的弟弟就在拍片室,去年我爸爸腿跌了,也是我带去拍片的,轻车熟路,我能找上。夏老师,你说,你感觉疼得很厉害,我们就去医院。要是不怎么厉害,我建议用偏方。"

夏草早忘记小时候腿怎么疼了,又担心沈天宝的偏方不管用,听到他说到医院里有熟人,就想去医院看看,却又不好意思明说,弱弱道:"去医院是不是很麻烦?"

沈天宝道:"不麻烦。"顿一下,又对招弟说:"招弟,你起来帮夏老师收拾收拾,我先到主任家,跟他说一声。"说完,他起身出了门,没走几步,又折回来说:"夏老师,要不,让我妈给你做的吃点,我们吃了再走?"

下午,沈天宝和夏小草从医院回来,一进村里,就听见村人们开始议论他俩已经好上的事情。更有村里一些长舌妇聚集在学校坡下议论纷纷,对夏小草来此教学做出了很多猜测,众说不一。有的说她可能作风有问题,有的说她可能是被人糟蹋过,有的说她可能无辜失身过,否则如此花容月貌的女孩,没道理来这穷山沟教学,也没道理看上一个拦羊后生。也难为了长舌妇们,她们绞尽脑汁,再也找不出比这更合理的理由了。沈天宝的母亲信以为真,一天时间就往学校跑了三回,又是给小草送饭,又是嘘寒问暖。这更印证了村人们的议论。村主任也信以为真,傍晚竟然当着夏小草和沈天宝的面说:"夏老师,你是好老师,我们全村人都感激你。天宝也是好娃娃,我看着他长大的。你们两个,我很看好,我很高兴,你要是不好意思,我去跟你爸爸讲,我当你们的媒人。"

听着村主任的话,夏小草一时语塞,她真不知说什么好。

沈天宝脸上却乌云翻滚,表情僵硬,他连连摇头,声嘶力竭道:"主任,我应该感谢你,还是骂你?你不制止一下村民们对夏老师的诋毁,还跟上起哄,你说什么呀?"说着,他站在当脚地,对炕上的夏小草深深鞠了一躬,又抬头道:"夏老师,对不起!给你造成不好的影响,我向你道歉!"说完这些,他跑出了门。

村主任随后也跟出了门。不多时,只听见他在校园坡下吼道:"你们吃饱了没事干吗?嚼什么嚼?再嚼把你们的舌头割下喂猫。你们不想想,我们村里什么条件?之前留住过老师吗?之前的老师有坚持下来一年的吗?夏老师,她是多好的老师啊!她是我们村孩子们走出山沟沟的救星!她是我们全村人的福星!她能来这里,我们应该感激才对,关心才对,而你们在做什么?在伤害她。连续下了三天雨,没水吃了,她赶着毛驴下山驮水,跌倒几次,连毛驴都知道救她,你们说这些话,连牲口都不如。她跌得浑身青紫,一条腿受伤,至今都不能走路;她着凉感冒发高烧,半夜里迷迷糊糊,要不是招弟去叫天宝,要不是天宝心细,懂得多,这会儿你们就哭吧。明白是怎回事了吗?天宝带上夏老师看病,给夏老师买药,妨碍你们什么了?你们呢?你们在做什么?你们真让我脸红。亏你们想得出,害得我也上当受骗,丢人现眼。"

村主任气急败坏地一阵吼叫,学校坡下的人们便四散走开。

八天后,小草腿伤基本痊愈,她又开始给孩子们上课。次日,沈天宝又向小草道歉:"夏老师,对不起!全怪我不会处理事情,害你担这些非议。以后我一定注意,我也会叮嘱我娘再不瞎说。你放心,我以人格担保,再不会让你受到任何伤害。"

夏小草看着沈天宝一本正经的样子,抿嘴直笑。

二十四

转眼一年又过去。

已经放了暑假,孩子们全都不来学校了,小草却赖在学校不肯回家。她趁学校里没人打扰,在写小说呢,但她的心静不下来,连个头也开不好,写了撕,撕了写,反反复复,光开头,就浪费掉好多纸。

隔几日,她无意间翻看日历,恍然想起,明天就是她与徐晓明年前约定见面的日期。去吗?她在心里问自己。去!为什么不去?她在心里肯定地回答。无论如何,她也要与徐晓明见一面,不为将来,她只想当面给徐晓明道歉,说自己没有信守承诺,说自己违背了约定。

其实,这一年来,她和徐晓明再没有联系。她每个礼拜都跑回家,期盼在家里能看到徐晓明的来信,但总是失望。一封也没有,连个破信封也不曾见到。一度,她心里很不舒服,觉着徐晓明说话不算话。可是夜深人静,她却又往好处想,认为徐晓明学习任务紧,抽不出时间,也分不开心给她写信,她也就淡定地等待了。等过了半年,临近大年,她抱着侥幸的心理去河川街上,祈盼能在邮电所门前的大槐树下与徐晓明偶遇,但是连去两次都不曾偶遇到。那两次,她站在邮电所门前的大槐树下翘首张望,每次足足等待够一个小时,也不曾看见哪怕和徐晓明有点相似的影子。那时,她好后悔之前没有跟上徐晓明去他家里一次。倘若之前去过，那么她肯定会进去敲门问一问情况的。后来，她又分析，徐晓明的爸爸可能调走了，调去县城了。倘若徐晓明的爸爸真的调走了，那么徐晓明当然不可能出现在河川街上了。她坚信自己的分析对头。等过完年，开学之后，她就又期盼徐晓明来信。然而，直至临放假前的那个周末，她依然没有收到徐晓明的信。至此，她便不想了。

小草之所以迫切地想收到徐晓明的信，全因她要通过书信给徐晓明一个解释。如若从男女情感出发，前半年她心里牵挂的是徐晓明，而后半年她却想着沈天宝。她的心骗不了她，自从到了北蒿塬，与沈天宝有了一些接触后，她能感觉到她那颗悸动的心渐渐地被沈天宝所吸引、所感动，所以她不得不重新审视自己的内心世界。

实际上，自从她决定来北蒿塬教学的那一刻，她就明白，她与徐晓明会渐行渐远，不可能再有什么牵扯了。

次日一早，她把自己收拾得浑身清爽，骑了自行车直奔河川街。到了邮电所门前的大槐树下，她又足足等了一个小时，依然没有见到徐晓明。她不甘心，回河川湾吃过饭后，又来到邮电所门前，又等了一个多小时，依然没有见到徐晓明。她还不甘心，下午吃了饭再来，一直等到暮色浓重，还是没有见到徐晓明，她便放弃了，把自己从徐晓明的世界里彻底抽离了出来，回河川湾家里睡一夜，次日天还不明，小草辞别父母，返回北蒿塬。之后，她把自己整个人都埋进小说创作里。

许是没见到徐晓明而内心上火的缘故，许是连日来埋头写小说劳心费神的缘故，许是半夜里着了夜风的缘故，一日凌晨，小草突然就咳嗽起来，一阵比一阵咳得厉害，脸色苍白，呼吸急促。

招弟吓坏了，急火慌忙又去找救星。救星当然是沈天宝。

为了避嫌，放暑假后，沈天宝和小草再没见面，已经有十来天了。

沈天宝急火慌忙赶到学校，才知道小草是咽炎又犯了。他回家翻祖爷爷留下的偏方。果然找到了。偏方很简单，是两味不起眼的草药，北蒿塬山上就有。他折回学校，报告小草好消息。

小草听沈天宝说要上山为她挖草药去，当即就想起上初中时老中医开的药方，其中有一味草药，她爸爸跑遍药店都没买到，最后才改用针灸。

她想，或许此草药与彼草药是一味相同的草药。

早饭时分，沈天宝肩扛蛇皮袋子，灰头土脸，一瘸一拐，出现在学校。

招弟惊道："挖了那么多啊！"

沈天宝道："挖一回就要挖多些嘛！这是半个月的。"

小草惊道："你怎走上那样？你的腿怎啦？"

沈天宝道："磕了下，不碍事。"

小草道："都流血了，走路都那样了，还说不碍事？我看看。"

沈天宝道："别，别，我浑身土，真没事，我回去处理一下就好了。"

招弟道："夏老师，那点伤又算得了什么！为了你，天宝哥上刀山下火海都不怕。天宝哥，你说是不是？"

沈天宝道："招弟，就你多嘴！我罚你洗草，多洗几遍，等我过来。"

招弟道："我要回去吃饭。"

沈天宝道："等我过来，你再回去吃。"

招弟道："那夏老师的饭呢？还要我带吗？"

小草道："招弟，你别回去吃了，我俩吃荷包蛋拌疙瘩，我给你做。"

沈天宝道："夏老师，你能行？"

小草说："怎不行，现在好好的，咳嗽就是一阵一阵的。"

沈天宝道："那你俩做得吃吧，我回去吃过饭再过来给你弄药。"

沈天宝一瘸一拐，刚走下坡，迎面一个清秀后生挡住他的道。

"这上面就是北蒿塬小学吗？"

"是。你有事？"

"我找人。"

"找谁？"

"夏小草，夏老师。她在吗？"

"在，在，你是她什么人？找她做甚？"

"我们是同学，我来给她报告好消息。"

"什么好消息？"

后生没有回答，抿嘴一笑，上了坡。沈天宝随后也跟上坡。后生转身，站在当路，上下打量着沈天宝，惊问："你跟着我做甚？"

"我要确认你们究竟是不是同学。"

"你？为什么？"

"是我，我怕你是坏人。"

"你才是坏人。我听说学校只有夏小草一名老师，难不成你也是老师？"

"不是，不是，我刚才给夏老师送草药去了，是我刚从山里刨回来的。"

"那谢谢你啊！夏老师生病了吗？"

"不谢不谢。她咽炎犯了，干咳得厉害。"

"你是她什么人呢？"

"什么也不是。我是村里的会计，住得距离学校近。"

"那就应该谢谢你啊！"

"你是他男朋友？"

"那我们一起上去？"后生答非所问。

"要不你先去，我回去洗洗再过来，我要给她规整挖回来的草药呢。"

"我们一年没联系了，要不，你帮我通报一声，问她要不要见我？"

"怕啥？"

"就是怕，谢谢你！"

"你们这些念书人呀，就是想得多，那你得告诉我你的名字。"

"徐晓明。"

"好嘞，你等一下，我马上给你回话。"

沈天宝说完，又转上坡。徐晓明呐喊："会计，告诉我，你叫什么名字？"

"待会儿告诉你。"沈天宝头也不回，撂下一句话，进了校园。

小草和招弟已经吃上了。沈天宝站门口说："夏老师，我在坡下碰见一个叫徐晓明的后生，说是来给你报告好消息，又说你们一年不联系了，怕你不想见他，就打发我来问问你要不要见他？"

小草腾一下，站起来，撂下碗，疾跑出门。她没有叫徐晓明上来，而是自己走下坡，看一眼徐晓明，径直向前走，一直走至看不到学校，又拐上一道坡，踏上一道埝畔，进了一户废弃的窑院，在一棵有着茂密枝叶的槐树下站定。徐晓明跟了过来。两人四目相对，仿佛都要把对方吸进自己眼睛里似的，却谁也不说话。

那是一种复杂的眼神，无法用任何词语、任何语言来描绘、形容的眼神。两人就那么互瞪着对方，足足一分钟时间。然后两人同时开口，说出的话却不成语言，只是两个不同的字——"你"与"我"，两个字之间有短暂的停顿，前者似乎是质问的语气，后者好像满含自责。吐出这样的两个字后，两人又同时闭口，仿佛两个话剧演员，事前没有演练好，上了台又忘记了台词，半天想不起来，好不容易想起了，刚一出口，却又发现抢了对方的台词，便把错误及时叫停了。

实际情况是，夏小草想说"你怎么一封信都不给我写？"徐晓明想说"你怎么一封信也不给我回？"但话到嘴边，又都觉着不应该责备对方，而应该检讨自己……

经过这样的一个环节，两人就都觉察到了对方与自己还是蛮心有灵犀的。

于是，他们俩便开始捧腹大笑，让小草笑弯了腰，接着又展开了他们的对话。

"你先说。"

"你先说。"

"对不起！前天我爽约了。"

"对不起！我违背承诺了。"

徐晓明说："我爸调到县邮政所了，我家搬到清河县城住了。前天家里有急事，我没能赶到河川街上来。今天我是先去你家的，见了你妈妈。你说说，你为什么要这样？即便你的选择正确，即便你要和我绝交，你也不应该不回我的信啊！现在呢？我也不怪你了，你就别在这里浪费光阴了，今天我们一起回，明天我就给你制订复习计划。"

徐晓明很激动，话出口就打不住，他不管夏小草心里怎么想，先把自己的态度亮了出来。夏小草被感动，两只眼睛蓄满泪水。她喃喃道："怎么会啊！我每个周末都回家收你的信，连一封都没有收到。"

徐晓明旋即就明白是怎回事了，但他没说明，只是用"怪事！"两字搪塞过去。实际情况是，徐晓明写给夏小草的信，全让他的父亲扣住了。

夏小草说："你不是要报告我好消息吗？怎么这么沉得住？考哪了？"

徐晓明从肩膀上斜挂的黄帆布包里掏出一个大红本，递给夏小草说："你自己看。"

那是陕西师范大学的录取通知书。小草翻开，瞪瞪地看了小半天，放在嘴唇上吻了吻，便递给徐晓明，大声说："祝贺徐晓明同学，今晚摆宴庆祝！"

小草亲吻通知书的动作，被徐晓明捕捉。许是为了回应，许是为了表达，他从小草手里接过录取通知书后，来不及装进挂包，就张开双臂，把小草紧紧地拥进怀里。

小草的心狂跳起来。她害怕长嘴村妇看到自己，会恶语攻击，便双手用力，挣脱徐晓明的怀抱，继而又嗔怪道："让别人看见呀！"

徐晓明说："我们的关系终归向前迈进了一步，按古时候的人说，我们已经授受相亲了。你怕不怕？"

"我怕。你好好读书，以后就忘了我吧！"

"别冒傻气。现在开始，补一年，你完全可以。"

"我真不补了，不和你开玩笑，现在我已经喜欢上教学了。"

"大学毕业也可以教啊！"

"我想写小说。"

"大学毕业也可以写啊！"

"我喜欢上别人了，你把我忘了吧！"

"你喜欢上谁了？"

"你刚刚见过的，就那个给我挖草药的，他叫沈天宝。"

徐晓明又是一阵哈哈大笑，他全不相信。正在这时，招弟站在学校埝畔上大声呐喊："夏老师，夏老师，你的药熬好了！"

徐晓明道："你混得可以啊！有人伺候你了。走，上去看看你的学校。"

夏小草道："别去，你回去吧！"她怎敢让徐晓明上去看，她怕徐晓明笑话自己。

徐晓明却道："说什么话？我就要上去。你不是说你喜欢上沈天宝了吗？我上去给你把把关总可以吧？"说完，他拉住小草的手大踏步走起来。

小草道："撂开好不？这里不同县城，我还要这里教学哩！"

徐晓明道："就不。教师也能谈恋爱啊！现在，我谁也不怕了。"

迎面碰见村委会主任。徐晓明不认识，只管拉着小草的手走。小草要和主任打招呼的，强行挣脱徐晓明的手，向前跑了几步，赶在主任的面前，红着脸说："主任，你山里去？"

主任点点头，笑道："男朋友来看你了？是个好后生。"主任对随后走过来的徐晓明点点头。

老槐树下的石床上只坐着招弟一人，不见沈天宝。

招弟看见小草，迎上来两步说："夏老师，天宝哥把药熬上就走了，他说让你留男朋友住一晚，他上山摘桃子去了，一会儿送来呀。药已经熬好了，两个碗里放着，天宝哥说，现在喝一碗，晚上喝一碗，你趁热先把药喝了，我现在回去帮我妈做生活了。"

乡里的女娃娃，害羞。招弟连徐晓明看也没敢看一眼，就碎步跑下坡了。

"那女女是沈天宝的亲妹妹？"

"不是，她叫崔招弟，学校的娃娃全都叫他天宝哥。"

"哦！赶紧进去喝药。"

"你就坐这里，我进去喝。"

"我参观参观你们学校。"

夏小草自知阻拦不住，也就不阻拦了，放开让徐晓明自由看。徐晓明参观一遍之后，慨叹道："简直不可思议！是什么能让你坚持了这么久？"

"是可爱的孩子们。"

"你太傻了。"

"太对了！精明人赶快远离傻子。"

"我可以让你变精明。"

"我宁愿做个傻子。"

"笑话，你看着我的眼睛说话，难道你甘心在这穷山沟一辈子？"

"如果这里的孩子永远需要我，我完全可以。"

"幼稚。"

"你才幼稚。外面的世界多么精彩，你跑来说服我？"

"你铁定要一直这里教学，你铁定不补习了？"

"铁定了。"

"为什么？"

小草沉默不作答。

"为什么？"徐晓明又追问。

"也许这里有我的贵人。"

"你真的看上他了？"徐晓明瞪大眼睛惊问。

"不可以吗？"小草也瞪大眼睛。

"不会你俩那啥了?"徐晓明的眼睛瞪得更大。

"那啥是啥?"

"就那啥。"

"我不懂你说的那啥是啥。你明说。"

"私订终身了?"

"和你才私订终身了。你把我想成什么人了。"

"你吓死我了。"

"神经。"

"我现在问你,你有没有想过未来、理想?"

"想了,也没想。"

"怎叫想了又没想?"

"很模糊地想了,没有一个清晰的想法,浑浑噩噩。"

"你好好想想,想想你的未来,别急于给我回答,我留下来等你,你几时想通,我们几时下山。这儿的林场景色不错,我之前就来过一次,刚刚上来看见景色更美了。我也不忙,回河川街上也没好转处,干脆在这里多住几天,陪你玩几天,学学城里人,也谈几天恋爱,你说好不好?"

"你是要干吗?你晚上住哪里?"

"跟你那头毛驴住一起。"

"你真会开玩笑。"

"我不开玩笑,我是来执行任务的。"

"你能有什么任务?"

"帮我丈人往回劝你。"

"徐晓明同学,你别开玩笑好不好?让人听见多不好。"

"我已经听见了。大仙桃来了,请二位用膳。"话音落下,沈天宝端着半脸盆大红桃子到了老槐树下。

"他在胡说,你别相信他说的胡话。"小草忙解释。

"沈天宝,首先申明,我不是胡人,也不会说胡话,我说的句句实话。"徐晓明强调。

"你贫嘴,吃桃。"小草从盆里拿起一颗桃子递给徐晓明。

"香,香,真好吃!沈天宝,我不回了,在你们村多住两天,你欢迎不?"徐晓明不客气,接住桃子大吃一口。

"欢迎,欢迎!我已经安排我妈今天晚上做饸饹吃,你们先吃桃。我赶紧回去拦羊,否则羊要抗议了。"沈天宝说话间转身下坡走了。

"你不是说他是会计吗?怎么又成拦羊的了?"徐晓明惊讶道。

"不可以吗？"

"完全可以。"徐晓明说完，抿嘴偷笑。

"你笑什么？"

"笑你说谎。"

"你吃了饭回去吧。"

"就不回。"

"没人收留你。"

"放心，有沈天宝收留我，他的地盘，他说了算。"徐晓明说完又笑。

"你还可以天天跟他去山里拦羊。"

两人正说着，沈天宝回来了。夏小草惊道："这么快？"

"我爸替我拦羊去了。夏老师的朋友来了，我得招待。"沈天宝道。

"厚道，够哥们儿，你这朋友我交定了。"徐晓明说着，伸出手，要和沈天宝握手。沈天宝满手是土，看到徐晓明递过来的手，赶紧双手对拍了两下，又在两裤腿上揩揩，这才递过手来和徐晓明握住，并且说道：

"不好意思，手有点土。"

"没事，没事。我有事请你帮忙呢。"

"你说，什么事？"

"我和她原本商量好补习考大学的，结果她违背了诺言，来这里教学了。我来这里就是说服她回去补习，再考大学的。你说我这想法有错吗？"

"没错，真没错。我们这穷山沟没发展。不过呢，话看怎样说，当老师也是很神圣的职业啊！有很多人不就是一辈子在小学校里教学吗？没有那些甘愿在小学校里教学的老师，有谁出娘肚皮就能成为大学生呢？我们这里的条件是不好，但孩子们真需要夏老师这样的好老师。我们全村人视夏老师如同金子般珍贵呢。"

徐晓明被沈天宝一番话说得没词了，不知如何对答了。夏小草感觉气氛有点不对了，道："我决定了，继续教学，但我也会继续学习——自学，教学学习两不误，明年我报名高考，这样两全其美。"

"这个办法好！"沈天宝拍手叫好。

徐晓明毫无反应。然后是长时间的沉默。三人吃桃子。

"天宝，饭好了！"太阳还老高，沈天宝的母亲就站在埝畔上喊话。

饭毕，夏小草竟然挽起袖子要帮沈天宝的母亲洗碗。徐晓明看见两个女人为了洗碗争夺，一脸怪怪的。沈天宝上去，死拉硬拽，把小草拽出了窑。

三人到校园老槐树下又扯开话题，东沟里上，西沟里下，瞎说一通。突然间，沈天宝一拍大腿，笑道："看我这记性，差点忘了，主任还叫我出去一趟，说要到河川街上给村里买东西去呢。夏老师，徐晓明，你俩去林场转转，待会儿我回来了，再来学校找你们拉话。"顿一下,他看着徐晓明,抱拳施礼道:"见谅啊!农村人,瞎事多,暂时离开。"说完,转身下了坡。

小草当即慌乱,心道:"坏了,他信以为真了,他是要给我和徐晓明创造独处的机会了,这可如何是好?"她在沈天宝走下坡的那一瞬,想要叫住沈天宝,又恐徐晓明脸上挂不住,便把到了喉咙口的话改为"早点过来"。不承想,就在她出声的时候,徐晓明也说:"早点过来。"

沈天宝转身对他们挥挥手,然后向主任家信步走去。

夏小草和徐晓明互望一眼,又立即移开目光。此时此刻,他俩都惊异刚刚的默契。他俩谁都不曾想到,两人会这么心有灵犀。他俩目送沈天宝走远后,同时把目光收回,又投向对方,惊讶地互望着,半天没有话说。徐晓明先打破沉默,他道:"你好好哄我。"

夏小草看一眼徐晓明,闭口不言。

"啊呃——啊——啊呃——啊——"

土窑里的毛驴似乎看穿了两个年轻人的心事,就在气氛再度凝滞时,它发出了一声长长的嘶叫。这划破宁静的嘶叫,正是驴子求爱发出的嘶叫。

夏小草的脸当即红了起来。她与毛驴相守已久,她已经完全懂得了刚刚的毛驴叫声代表着什么。她想,必须跟徐晓明去林场了,否则这毛驴一直叫下去,多不好意思。于是,她提议说:"我们也去林场走走,那里景色确实很美。"说完,她先下了坡。

徐晓明跟下坡,紧走两步,与夏小草并排走在一起。他们走过村子时,难免被村里的婆姨看见,老远就听见有人大声呐喊着打招呼:

"夏老师,男朋友来看你了?"

"夏老师,是你男朋友吗?"

"夏老师,他是谁啊?"

……

夏小草太了解农村人的热情了,她们热情的背后往往隐藏着惊涛骇浪。她断定这些婆姨的热情别有用意,却不能做任何辩解,只能任由他们去想象。她的答复统统是一个字:"嗯。"她也只能这样答复了。倘若她给村人们介绍说徐晓明是她的同学,心里总觉得那样的解释是画蛇添足。

徐晓明察言观色,感觉到夏小草的担心,故意拉住夏小草的手,大模大样地走起来。

他俩走下一道陡坡,穿过一条小路,看见几丛虎尾草在一段土崖墙上摇曳着齐刷刷的穗子,又看见小路边挤满了仙鹤草、狗尾草、猪耳草、羊胡子草等。望见不远处的一片空闲地上,一些叫不上名的草盛开着白花花、蓝花花、粉花花、紫花花……那些花花,有的看起来清清秀秀、俏俏丽丽,一朵一朵盛开着,有的看起来却毛茸茸,一捧一捧的。空闲地尽头荒芜了的圪塄畔,以及小路两旁,尽是一些叫不出名的灰中泛紫的花穗。花穗相互参合，竟把弯弯曲曲的路遮蔽得只剩一条羊肠小道。节令逼近立秋，百草茂盛，正在蓬蓬勃勃生长，山坡上葱茏苍翠。

两人信步走进林场，找到那个茅草棚，面对面坐在木凳上，互相望着对方，又开始各怀心事，谁都不愿意打破沉默。

夏小草之前曾幻想过许多次她和徐晓明在林场的温馨时刻。现在，两人正到了一起，夏小草却变得痴呆，木讷，她甚至不敢把身子倾斜一点点，或者把脑袋歪一点点。徐晓明也是，刚见到夏小草那会儿，他还勇敢地把她搂进怀里，现在他却变成了木头，变成了呆瓜。仿佛两人都被林场里野草与泥土的混合味熏醉了，又宛如他们各自都成为这其中的一株草了。

结果，午后的大好的景色、大好时光，就让他们的羞涩给辜负了，他们把驴子的心意也辜负了，把沈天宝的良苦用心也辜负了。他们一直待到暮色四合，才相跟着离开林场，但一路上却连一句话也没说，就那样并排着，规规矩矩地走着。

进了校园，沈天宝已在槐树下等候了。

夜幕完全降临了，偶尔传来一两声狗叫，毛驴卧在土窑里悠闲地反刍，老槐树精神饱满凝神静听，三个年轻人把本该寂静的校园彻底搅沸。他们正说笑着，招弟来了。夏小草示意招弟坐下。招弟毕竟小，又有老师和老师的朋友在场，便不敢插言，乖乖坐一旁，静静听话。

沈天宝天生活跃，时不时把听来的笑话、段子翻出来。徐晓明素日不善逗趣，今晚却让沈天宝彻底激起，也不甘示弱，竟然讲了几个校园段子。两个后生轮番讲着笑话和段子，逗得两个女孩子直笑得捧腹一阵、弯腰一阵。而两后生竟然本本色色，淡定自然。

夏小草完全变成了没心没肺的家伙，她被两个后生的表演天赋彻底吸引，少女的天真情怀完全显露出来，竟然忘记她的学生就在身旁坐着，一阵站起来手舞，一阵站起来足蹈。招弟起先还手按在嘴上笑，怕笑出了声，渐入佳境后，忘记了拘束，笑声更像银铃一般脆响，仿佛校园里正上演着轻喜剧。

三个年轻人加上一个小学生，一直高兴到深夜，才分开两路去睡觉。

二十五

晚上睡下，小草想了一夜，觉着于情于理，她都应该跟着徐晓明一同回河川湾，否则就真不是她的做派了。

次日一早，她暂离北蒿塬，暂别沈天宝，与徐晓明一同下山。

一辆自行车，两个人，徐晓明骑着，小草坐着。到了河川街，小草跳下车子，要徐晓明坐班车回清河县去。徐晓明不听，硬要陪小草到了河川湾才肯回家。小草不让，徐晓明就跟着走。两人一直走到小草家坡下，站在一起，直等到开往清河县的班车过来，徐晓明才恋恋不舍地离开小草，上了班车。

小草刚进院子，便看见家人们坐了一院子。榆泉上班的夏冬枣和她的丈夫袁明博不知何时回河川湾来了，夏秋菊也回来了，夏小满和苏月影，夏茂源和常艾莲，全都围坐在当院的石床四周，乘凉拉话。石床上摆放着西红柿、黄瓜、桃子、瓜子之类的哄嘴吃食。他们居然没注意到小草回来，你一言，我一语，说得异常愉悦。小草把自行车支在埝畔上的歪脖子枣树下，把她的身子隐藏在枣树后，望着天空的圆月，静静听他们拉话。

不多时，她就听出了名堂——夏家大院要双喜临门了。

夏秋菊在夏冬枣结婚前夕，发觉她的男友脚踩两只船，与一个外地姑娘好上了，她便不能容忍，果断分手。她不想与前男友再有任何瓜葛，干脆辞了工作。适逢她得知姐姐夏冬枣在榆泉举办婚礼，便决定离开省城，追随她的姐姐，去榆泉寻求出路。参加完夏冬枣的婚礼，她不想跟随家人回家，就赖在新婚的姐姐家里不走。姐姐知道她的心思，央求家里人帮她找个事做。正逢夏冬枣婆家有亲戚在榆泉城里开了裁缝部，需要招聘学徒工，她便成了一名服装学徒，在榆泉城里安稳了下来。

也合该她走运。一日，姐妹俩一起在榆泉街上买羊杂碎吃。她一不小心把羊杂碎汤洒在一个年轻小伙的肩膀上。大冬天，衣服穿得厚，年轻小伙还不曾发觉，姐妹两人却连忙赔不是，无论如何也要给小伙子洗衣服，表示诚意。小伙也是讲究人，当然乐得接受。结果，洗衣服，还衣服，一来二往，她的诚恳感动了小伙，两人便处起了朋友。小伙带她去家里见父母，第一次就被小伙的父母相准。

紧接着来了个媒人提亲，自然先去找夏冬枣。夏冬枣一打问，才知道妹妹——夏秋菊交上顶呱呱的好运了。

那小伙叫常胜利，五官端正，身材挺拔，对人谦恭，一脸温和，能言善道。他在榆泉城市银行上班，正式编制。他是土生土长的榆泉人，兄弟两人，姊妹五个，上有四个姐姐一个哥哥，下有一个妹妹，他本人排行老六。他的母亲曾是榆泉城里大户人家的女子，有丫鬟伺候。他的父亲在榆泉做官，人活套，朋友广。

这门亲事夏茂源一家是一百二十分满意，满心欢喜。

婚事敲定，夏秋菊成了常家的媳妇，常家便紧锣密鼓要给未来的媳妇找一份更体面的工作。考虑到她在裁缝部当学徒的经验，便在榆泉服装加工厂谋了一份更体面的，也能摆得上台面的工作——服装设计师，属于合同工编制，拿着固定的工资，上着朝九晚五的有规律的班。

夏小草知道这些后，在心里禁不住慨叹："二姐的运气真好啊！"

是的，好运气来了，挡也挡不住。

夏秋菊摇身一变，就成为榆泉城里的一朵花了。

这让夏小草始料不及，也让她由不得高兴，她在心里默默地为夏秋菊祝福。

隔两天中午，徐晓明又来找夏小草。他站在坡下学蛐蛐叫，这是他们两天之前分别时达成的见面暗号。夏小草当时不想让家里人知道，她心里比谁都清楚，她和徐晓明的未来很不乐观，这源于她内心的自卑，也源于未来的不确定性，她不想把没把握的事情事先透露出去，尽管徐晓明真真切切见到过夏茂源，也和常艾莲有过简短的交流。

夏小草听见蛐蛐叫声后，急急忙忙跑下坡，进了坡底的盐锅窑里。徐晓明随后跟进去。老范爷——熬盐老头抬起一双浑浊的眼睛看着夏小草和徐晓明，露出满脸的慈祥和一脸的窃笑，却不说话。

夏小草如小时候到盐锅窑里掏炉灰、捡兰炭时一样，对老范爷微微一笑，也没有解释。多少年了，老范爷一直那样老，始终躬着腰，皱着一张干巴的脸，浑身沾着白盐巴，一副慈祥，一脸堆笑，却从来不讲话。她小时候一直以为老范爷是哑巴。她的爸爸——夏茂源却说老范爷不哑，是个大文人，写得一手好字、好文章，只是遭遇不幸，脑子有了毛病，再不会写文章了，也就很少说话了，后来河川湾成立种盐小组后，河川公社考虑到他的情况，就给了他这份差事。

夏小草现在到了盐锅窑里，她不是来掏炉灰、捡兰炭的，她是来和她喜欢的男生约会、拉话的。河川湾人们的思想还落后，不时兴年轻男女光天化日之下谈话、交流，即便是单纯的谈话交流，也是要招人非议，招人唾沫的。

徐晓明在家里待了两天，觉着实在郁闷，心里大不是滋味，就坐了班车来找夏小草寻开心。不料，夏小草却把他带到这样一个场所与他约会。他看着那老头，心情横竖都好不起来，又想起那天从北蒿塬往河川湾走的路上，激动而又愉快的心情，就又想重温那种感觉了。于是，他就建议道："我们再去林场转一回好不？"

夏小草沉默不作答。她想，万一在北蒿塬林场遇到沈天宝，沈天宝会作何想呢？万万不可以的。徐晓明就苦着一张脸，继续央求："要不我们相跟着去河川街上转转？"

夏小草摇摇头，悄声说："农村比不了县城。我们村谁不认识我，谁不认识我爸爸，我哪里敢大模大样和你一起走。"

"那我现在回去。"徐晓明干脆道。

夏小草却又不言语。

"我有好办法了，我们沿着河畔走。有人的时候，你走前面，我走后面；看不到人的时候，我跟上来，相跟着走。好不？"

这主意甚好！夏小草点点头。她看一眼老范爷，又微微一笑，表示打了招呼，就走出盐锅窑，向邻村的方向走几百米，绕开那片盐地，沿着一条小路径直走向河畔。

徐晓明在她身后错开十几米，紧跟着走来。

两人一前一后走了约两里地，到了远离村庄的河滩。两人同时向河水里望去，看见不远处的河水里有一块大青石，便同时向那块大青石走去。

徐晓明和夏小草脱了鞋袜，挽起裤腿，赤脚片趟进清清的河水里，一直走到那块大青石上，各自找好最佳的位置，错开一定距离，面对面坐下来，把脚伸进温热的河水里，而后相视一笑。

两人又进入北蒿塬林场那天傍晚的境界，唯独相互爱着的异性青年才能拥有的特殊境界。

广阔的河面，缓缓流动的河水，河水里不规则的鹅卵石，缓缓游动的小蝌蚪，远处清晰可见的洗衣婆姨，隐隐约约的捣衣声。而近处一对情投意合的年轻人，仿佛怕惊扰了河的沉思，两人谁也不说话，不肯打破这份特有的静谧，特有的美好。

这一天，徐晓明不能与夏小草静坐到傍晚，不能在河水里逗留太久，他必须赶最后一班车回清河县城的家里去。

徐晓明与夏小草再一次见面，便是二十天后了。

徐晓明向夏小草辞行，三天后，他就要去省城的陕西师范大学报到。

夏小草在徐晓明来见她的前一礼拜，专门跑去河川街上买来一个装纸星星的瓶子，翻找出她锁在柜子里的一个黄帆布旧书包，从里面倒出一堆粉红色和浅黄色的纸星星，一股脑全装进瓶子里。她要把这装满星星的瓶子当作礼物送给徐晓明。那些粉红色的纸星星上全都写着徐晓明给她的短诗，那些浅黄色的纸星星里却全是她抄与别人的诗歌。

徐晓明看着夏小草双手捧起星星瓶，居然表现出一种异常激动的神色来。夏小草也开始心跳加速。

掐着徐晓明去省城的学校报到的日子，夏小草返回北蒿塬小学。此时，小学常规的开学日子，业已推迟了三天。

开学一周后的一个傍晚，沈天宝来到学校。他像变了一个人，欲言又止，像是有话对夏小草讲，却又讲不出来，吞吞吐吐半天，最后什么也没说出，出外面坐在老槐树下，抽起了烟。

他怎么学会了抽烟？他遇到什么难办的事情了吗？

夏小草在心里暗暗嘀咕。之前的一年里，她从来没见沈天宝抽过烟，她在自问的同时，追出校园，站在老槐树旁察言观色。

万万没想到，沈天宝抽了一根烟，掐灭烟头，突然道："夏老师，我要去清河县城当建筑工了，拦羊没出息。"

夏小草心里很高兴，替沈天宝高兴，但高兴的同时又难免失落。她的心情一时间复杂起来，很难说清。高兴、失落、迷茫……兼而有之。她首先想到向他道贺，诚心地道贺。她学着电影里城里人的样子，微笑着，双手抱拳，朗声说道："祝贺，祝贺，特别祝贺！"

沈天宝道："夏老师，我这一走，怕很少回来，你要保重。"

夏小草道："没事，有招弟呢，再不行还有主任呢。几时走？"

沈天宝道："明天一早。"

夏小草惊道："那么快啊！"之后便是长时间的沉默。

招弟来了，她今天过来得特别早。沈天宝看见招弟进院，欠欠身子，点点头，站起身就下了坡。

次日清早，夏小草牵出毛驴，备好驴鞍，搁上水桶，准备下坡了。她想着为沈天宝送行，最起码陪他走到山底，算是尽一年多来相处的情谊。可她还没下坡，沈天宝却上了坡，进了校园。沈天宝手里提着一个鼓鼓的大黄帆布包，看样子也要出发了，特意向她辞别来了。

夏小草突然间伤感起来，泪眼蒙眬，有种依依不舍的感觉。她心里暗自奇怪，自己怎么会有这样的感觉，而前几天徐晓明来辞行，她压根没有一丝丝这样的感觉，有的只是无边无际的畅想，对未来美好的幻想，以及令人心跳的遐想。

沈天宝看懂了夏小草不舍的表情，低声道："走，能相跟到山下。"

毛驴在前面走，沈天宝和夏小草在后面跟。两人也是一句话也不说。假若驴鞍上的水桶换作一床大花被子，那简直就是新婚的丈夫送新媳妇回娘家的画面。

夏小草突然间想起一件事来——她小时候跟上妈妈去赶亲事，舅舅出嫁女儿，用毛驴迎亲，舅舅的女儿要骑着毛驴从娘家到达婆家。她很好奇骑在驴背上会是怎样的感觉？现在看见前面走的毛驴，想着身边走的沈天宝或许知道，问题冒出来，她竟不过大脑想一下，这问题是否刁钻古怪，是否引人发笑？脱口而出：

"你骑过驴没？"

"没。你骑过？"

"也没。真不知道骑驴什么感觉？"

"肯定很好。我小时候见过，驴身上放着大花被子，新媳妇骑上去，驴走起来，远远看去，新媳妇在驴身上圪摆、圪摆，肯定感觉好。这个很好实现，等我下次回来，咱们在学校院子里演练一回。"沈天宝说完，"哈哈哈"大笑起来。

夏小草觉着沈天宝笑得特别扭，特做作。在她看来，这句话连笑点都没，一点都不好笑，沈天宝却笑得前仰后合。她领教过沈天宝的淡定，沈天宝属于讲笑话从来都不笑的人。

"有那么好笑吗？"夏小草却平淡道。

"我以为好笑呀！骑马的愿望，我没能力让你实现，骑驴的愿望，那是很容易实现的呀！"

沈天宝一语结束，夏小草再没接话，沈天宝也再不说话。两人就默默走着，好像再也找不出话题了。

很奇怪，余下的路，两人再没说一句话，都没觉着尴尬，反而觉着那段路比往日缩短了许多，没觉察时间在流动，就到了分别的路口。

毛驴很通人性，看见两人不走了，它也站住了，专心啃咬路边的草。夏小草的眼睛有点不争气，又变得湿润，她想说什么，喉头直蠕动，只感觉喉咙口有重兵把守，要把冲出喉咙的话生生地顶回去。沈天宝就站在夏小草正对面，他站立小半天，低声道："走了，保护好自己，抽空回来看你。"

沈天宝说完，转身大踏步走了。走不远，调转身来，给夏小草挥挥手。夏小草也挥挥手。沈天宝立定片刻，又转身走了。夏小草站在原地，目送沈天宝一直淡出了她的视线。

此后，一连三天，夏小草就一直处在一种失落的状态中。

她不知道徐晓明和沈天宝同室而眠的那晚，他们交谈了什么。她猜想沈天宝出去打工，完全是为了躲开她。她甚至怀疑徐晓明给沈天宝暗示了什么。而她呢？她搞不明白，她是在脚踩两只船吗？她很清楚自己不可能与徐晓明有未来，却又给他送星星暗示，分明是想与他有未来。而与沈天宝别离时的心情，以及这几天的状态，又让她更清楚她需要谁。她总以为，男女情爱，不应该由女子表白。如果男子不主动表白，她宁愿承受巨大的煎熬而单相思。

徐晓明奔前程去了。沈天宝奔事业去了。唯有这头小毛驴，成了她忠实的朋友。

她蹲在埝畔上，用手指在地上胡乱画，在眼睛的余光处，她发现了一棵小草。小草从加固埝畔的两块石头之间长出来的，是从狭小的石头缝里长出来的——细细的一根筋上托起两瓣小草芽。

那刚刚冒出石头缝的小草芽，她分辨不出它叫什么名字，却长时间地呆瞪着，似乎要看出一些端倪，似乎要弄懂它的心思，突然间，她内心里升腾起一股强烈的冲击波。她恍然一惊——小草芽就是她的化身。

那两块石头为小草芽搭建起一个坚强的堡垒，为小草芽遮风挡雨，小草芽在堡垒里茁壮成长。而她的堡垒在哪里呢？是她的爸爸妈妈吗？而她却要挣脱爸爸妈妈，显然又不是。那么她的堡垒又在哪里呢？这样想的时候，她又觉着自己连小草芽也不如了。

她有了一种很明显的感觉，那种心底里暗藏的失落感远远比之前收不到徐晓明的信更加强烈。

再过一段时间，她就陷入一种难以抑制的思念中，她满脑子都是沈天宝的点点滴滴。这样想的时候，她晚上总睡不好，白天上课又提不起精神，吃饭也没了胃口，不打几日，她晕晕乎乎，又病了。

她清楚自己不能病,不能耽误给孩子们上课,就叫了招弟,强打起精神跟招弟一起去山里挖延寿草。

延寿草加小黄米、红枣和红糖,用山泉水微火熬至粥烂,有补气血、健脾胃、提精神的作用。这是沈天宝给她的偏方。提不起精神、没食欲时,一日喝两次,又当饭,又当药。

一连喝了数日,她的精神渐渐恢复。

一日夜晚,她上炕睡下,迷迷糊糊中看到埝畔上的那棵草高大起来,竟然长成一丛茂盛的延寿草。早晨醒来,那梦境居然清晰萦绕于脑际。她忙跑到埝畔,果然看见两块石头之间的那棵草长大了许多,真是一棵延寿草,只是没有梦境中的大。

她禁不住一阵欣喜。心道:"是呀!我就是小草呀!即便是不起眼的小草,在狭缝中生长,也会如延寿草一样坚强。"

二十六

她满脑子都是沈天宝,潜意识里却又迫切地希望收到徐晓明的来信。在这种复杂的心境下,周末,她回了一趟河川湾,恰巧遇到夏小寒也回家了,坐在炕栏上,一脸懊恼。常艾莲埋头纳鞋底子,一句话不说。夏茂源黑着脸,一口一口抽烟。家里的气氛异常沉闷。

夏小草悄悄溜进后窑,用眼睛搜寻,用手翻找,她期盼徐晓明的信能自动跳出来。

怎能由人所想。又是一个失望。

夏小寒跟乔飞卖了一个秋冬的枣,对乔飞的为人摸了个底朝天。他说乔飞做事不地道,面对 些农村人,还净做些损斤耗两、坑蒙老白姓的事。他看不惯,想挑明了说,碍于面子,最终没说,也再不要自己去卖枣了。

回家睡了几天,急得蜜蜂一样,到处嗡嗡,适逢夏小满贸易货栈缺了人手,忙不过来,他就临时帮了一段时间。夏小满要弟弟帮忙,却不说什么道道。

夏小寒心里就急,觉着帮哥哥干活终究不是长远的事情,还得自己折腾条出路,却又没到那个年龄,思维头脑眼界都跟不上,也想不出法子。

就在这个时候,夏冬枣婆家有个亲戚在榆泉开了个饭馆,需要帮厨。冬枣就想,小寒将来学成不错的厨师,不论自己开饭馆,还是受雇于饭馆,都是不错的打算。于是,夏小寒又到了榆泉饭馆帮厨。

夏小寒很无奈。他骨子里就不爱干伺候人的行当,他上学时就心心念念幻想着挣了大钱被人伺候,现在要他一刀一刀,一勺一勺,一盘一盘,伺候那些人桌上盘下,他一万个不情愿啊！无奈他翅膀不硬，独自飞不上天空去，只能勉为其难。他一上岗就当上了二把刀，伺候大师傅，给大师傅备料，负责红案上的所有活计。每天上班，他比别人都要早。他要提前剁好一头猪，几只羊，一些鸡、鸭、兔、鱼，等等。凡是客人吃到的肉食原料，都得他准备，按照大师傅的吩咐，切成肉块、肉丝、肉片、带骨肉。既来之，则安之。刚开始，他不习惯，到了晚上，胳膊酸困得抬也抬不起来，累得饭也不想吃，可睡到半夜，又感觉饿了，却没有饭，硬挨着，挨到天明，到了饭馆，不管三七二十一，先自己鼓捣，饱饱吃上一顿，这才有了精神，却又要开始忙了。如此这般，过了一个多礼拜，他的身子才打熬出来。一年过去，二把刀手艺练得炉火纯青。他要求掌勺炒菜，大师傅不允，说他历练不够，说掌勺要二把刀干够三年以后。他便央求姐夫袁明博说情。袁明博也不太懂学艺的规矩，真的去找亲戚，结果亲戚一番大道理讲下来，他又觉得亲戚说得在理，便又劝小舅子。夏小寒心里憋气，闹上了情绪，有心撂下不干，又碍于情面，便撒了个谎，请假回家来了。

前窑里的空气沉闷，徐晓明的信又不自动跳出来，夏小草心中正憋闷，便出外站在埝畔上透一阵气，等内心宽舒了，拾掇了些柴炭，回家放火，准备帮妈妈做晚饭。就在这个时候，夏小寒说话了，语带牢骚。他道："又是三年，天下学艺都三年吗？为了学个炒菜耗上三年时间，太不值得了。"

夏茂源不说话，只管抽烟。

小寒又道："一年多了，烟熏火烤，一心一意伺候着，就为了讨好大师傅想早点学炒菜，却连个炒瓢也不让摸。我姐夫去说情，人家还说不能破了行业规矩。什么破规矩还不能破？"

夏茂源早想吼叫一通了，却看见小儿子个头已经超过了自己，一时间又怕伤了年轻人干事的热情，硬忍住，长叹一口气，压低声音，耐着性子道："无规矩哪里能成了方圆。你的路要靠你走，谁也强迫不了，你自己做主吧。我不表态。"夏茂源一语结束，再不说话。

夏小草做了很简单的饭——钱钱饭煮洋芋，又用青柿子和小红辣椒拌了一个下饭菜。她等钱钱饭快熟的时候，大锅里搁了高粱箭箭锅衬，熥了四个两面馍馍。

夏小草晚饭向来只吃稀饭，常艾莲也是，夏茂源却不行。他说钱钱饭、洋芋擦擦，都是无粮饭，哄肚皮开心的，他餐餐饭上来，必须搭配干硬的。

做女儿的当然知道爸爸的脾性。

吃饭的时候，夏小草端了一碗饭，夹了一筷子下饭菜，溜过后窑。她把碗放在小炕桌上，人站在炕栏前，翻开一本琼瑶的小说，边看边吃饭。

夏小寒在家里只住了一天一夜，就返回榆泉，继续他的学厨生涯。他不继续学厨，又能做什么？

临走的早上，夏小寒在公路上等班车时，夏小草追到坡下。她是来送弟弟的，却站在小寒跟前一句话也不说，目光看向西方。开往榆泉的班车是要从西方开来。夏小寒却不会沉默，他伏在小草耳门上说："一有好做上的，我就不干了。"

当日下午，小草也返回了北蒿塬小学，又开始她的娃娃头日子。

小草很多时候觉着自己在荡秋千。荡到左边，盼着能见到徐晓明的信；荡到右边，盼着能见沈天宝一面。她太想知道徐晓明在学校里的情况，也太想知道沈天宝在工地上的情况。她的心就被这两个男子无端地牵着，牵得她静不下心来写文字。

她想写小说，准备了好久，想把心事诉诸笔端，但每一次动笔，笔尖流淌出来的文字就成了浅吟低唱的相思。她把两个男子同时藏进心里，熬了大半年。

快到放寒假的时候，某日下午，她猛一抬头，蓦然发现沈天宝进了校园。她一阵欣喜，简直就要扑上去拥抱了，却看出对方并没有回应的动作，便原地僵住了。这当儿，沈天宝递过来一块红围巾，微笑道："送给你。"

她一阵惊喜，一阵心跳。

红围巾是方的，摸上去滑滑的、绵绵的、软软的，她把红围巾挨在下巴上，脸立即潮红起来。她想到了古装戏里新娘子的红盖头。

"喜欢就好。你不是说想体验骑毛驴的感觉吗？我是想盖上这个更像一回事。"

她的脸更红了，干脆拿红围巾把脸蒙住，露出两眼瞧沈天宝的表情。

"这趟回来要住段时间，过完年，等天暖了再去。"

"你几时回来的？"

"刚回来，还没回家呢。"

"工地上干活累吗？"

"不累，累也值。"

"那你先回家看看叔叔和婶婶。"

"你现在不要骑一回毛驴，感觉感觉滋味？"

"我就随口一说，你还当真了。想骑也不能随随便便骑呀。"

"那我先回家了，晚上过来找你拉话。"

晚上，夏小草梳洗整洁，静等沈天宝的到来，却左右没等来，一连数天，连个人影也不见了。

临近放寒假，她拐弯抹角问沈天宝的妹妹——沈晓梅，才知沈天宝被他的老板开车接走了，说是给老板家里干活去了，估计早了回不来。

此后几年，同样是临放寒假前一礼拜，沈天宝都会来学校走一回，每回来时，总给她带点小礼物，然后说几句不咸不淡、不冷不热的话就走了。这让她心里总感恍惚，她一时间摸不透沈天宝的心思，也猜不出沈天宝的想法。

过完大年，到了正月二十这天，各小学又开始报名，准备开课了。这已经是沈天宝进城打工的第四个年头。

夏小草如往常一样，又去北蒿塬小学。她刚到学校就听到一个惊天消息——招弟明天要出嫁。

"招弟，他们说你明天要出嫁，不是真的吧？"

晚上一见到招弟，她就跟招弟确认这件事的真实性。她希望这是个谣传。

招弟还小，刚刚十六虚岁，按照城里人的说法，她的实足年龄才十五岁半。

招弟只是哭，不说话。她就软语劝说。在她的一再劝说下，招弟终于说出了出嫁的缘故——招弟的妈妈为了给招弟的爸爸治病，决定把招弟嫁给死了老婆的有钱人——煤矿矿长的儿子。目的是得到一笔厚重的彩礼。

她蒙了，一夜无眠。

次日一早，招弟不知何时就走了。她一个人又开始例行一天的工作。快到放早学时，听见校园坡下响起"突突突"的摩托车声，她便急急跑出埝畔。

她之所以急急跑出埝畔，是她断定沈天宝回来赶亲事了。北蒿塬有的是毛驴，连拖拉机也是仅有的两辆，一辆是村主任自己家的，一辆属于村上的公共财产。这两年以来，沈天宝每次回家都骑着摩托。而摩托在北蒿塬是个稀罕物，唯有进城当了建筑工人的沈天宝才有可能骑。

果真是沈天宝回来了。但摩托车后座坐了一个时髦的女子，双手搂着沈天宝的腰，嘴巴附在沈天宝的耳边，像正说着咬耳朵话。

沈天宝一只脚踩到地上，仰起头跟她打招呼："夏老师好！快放学了吧？"

听见沈天宝主动打招呼，她心里又一阵欢喜，随即想到后座的时髦女孩可能是顺路乘坐摩托车的亲戚，抑或是来招弟家赶亲事的亲戚。想到这里，她就脱口而出："沈老师，你家的亲戚吗？是县城的吗？一起上来坐坐。"

"夏老师，我们还忙着哩，一会儿来看你呀。"

漂亮姑娘回话。声音清脆而干净，简短而利落，容不得夏小草再接下文。那姑娘说话间又往紧搂了一下沈天宝的腰。

这当儿，沈天宝便笑道："夏老师，我们先回家了，一会儿见。"话落，摩托扬尘而去。

接下来，一直到放学，夏小草脑子里始终跳着一个词——"我们"。那姑娘明显在给沈天宝下达指令，很明显是要告诉她——他们还有正事要忙，不和她磨叽了。是这样的吗？

这些疑问让她感到心烦意乱。她想捋出头绪来，却总也捋不出来。她隐隐之中觉着"我们"后面大有文章，她想马上见到沈天宝，想要沈天宝给她解释一下"我们"的真实含义。

放了早学，她干脆给孩子们全都放假，因为孩子们全要去招弟家赶亲事，而亲事要吃两顿饭，一顿饸饹，一顿八碗，等吃完八碗，就过了下午的上课时间。

招弟出嫁没有鼓乐队，院子里却歌声不断，是新郎官高占才前天派人准备好的音响设备。窑脑畔上安着一个大喇叭，音响搁在驴棚顶上。

夏小草四下里找不到沈天宝，也看不见沈天宝的父母，只看见沈天宝的妹妹——她的学生——沈晓梅在当院里站着，跟一个女娃娃拉话。她拉沈晓梅到一边，凑在她耳边低声试探："我看见你哥回家了，他还没过来吗？"

晓梅完全是个孩子，全不懂老师的意思，看也不看老师的眼睛，随口说："我哥带女朋友回来了，正跟我爸和我妈商量结婚的事。夏老师，咱们那边吃饸饹走。"晓梅说完，不管老师，先向当院的饸饹桌子走去。

伤感与失落顿时就裹挟了她。她本来是给招弟祝福来的，却再也不想久留，掉转身子就走，却被地下一根电线绊脚，站立不稳，身子开始摇晃，几乎就要摔倒，幸好招弟看见，抢一步上来扶住了她。

招弟给老师做伴几年，处起了情感。她清楚老师的体质，以为老师又犯病了，连连惊问："夏老师，你怎么了？哪里又不舒服吗？"

夏小草见招弟这般问话，正好见坡下驴，谎说自己头晕，想回学校睡一会儿。招弟不应允，硬拉着她坐到饸饹桌子跟前。沈晓梅正好浇好一碗饸饹臊子，给她推了过来。她也不推辞，低头胡乱吃起来，生怕滚落出来的泪水被左右的熟人看见。

饸饹还没吃完，迎亲的队伍就来了。前面一辆白色的小轿车，后面紧跟五辆黑色的小轿车，六辆小轿车威威风风开进北蒿塬。北蒿塬的男女老少，仿佛看稀奇，个个把脖颈拉得长长的。

高占才还算对得起观众，看上去五大三粗，皮肤黝黑，肌肉强健。他家真的有钱。他老子是柳湾镇土圪台国营煤矿的矿长。他沾了老子的光，做了煤矿的销售科长，钱一不小心就入了他的口袋。他先前的婆姨福太薄，结婚不到二年，坐班车回娘家的路上车翻了，一车二十几个人死了三个，恰好就有他的婆姨。好在高占才短命的婆姨没给他撂下娃娃，否则不满十六岁的招弟 过门就要当后妈。

在夏小草看来，高占才简直是富豪的代表，他迎亲的威风震慑住北蒿塬村里的男女老少。

当天，夏小草用一个月的工资给招弟随了一份大礼。

接亲的队伍临出发，招弟抱着夏小草一个劲儿哭，仿佛夏小草成了她的亲娘，而她的亲娘却在一旁一个劲催促她快些上车，嘴里还不停叨叨："别哭了，好好的喜事，哭什么哭？路远着呢，拖延个阵，回去就抹黑了。"招弟不听，依然抱住老师哭着不放。隔一会儿，高占才上来，强行分开师生俩。

招弟被高占才强塞进车里，夏小草的眼泪便再也控制不住，奔涌而出。她不敢停留片刻，急忙跑回学校，钻进土窑，关了门，上了炕，拉下被子，蒙住头，开始不停地流泪。不多时，她又听见摩托车声进了校园，紧接着就听见敲门声。现在，她不想见任何人,她装作没听见,全不理会,任由外面的人不停地敲门。

"是不是不在?"女孩的说话声。

"在,一定在。"沈天宝的声音。

"可能睡着了。要不我们走,让你妈说一声,要不让晓梅说一声,时间也不早了。"女孩又说。

"再等等。"沈天宝说着又敲门。"当、当、当"三声敲门声响过,依然听不见回应,他放高声音喊:"夏老师,夏老师,是我,沈天宝。"

窑里,夏小草的眼泪流成了两条河。

沈天宝没有继续等下去。他敲了三次门,得不到回应后,骑了摩托,带上他的未婚妻——丽丽,离开了校园,离开了北蒿塬,直奔清河县去了。

二十七

沈天宝居然要结婚了,他的未婚妻名字叫丽丽,何许人也?

这得往前追,追到三年前,徐晓明和沈天宝同室而眠的那个晚上。

那天晚上,徐晓明的心情尤为沉重,他在校园里和沈天宝谈天说地,但和沈天宝独处时却沉默了。

沈天宝却不一样,他开朗着呢,他健谈着呢。他睡炕上后,也不管徐晓明听与不听,就把他和夏小草认识的经过和一年来发生的一些大事情,宛如竹筒倒豆子,全倒了出来,临了还大发感慨:夏小草是好老师一点不假,但生活能力太差了,生活常识也懂得少,身体素质又不行,阴阴晴晴总是闹病,比起乡村的女娃娃泼辣简直天上到地下。而他本身是村里的一员,加上他的亲妹妹也在上学,所以他必须对学校来的老师值金贵宝,给予一定的帮助,这是他身为村里一员的职责,也是他做人的基本原则,他的目的是要夏小草安安稳稳地在村里一直教下去。

徐晓明听着沈天宝的诉说,越听心里越难受。他喜欢夏小草,他不希望他喜欢的人永远待在这里。他要她继续补习,要她也考上大学,要她继续向上,继续前进,将来和他在大城市生活。这是他埋藏心底的秘密,是见到夏小草第一眼时产生的朦胧情怀。为了夏小草,他明里暗里跟贺小强较劲,跟贺小强打架,被学校开除,他都心甘情愿。他全没想到,贺小强被他打败,又跳出来个沈天宝,而沈天宝明显占着很大的优势。经过大半天的接触与相处,再加上沈天宝刚才毫不藏情的一番诉述,他已对沈天宝有了大致的了解,在心里暗暗捋出沈天宝的数个优点:懂医,勤快,细心,在村里负责,外表形象好,做事干脆利落,待人热情大方。

沈天宝居然具有这么多的优点,这让徐晓明简直惊讶!他想,如此优秀的人,一直留在他心爱的女人身边，无异于一颗定时炸弹，随时可以爆炸啊！这让他如何能安心去上大学呢？不行，他必须想出一个对策，把随时都有可能危及他情感正常发展的炸弹移开。

说白了，感情终归自私。徐晓明爱上了夏小草，他不想让沈天宝留在夏小草身边，也不想让夏小草继续留在北蒿塬浪费大好光阴，但他说服不了夏小草，也左右不了夏小草，只能在沈天宝这边做文章了。他脑筋一转，便冒出一个主意来。他一直听到沈天宝不说话了，又沉默了一阵，才长叹一声，开口说道："沈天宝，你这哥们儿我交定了。"

沈天宝突然间听到徐晓明说出这样一句有分量的话，心里感到特受用，禁不住又道："我们农村人就知道个憨厚、实诚、对人操好心，再说对别人操了好心，对自己也有好处呀。"

徐晓明道："也是，我都被你感动了，我突然间想到，你这样有能力的人在这乡村里一直待下去可屈才了。"

沈天宝道："那能有什么办法？我统共没念几年书，不像你们，考上大学，就能在大地方发展，而我这辈子只能与黄土打交了。"

徐晓明道："话不能那么说，主要看你有想法没？"

沈天宝道："我能有什么想法？"

徐晓明道："比如去城里当个建筑工人啥的，那又不要什么高文化。"

沈天宝道："你别开玩笑了，我哪有那样的门路。"

徐晓明道："沈天宝，我也不和你绕弯弯了，我看得起你，我认定你是我的朋友了。我给你说啊，我亲姑夫在清河县建筑公司上班，他最近升为建筑公司经理了。我给你走个后门，让他把你招进去当个临时工如何？"

沈天宝道："可以吗？"

徐晓明道："那有啥不可以的，当个临时工，又不是正式工。"

沈天宝道："那家里的地种不成了？夏老师这里也撒手不管了？"

徐晓明道："家里的地让你爸爸种，夏老师那里有招弟哩，再说我想让她回去补习哩，将来她一准也会考上大学的。"

沈天宝听到这里恍然所悟，便不再说话，心情也随之沉重起来。徐晓明听不到沈天宝回话了，又补了一句："人都往高处走，你没想过往高处走吗？假如夏老师也喜欢你，你甘心让她一辈子待在这里吗？这里跟城里可是天壤之别啊！"

沈天宝心里翻江倒海。他本来根本就没想到这么多、这么远的事情。他一直以为夏老师是上帝派来拯救北蒿塬的天使，神圣不可侵犯。他会供她如神灵，敬她如尊师，他从来不曾想到更远，更远。然而，让徐晓明这一点化，他才意识到一个严峻的问题，夏老师除了是天使之外，还是普通的人，普通的女人，也需要面对一切世俗；除此之外，他更意识到另外一个自己根本没想到的问题——他似乎已经成为徐晓明和夏老师两人关系继续发展的障碍。他是山里人，山里人就应该具有大山一样厚道的品格与胸怀。想到这些，他便爽快道："那你帮我联系下你姑夫，只要他要，我打工去。"

徐晓明道："但你得答应我，不能把这事告诉小草。"

沈天宝道："必须的，这是我们两个男人的秘密。"

徐晓明道："三天后，你来清河县找我，我家住在邮电所大院内。"

就这样，沈天宝便成了清河县建筑公司的一名临时工。

清河县建筑公司当时还属于国营公司，沈天宝刚进去只是一名打杂的，算是徐晓明用一张三寸不烂之舌，好说歹说才给沈天宝谋来的一份差事——副经理助理。按职务上说，就是给副经理帮忙跑腿的。副经理是一个已婚的男人，又在县城街上住着，家里的事多，眼见着人到单位来了，眨眼工夫却就看不见了，说是忙家里的生活去了。自打沈天宝成为副经理助理后，副经理的老爷爷架子干脆立起来，他把自己的本职工作全都抛给沈天宝做。偏巧，沈天宝进去不久，公司要改制，国家以后不承担公司员工工资，实行自负盈亏制度。这样一来，优胜劣汰，经理就把那些老爷爷架子端得好的人全部给退居二线，把好使唤、脑子灵、有眼见、会来事的年轻人反而全都留下了。从此，员工便没有正式一说，统一成了合同制。沈天宝全身而进，刚进城还不到半年，就成为清河县建筑公司的一名正式合同工。接着，他就认识了经理的女儿丽丽。

丽丽是公司的出纳，是她爸爸特招进来的，负责发工资。沈天宝转为合同工后，依然做助理业务，提升为经理助理。经理助理当然要和公司财务人员接触了，一来二往，丽丽便对沈天宝产生了好感。

丽丽是独生女，她的爸爸和妈妈对她娇宠有加，视为掌上明珠。

经理发觉女儿的心思后，仔细考察了一段沈天宝，觉着这个农村后生做事干脆、办事果断、头脑睿智、口齿伶俐、思维超前、能吃苦、会来事，确实是个可塑之才，心里便暗暗喜欢上了沈天宝，也就有了栽培的打算。

沈天宝却不知道自己已经鸿运高照。他就想把自己转为合同工的好消息分享给夏小草，想让夏小草也替自己高兴高兴。那天，临回家了，他往车站走，一扫眼看见地摊上摆放的红围巾，头脑一发热又想起夏小草说要骑毛驴感受一下，就毫不犹豫地买了一条红围巾。但他还没把这好消息告诉给夏小草，事情就出了变故。

那天，他把红围巾送给夏小草，回到家里，屁股还没坐热，公司就派人来接他了。他何德何能啊？公司里的人开车来接他。公司的人说丽丽姑娘要见他，丽丽的爸爸要见他。他更蒙了，他就被公司的人直送接到了医院。

医院病床上躺着他的上司，丽丽的爸爸。他患上了非常严重的病，治不好的病，是癌症，好在发现得还早，是中期，不是晚期。

经理独独留了沈天宝一人在病房，让其余的人全都退出去。

原来经理要给沈天宝移交公司业务，还要沈天宝照顾他的女儿，要照顾一辈子，说他的女儿喜欢上沈天宝很久了。

　　沈天宝更蒙了，一时没有反应过来，呆呆瞪瞪地望着经理，想不出怎么回答这个问题。最后，他看见了经理眼角滚落的泪水，才意识到自己的表现让一个生命垂危的老人伤心了。他的思想波涛汹涌地翻滚着。他想："我算什么啊？简直一个混账东西，一个穷山沟长大的放羊娃。要不是徐晓明帮忙，我有何能耐让一个大公司经理把公司都交给自己管理，把女儿都交给自己照顾？而自己竟然在前一秒钟还心心念念想着恩人的女朋友。"想到这些，他把自己在心里狠狠地抽了一巴掌。然后双膝跪在经理的病床前，拉住经理的双手，泣不成声道："爸爸，感谢您的器重与信任！我答应你，一定会对丽丽好。"

　　就这样，就在那天，沈天宝就成了丽丽的未婚夫，那个冬天，那个年，他也就一直在丽丽家。但沈天宝却不敢把这事告诉任何人，乃至他的家里人，他怕家里人把这消息传给夏小草知道，他怕夏小草失落，怕夏小草难过。他隐隐觉着自己已经成为一个罪人，成为一个陈世美了，尽管这只是他单方面的想法，但有些情感不需要用语言传达，眼神足够。

　　沈天宝没办法再拖下去了，他的岳父，那个癌症病人，前一次手术后，又活了两年，又不行了，勒令他和丽丽举行婚礼，并且要他做上门女婿，否则死不瞑目。沈天宝也难，自己把自己嫁出去了，家里人还不知道。纸里包不住火，也不能长时间包下去，必须让火点燃了。恰好招弟出嫁，他就借着机会，带着未婚妻，回来说服父母。结果被他的爸爸骂了一个狗血喷头，说他没骨气、没良心、吃软饭。

　　沈天宝的爸爸，一个农民，一直以为儿子出去打工，全因喜欢上了学校的女老师，又担心自己配不上，等闯出个成就，一定回来和女老师结婚。女老师多好啊，有知识、有文化、又长得俊，如果能和他的儿子结婚，北蒿塬小学就不愁没老师教书，多好的事情啊，是北蒿塬全村人修来的福哩。他万万没想到，儿子进城就变了心，竟然要做城里人的上门女婿。农民性格倔，发起火来可不得了。那天本来是个好日子，硬是让他的火发得，一家人谁都没心情吃招弟家的席饭。

二十八

　　寂静了片刻，夏小草听见"突突突"的摩托车声又响起来，渐渐变弱，直至消失，她方从炕上坐起来，下地，开门，跑出垴畔，便看见远处的土路上扬起一道灰尘。她站在垴畔，向着远方做一个深呼吸，又折回窑里，关了门，上了炕，蒙住头，独自伤感。她心里很不是滋味，很难过。由不得想这几年和沈天宝的点点滴滴，她想一阵，难过一阵；难过一阵，哭一阵。不知过了多长时间，她感到眼睛开始酸涩酸涩地疼。她就强迫自己不想，强迫自己睡觉。别说，真管用，她睡着了。一觉醒来，已是月上三竿。什么时候天黑了，她全不知道；几点了，她全不知道。她连晚饭也没吃，可一点都不饿，只感觉到眼睛酸疼，却再无睡意。沈天宝又钻进她的大脑里了。她警告沈天宝——你都要结婚了，钻进我大脑里做甚来了？你给我买的红围巾是什么意思？你说过能实现我骑毛驴的梦想了，怎么就没事了？你这人说话太不靠谱了，太不靠谱了。你走吧，走吧，不要再烦我，好不好？

外面刮起风，风声很大，吹得呼呼直响。她的思绪随着风飞扬起来。她又想招弟，又想徐晓明，想着，想着，又想沈天宝。一想到沈天宝，她整个人就好像坠入寒冬腊月的冰窟，一阵透彻心扉的寒凉由脚心直蹿头顶。她抬手在自己脸上狠狠打了一巴掌，心里警告——不许想他，再也不许，人家都结婚了，想他做甚？自寻烦恼。

就在这个时候，她听到一阵急促的脚步声逼近窑门，紧接着便响起"咚咚咚"的敲门声，敲门声刚落，一个低沉的男音又响起："妹妹，把门打开，让哥哥陪你。"

完了，完了。她浑身惊出一身冷汗，忙把头蒙在被子里，凝神静气听动静。低沉的男音又响起来："妹妹，天宝不要你了，哥哥要你，以后哥哥陪你，快点开门。"

被子里，仿佛筛粗糠一般，她的身子抖个不停。这个时候，外面的男音不耐烦了，提高了两个音阶，急道："快开门，再不开，我就破门了！我光棍一条，不怕名声不好。"

她想：万一恶人真破门而入，自己一定想办法逃走。

想到这，她哆哆嗦嗦坐了起来，就着月光开始穿衣服。上身她本就穿着短褂子，慌忙拉过裤子先穿，可人一紧张，手脚都不听使唤，手也哆嗦，脚也哆嗦，老半天竟然连裤子都没穿上，就听见那人把门踹得震山响。半夜三更，空旷的校园，巨大的踹门声。本能反应，她拉着哭声大声喊叫起来："快来人呀！救命，救命……"她的喊声被踹门声淹没了。门被踹开了。她一眼认出了进来的人。

破门而入的是北蒿塬的光棍二狗，年近四十，父母双亡，有一个姐姐，多年前吊死在娘家院子里的歪脖子枣树上。

有人传说，二狗的父母死后，二狗的姐姐半个月或者二十天回娘家关照弟弟一回。某日半夜，却听见二狗家传来喊叫救命的声音。左邻右舍就跑去看，却又不见动静，门也关得好好的。邻家就站在院里喊着叫二狗。二狗在窑里回应，说他的姐姐做噩梦了，说梦话。次日一早，天方亮了，有拦羊的上了脑畔上，便看见二狗的姐姐赤条条地吊死在院子里的歪脖子枣树上。村人们便猜测，二狗那晚强暴了姐姐，姐姐大概觉着无脸见人，便撂下两个娃娃，上吊死了。

这个传说是沈天宝之前为了警告夏小草，郑重其事地给她讲的。

现在，这个可恶的人，就在她的眼前戳着，让她一下子就想起那个糟糕的传说。

她突然间就镇定下来，内心里迸发出一股强大的力量。她两眼喷火，大声吼道："二狗，你别过来，过来我就对你不客气。"

二狗一言不语，边走边脱。上面的褂子拦脑一抹，抛向锅台，光膀子便露了出来，双手又解裤带，人就到了炕栏跟前，裤带解开了，下半身便露了出来，腰子一猫，就要上炕，裤腿却挂在鞋上，他便一手探过去脱鞋。

这个时候，夏小草的大脑反而清醒了。一根戳火铁棍子进入了她的眼帘。她眼明手快，一把抄起铁棍子，怒目圆睁，手起棍落，二狗的身子便蜷曲成一团，在炕栏下一动不动了。

顿时，一股鲜血从二狗的后脑勺上汩汩冒出。

她逃过了一劫。

二狗后脑勺上汩汩冒出的鲜血，乱了她的方寸，也恍惚了她的眼睛。她看见北蒿塬所有的村民都围了过来。村民们指着她的鼻子唾骂，村民们举着铁锨、棍子，追着打她。

她的脑袋重重地撞在土窑墙壁上。她从幻觉中出来了，她清醒了，意识到此地不能久留，一把套上裤子，拎着裤腰，跳下炕栏，趿拉上鞋，向沈天宝家大刮而去。

"叔叔，婶婶，救我，救救我，我杀人了，杀人了。"这句话一喊出，她便失去了知觉。

她再醒来，发觉自己在沈天宝家炕上躺着，沈晓梅坐在炕上一眼盯着她看。婶婶却望着她满脸忧愁。

晚上，主任来到沈天宝家。沈天宝当然不在家，他在县城呢。主任给她絮絮叨叨了半宿话，意思让她不要有心理负担，要她继续回学校上课，并且承诺二狗入室一事谁都不会外传，她的名誉绝对不会因此受损，最后还补充说村里不会追究她的任何责任。

听主任讲话的时候，她始终低着头。她不敢抬头，仿佛她做了见不得人的事。听了主任的话，她紧张的神经稍微放松。这个时候，善念又涌上她的心头，她甚至想问一声二狗有没有死。但又没敢问，她不敢问，她怀疑二狗真的死了。二狗倘若真的死了，主任能保了她吗？就在她胡思乱想的时候，主任大概看出了她的心思，又补充道："夏老师，你不要有思想负担，我全都处理好了。我给村民们说二狗是跌下崖畔碰破头的，在医院住一段时间就会好了。你只管安心上课，以后让晓梅给你做伴。"

听到主任这样说，她悬着的一颗心终于落地了。

遵照主任的指示，次日，天还麻麻亮的时候，她和晓梅就去了学校。刚进校园，她脑子里又浮现出二狗后脑勺流血的样子。她紧紧抓住晓梅的胳膊，紧张地走进窑里，发现土窑脚地焕然一新。

主任心细，他把整个脚地靠住刮过，露出簇新的一层黄土。不知情的人进来会以为是刚刚平整的脚地。当然，地面上完全看不出一丝血迹了。

看到眼前的情形，她紧绷的神经稍稍放松了些，紧张的心情也略感镇定了些。她扭头看了晓梅一眼，又看看炕。晓梅会意，就跟她一起上了炕。两人上了炕，都不言语，直等到天大亮起来。她强打起精神，拉着晓梅的胳膊走出门，站在老槐树下吹哨子。不多时，学生就陆陆续续来到了学校。到上课的时间了，她脑子里却纷乱如麻。她全无心思给孩子们上新课，布置下去，让孩子们各自做题，写生字。她则出外坐在大槐树下发呆。

此后，即便是红日高照的大白天，她也不敢一个人回窑里睡觉了。而晚上只要一闭眼，就会浮现出二狗后脑勺汩汩冒血的情形来。

二狗没死，他好了后，会不会再来骚扰她？会不会来学校报复？

想到这个问题，她更加害怕起来。

不行，得离开这里。她当即就产生了离开北蒿塬的念头。她连放学也等不到，孩子们还在上自习，她就找村主任辞职去了。主任死活不让，要她看在学生娃娃的脸面上留下来，并且承诺每个月另外补发十元钱。她一个月工资是四十九，村里补发十元，这样一个月就五十九了。要不要留下？她拷问着自己，眼泪又流出来了。主任又保证："我保证二狗再不会出现在校园里，他一回村，我就派专人看着他，他要是还惹乱子，我就把他送进疯人院。"

她不好推辞，只好留下。

此后一周，仿佛贴身丫鬟，晓梅始终不离她左右，陪她做饭，跟她一起下山寻水。这些都是主任特意安排的。第八天，她恢复了精神，给孩子们开始了新课，却依然没胆量一个人进窑里。倘若晓梅家里忙着走不开，她要么等晓梅，要么就留下别的学生，哪怕是幼儿班的碎小小也行。等晓梅的时候，她就坐在老槐树下。毛驴陪她批改作业，毛驴陪她看书。她也给毛驴读小说，也给毛驴讲故事。有时候，她什么也不做，瞪着看毛驴的大眼睛，痴痴发呆。

现在的北蒿塬，唯有毛驴与她最亲密。

事发后一个月，二狗出院了。

那天，她跟晓梅赶着毛驴，毛驴驮着水，走到学校坡下时，远远看见主任开着三轮车回来了，出于礼貌，她侧着身子让道。当三轮车靠近时，她蓦然看见二狗在三轮上坐着。她吃惊不小，顾不得跟主任打招呼，拔腿就跑。她如此的神速，还是让二狗看见了。只听见二狗大声喊了起来："睡觉觉，睡觉觉，睡觉觉……"

她一口气跑回土窑，压住门。晓梅慢腾腾地进了院子，叫她开门。她还觉着不放心。晓梅就在门外说："夏老师你怕甚了，主任刚给我说了，二狗成憨憨了，除了'睡觉觉'这三字，不会说别的话了，主任让你别怕他。"

她起先不大相信主任的话，但又过了几日，偶然又看见二狗。二狗当时跟在一个拦羊大叔后面走着，嘴里始终不停地嘟嘟囔囔着"睡觉觉"三个字。

尽管如此，她依然害怕。

至此，没有特殊情况，她连学校坡也不下了。

二十九

一早，她穿了看家衣服——橘红色风衣、蓝色裤子，脖子还围了粉红色的围巾，裹着满身的凉意，踏着潮湿的露珠，赶着毛驴下山了。

大半年过去，她基本上从二狗的阴影中走了出来。她现在敢一个人赶着毛驴下山了，也敢一个人回土窑里走动了，精神状态基本恢复如初。

时令已逼近深秋，北蒿塬完全笼罩在一片萧索的凉意中。百花凋落，千草尽衰，万树枯萎，一片荒芜。

这天的毛驴，出奇地温柔，就像她的恋人，走几步就停下来，总要等她上前拍拍它的屁股，拍拍它的脑袋，才肯继续向前。到了水井旁，毛驴也不急着喝水，而是瞪着一双水汪汪的驴眼睛看她。她惊诧极了。毛驴眼睛里的泪水如花儿般绽放。她被毛驴打动了，她被毛驴感染了，抱住毛驴的脑袋，泪眼婆娑起来。

这天的毛驴，仿佛懂得人的感情，似乎知道了它的主人这大半年来心灵深处所承受的煎熬与所埋藏的失落，又如一个多情的男人，竟然伸出驴舌头，舔了舔她的下巴。她当即就被毛驴感动得稀里哗啦哭开了。她抱着毛驴的头，毫无顾忌地，脖子一耸一耸地哭了小半天。

她等自己哭够了，恢复了平静，才蹲在井边，一马勺一马勺地往桶里舀水。毛驴在她舀水时，也低下头，啃一阵路边枯草，喝一阵沟里的溪水。

她确实与毛驴培养起了一种深厚的感情。这种感情非常特殊，有别于普通的主人与牲畜之间的感情，是一种跨越物种的、无法诠释的感情。毛驴刚刚的表现让她感到一种强烈的担忧。她隐隐觉着：毛驴生病了。

这是一头看起来瘦小而羸弱的母驴，第一次生仔时难产，导致失去了生育能力。村民打算把它杀掉，主任一念善心，掏钱买来留在学校。

人与畜没有语言交流，也不会有矛盾发生。

起先，夏小草与毛驴如同主与仆的关系、普通同事的关系，平平淡淡。日子久了，夏小草与毛驴之间似乎有了一种心灵相通的依恋。绝不夸张，人与畜完全可以培养起来真挚的情感。

她把两只桶都盛满水后，走向低头喝水的毛驴，拍了拍毛驴的脑袋。毛驴抬起头，大大的驴眼睛向她扑闪了一下，随即又慌乱地低下头。她就更加奇怪，这怎么是生了病的驴眼神，仿佛一个来相亲的大男孩，分明一见钟情，却又表现出强烈的慌乱与紧张，走也不是，站也不是，原地局促不安。

毛驴再次抬起头的时候，那慌乱的神色就从目光中消失了，旋即驴眼睛就变得异常温情而又明亮，发黑的瞳仁里飘溢着一层温热的光亮，蓄满男人一样的柔情。

真像男人柔情的目光，这目光，让她想起了徐晓明。

对啊！徐晓明每次与她分别，总用这样的目光注视她。

不对！不对！徐晓明哪比得过毛驴。毛驴与她相依为命。徐晓明在哪里呢？四年大学，眼看就毕业了，却音讯皆无。

返回的路上，毛驴走走停停，时不时停下来，伸出舌头舔舔主人的手背，舔舔主人的头发，舔舔主人的肩膀。

毛驴这举动简直奇怪，她感受到一种酷似男人电击般的亲吻，裹挟着一股热流，痒痒的，陌生，新鲜，刺激。然而，转瞬之间，她就否定了自己的想法。她想，这肯定是毛驴病情严重的信号。她用一种悲悯的眼神望向毛驴，拍拍驴脑袋，给予驴强大的鼓励眼神。毛驴又开始举步维艰。

天空无故刮来了一股黄风，陡然间弥漫在整个山坡上。不，那不是简单的黄风，是鬼圈风。她认清鬼圈风的面目时，鬼圈风以一种排山倒海的强劲势力，把她的身体紧紧地裹了进去，吸了进去。她只感觉身体往下沉，往下坠，仿佛坠入万丈深渊。她的眼睛睁不开，她没有了方向感，她失去了自控力。她想，这下完了，死定了。

然而，就在这个时候，让她觉得不可思议的奇迹发生了——

刹那间，她看见粉红色的围巾在风中飘飞起来，红云一般；刹那间，她看见毛驴也飞了起来，而毛驴背上却明明显显铺着一块大红被子。她便像发现一根救命稻草一样迅速飞向毛驴，与此同时，毛驴也拼命飞向她。她便稳稳当当骑上了驴背，稳稳当当坐在了大红被子上。刹那间，她有了一种非常奇妙的感觉，悠悠然然，飘飘下坠。

落地的一瞬间，她失去了知觉。

毛驴显然已经死了，驴舌头耷拉出口腔，驴眼睛大睁，驴耳朵里淌出两摊血。夏小草醒过来看见毛驴的惨相，一口气跑到主任家，诉说完情形，当即就昏死了过去。村里的婆姨全都围过来，眼神尽显担忧。

夏小草醒了，但看上去痴痴呆呆，仿佛失语、失聪、失忆，面无表情。村里的两个老婆婆跪在脚地上，口中念念有词。她们求神打卦，让观世音菩萨保佑夏小草安然无恙。学校的娃娃全都跑到主任家里看老师来了，而她却横躺在炕上，眼睛大瞪，一动不动，瓷愣愣，仿佛魂魄被毛驴带走了一样。主任与一群男人把毛驴抬回来，悬挂在院子里两棵树之间横拦的一根橡棍上，看架势是准备剥驴皮了。

就在这个时候，夏小草回转过神来，她一式坐起，溜下炕，扑出院子，拦在一群人前面，扑通一声，双膝跪地，抱着主任的腿号啕大哭起来。窑里的婆姨全都涌出了院子，村里的人也全都来了，人们把夏小草团团围住。毛驴救了她一条命。她无以为报，她求主任，留毛驴一个全尸。

主任也是善良的人，听了她的哭诉，再无二话，派人在学校旁的黄土坡里挑开一个大坑，把毛驴埋了进去。

次日，夏小草就开始食欲不振，精神萎靡，四肢无力，神情飘忽，眼神恍惚。她提不起精神上课，卧病在土窑里。主任得到消息，用三轮拉着她去河川卫生院检查。医生说她受了惊吓，神经有点错乱，需要住院观察一段时间。主任只好去河川湾请夏茂源陪护。夏小草在医院住了七天，第八天跟着她的父亲——夏茂源回了河川湾。

隔一月，主任带着礼当来到河川湾，请夏小草再回学校。

她掉着眼泪，婉拒了村主任。

北蒿塬，一个贫瘠而干旱的村庄，她像着魔一样去了那里。去了之后，却喜欢上那里，爱上那里。在那里，她发现了爱情，可那爱情太脆弱，胎死腹中。那过早夭折的爱情是不可告人的秘密，是她心底的伤痛。还有毛驴的眼泪，毛驴的死，她永生难忘。

主任走后，她站在埝畔上，朝着北蒿塬方向，遥寄哀思。

至此，她就把那段青涩时光深埋于心底。

三十

周末，夏小寒回了河川湾。一同回来的还有他的姐姐夏冬枣。

夏冬枣带回来一个好消息——国务院发布《退役士兵安置条例》，凡是市民兵，三年义务期满，复员回家后，地方统一安排工作。夏冬枣建议夏小寒去当兵。

夏茂源眉头紧锁的疙瘩瞬间解开了。常艾莲一高兴，脚后跟生起一股风，急忙忙从家里转到门外，不到一刻钟，就做好素臊子饸饹，一家人便有滋有味地吃了起来。

吃完饭，夏茂源、常艾莲、夏冬枣和夏小寒全都坐在炕上嗑瓜子、拉话，夏小草照例系了围裙洗碗，喂猪、羊、鸡。往日这些生活是常艾莲的，今天特殊，夏小草硬把妈妈推上炕，让歇着去了。拉话间，夏小满也上来了。又过一会儿，苏月影也上来了。全挤在常艾莲的那一盘热炕上，一搭一搭拉话。

夏冬枣道："哥哥，你现在的贸易货站生意怎样？"

夏小满道："好着哩！家家户户推洋芋、做粉条，我的买卖有的做。"

夏茂源的神态，完全是一副憧憬美好未来的阳光表情。他深吸一口烟，仰起头，把烟吐成阗阗，眯着眼睛笑。

夏冬枣帮弟弟写好入伍申请书，交代好一切事宜，次日一早，就返回榆泉了。夏小寒把入伍申请书递上去后，镇武装部初审通过，到了县武装部却出现了麻烦。说是报名入伍人数突然间增加了许多，县武装部临时出台了考试择优录取的新方案。结果分数出来，夏小寒名落孙山。

一家人谁也没想到是这个结果。夏小寒五官端正、体格强健、身高够数、视力标准，无论哪一条都合格呀。夏茂源脸上笑容又消失了，眉头又锁上疙瘩了。夏冬枣知道，又回来一次。她安慰弟弟和父亲说："你们不要着急，不就是考试嘛！也没啥难的，小寒好好复习一年，争取明年考上。我回去跟袁明博说说，看他能不能想办法，帮忙运作一下。"

夏小寒怎会是那种乖乖待家里学习的人！但是他会想问题，他担心自己学不进去，到时兵也当不成，本事也没学下，两头都耽误了。他骑着车子上下川溜达了几天，觉着甚是无聊，又去榆泉饭馆，说他一边在饭馆里学厨师，一边复习功课。

次年夏天，还不到征兵的时间，夏小寒却回家了，又说他不要当兵去了，要学开车。夏茂源听到小儿子说出这样的话，眉头间紧锁的疙瘩又一次舒展开来。他心里有了一个两全其美的打算，他想让小儿子跟着大儿子学开车，这样不仅能省出一笔学费,还能省出一笔雇人的工资。

其时,夏小满的贸易货栈,生意做得风生水起,当然需要帮忙的人了。

晚饭后,夏茂源便去大儿子家,但他回来却面色难看,摸黑坐在炕上,一根接一根抽烟,一句话不说。三日后,他就打发小儿子去榆泉,他授意小儿子去找大姐和二姐帮忙联系驾驶员培训学校考取驾驶证。他之所以如此爽快地决定,全因他彻底被形势所改变。"方向盘一转,县长也不换。"这句话已经成了一股风,吹遍了黄土高坡。

夏小寒坐上开往榆泉的班车又走了。

夏小草靠在公路边的一棵钻天杨上发呆,她在想他们姊妹五人——

夏小满经营着贸易货栈,生意做得如鱼得水;妻子苏月影贤惠善良,家里门外样样能行;儿子夏宇越淘气顽皮,却也聪明;女儿夏宇雯乖巧可爱,颇为伶俐。一家四口生活稳步小康,其乐融融。

夏冬枣在榆泉的中专院校当着老师,受人尊敬;丈夫袁明博在政府部门当着干部,有人抬举;一个儿子,活泼可爱。一家三口,小日子过得美满滋润。

夏秋菊业已成为榆泉城里的一朵菊花,散发着幽幽的香气,过着城市人的上下班生活;丈夫在银行部门的重要岗位工作,受众多商人抬举。小日子过得忙碌而有奔头。

夏小寒不随波逐流,对生活有追求、肯吃苦、敢挑战。

她自己呢?

童年的她饱受饥饿,干瘪着肚皮,始终眼泪汪汪;少年的她被疾病缠绕,弱不禁风;青年的她叛逆,逃避现实,躲在北蒿塬,想构筑自己的白日梦,不承想自己亲手著写伤情史,演绎青涩梦。这是她的一段无奈的经历。然而,那段无奈的经历却正好磨炼了她的心志,锻炼了她的毅力,让她的内心在无形之中强大起来。她不后悔,她在日记本里写下一段话:"我也曾远离父母的庇护,飘落他乡磨炼意志,饱受情感的挫折,饱尝生活的艰辛。窘境于我只不过是两行泪水,流过了,就过去了。我要重见阳光,重拾生活,只为日后活出一片艳阳天。"

她闭口不提学校里发生的事情,甚至把毛驴的死都向父母轻描淡写。她心甘情愿地帮着母亲做一些家务活,比如收拾家、洗衣服、摘菜、切菜、浇菜园等。她一般情况下不会走街串户,没事的时候,她静静地待在后窑里看书、写字。即便家里来了亲戚,父母不说话,她绝不主动见人。如果亲戚在家里留下来吃饭,她也只在吃饭时与亲戚敷衍几句。她这样的表现,给村里人以及亲戚们留下了一个孤僻没礼貌的印象,她全不在乎,夏茂源和常艾莲也拿她没办法,只能听之任之。

她表面看起来无事人一般,内心里却难免落寞。落寞起来最大的反应就是把自己关在窑里,在本子上奋笔疾书。结果家里所有的本子都让她写完了。她究竟写了些什么？连她自己也不清楚。总之，她一有心事，就开始写，她不考虑所写的内容，只是把内心的积郁在纸上倾诉而已。一旦倾诉出来，她就感到内心舒坦了，她就对人和颜悦色了。

后来，夏茂源发现了小女儿的这一喜好，心里大喜，逢人说小女儿将来必有成就。常艾莲似乎与小女儿心有灵犀，说小女儿把写字当作了良药，倘若写字真能治疗小女儿的怪癖个性，便也乐意她随意写画。

夏秋菊给家里来信了，信中说了她的近况和夏小寒学车的情况，还给夏小草说了一些私密话，是不能告诉父母知道的话。夏小草看了信，心情好了不少，她决定听二姐的话。

次日清晨，她早早起床，认认真真地洗脸梳头，用夏冬枣落在家里的眉笔和口红特意把眉毛描了，把唇涂了，又翻找出一件二姐送她的粉红色的上衣穿上，自我感觉良好后，拿了一本诗集去河边散步了。

她现在等待一场恋爱的到来。

夏秋菊在信中说"失恋的伤要用恋爱来愈合"。她想，先不说恋爱，要是能偶遇一个同学拉拉话，也是不错的开始。

她走下坡，跨过公路，穿进一片玉米地，向河畔的方向走去。正走着，一种很奇妙的声音传进她的耳门。她从来都不曾听到过这种声音，她没办法描述。她不知道玉米地里发生了什么事情，怀着一种好奇的心情，她循声走去。不好，她闯入了雷区。玉米地里有一男一女两人赤身裸体在一块花格子布上……她赶紧退出了场景。

她没有看清男女究竟是谁？不，是她压根就没敢看那男女的脸。她想起了北蒿塬小学的那个深夜，自己的惊慌失措。不，不，不。那个深夜与今天目睹的是不同性质了。今天，他们是自愿的，他们很投入，竟然没有发现她的唐突。

她迈开大步走出那片充满热气，令她浑身燥热的玉米地，直接朝河边走去。她想用河水洗一下脸，想在河里戏水，想用清凉的河水降降滚烫的体温，想坐在河里的青石板上，把脚伸进河水里。

然而，河里的水让她大失所望。

河水被土炼油的废水污染得难以入目，早已失去了往日的容颜。那清澈的河水不见了，河里戏水的顽童不见了，河里洗澡的少男少女不见了，河边的洗衣婆姨不见了。河岸上边，曾经梯田一般的盐田也不见了，那根冒着盐水的铜管也不见了，那盐田里的种盐的工人也看不见了。取而代之的是一座座拔地而起的土炼油炉。

看到这些的时候，她才猛然间想起，她的父亲有大半年都不种盐了。仿佛想起什么似的，她向公路疯跑，一口气跑上公路，跑向那个盐锅窑。

盐锅窑倒还存在，只是窑里漆黑一片，冷冷清清。所有的灶口都敞开着，熬盐的老范爷看不见了。他哪里去了？她不得而知。

看着眼前的一切，一早上起来的好心情，一下子消失得无影无踪。她再也无心情散淡，心下便想，还是回家帮母亲做点营生才是正经，于是她急匆匆跑上院坡。进了院子，一眼看见母亲正在蔬菜地里忙活，便问："妈，今早咱吃什么饭？我给做。"

常艾莲只顾摘豆角，头也不抬，从口里甩出一句话来："洋芋擦擦蒸豆角，你先刮几颗洋芋。"

她把洋芋筛子、小凳子拿到院子里，坐在当院的石桌跟前刮洋芋。常艾莲又道："你嫂子今早不知吃什么了，不知她要不要豆角。你站脑畔上问一声。"

她也不抬头，随口回道："我上坡时看见嫂子正抽豆角呢！"

常艾莲摘了半红条筐子豆角，提到小草跟前，又进窑里拿了红条筛子和小凳子，坐在小草跟前。母女俩拉着话，各自做营生。

就在这个时候，当庄的疯大婶拄着棍进院了。

三十一

疯大婶和常艾莲算是户族里的妯娌。

疯大婶曾经疯过，现在好了。

早些年，疯大婶家里穷得揭不开锅，大婶就跟着大叔，带着六个儿女去南路逃难，落脚在一个叫柳树湾的村庄。过了两年，大婶的精神就不太正常了。大叔逢人就念叨大婶的病，有一天遇到一个老头，才知道柳树湾的水不好，十人喝了九人疯。无奈，大叔又带着大婶和六个儿女回来了。回到家里后，八张嘴吃饭成了大问题。每天饭开锅，只要大婶的婆婆说一声吃饭，那六个孩子便如同豺狼虎豹一般顷刻间就能把一大锅稀和菜饭喝个精光。大婶呢？大婶许是精神上有毛病，许是饥饿的缘故，只要听见婆婆说出"吃饭"二字，她也和孩子们一样抢着吃饭，全没有礼让老人的意识。疯大婶奇能吃。据说六月六新收了麦子，她一人一次就能吃一升面，是新推的一升麦子面粉。这样能吃的一个媳妇，怎能赢得婆婆的欢喜。疯大婶的婆婆也厉害，感觉这个能吃的媳妇简直败家，就用烧红的戳火铁棍子烤大婶的屁股，想赶跑大婶。结果大婶彻底疯了，却没有离开家，没有离开她的儿女。大婶的六个儿女长大后，都有了出息，有外面当官的、做生意的，在河川湾务农的也是光景日月走在人前的。疯大婶享了六个儿女的福后，她的表现却由能吃转变为能说。至此，她的疯大婶之名也就更坐实了。

疯大婶一进院子就大声嚷嚷："小草，凳子拿来，让大婶坐下。你回窑里刮洋芋，我和你妈要拉话。"

小草把凳子让给疯大婶，低哝道："拉什么悄悄话哩？还怕我听？"

疯大婶摆着手，厉声道："你千万不敢听，快回窑里去。"

小草只好端着洋芋筛子进了窑里。

疯大婶又嚷嚷："小草，把豆角筛子也拿回去，今早你自个儿做饭。"

小草知道疯大婶，疯疯癫癫的一个人，她早习惯了。疯大婶常来找常艾莲拉话，嘴边也没个把门的，训起人什么话却能说出口。

小草出门拿走母亲手里正抽的豆角，对疯大婶道："大婶，我给你的饭也做上，你就在我家吃。"

疯大婶却干脆道："不吃，我的饭有你三嫂做了。大婶这一辈子从来不做饭，也顿顿有的吃。你快些做去，耍让你爸爸回来，饭还没熟，又说我害的，给我脸子看。"

夏小草进窑里做活，总感觉疯大婶今日有点不对劲，好奇之余，竖起耳朵偷听——

"他二婶，现在的女子太不要脸了。"

"你又想糟践谁？"

"不是我糟践，是做下让人言谈的事了。"

"谁？"

"夏万民家的大小子——强子跟枣树湾的红女，两个人在你们坡下的那片玉米地里做儿事了。啧啧，太不要脸了，我看得清清楚楚。"

"我早知道了。人家小年轻搞相好，我家小满说人家那叫谈恋爱。你就说风就雨，可不敢乱说。"

"有那样谈恋爱的吗？他二婶，你耳朵过来，我给你说……"

隔一阵，只听大婶哈哈大笑起来。

"你快不敢乱说，还添油加醋。"

"他二婶，我敢对天发誓。你知道我常常天不亮就起来了，今早上我还起来得迟些了，刚下坡就看见强子在公路上走着，手里拿着块花格子布。他走得可快了，害得我为了撵上他，跑得直喘气。红女子不知什么时候就在玉米地里等了，两人约好的。我看见两人一起铺开布，红女子的衣服是强子一件一件给脱下的。唉！话说回来，谁又没有那一天。你说他们两家的大人还不如早些给两个娃娃办了。"

夏小草现在完全明白了自己一早上的遇见。

红女比她小四岁，性格外向，一脸清秀，长相可人，但凡男子都会喜欢，只是红女初中还没毕业就不念书了。

红女的疯狂举止，她不敢苟同，却万分理解。

她突然想到有本书中说："外向性格的人，爱情到来，一定会是惊世骇俗、天崩地裂、不顾一切、忘乎所以。"

想到这，她顿悟，也许那样才算获得了爱情。

而她呢？她很明显是内向性格。

此情此景，她不再觉着强子和红女有多么可笑，反而在内心里祝福他们。

三个月眨眼而过，夏小寒驾驶证拿到手了。他回家后，看到村里的年轻人都忙着搞土炼油，他那根闲不住的神经一下子绷紧了。恰好，同村的薛军和李四消息灵通，知道他拿到了驾驶证，就来找他商量合伙买汽车拉油的事。

20世纪90年代，清河县数河川镇富足，河川镇数河川湾富足。不是说河川湾土壤肥沃，有富足的地下资源。恰恰相反，河川湾唯一一点值得炫耀之处是地处川道，信息比较灵通，交通比较发达。当时的河川湾，可谓是艳阳高照。不怕没本事，就怕没想法。手里没钱全不要紧，只要有想法、有魄力，就有人敢给借钱掌本，助你大显身手。

夏小寒毕竟翅膀不硬，决定不了大事。薛军和李四就搬出两人的父亲来找夏茂源商量儿子们合伙做生意的事。

然而，夏茂源只是一个农民，他除了受苦之外，别无能耐。买一辆油罐车下来要花二十几万，拉油还要垫本，他压根就不敢想。他愣是一根接一根抽烟，不答应人家，也不回绝人家。

夏小草当时正在后窑翻看一张报纸，听着他们拉话，时不时竖起耳朵听几句。忽而，报纸里有个新鲜的名词"技术入股"进入了她的眼帘。她对这个名词并不理解，她翻开汉语词典查。当她看到词典里的解释时，一下子就把这个词与前窑里谈论买车的事联系在一块儿了。她等那两人走后，进了前窑，一五一十把自己的想法说给父亲与弟弟听。

夏小寒听了眉开眼笑，竖起一根大拇指直摇，表示非常赞成。

夏小草心道："我也是班门弄斧了，我才不关心这些呢。"

夏小草与夏小寒，两个都属于上学半途而废者，半斤八两，谁也不小瞧谁，然而两人的所思所想却完全不相同。夏小寒一天光想着怎么挣钱，怎么出人头地，而夏小草却总是幻想爱情鸟几时才能飞进她的怀抱。她总给人一种极能安于现状的印象，从不为自己的前程未来着想，简单得就像个大大的圆圈，里面空空如也，对死掉的麻雀和青蛙都要潸然泪下，对着漫漫长夜，时常呆呆瞪瞪。

夏小草说完那些从字典里查来的理论就进后窑看书去了。夏小寒却跟进去，附在她耳边低语："三姐，你没上大学，屈才了。"

夏小草微笑，继续卖弄刚才学来的知识："要让书本知识变为财富，需要在正确的导向下通过平台与工具来实现。政策是导向，平台是社会，工具就是技术。你只要清楚政策的导向，有一个适合创业的平台，具有一定的技术，那拥有财富也就指日可待了。"

夏小寒似乎不认识自己的三姐了，他用一种仰视的眼神看着夏小草，从嘴里吐出两字:"深奥。"

夏小草又怎么懂得,她只是记性好,在背报纸了。她把那份报纸递给夏小寒,笑道:"都在上面,你仔细研究去。你再问问哥哥,看能不能考虑技术入股。"

就在这个时候,夏茂源进了后窑。夏小寒就大声念报纸:"技术是什么?技术是知识、经验、技巧和手段,是人类利用自然,改造自然,创造人类财富的方法和手段。"

念着念着,夏小寒就激动起来,大声道:"爸爸,我看行。他俩没技术,我有技术,技术可以兑换成钱。爸爸,走,跟我哥探讨走,兴许我哥还有更好的主意。"

老话说得好,一方水土养一方人。

河川湾的山干旱贫瘠,自包产到户以来,家家户户广种洋芋。河川湾人勤劳,利用洋芋这一资源,继承了祖先的手工艺,一直靠着洋芋粉条发家致富。河川湾的洋芋粉条古来有名,相传慈禧太后也喜欢吃,有民谣为证:

河川湾,五里湾,砖窑石窑修得满,人民最强干。
河川湾,五里湾,白格生生粉条挂满川,慈禧也嘴馋。

河川湾那一挂连着一挂的白色粉条是一年四季永不褪色的风景。无论是哪里的人,只要途经河川湾,河川湾粉条一定会给他留下美好的印象。无论是哪里的人,只要是来河川湾,回的时候一定会带走河川湾粉条。

夏小满就是利用河川湾粉条这一资源,开了贸易货站,办起了粉条加工厂,雇用了工人。他自从当了村主任之后,一直是河川镇呼风唤雨,叫得响当当的人。

夏小满满口答应父亲,一定促成"技术入股"这件事,并且主动提出要带夏小寒先在他的车上熟练一段时间。

次日,在薛宝成和李秀山再度登门时,三家合伙买车的生意就定了下来。签合同时,夏小满作为中介人签了字。合同上,夏茂源没有签字,他说技术是小儿子的,就让夏小寒把字签了,另外两家则是大人签的字。签字结束,另外两家都筹款去了。夏小寒则跟上夏小满跑了几趟兰州。

三趟兰州安全往返,夏小寒就把开车技术掌握得熟溜溜了;三趟兰州安全往返,夏小寒跟夏小满一下子亲密了。他每趟兰州回来,总要把夏小满的车里里外外擦洗一遍,还帮夏小满打洗脚水,帮夏小满洗袜子,跑前跑后,半夜陪着唠嗑,仿佛古时候的徒弟伺候师傅一样细心周到。

隔半月,夏小寒的大卡车就接回来了。车总共花了二十四万,是崭新的东风前四后八。车款从河川信用社贷来的,一半由薛军的父亲贷款、夏小满担保;另一半是李四的父亲找别人担保。大卡车接回来,紧锣密鼓加马槽,定制油罐。再过半月,簇新的油罐车就威风浩荡地跑上路了。

夏小寒、薛军和李四的油罐车专拉原油，拉回来的原油卖给河川湾以及周边村庄里那些小型土炼油户。夏小寒负责开车，薛军和李四两个人轮流跟车，不跟车的一人，在河川湾负责联系卖油、结账。

三十二

疯大婶的那张嘴如同一只喇叭，没出两天，就把红女和强子的事在河川湾里传播得人尽皆知。

河川湾的长舌妇把红女说成烂脏女人，把强子说成烧脑小子。

红女家姐妹众多，居住条件差。两孔住人的窑洞，统共两盘炕，晚上睡觉，父母姐妹侧身子睡都拥挤不堪，哪里会有她谈情说爱的场所。强子的父亲是河川湾的老教师，强子即便敢把红女带到自己家里走串，若在结婚前就宽衣解带，那是极其伤风败俗的，他的行为简直是把他父亲的那张脸撕下来让众人踏踩。

然而，事情却发生了。两人再也不管不顾了，一而再，再而三，有人甚至说见了四五次。山里存放洋芋的土窑窑里，月下河滩的大石头上，玉米林里，高梁地里。河川湾就那样的条件，山川裸露，天地之间有耳目，真难找一不被人发觉的隐蔽所在。

大人终究拗不过娃娃，时隔不久，两家大人顶着强大的压力给两个娃娃把好事办了。

从此，红女和强子成了一对恩爱夫妻。

在红女和强子的带领下，自由恋爱、婚前性行为的事情在河川湾，乃至河川湾上下川道里偶有发生，以各种形式出现，简直如服装大师设计的服装款式，翻陈出新，花样百出。

邻居家的小妹妹燕子，只有十五岁，还在上学，就跟着来他们家做家具的木匠师傅私奔了，走时给家里留下一封信，内容是——

  爸爸，妈妈，你们不要找我了，我不上学了，我要跟张六成亲。你们不要去张六家里找，我们没回他家，我们怕你们不让，去了很远的地方，以后我会回来看你们的。

你们的女儿：燕子

信的后面另附一行字——

叔叔，婶婶。我把工钱留了一半，压在前窑席子底下了，权当是我娶燕子为婆姨的聘礼。我会对燕子好的，你们放心。

张六

　　那天早上，邻居大叔一家人，除了不识字的燕子奶奶，都上山打枣去了。而燕子呢？按情理是在学校上学的。

　　中午饭后，夏小草正在后窑里看书，燕子奶奶颤颤巍巍找到她，交给她一个信封，让她看，她才知道信的内容。

　　事后，邻居大叔把事情悄悄压了，硬是没敢去张六家理论。

　　又过了些时日，河川湾公映电影，常艾莲和夏小寒看电影回来，又带回一个更加惊天的消息——李氏族里一个十六岁的女女在放电影的时候，让邻村比她大十多岁的一个后生带到电影场附近的破草窑里耍了。还说当时有另外两个后生在草窑门外照人，事完之后，其中一个后生也要耍，女女拒绝了。那个后生不服气，为了报复女女，就把事情的原委告诉了女女的哥哥。女女的哥哥电影还没看完就把妹妹带回家，关在凉窑里，狠打了一顿。

　　女女的父亲老来得女，视女儿为掌上明珠，从小娇生惯养，要星星不敢给摘月亮，要太阳不敢给摘星星，一味地宠爱着、娇惯着、纵容着。女女不爱学习，今年才刚刚考上初中一年级。她父亲张狂得很，爱显摆，总说自己的女孩儿生得俊，不爱学习全没关系，长大了单凭长相也能寻下好婆家。不承想发生了这出事情。

　　这些五花八门的男女情事一出一出地在河川湾上演，难免让夏小草感到落寞。她更孤僻了。她讨厌所有的公共场合，比如戏场、电影场、秧歌场、会场、歌舞厅、饭馆等。

　　河川湾现在开着十几家饭馆，五六家歌舞厅。进了饭馆，想吃啥就吃啥。进了歌舞厅，想怎么快活就怎么快活。河川湾的饭馆兼带宾馆，每家饭馆会聘用坐台小姐数个。歌舞厅内设供人娱乐和休息两种服务，每家歌舞厅里都固定有十几位坐台小姐。

　　现在的河川湾成了聚集外来人口的村庄。有来拉土炼油的司机，有雇来烧土炼油炉的工人，有工人的家属，有来这里谋生的坐台小姐，还有来这里视察工作的领导干部。

　　其时，土炼油在河川镇已成气候，大片、大片的水浇田看不见了，连红女和强子谈恋爱的那片玉米地上也冒出了几座土炼油炉。河川湾上下沿着307国道的几个村庄的川道里密布着数不清的土炼油炉，而河川湾最多。每到傍晚，河川湾会笼罩在一层厚厚的浓烟里，那浓烟释放着一种非常难闻的气味。然而，河川湾里所有的老人小孩都欢喜着、高兴着。老人们因儿女们过上了有钱的日子而高兴，小孩们因不缺零花钱而高兴。

　　一时间，河川湾的后生都成了抢手货，在祖辈手里传下来的问婆姨要掏彩礼的乡俗取消了，河川湾的独生女不用愁找上门女婿了，河川湾的小寡妇也成香饽饽了，河川湾的丧妻男人甚至都可以娶来黄花闺女做媳妇了。这样一来，河川湾隔三岔五就听见放鞭炮办喜事的。

　　每日晚上，在土炼油炉喷出的浓黑臭烟中，每一个饭馆里，彩灯高悬，酒曲伴唱，猜拳行令，浪笑狂叫，各种杂音不绝于耳；每日晚上，在土炼油炉喷出的浓黑臭烟中，每一个歌舞厅里，莺歌燕舞，云雨戏水，各种猫腻疯狂进行。

　　来此消费的人无非是一些来拉土炼油的外来司机，某些有来头的人物，以及一些土生土长在河川湾、在生意场上得意、爱赶时髦、紧跟潮流步伐的男人们。

　　河川湾的好多男人，结婚的、没结婚的，再也不需要在玉米林林、破草窑里找未婚女女顶着风险耍耍了。他们借着谈生意的名义，去歌舞厅、去饭馆找乐子、耍小姐。时间一久，河川湾的女人们不干了。一时间，饭馆里，歌舞厅里，找男人、骂男人的女人成群结队，威风八方；一时间，饭馆里，歌舞厅里，女人们和小姐们扭打成一团，鬼哭狼嚎，大煞风景。

　　胆小的男人，老婆折腾一两次，收敛一段时间，继续借机行事。胆大的男人，不把老婆放在眼里，老婆丢一次丑，回家打一次老婆。这样一来，河川湾里性子强一点的婆姨们，寻死上吊的有之，号哭公婆的有之，也有个别婆姨干脆来个以牙还牙，你在外面寻欢，我在家里偷汉，两不相欠。

　　"男人有钱就学坏。女人学坏才有钱。"这是20世纪90年代最为流行的两句话。是古人说出的？还是今人说出的？谁也不去研究，只管如法炮制。

　　有人就说红女、强子、燕子，还有和那个大她十几岁男子一起耍的女女，都是受了河川湾土炼油的害，都是被河川湾上空弥漫着的土炼油恶臭味熏染、腐蚀的。

　　然而，红女和强子，这一对自由恋爱，敢于和命运挑战的恩爱夫妻在河川湾再次掀起滔天巨浪。

　　事情是这样的——

　　强子和李飞合伙买了一辆油罐车，两人倒班开车。红女已经有了一个孩子，在家带孩子，捎带记账。李飞刚结婚的婆姨柳云还没有孩子，负责管钱。他们两家的生意在步入正轨后的第二个月，红女又怀孕了。生性风流的强子去歌舞厅消遣，遇到了来跳舞的柳云。柳云颇有姿色，比红女年轻七八岁，会打扮，是外地人，是李飞前两年去四川时拐回来的。她现在不缺钱，和李飞的关系也还融洽，唯一让她感到不爽的是李飞不够男人味，夫妻生活极不和谐。她和李飞结婚后，从李飞的嘴里知道了他们的合伙人强子和红女的浪漫爱情故事。可想而知了，柳云和强子，两个风流人最后发展到同榻而眠。于是乎，干柴烈火，熊熊燃烧，云雨戏水，夜夜作欢。两个月后的一个晚上，李飞车出故障，临时回家，打开家门拉亮电灯，却目睹了不堪入目的场景。李飞头脑发热，情急失控，操起锅台上的菜刀对着炕上的二人一顿乱砍。之后，李飞跑出家门大声喊叫着："我杀人了，我杀人了，我把强子和柳云杀了，大家快来看啊！"从此，李飞就疯了。

就在河川湾上演这些乱七八糟的故事时，夏小草正式开始了第一部小说的创作。她给小说命名为《疯》，小说讲的是一个发疯的时代里，有个发疯的村庄，住着一群发疯的人，每天做着一些发疯的事。

是啊！河川湾的人都疯了，在水浇田上搞起了土炼油。十五岁的邻居妹妹疯了，跟上小木匠私奔了。十六岁的女女疯了，跟社会混混钻草窑去了。强子疯了，放下自己的老婆不睡，跑去睡柳云了。李飞疯了，把强子和柳云砍死在自己家炕上了。红女会疯吗？夏小草喃喃自问，她自己也几乎疯了。

然而，她又是异常清醒的。她怕被土炼油腐蚀，几乎连院坡也不下了。她总是一个人静静地待在家里。在写作到累困时，她会在院子里走走，她会照着一句话在本子上写无数遍，她会反复诵读某一首优美的情诗，她会把心事在脑子里慢慢梳理，她会反反复复默念一个人的名字、写一个人的名字，比如"徐晓明"这三个字。

这段时间，她不想沈天宝了，只想徐晓明。她把徐晓明的名字，密密麻麻写满了整整一页纸，依然往上写，一个名字重着一个名字写，以至于一页纸变成黑乎乎一片，像笨拙的画家画出来的糟糕作品。

然而，事与愿违的是，她与徐晓明早就失联了。自从徐晓明上大学走了，她再也没收到徐晓明的来信，一封也没有。

三十三

在河川湾整日被黑臭烟雾以及乌七八糟的事情笼罩着时，夏小草竟然产生了一丝出家当尼姑的念头。她想，尼姑庵应该是一个清净的所在。她在小说里把主人公设置成一位带发修行的尼姑，吃斋念佛，每天接待一些来忏悔和祈祷的年轻女子，倾听她们的诉说，为她们宽心和开脱。

就在夏小草完全沉浸在小说创作里时，夏茂源显然心急了，他认为小女儿大了，必须谈婚论嫁了，开始四处托媒人给她张罗对象了。在农村，在河川湾，她显然成了大龄青年。比她小三岁的夏小寒，已经有媒人要给提亲了。

于是，夏小草不得不配合父母，开始了她的相亲历程。

媒人介绍的第一个男子是她的同学，名叫万彬。她一点印象都没有，大脑里没有储存该同学的一丁点印记。媒人说万彬父丧母改嫁，上到初中二年级就辍学回家，后来去有钱的亲戚家里做饭打杂混一碗饭吃。却说有钱的亲戚与中央某首长也是亲戚，那中央首长吃了万彬做的小米南瓜饭，一下子吃上瘾了，就招去身边做了厨师。万彬后来又考到国家一级厨师证，摇身一变成了北京人，成了那中央首长的"内务府总管"。

媒人走后，她满脑子徐晓明，想着想着，她又想到一首诗：

　　月亮在我们中间升起
　　在两棵互相鞠躬的松树间升起
　　爱情伴随着月亮升起
　　在我们孤独的茎秆上生存
　　啊，现在，我们成了影子
　　互相交臂
　　却，只能亲吻空气

此刻，她只感到心里特难受。沈天宝已经成了别人的所爱，徐晓明也只能是她过往的回忆，是她心灵深处的影子，是她择偶的一个参照物了。

她把徐晓明当作自己找对象的参照物。当然，指的是身高与相貌。至于说文化嘛，她全没有考虑，她自己文化也不高。她就是这样极其简单的一个人，傻傻的，头脑里也空空的，所以才有之前她看上沈天宝一说。沈天宝是个几乎不识字的拦羊后生，她居然也看上了。

现在细想起来，沈天宝和徐晓明简直像孪生兄弟，他们俩的区别只是沈天宝皮肤黑一些，徐晓明白一些；沈天宝外向，徐晓明内向；沈天宝快人快语，徐晓明颇有城府。

她见到万彬的第一时刻，就把万彬枪毙了。万彬的身高与相貌距离徐晓明太远。

媒人介绍的第二个男子，名叫徐建，在县城已有自己的实体，做着贸易生意。她听到这样的介绍，当即心里就悸动了一下，说不清的一种悸动。又听媒人说徐建生意忙，走不开，要她坐班车到清河县城与徐建见面。她的父亲一听就问媒人："你不去？让小草一人去？"

夏茂源显然觉着小女儿独自去不合适。

媒人解释道："我这两天家里有亲戚，走不开，先让两个娃娃见个面，互相能看上再说。"

夏茂源听后便没再反驳，沉默着，表示同意。

时值酷暑六月，她坐着面包车从河川湾一路颠簸到清河县城，左右打问了三个人，才找到徐建的贸易货站。其实，贸易货站距离清河县汽车站不足一里，却因她不认识路，足足找了够半个小时。她被大太阳烤晒得浑身燥热，满脸发烫，毫无精神，提不起一点信心去相亲了。她想，自己的形象肯定糟透了，就这样去相亲，一准会被瞧不上。这样想的时候，她反而不急躁了，移步到贸易货站斜对面的一棵大柳树下纳凉。她要让自己凉快一点再进去，避免第一眼就输给对方。

纳凉不多时，她看见贸易货站的门里走出一威武的男子。男子站在门口左右照了几眼，朝着车站的方向看了几秒钟后，又进去了。

她在树影里站了足足二十分钟，看到那男子出外朝车站的方向看了三回，就在男子第四回走出贸易货站向车站张望的时候，她才惊觉到那男子可疑了。她细细端详了对方几眼，却因距离远，看不大清楚脸膛，感觉身材体态蛮像徐晓明。她等男子折回去之后，进了贸易货站。

进门就看见一张大桌子，里面一张椅子上坐着刚才她看见四次的男子。在他身后是码放得整整齐齐、形如墙壁一样高的麻包。麻包里装着的像是粮食。具体是什么？她不得而知。

男子一看见夏小草，立即从椅子上站起，探出身子，伸出一手，在自己额头上摸了一把，快速道："哎呀！你就是夏小草吧？看我这眼神，你老早就站在对面了的，我看见你来着，竟然没想到。快坐。我就是徐建。"

徐建说话简直和沈天宝一模一样。她心里又是一悸动，随即点点头，表示暗号对上，随后，她就坐在那张大桌子前的椅子上。

"你先坐着，等我一下。"

一语落了，徐建起身出了外边。不多时，他抱回一颗大大的西瓜，放在桌子上，在抽屉里找出一把明晃晃的西瓜刀，手起刀落切成许多长长的三棱块，拿起一块递给夏小草。

夏小草正口渴难忍，看见西瓜，接住就吃。吃一阵，口渴感消失，感觉到两脸都是黏糊糊的西瓜水，才意识到自己失态了，当即羞得满脸通红，连忙放下手中吃了一半的西瓜。徐建很有眼色，立即递过来一块洁白的羊肚子毛巾。夏小草抬头看一眼徐建，徐建正好也看着夏小草。四目相对，夏小草只觉得眼前站的不是徐建，而是沈天宝，正用一双满是歉意的目光望着她。她旋即又低下了头，不敢再多看对方一眼。徐建又操起西瓜刀，把一块长西瓜改切成许多块西瓜，又给夏小草递过来，嘴里抱歉道："对不起！我太粗心了。"

夏小草低头接住徐建递过来的小西瓜块，又放回桌子上，低声道："时间不早了，我要赶班车回家去。"

徐建紧跟着出了门，锁了贸易货站的门，与夏小草并排走在一起。临到车站，徐建道："过两天我骑摩托去看你。"

夏小草侧转头看一眼徐建，没有说话。

徐建又道:"让我来吗?"

夏小草又看徐建一眼,不说话。

徐建再追问:"要不要?你表个态。"

夏小草转头莞尔一笑。

徐建高兴道:"明白了,大后天你等我。"

到了清河汽车站,徐建抢着给夏小草买了车票,目送夏小草坐上车,等车启动了,又挥着手高声喊道:"大后天,我去看你。"

夏小草心里一阵愉悦,禁不住暗暗欢喜,也对着车窗外挥挥手。

外貌像沈天宝,挺能察言观色,又细心。根据各方面的条件,以及初次见面的印象,夏小草对徐建可以说是一见倾心,她心里已经认可徐建了。

那日早饭后,夏小草捧着小说坐在埝畔的树影里,一边看一边等待徐建到来。一听到公路上响起摩托声,她就抬头望一眼。一连十几辆摩托车过去,十几次抬头又低头,都不见徐建的摩托车,她的心里就开始胡盘算:路上遇到熟人了吗?今天有事情忙,走不开吗?还是?还是?还是骑摩托肇事了?想到这里,她当下大惊,惊出一身冷汗,再连一个字也看不进去了。她眼睛直勾勾地盯着公路,生怕徐建找不到家门,一不小心闪过去。看见了,看见了,徐建终于出现了。她的心脏瞬间就"突突突"跳个不停了。徐建穿了一件白色衬衣,蓝色长裤,黑色皮鞋,一脚踮地,连人带摩托立在她面前。

"现在才来。"她竟然不等徐建开口,抢先说了一句埋怨话。

"我以为你看戏了,在戏场找你半天,没找见,才来家里。怎么你不去看戏?"

"我从来不看戏,再说你要来,我怎么可以去看戏。"

"我太笨了。你今天真好看,这件粉红色的连衣裙也适合你,旋转起来一定更美,改天我们一起跳舞。"徐建兴奋地说。

"你会跳舞?"她的脸又开始发烫。

"会。你不会吗?"

"不会。好学吗?"

"好学。你学起来肯定快。我教你。走,把书送回去,我带你去戏场遛一圈。"徐建说着就拉住她的手往窑里走。

"戏场人多眼杂,我不想去。"走在当院,她拽住徐建,站着不走了。

"怕啥?你不是已经看上我了吗?我也看上你了。我们在处对象。你看这琼瑶小说不是都描写男欢女爱嘛。"

徐建说着,仿佛家人一样,拉着夏小草的手进了窑里,把书放在炕上,顺手就把窗台上的门锁拿出来,锁了门,把她强行拉到摩托车跟前,腿一跨,骑上摩托,右脚踩一下,摩托车"突突突"响起,徐建调转头叫道:"小草,快来,上来。"

夏小草却站着不动，她一百个不情愿去戏场，只想在院子里说话。她心里这样想着，嘴上却什么也没说。

"上车呀！我带你兜兜风，感觉肯定好。"

"我不想去戏场呀！"

"你说去哪？要不我们朝河川街上走？"徐建说着把摩托掉了个头。

夏小草最终妥协，坐上了摩托车。徐建脚下油门一踩。夏小草冷不防身子朝后跌去，惊出一身细汗。徐建伸出胳膊朝后一把揽住夏小草的后腰，有力地把夏小草的前胸紧贴在他的后背上，说道："第一次坐摩托吗？多危险，幸亏我反应快。抱紧我的腰，否则会把你甩下去的。"

刚刚的惊吓让她再也不敢懈怠，她紧紧地搂着徐建的腰，生怕再有半点差池。徐建一手握着摩托车把，一手腾出来，抓着小草的一只手，只要小草的手溜出去，他就又立即抓住。

摩托车匀速行驶，不快，不慢，非常悠闲的速度。丝丝凉风从她脸上掠过，她感到了一种从未有过的惬意与舒爽。这是一种新鲜的、浪漫的感觉。她在心里默默感谢徐建的大胆。她喜欢徐建的主动，这是内向型性格的她所不敢有的行为，却是她希望的。

从河川湾往河川镇方向，沿着河边的川道，到处是排放着浓浓黑烟的土炼油炉；公路上走的都是一些加长的油罐车，车尾也排放着一股一股浓浓的黑烟，刺鼻难闻。

这环境怎么能是谈恋爱的场所，简直糟透了。她想起河川学校那片白杨林。也许是心有灵犀一点通，徐建大声问："这路上气味糟糕，哪里环境好点？"

她凑在徐建耳边大声说："河川中学校园里有片白杨林。"

徐建听说把摩托车掉了个头，直奔河川中学。

河川中学正放着暑假，偌大的校园里看不见几个人。

徐建按着夏小草的指引，把摩托车骑到白杨林。夏小草先下了摩托车，放眼树林，一眼看见白杨树比之前大了许多，茂盛了许多，郁郁苍苍，直插云天，树林里新增设了许多石条凳。

"我们坐下歇会儿。"徐建说着拉了夏小草的手坐在石凳上。

夏小草有点口渴，用手压压嗓子，眼睛望向远处的水塔。这是她习惯性的动作，她口渴时嗓子会难受。她想，要不要到水塔下找水喝？

就在她注意力全在水上的时候，徐建的双手却搂住了她的肩膀，在她的后脑勺上亲了一下，而后就把脸埋在她的肩头喘着粗气，喘息半天，喃喃道："让我亲亲你，行不？"

"让我亲亲你，行不？"徐建在征求夏小草的意见，徐建想亲亲夏小草。夏小草当然听清楚了。她的爱情就要降临了吗？她感觉这爱情来得太突然，却没有丝毫的不愿意。她不说话，唯恐不巧妙的话语会消减了徐建的激情。她一动不动，她以为沉默就是最明智的回答，沉默就是默许。

此时无声胜有声。

徐建真聪明，领会了她的暗示。

她没有一丁点反抗，心却像一头受惊的小鹿，找不到逃生的出口，在胸腔壁上扑通扑通，四处乱闯。她内心里渴望喜欢的男子能为自己忘乎所以。她完全沉浸在恋爱的甜蜜里了。她感觉徐建的怀抱美极了，徐建的嘴唇甜极了，徐建的舌头柔软极了。

徐建吻够了，把头埋在她的胸前不停地喘气。良久，他喃喃："小草，我和媒人商量，找个时间，把我们的事情定下，以后我就可以正大光明地来找你了，你也可以来县城找我，你还可以帮我打理生意，跟我住在县城，好不好？"

徐建的话说到她心坎里了，她内心里一阵欢喜。

恋爱，是青春的曙光，一种萦绕心间令人忐忑不安的战栗。两个素不相识的男女，突然间产生了一种如胶似漆的吸引力。于是，爱，开始了它那奇妙的历程。

她在白杨林里惊讶地发现徐建就是一个强有力的磁场，吸引着她，她的内心便由不得自己渴望更亲密的、更长久的交往。

这突然降临的甜蜜，让时间过得好快，眨眼之间，夜幕就降临了。

她忘了口渴，忘记了饥饿。如果夜幕永不降临，她也许会躺在徐建宽厚的怀抱，卿卿我我到地久天长。

徐建却要回去了。他目送着夏小草上了院坡，一脚油门，便"突突突"直奔清河县城了。

夏小草回到家里时，父母早已吃过饭。

母亲给她留了饭。她把饭从锅里端出来，放在锅台上，拉了凳子坐下，头也不抬吃起来。

她嘴里吃着，心里默念："感谢妈妈！妈妈今日做的饭真好吃。"这当儿，她抬头看了一眼炕上抽着旱烟、黑着一张脸的父亲，低头自顾自地吃饭。

"怎么这么晚才回来？"夏茂源问。

"徐建上来了，我们出去转了。"

"不要来往了。"

她正举起一筷子饭要送进嘴里，听到父亲的话，一惊，手里的筷子就掉了，饭粒撒落了一锅台。她不相信自己的耳朵，她确信自己听错了。她抬起头，看着父亲，一字一顿地问道："爸爸，你说什么？"

"不要来往了。他父亲人气不好。"

这次她听清楚了，她也明白了，眼泪便不由自主连珠成串掉下来。她不要听从父亲的安排，顶撞道："他父亲人气不好，又不是他不好。"

"我为你好哩。"

她再没有犟嘴，一式站起，进了后窑，把后窑门"呼"一声关住，上炕倒头就睡。心里却暗暗埋怨："以后别叫我去相亲了，我永远也不嫁人了，当一辈子老姑娘，让你们养着。"

"你就不能等她吃完饭再说？"

这当儿，她又听见母亲在前窑里埋怨父亲的话，眼泪流淌得更欢了。她白天火盆一样滚烫的心，此刻仿佛跌入了万丈冰窟。

睡一夜起来，她又想起徐建的话，便把父亲的话抛在脑后，满心期望徐建的到来。她想，父亲是无论如何分不开她和徐建的，她在翘首以盼地等待，等待徐建的到来。

然而一个月过去，徐建音讯皆无。

她不甘心，背着父母一连去清河县三回，却回回扑空，就好像徐建跟她刻意玩起了捉迷藏游戏。无疾而终，她和徐建的爱情就这样不了了之。

这以后，每隔一段时间，夏茂源总会变戏法一样，变出一个媒人来，试图让媒人说服三女儿继续相亲，但他的宝贝三女儿却再不配合他。

如此，一而再，再而三，连着四回五回下来，夏小草便被媒人彻底看透，冷落，晾起，搁置，冷冻。任是谁也再不愿为她的终身大事费半点心思了。

三十四

夏小草再次想到要想把自己嫁出去，是两年后了，她受到了媒人的刺激。

媒人抛开她，直接给比她小四岁的夏小寒介绍对象。这让她无比难受，仿佛被自己谈了多年的对象甩了一样，感到一种前所未有的落寞。

于是，她就把心事拐弯抹角说给相亲回来的弟弟——夏小寒听。

于是，阳春三月，一个名叫贺斌的男子，就被媒人带到夏小草面前来了。

贺斌是扛过枪，却没有上过战场的退伍军人，在清河县金属材料公司上班，身形瘦长、精干，爱好吹拉弹唱。

她与贺斌第一次见面，就答应了这门亲事。

她疯了吗？她之前从没见过贺斌。对于贺斌，她是陌生的，难道她仅凭媒人的一面之词吗？也不全是。她听见贺斌的说话声太像徐晓明，并且带着城里人的儒腔。

夏茂源没有任何异议，完全支持女儿。

次日，贺斌就骑着摩托车，带着媒婆，上门来交定亲礼。一块肥猪肉，48个果馅，200 元钱。

猪肉当天就要下锅，做成荤汤饸饹，待客吃。果馅要分发给爷爷奶奶、叔叔婶婶、七大姑八大姨，将来出嫁时换小添箱钱。钱是给夏小草买两身衣服穿。

至此，她便觉着一身轻松，心无旁骛，只等将来进洞房了。

自从她和贺斌订婚，她就高枕无忧了，整天把自己埋在小说堆里。她有理由闭门不出了，她名花有主了。

这一等，竟然是三个月。但她等来的不是与她的未婚夫，而是暑期回来坐娘家的大姐——夏冬枣。

晚上，她和大姐睡后窑，姐妹俩拉了半宿私密话，最后得出结论："贺斌肯定有问题。"

也是啊！一般的男子到了谈婚的年龄，巴不得天天和未婚妻守在一起，即便工作再忙，一个礼拜肯定会见一次面，哪有订婚三个月，把未婚妻晾在一旁不管的。

她的脑袋就开始发胀，她突然间觉着自己做下了一件天大的傻事。好在大姐决定给她打掩护，让她去清河县看个究竟。

次日一早，姐妹俩就坐班车去清河县城。到了县城，姐妹俩兵分两路，一人去找同学，一人去找未婚夫。

夏小草先到贺斌单位。贺斌没在。同事说贺斌有可能出去办事了，也不太清楚。她只好去贺斌家里找。

未来的婆婆公公见到未来的儿媳，甚是高兴，问候之后，便出外一小会儿，之后未来的公公出了院子，未来的婆婆又回来招呼未来的儿媳妇。

两人太生疏，没有话题，干巴巴坐着。

她从来没有过的面对，她浑身不自在，不知道该说什么，更不知道该怎么说。她觉着，她和未来的婆婆之间有一层厚厚的膜，横隔在中间。

贺斌的母亲身材瘦小，面孔和善。她原本是农村人，只因在县城住久了，身上便散发出一种城里人的气质来。她再进门时，手里端了一碗不冷不热的绿豆汤。她把绿豆汤搁在茶几上，对夏小草温婉道："天热，一路上坐车，肯定渴了，先喝点豆汤，待会儿我就给咱做饭。"

知冷知热的话语，一下子缩短了两个女人之间的距离。夏小草顿时就感觉那种陌生感不存在了，差点脱口而出"谢谢妈妈"，但这沉甸甸的四个字蹦出唇边的瞬间，让她又生生地咽进肚子里。她觉着说那样的话太假，不合乎她的个性。

她是一个舌根很硬的人，她认为"妈妈"这两个字眼，不仅代表着称呼，更应该是情感的传达。最后，她的反应变成了对长辈的微微一笑，从牙缝里挤出两个字："谢谢！"就端起绿豆汤喝了起来。

夏小草喝汤的时候，贺斌的母亲用极其和蔼的目光注视着她未来的儿媳，随之便扯开了话题。

"贺斌下班回家估计还要一个多小时。"

"没事，我等他。"

"这次来了多住几天。"

"嗯。"

"晚上就在家里住吧！"

"不合适的，晚上我到老姨家住。"

"我给咱准备饭去。"

"我帮忙做饭，我在家里也做。"

"不用了，不用了。四个人的饭，很简单。你爸买菜回来，他会帮忙的。你可以出外边走走。"

事实上，在农村，订婚的当日，就把称呼变过来了。夏小草和贺斌却很特殊。他们太陌生了，缺少交流，缺少接触，他们之间不存在爱情，纯粹是一种绑架式的关系，这样的关系注定了夏小草现在僵硬的思想。

那个瘦小的女人不要夏小草帮忙做饭，她便决定出外看看。她跨出门槛，看见贺斌的父亲提着菜篮子进了院子。她紧走两步上前，接了菜篮子。一接一递之间，贺斌的父亲脸上漾开了笑容，他道：

"你爸和你妈都好吧？"

"好，都好。"夏小草说着把菜篮子搁在灶台上，拿一把篮子里的芫荽摘。贺斌的父亲跟过来又道：

"在家里也做家务活？"

"嗯，只是打下手，不会炒菜。"

"慢慢就会了。"

"贺斌上班很忙吗？"

"有时会忙点，他不知道你来。"

"礼拜天他上班吗？还是忙别的事？"

"不上班。"

一语结束，贺斌的父亲长叹了一声，用手指指窑洞，示意夏小草进窑里去坐，全因外面的灶台跟前太热。

夏小草便不再坚持，转身进了贺斌住的那孔窑洞。

不是农村的那种独家独院，是单位上的窑洞，一排大概有二十孔。贺斌家住了紧靠路口的两孔，贺斌住一孔，他父母住一孔。冬天是在窑里生火做饭，夏天窑里热，在外边的灶台上做饭。一眼望去，一排窑洞前面间隔着有一排灶台。与别家不同的是，贺斌家灶台下边是一个小花园，里面种了各种各样的花。小花园四周转圈摆着大小不等的花盆。花盆里的花开得正盛，一派生机。

她对花没有研究，只认识大红花、打碗碗花、苦菜花、格桑花，全是山地里见过的野生草花，而眼前这许多好看的花，花名都叫什么，她一无所知。

那些好看的花把她吸引住了，她走近小花园，一盆一盆仔细往过看。她正看着，一个人影射了过来，她一抬头，便看见贺斌已站在她跟前。

贺斌眉头紧皱，眼神呆瞪，片刻后，他淡淡道：

"早上来的？"

"嗯。"

"外面晒，进窑里走。"

贺斌说完，自顾自进到窑里。夏小草随后跟了进去。不多时，贺斌的母亲站在门外叫吃饭。

夏小草对吃饭毫无兴致，她期待的是贺斌会跟自己说些什么话。

贺斌的窑里只放一床被褥，一个枕头。

贺斌要夏小草上炕，枕在他的枕头上，听他自弹自唱。

夏小草非常听话，乖乖地上炕，乖乖地枕在枕头上，眯起眼睛。

贺斌把椅子放在地中央，一屁股坐上去，开始了弹唱。

夏小草酷爱听歌，起初她完全陶醉在贺斌的歌声里。然而，当她听完一首，拍手叫好时，贺斌却毫无反应，继续弹唱另外一首，一首连一首，似乎很忘情，很陶醉。

贺斌从始至终没看一眼炕上睡的大活人，他的眼睛始终闭着，仿佛炕上躺着的人压根不存在。

夏小草难受极了，一种强烈的挫败感裹挟了她。她觉着自己就像一个妓女，赤身裸体躺在一个男人的面前，而男人却毫无兴致。如果地下有条缝，她真会钻进去。她耳朵里听着歌，眼泪却溢出眼眶。此时，她的心冰到了极点。

贺斌的歌声由起初的优美，渐渐地变成了一种刺耳的噪音，简直要了她的命。为了阻止这要命的噪音进入耳朵，她不得不把炕上的棉被拉开，严严实实地蒙在头上。

就在这个时候，贺斌不唱了，但依然静静坐着，什么话也不说。

夏小草在被子里流泪。她好无助。她的未婚夫对她不感兴趣，连和她说句话的兴致都没有。大热的天，她把棉被全部盖在身上，依然觉着浑身发冷。她一刻也待不下去了，一把掀开被子，泪流满面地冲出了窑洞。

她认为男人与女人若要谈婚论嫁，最起码要对彼此心动，有想法，有感觉，想和对方厮守，甚至搂抱亲热，哪怕做更出格的动作。她还认为男女情爱，应该由男人主动。

贺斌追了出来，拉住她的胳膊，问她："你怎么了？"

她甩开贺斌的手，恨声道："问你自己。"而后，她就顶着大太阳跑下了坡，一直跑到县城的街道里。

人们都在午休，街道里空无一人，各种门市部的老板都缩在门市里打盹儿。她四顾茫茫，不知道何去何从，就在街头漫无目标地走着。贺斌跟在她身后走着。贺斌本来完全可以追上去，但没追，而是拉开一定距离，不远不近地跟着。她郁闷到极点了，她真想质问贺斌："你和我订婚了，为甚这样对我？你不喜欢我？为甚要和我订婚？"然而，她连一句也没有问出。她真不知道该不该问，能不能问。就在她心里犹犹豫豫、举棋不定的时候，贺斌却追上她，撂下一串话走了："时间不早了，我上班走了。你去老姨家好好睡一觉。晚上，我给你解释。"

这个男人另有所爱？谁都能感觉到，能看出来。

"夏小草，真是你啊？你怎么在这里？"

就在她恍然有所悟的时候，徐建满脸惊喜地出现在她面前。她一时语塞，不知怎么回答对方的问话。她怔怔地望着徐建，由不得自己，便又泪流满面。徐建一把拉住她的手，把她拉到一个僻静处急道："说话。怎啦？是谁欺负你了？"

"你和别人结婚了？"她完全没想到，自己会从嘴里冒出这样一句话来。

"没。你和别人结婚了？闹别扭了？"

"那你怎么不来找我？"

"我是想找你了，我还准备和你结婚呢。可媒人告诉我说，你父亲对我父亲有看法，不会把女儿嫁给我了。确有此事吗？"

"没血性，没魄力。怪不得两年过去了，你还没结婚。"

"其实，我经常路过你家。有好几次，我都想去找你，只是怕你妈妈打我两锅盖，你爸爸敲我两烟袋，你家的大黄狗咬我在大门外。"

"呵呵呵，呵呵呵……"

他的一串俏皮话，竟然把刚刚还在哭鼻子的夏小草逗得笑弯了腰，好像之前压根就没有发生贺斌那档子事。

"夏小草，我给你说句真心话，这两年，我相了好几次亲，都不如你。只要你愿意，只要你父亲同意，我依然会风风光光娶你。"徐建一本正经地说。

"真的？"

"谁哄你，谁是小狗。但成不成你得给我消息，不能让我两边都耽误了。"

"那我不耽误你了。"夏小草撂下一句话，转身就走。

徐建紧追两步，一把拉住夏小草，笑道："别恼了，我和你开玩笑呢。你不想想，我有了中意的，还骚情你吗？买眼镜对眼，我就感觉你对上了我的眼，第一眼就对上了。你属于那种清清纯纯的女孩，我是真心喜欢你，属于一见钟情。你忘记了，第二次见你，我就克制不住了嘛。现在想起来真好。真的，我要是骗你，我就是小狗。倘若今天不遇见你，我明天说不准又去相亲呢。"

这才是谈恋爱的感觉呀。

听了徐建一番表白，夏小草顿时有了信心。她对徐建莞尔一笑，自信道："那我试试，你等我的消息，可不许反悔噢。"

徐建递过来他的左手小指，笑道："拉钩。"

夏小草也把自己的小指伸出去，勾住徐建的小指，两人异口同声道："拉钩上吊，一百年不许变。"

她是不是疯了？她和贺斌已经订下婚约，怎么又和徐建开始了？

她是疯了。她喜欢上徐建的幽默了，喜欢上徐建的心直口快了，喜欢上徐建的大胆示爱了。内向的她就喜欢外向的徐建，不善言谈的她就喜欢能说会道的徐建，思想保守的她就喜欢思想开放的徐建。

遇见徐建，她的心情立即好了起来。这时，她看见清河县的街道也宽了，天也蓝了，天气也不再燥热了，走路的人也看着顺眼了。她疾走起来，她想马上飞到老姨家里，给贺斌写退婚信。

老姨八十几岁了，有一双古时候让人羡慕的三寸金莲。老姨精气神挺足，盘腿坐在炕上，戴着深度近视眼镜在绣花。老姨看到来人了，把眼镜向鼻梁上扶了扶，看了小半天，没认出来是谁，便发声了："你谁呀？我咋认不出来了？"

"老姨，我是河川湾的，我爸叫夏茂源，我是他三女儿，我是小草，想起没？"夏小草扶住老姨的双肩，朗声说。

"哦，小草啊。看我这眼，几个月不见，就认不出来了。快上炕来，陪老姨拉话。"

老姨依然口齿伶俐。夏小草抬腿坐上炕栏。老姨又道：

"来看女婿？"

"嗯。"

"女婿为甚不去看你？倒是你跑来看他。"

她回答不上来。

"唉！你别嫌老姨说话不好听。我不看好你们。依我看，以前那个体户才适合你。你打小娇生惯养，应该找个体贴一点，能力强一点的，那才合适。你爸也是，嫌人家大人人气不好。要老姨说，娃娃好了才重要。"老姨把"娃娃好了才重要"说得尤为漫长，余音袅袅。

听老姨这样说，她的主意更牢了。她随即就想验证自己的判断，她附在老姨的耳边悄声问：

"他不好吗？"

"他好不好先不说，主要的是他在意你吗？你们订婚几个月，他去看过你几回？"

她无语。

"老姨和他们家住得这么近，老姨一清二楚。你爸爸做事草率，定这门亲事也不问我一声。那媒婆和贺斌他妈关系好得很，他们在老家是上下邻居。"

其实，她订婚，全怪她自己一时冲动，根本怨不得别人。

现在，她听了老姨的一席话，心里更加懊恼自己，怨恨自己。她想着自己目前的处境，眼泪便由不得又掉了下来。

"别哭。不是老姨坏，老姨知道'宁修十座庙，也不破一桩婚'，可老姨怕你将来受委屈。你既然来了，就在老姨这多住些日子，也好好观察观察，看看他究竟什么心思。现在你要后悔还来得及，订婚不算婚，结婚一半婚，娃娃生下才算全婚哩！"

听老姨如是说，她又心宽了些。她顺着老姨的话题道：

"那我退婚，现在又没裁坏没剪坏，不就一句话吗？老姨，你有纸和笔没？我现在给贺斌写信退婚。"

"万万不行。我这里笔和纸都没，就是有也不可以这么做。我和他们是上下坡邻居，你现在这样做，贺斌的父母肯定会想到我坏事了。其实，贺斌的父母对你一百个满意。要老姨看，你黑夜跟老姨睡，白日里和贺斌一起拉拉话，观察观察，看看他的反应，然后写也不迟。老姨现在不说了，你好好睡一觉，看你眼睛都哭肿了。"

她再不言语，在老姨炕上顺势躺下。老姨的炕温热温热，她的眼睛酸困酸困，不多时，她便酣然入睡。她正睡得熟，突然感觉有人推，努力睁开眼睛，仰头一看，见是贺斌，又闭上眼睛，装睡。她懒得搭理贺斌，她对贺斌已经死心，并且心生厌恨。

"你还瞌睡吗？姐姐姐夫他们都来了，等你一起开饭呢。起来洗洗脸，吃了饭，我带你去看电影。"贺斌站着只管说。

她依旧闭着眼睛，她不打算吃饭了，她更不想说话。

"小草，醒醒，眼明一下。吃饭去，饭吃了，跟上贺斌出去转转，拉拉话。"老姨又催促她。

老姨说话的用意她完全清楚，但她已经不想了解一切真相了，她觉着没必要了解，了解了真相，说不准还徒增烦恼，还不如她轻轻拿起，轻轻放下。她内心里已经准备好要退婚了，现在再去贺斌家吃饭，她感觉就是多余，会适得其反。

老姨却不让，硬把她从炕上拽起来，嗔怪道："不懂事。去。瞌睡也不能这样。"

她没办法睡了，只能起来洗脸。她感觉双眼肿胀得难受，洗了一把脸，镜子上照了一下，妈妈呀，她的眼睛好可怕，又肿又红，像两颗红色的桃子。这个样子怎么可以见人？完全就是去丢人现眼。

丢人也要去，老姨这关过不去。她只好用水浸湿手帕，把手帕压在眼睛上，像一个盲人一样跟着贺斌出一道门，又进一道门。

她一眼瞥见一桌子丰盛的饭菜和一桌子笑逐颜开的人，她并不停留，立即移步，跨出门槛，进到贺斌窑里，上了炕，拉下来枕头、被子，自顾自蒙头睡去了。

"也行，我理解，你睡着，一会儿他们走了，我再过来给你解释。"

贺斌没再强求，说完话，转身出了门。不多时，门里又进来了人，是贺斌的母亲。她径直走向炕栏，揭开被子，抚摸夏小草的额头。夏小草并没有睡着，但她闭着眼睛，没有看一眼来人。

"感觉不到烧，哪里不舒服吗？"

她不争气的眼泪顿时就溢出眼眶，她出于礼貌，只是摇摇头，表示答复。贺斌的母亲叹了一口气，出去了。隔不多时，贺斌的大姐又进来，走近炕栏，头伏在她耳边，悄声道：

"要是身体不舒服，我带你去医院看看。"贺斌的大姐在清河县医院上班，是内科大夫。

她依然闭着眼睛，但伸出一只手，在空中摆了摆。

"要是贺斌惹你不高兴，你起来给大姐说，大姐帮你教训他。"

她实在不想说话，却又不能不说。她把头蒙在被子里，低语道："大姐，我眼睛痛得难受，怕见光，让我睡一会儿好吗？我不饿，你们吃饭去好吗？"

接下来便是不懂事的顽童在院子里吵闹，以及锅碗瓢盆碰撞的声响。过了很长时间，她听见又进来人了。凭直觉，她知道是贺斌过来了，接着是椅子拉动的声响。她掀开被子，看一眼贺斌，又合上眼睛。贺斌便开始了他的讲述——

"他们都没吃饭，都走了。我现在是家里的罪人，所有的人都让我得罪了，连同你。你才是真正的受害者，但我没有阻止，任其发展，导致你如此难受，我完全理解。我给你讲个故事，你听了就会想开，就不会难受了。有一个男孩爱上了一个女孩，两人已经在一起了，男孩为了前途，去当兵，整整三年。男孩走后，女孩去发廊打工。女孩全以为发廊只是给人理发，去了后才知理发只是幌子，陪男人玩乐才是工作。从此，女孩堕落了。男孩复员去找女孩，女孩不肯见男孩。男孩去女孩上班的发廊找，男孩去了什么都知道。男孩接受不了，去喝酒，酒后抽了别人的一根烟，却染上了毒，从此男孩就人不人、鬼不鬼。女孩知道男孩是为了自己，才误染上毒瘾，就用卖身的钱为男孩戒毒。男孩戒毒成功，原谅了女孩，决定娶女孩为妻。男孩的父母却不同意，到处找人给男孩说媒。男孩怎么可以离开女孩？男孩现在认为是自己害了女孩，若不是自己和女孩偷吃禁果，女孩还是纯洁的女孩，也不可能学坏。"

贺斌的故事讲完了，接下来是长时间的沉默。

她彻底明白了，突然间对他的恨意完全消失，反而产生了一种无法言说的同情，竟然脱口而出："你为什么不和她私奔？"

"我为甚要私奔啊？我要吃要喝，私奔了，不上班，谁给我发工资？再说我和她根本不需要私奔，我们一直在一起，一直在一起。你明白吗？明白你的处境吗？傻丫头。为甚不早点来我家露个面,或者来你老姨家串串也好,你老姨还不给你提醒吗?还要我给你明说。换作别的姑娘,会给我两个耳光。"

"那我现在给你两个耳光,我们就没瓜葛了。"

"你是那样的人吗?你文文静静,秀秀气气,还当过老师,即使我教你那样做,你做出来的也不像。"

"你很了解我啊。"

"你又不是天外来客,我想了解你还不简单。我知道,喜欢写文章的人心思重,又看你难受的样子,怕我的方法不对,更让你伤心。我这样说,只想让你轻轻拿起,再轻轻放下。"

"明白了,还要我谢谢吗?"

"那倒不必,要不要去看电影?我给你介绍她,别说我哄你。"

"不必了,我相信。"

"那你要不要吃点东西?带你去街边买吃的。"

"不吃了,我不饿。"

"那去你老姨家,我买好送来。"

"你是在关心我吗?"

"怎么说你是来看我,我总不能让你饿肚子。"

"还有话对我说吗?"

"以后找对象多个心眼。现代人,怎么古代人的思维。你会遇到喜欢你的人。走吧,我带你出去走走,吃点东西再去老姨家。"

"免了吧,一天不吃饿不坏。祝福你们。我会留一封信帮你圆场,你明天下班就会看到。"

次日,贺斌上班后,夏小草到贺斌的窑里,找出纸和笔,留了一封简短的信——贺斌:你应该坚持己见,而不是让我尴尬。无缘,即散。我们两不相欠。

三十五

夏小草回了家,看见她母亲和大姐正在拉话,便声嘶力竭地把老姨那里听来的话,添油加醋跟母亲学说一通,说贺斌不算人,当然她隐瞒了很多事实。

常艾莲不无懊恼,当即开始排侃媒人不是东西。

夏冬枣惊道:"多危险!你们呀!现在知道也不晚,赶紧把这婚事退了。"

常艾莲由不得一阵埋怨:"谁会知道他们净做不算人的事。小草也是,就怪你,刚见一面就说没意见,看上了人家。你爸也是,徐建那儿,他还去调查人家人气长短，这回他就听信媒人一面之词，还说大人他知根知底。"

夏小草趁机把老姨的话抬了出来："老姨说了，人家徐建是好后生，还说我跟了他一准不会受罪，不会受气。"

常艾莲道："别听你老姨的，她老了，知道个甚？别再哪壶不开提哪壶。你爸那一关就过不去。他一准会说天下又不是死得没后生了，我们大人将来要和大人共事。看你姐的公公，那样的人才叫人气好。我和你爸最讨厌那种大吼大叫的人。"

夏小草想起自己跟徐建已经拉钩，便想说服母亲，嘴上就不由得替徐建说好话："你们就是偏见，眼前的就是例子。贺斌他爸人气好。贺斌怎样？人气好还净哄人了？人气好有甚用？娃娃不听话，照样学坏。你和爸都是好人，可我有多好？我自己清楚，病秧子一个。谁能了解谁到心里去？我看见徐建挺好，要身材有身材，要相貌有相貌，还有自个儿的生意，关键他也看上了我，要是他知道我是个病秧子，指不定会不会看上我呢。"

常艾莲道："傻女子，好后生有的是。你又不是嫁不出去了，急什么？"

夏小草最忌讳别人说她傻，一听到别人说她傻，就眼泪汪汪，就觉着自己傻得不可救药。

现在常艾莲说她傻，昨天贺斌说她傻，徐建也说她傻。夏小草糊涂了，他们都精明，唯独她傻？傻就傻，有什么了不得，她偏要说傻话。想到这，她就跟母亲赌气道："以后我不去相亲了，我一辈子不嫁人了，让你们养着。"

常艾莲扬起手里正纳的鞋底子，猛地向三女儿头上扇过来。旁边的大女儿一把拦住。常艾莲便生气道："不知好歹的东西，若不是因你心情不好，非打你不可，在你爸面前可不敢说憨话。这家里你最让人不省心了，从小到大，不知为你操了多少心，你可倒好，还挖苦我们。"

这当儿，旁边的夏冬枣插话了，她道："当初叫你补考，你不听，现在农村找对象也麻烦，还不能自由恋爱，叫你不听话。该。"

夏冬枣这不是火上浇油吗？夏小草真是欲哭无泪。

常艾莲道："冬枣，你说，小草这事怎整？怎么跟人家提退婚的事？"

没等冬枣说话，小草恨声道："我的事不麻烦你们费心，我早退了，咸吃萝卜淡操心。"

常艾莲道："吃了人家的果馅，还有人家放下的200块钱怎办？"

夏小草道："我还想要青春损失费呢，三个月的大好时光呢。"

"妈，你就别操心了。既然小草说退了，这事就过去了。以后你和爸别把她看管得那么紧，她也老大不小了，有自己的思想。"

夏冬枣这句话说得中听。

夏茂源回家知道三女儿婚事已退，没发表任何言论，一声不吭地坐在后炕，一根接一根抽烟。也许是在检讨自己的老套思想，也许是又开始为三女儿的婚姻大事犯愁。总之，他的眉头从回到家里开始就又锁成一疙瘩。

夏小草退婚一事，给了夏茂源很大的打击，好长时间，他不苟言笑，不与人交流，独自一人端出端入。

夏小草有很多次想跟父亲好好谈谈，谈谈她与徐建的事情，但她找不到一个合适的契机。为此她纠结，她焦急。她为怎么跟父亲扯开话题而纠结，她为不能给徐建一个准话而焦急。

被派出所关了半个月的李飞，放出来后彻底疯了，看见人就说一句让河川湾全村人都毛骨悚然的话——"我杀人了"。但时隔不久，人们就麻痹了，见怪不怪了。红女知道事件发生的第一反应是接受不了强子对她的背叛，于次日晚上，用一根细尼龙绳子，把她和腹中胎儿的生命，结束在当院的歪脖子枣树上。强子和柳云经抢救脱险，两人自感没脸在河川湾里继续待下去，出院后私奔了。

河川湾全村人都把老祖先传下来的加工粉条的手艺搁置起来了，家家户户仿佛发疯了一样，把所有的精力都放在土炼油上了。

清河县某些部门的领导，在河川乡政府乡长和书记的陪同下，隔三岔五来河川湾视察工作。每来一次，准到饭馆里消费，歌舞厅里娱乐，离开的时候，全都红光满面，春风得意。

夏小满的贸易货站，以及他为全村人谋福而创办的淀粉厂与粉条加工厂，奄奄一息了半年时间，已经于两年前倒闭了。随着贸易货站的倒闭，夏小满在河川湾担任的村主任一职也被人替代，原因只有一个：他已经不能带领全村人发家致富了。他变成了一个思想落后，跟不上时代步伐的老套人、落伍人。就这样，在河川湾全村人都大干快上，铆足精力从土炼油里捞钱的时候，夏小满却失业了，变成了一个无业游民，在河川湾的土炼油炉间穿梭、游逛。

让河川湾人不可思议的是，颓废了一段时间的夏小满，突然间有了精神头，他在全村人都没注意的情况下，悄悄整出一个养殖场。

夏小满的举动让全村人都费解，他却信心满满。他在贸易货站的大院里盖了两排猪舍，围了一个养羊的铁栅栏，用饲料喂养法，养了大量肉猪和少量的山羊，雇佣三个小舅子帮忙打理；又卖掉大卡车，倒手买了一辆小型农用车，每天开着小农用车到清河县拉饲料，依然保持快乐奔小康的阳光心态。

新的村主任——李广发的儿子李荣林已经成为河川湾最富裕的人，也是河川湾人公选出来眼界最开阔的人，头脑最睿智的人，思维最敏捷的人，能力最强大的人，魅力最无限的人。

李荣林的年龄比夏小满小了五岁，文化还没有夏小满高。却因艺高人胆大，人聪明，给河川湾带来了土炼油技术。河川湾人便抬举他为创造财富的人。就是在他的一手策划下，河川湾逐渐变成了土炼油的天下。当然，河川湾那片让多少人都难以忘怀的盐地，也是在新主任的最终拍板下，建成了一座座拔地而起的土炼油炉。

夏小满不参与土炼油行列自有他的道理。他说土炼油上面迟早会管制，全因弊端太多：其一，水浇田被占用，农民们忘记了自己的本分；其二，破坏了生态环境，空气的污染和河水的污染会直接侵害人体；其三，人们道德观丧失，原本都是些老实本分的农民，这两年吃喝嫖赌抽都占全了。他还说之所以叫"土炼油"，就因为不是科学炼油，炼出来的油不达标，坑害了老百姓，坑害了社会，坑害了国家。

那些搞土炼油的听了夏小满的长篇宏论，群起而攻之，说他是阻碍全村奔小康的人，就联名把他拉下台，推举眼界开阔、能带领全村人致富的李荣林为村主任。为此，沉寂了多少年的李广发一下子又活跃了，他借着儿子的光，在河川湾里又开始可劲地威风，可劲地嘚瑟，可劲地风光，可劲地炫耀。

夏小寒对谁当村主任全不感兴趣，只对赚钱感兴趣，他认为能让农民富起来就是好形势，好形势就能带来好机遇。他算是抓住了这大好的机遇了，油生意做得顺风顺水，天天有钱赚，日日有进项。他现在有了不少的积蓄，走路带劲，说话有力，一副老板的派头，竟然把合伙人薛军和李四当小跟班使唤。

尽管这样，薛宝成和李秀山依然乐得合不拢嘴，每逢集市必来夏茂源家串一回，拉一阵话，似乎娃娃们的生意全凭三个大人似的。

夏茂源教子有方的好口碑在河川乡广为传播，之前因为夏小满带领全村人做粉条致富，现在全因薛宝成和李秀山两个大喇叭大力宣传。不过明眼人能看出来的，夏茂源本身的生活也有了质的转变，他逢集必买二斤猪肉回家，由巧手的常艾莲炖、炒、拌、涮，变着戏法做着吃，而他竟然学起了下象棋、喝茶。

三十六

夏茂源家又来媒婆造访了，但造访的对象变成了夏小寒。

这不难理解，夏小寒今非昔比，要本事有本事，也到了谈婚论嫁的年龄。说媒好比做生意，媒人也有私心，也会算账，觉着跑腿的营生不光费时间，还磨鞋底，耗体力，当然要奔有把握又靠谱的去。而夏小草呢？高不成，低不就，又逛大了年龄，自然就被冷落，乃至冷冻。

夏小草却不想把自己冷冻，背着父母去清河县找了三次徐建，却连个人影也没见到。无奈之下，只能把心事收起，任时光独自溜走。

浓黑的烟，宛如巨大的黑蘑菇，从土炼油炉的烟囱里一团一团钻出，飘然升起，飞向天际。大红的太阳，努力地从黑蘑菇般的烟雾中钻了出来，挂在河川湾贸易货站院子里的一排猪舍上空。圈里的猪儿个个都仰躺在细碎的绒草堆里纳凉，喉咙里发着此起彼伏的"哼哼"声，如沉闷的鼓声，击打在猪舍旁的夏小草心上。她看着睡得正香的猪们，竟然羡慕起猪儿们的傻傻憨憨来。

一阵风儿起，一张废旧报纸从空中飞来，落在小草的头上。她一把扯下报纸，胡乱地撕扯，猛然看见"小鱼儿"三个字，便停下来，捧起报纸细看。

"小鱼儿"是一首诗名，是一个叫樵夫的诗人写的。

> 多么地想变成一尾小鱼儿
> 变成餐桌上的美味
> 被我可爱的小妹妹
> 慢慢咀嚼
>
> 用相思筑坝堤
> 让眼泪汇成海
> 请我的小鱼儿游进来

看着看着，她就泪眼蒙眬起来。她想起了他的表哥苏樵。

她和苏樵没有任何血缘关系。苏樵是她外婆改嫁在清水庄那个男人的孙子，也就是说她的亲外婆跟苏樵的后奶奶是同一个人。

苏樵比她大了整整七岁，现在已经是两个孩子的爸爸。

苏樵是厨师，在清水镇开一个小型餐馆，主营鱼食。

清水庄就在清水镇，山清水秀的村庄，村名与自然风貌恰好吻合。夏小草小时候经常跟着妈妈翻山越岭去看外婆，每次去了都会住上一段时间。她喜欢那里的山山水水，花草树木，也喜欢那里的人，尤其喜欢她的表哥苏樵。

清水庄有一条窄窄的水壕，是人们用青石板修砌而成的。水壕里一年四季流淌着一股清澈的水，是从一个很大的水库里引出来的。那个水库里，养着很多的鱼儿。她每次去了清水庄，总能吃到一种河川湾无法吃到的美味鱼。那鱼没有细小的刺，鱼肉更是嫩嫩软软，吃在嘴里，有一种无与伦比的幸福感。那种幸福感，全都是苏樵给她的，一直伴随到苏樵结婚。

苏樵有绝活。苏樵不知从哪里搞来一根长长的竹竿，在竹竿一头拴一根长长的丝线，丝线一头拴着一个锋利的铁钩，铁钩上挂鱼饵。他把丝线往水里一丢，双手举着竹竿静静等一会儿，再往上一提，一条鱼就被钓上来了。他连家也不回，就近找个地躲藏起来，找一些干柴点燃，把鱼架在火上烤。只听见"嘶嘶嘶"一阵响，鱼就烤熟了。但苏樵不吃，看着她吃，等她吃完，总会抱她在怀里，亲她的额头，亲她的脸蛋，亲她的耳朵，亲她的小手，直亲得她逃走才罢休。那年，她只有四岁，也许是五岁。她现在记不清了。

苏樵钓鱼，有时会被管库的人抓住，用红柳条抽屁股，抽出血红的印记，又扭送回家。苏樵的爷爷接着又用红柳条抽打苏樵的屁股，却不管用。后来，苏樵学会了骑自行车，骑着自行车带着她去水库钓鱼。被人撞见，人们总会问："苏樵，又给小草妹妹去钓鱼？"苏樵总不答话。那年，苏樵已经二十岁了，她只有十三岁。

苏樵二十四岁还不结婚，他爷爷就急了，带着他来到河川湾。

黑夜里，大人们在家里拉话，苏樵拉着她的手来到河边，坐在大青石上。苏樵说："小草，答应哥哥，哥哥等你高中毕业，如果你考上，哥哥放你高飞，如果落榜，让哥哥娶你，你做哥哥的婆姨，好不好？"

当时，她满脑子徐晓明，心里根本没苏樵的位置，一句话也不说，转身就跑回家里了。后来，没有特殊情况，她就再也不去外婆家了，她怕见到苏樵。但是，每年临近年关，苏樵总会送来两条做好的鱼，名义上孝敬他没有血缘的姑姑，实际上是特意给她吃的。

现在，她突然间就懂了当年的苏樵。然而，此时的苏樵已成了两个孩子的爸爸。

她回家里骑了自行车，给母亲扔下一句话，风一样刮下坡，直奔清水庄去了。

她去做什么？她自己也说不清楚，她只知道自己迫切地想见到苏樵。

曾听人说，回忆是一座桥，通向寂寞的牢。这话真经典，真实地印证了夏小草此刻的心情。一直以来，她习惯难受，习惯思念，习惯等待，可是却一直不习惯心中没有牵挂。她是表哥的牵挂，谁又是她的牵挂？

自行车轮卷起路上的碎石子，打在轮胎上，发出"啪啪"的声响。她埋头蹬车，额头上的汗珠"啪啪"掉下地。突然间，她意识到自己此行毫无理由。正要掉头，迎面来了一辆拖拉机，差点撞上，幸亏她反应快，车头一扭，跌进了路边的沟壕。

沟壕不深，她毫发无伤，全不碍事。她一边从沟壕里往起爬，一边想：自己此行毫无理由，这就是上天对自己的惩罚。想到这里，她就决定回家。她扶起自行车，抬腿就要跨上自行车，却感觉车子被人拽住了。她转身一看，竟然是苏樵，她便半天没有了反应。苏樵却惊喜地说："外婆家是这个方向，刚才碰头上了吗？现在感觉到晕吗？要不要哥哥带你看医生去？"

苏樵的一连串问话，让她很是感动。她问：

"哥哥，你怎么在这里？"

"帮厨。正准备回去呢，走，哥哥给你做鱼吃。"

苏樵不管她怎么想，接过车子，抬腿跨上去，双脚立定，示意她上车。到了外婆家，她跟外婆没说几句话，就被苏樵拉着去水库钓鱼。苏樵找一僻静阴凉处，安置好钓竿，席地而坐，说："过来，坐下，跟哥哥聊聊。"

她却用大眼睛瞪着苏樵，不说话。

"不认识了？"

"不认识，从来就没认识。"

"拖拉机没碰上你，怎么说起了胡话？"苏樵探过一只手，摁着她的额头，又说："脑袋凉凉的，也不发烧呀。"

"发烧，心里发烧。"她突然间眼泪汪汪起来。

"怎啦？别吓哥哥，给哥哥说说。"

"哥哥几时开始写诗的？"

"没有的事。"

"我看到了，我现在还是你的小鱼儿吗？"

"年轻时写的，成历史了，在一本记账的破本子后，一个来吃鱼的记者看到了，抄了去，署名都是他想的。"

"历史可以追忆，可以拍成电影，让人欣赏，不是吗？"

"是，那是宏大的历史，有意义的历史。"

"我们的历史没意义吗？我觉着好有意义。"

"都过去了。"

"哥哥可以再抱抱我、亲亲我吗？"她突然说起了疯话。

"傻丫头，别胡闹，哥哥一会儿回去给你做鱼吃。"苏樵起身去看钓竿。

"哥哥，你也会变？"

"没变，是你长大了。"

"我还会遇到真爱我的人吗？"

"会的，向前走，不回头。"

"我认识哥哥太晚了，要是在你结婚前认识就好了。"

"傻丫头，不谈过去。爱情就是阴差阳错，错不过就成婚姻了，你以后会懂得。"

她无语。

苏樵钓了两条鱼，却不在野外烤鱼了，而是带着她回了外婆家。苏樵让她留在家里陪着外婆，他则去饭馆做鱼。她要跟着同去，苏樵不让，说店里杂人多。她说想见见嫂子，苏樵又说她胡闹，不懂事。

苏樵如此反应，诚然是他的潜意识在作祟。由此可以得出一个结论：苏樵内心深处依然有秘密。

在已婚男人的世界里，爱情是内在的，属于私有财产，需要藏起来独自享用，哪怕是过往的历史，也不想抖出来见阳光，宁可尘封到永恒。而婚姻却是外在的，属于公有产品，需要摆出来供人参观，哪怕并不怎么温馨的家庭，也会在人前假装出幸福，从而获得众生的褒奖。

苏樵做了一条红烧鱼，一条清蒸鱼，两条都是整鱼。

这是小饭馆的特色菜，也是苏樵的绝活。

苏樵的小饭馆只做整鱼，他从来不把鱼儿剁碎或者切开做。在苏樵的潜意识里，鱼是夏小草的化身，万不可以切开做。

苏樵从来不吃鱼，一口没吃过。他说鱼儿太娇嫩，不忍下口。他做鱼时，品味道的咸淡，只是用舌头舔舔汤汁。

苏樵的婆姨死心塌地跟着苏樵，三年给他生了两个娃，一儿一女，现在都已经快小学毕业了，一家四口过着其乐融融的生活。

苏樵把两盘鱼摆在她面前。

她看着鱼，泪水在眼眶里打转，又语塞了。

外婆不吃鱼，更闻不惯鱼味，看见鱼就发呕，之前是，现在也是。外婆连门槛也不敢跨进半步，站在门外说："小草，你慢慢吃，外婆不进来了。吃完了，自己把盘子洗了。"

她应一声："知道了，外婆，你忙去。"

她怔怔看着鱼，没有了食欲，一口也不想吃了，仿佛鱼刺卡在喉咙里，扎得难受。又怕苏樵看见，使劲仰起头，泪水就从眼眶里溢出来了，她连苏樵一眼都不敢看了。

正餐时间，小饭馆忙，苏樵必须回去掌勺了。临出门前，他说："别发呆了，趁热吃了，凉了不好吃。"说完就转身出了门。

"哥哥。"

她叫了一声。已经走出门的苏樵又折回来，站在门口，问：

"怎么了？"

"嫂子晚上哪里住？"

"街上，哥哥在街上修了房子。"

"饭馆打烊了，哥哥再回来好吗？"

苏樵没有说话，转身离开了。

她心口堵得慌。她搞不懂自己怎么了。外婆问了几次鱼吃完了没。她一直用"没吃完"三字敷衍。外婆人老了，等不住她，独自睡去了。她就痴痴傻傻对着两盘鱼伤感到半夜，一口也没吃，和衣躺上炕，沉沉睡去了。

次日一早，她被一阵吵嚷声惊醒。她睡眼惺忪，看见外婆捂着鼻子在那儿站着，苏樵在凳子上坐着，苏樵的老婆站在苏樵面前唾沫横飞。她一咕辘坐起，听了一阵，再看苏樵面前的鱼，见成了两尾残鱼，当即便明白了一切。她想解释，但不等她解释，苏樵的老婆就飞过来一巴掌。她便大气不敢喘，披头散发逃离了外婆家。

一阵微风吹来，吹干她脸上的泪痕。太阳斜射下来，她的影子被拉长，加上乱飞的头发，猛一看去，就像一个妖女、疯子。对，她现在就是疯子，不安静，乱跑，闯祸了，惹来满肚子委屈，无处诉。她讨厌自己，讨厌自己一根筋，讨厌自己一时冲动，讨厌自己自寻烦恼，讨厌自己太天真，讨厌自己口是心非，讨厌，讨厌，讨厌。她心里一千遍一万遍地喊着"讨厌"两个字。她骑着车子，风驰回河川湾。

三十七

她惊呆了。公路上聚集了很多车，很多人。

一辆油罐车和一辆大货车相撞后起火了，浓烟腾空，火光冲天。

她的心提到了嗓子眼。谁家的油罐车？她把自行车支起，钻进人群，一阵打问，悬着的一颗心终于放下了，开油罐车的不是夏小寒。

两车相撞的路段正好是急转弯，转弯处是过水桥，桥下是洪水沟。两辆车都是超大超长的车，相向而来，在急弯处相撞，路面占完了，过往的路全堵死了。

据说，两车相撞后，油罐车的油箱被撞破，路面脏兮兮、油亮亮一片。蜡烛车的集装箱被撞破，白花花、红艳艳的蜡烛撒落一地。值得庆幸的是，两车上的人全都安然无恙。附近的村人跑来围观，爱占小便宜的婆姨和男人，免不了顺手牵羊，藏支撒落在公路上的蜡烛在怀里、裤兜里。一辆大轿车上走下来一个正在抽烟的年轻人，弯腰抓了一把蜡烛，大模大样地捏在手里。蜡烛货主忍不住了，上前恨恨道："趁火打劫啊！"

"你的生意还想浑全吗？不就是几支蜡烛吗？有什么大不了的，老子不要就是。"说话间，年轻人把几支蜡烛和抽剩的半截烟顺手扔出，烟头落在油污里，刹那间，火光便冲天了。

将近两个小时，消防车才赶来。消防员一看火势凶猛，无法靠近现场，下车查看一阵后，又撤离了。警车赶来，围着现场拍了很多照片，带走两车的司机、车主，以及那个扔烟头的年轻人。

猛烈的火一直烧到了下午饭时间，车和货全部葬身火海，燃成滚滚浓烟飞向天空。

夏小草早把心中的不快置之度外了，她就像一位负责任的现场调查员，不辞劳苦，挨着饥饿，在肇事现场勾着两只眼睛，竖着两只耳朵，从头看到尾，听到尾。回家后，她的心情半天不能平静，真把自己当成了社会调查员，在本子上感慨道："疯了，满世界跑的疯子。"

晚上，夏小寒垂头丧气地回了家。他带回一个消息——白天肇事的油罐车正是夏小寒与薛军和李四合买的那辆，当时车上只有薛军一人。

夏小寒千后悔，万后悔，说他太大意了，都是他的责任。

原来夏小寒和薛军一起去装油，油已经装回来，到了家门口，薛军让夏小寒先回家吃饭，他开上车去前庄卸油。卸油得一段时间，夏小寒吃完饭，到了前庄，再顶薛军回家吃饭，顺利了，他们连夜又能去装油了，钱催着啊！没承想，薛军开了车，走不到一里路，就肇事了，偏巧赶上，那辆车装满了易燃品。

夏茂源一根接一根抽烟，常艾莲埋头只顾纳着鞋底，夏小寒颓废在笨重的木凳子上，夏小草静静地坐在后窑。

就在这个时候，夏小满进门了。夏小满进来，紧张的气氛一下子有了转机。夏小满道："急什么急？没个急上的。薛军好好的，没伤一根汗毛。车肇事损失有保险公司理赔。车烧了，要拉油，大不了再买新的。旧的不走，新的还不来呢。这么大的事故，损失一车油能算什么，三份子账，算到小寒头上才三分之一。爸、妈，今晚放心睡。小寒，明一早咱俩去交警队看看，薛军不会有事的。"夏小满给家里人说了一阵子宽心话，安顿父母都睡了，就出门走了。

夏小草在后窑翻来覆去睡不着，她脑子里乱极了。清早上表嫂打骂自己的场景和公路上汽车肇事起火的场景，仿佛电影一样，在她脑海里轮流播放不停，导致她前半夜思维混乱，后半夜失眠头疼，一整夜辗转无眠，天明了眼睛肿胀，半早上又眯了过去。

下午，又一件惊天大事在河川湾发生——底河滩的土炼油炉爆炸了。

爆炸发生时，夏小草正在院子里刮洋芋。随着刺耳的爆炸声响起，一股浓烟腾空而起，紧接着是噼里啪啦的碎片跌落声，继而浓烟向四周扩散，顷刻间，河川湾上空就被浓烟笼罩了。紧接着，又响起一声爆炸，那声音简直震耳欲聋，比先前的声音更响、更狂。夏小草抱起洋芋筛子边跑边喊："妈妈呀，怕死了，谁家的土炉爆炸了？"

"唉！如今这钱不好挣了，这两天，接二连三出事。不知爆炉的有没有欠你弟弟的油款？"常艾莲自言自语。

"不知伤人没有。要不一会儿我去看看？"

"也不知你哥哥和弟弟到交警队打问得怎样了？"

"妈，你就甭操那么多的心了。哥哥不是说有保险公司吗？做生意本来就有风险，哪能一帆风顺。"

"还是你哥哥有先见之明，他就不参与这土炼油的行列。"

"妈，我去看看，我看看谁家的炉爆了。"夏小草说着又跑出门。

"回来，别去，你凑什么热闹。现在还黑烟滚滚，再发生爆炸会更危险。消停些，甭管谁家的，都不要去看。"常艾莲喊着追出来，拉了夏小草的胳膊就往窑里跑。

吃了晚饭，天空的浓烟渐渐散去，夏小草到公路上打问爆炸情况。

爆炸的土炼油炉是贾三的，当场炸死贾三雇来的烧炉工人。

贾三在河川湾当庄住着，他家的水浇田就在红女和强子幽会的那片玉米地里。他心眼多，在他家水浇田下面的一块河滩地上建起了土炼油炉，雇佣一个外乡人来烧炉，已经两年了。外乡人三十二岁，有两个孩子，一儿一女，老婆也跟来河川湾住着，住在贾三闲置的旧窑里。

爆炸发生，现场只有一个看炉的外乡人，在劫难逃，被炸死了。

今天这爆炸事就麻烦了，死者的老婆、娃娃将来的生活费，死者的埋葬费，加上本身的损失，贾三这辈子的穷根怕是扎下了，难翻身呀。

夏小满和夏小寒在清河县活动了一整天，最终通过老夏家在县公安局当副局长的大叔把事情妥善处理了。

两日后，贾三院子里摆上了花圈和冰棺，外乡人的老婆一天到晚在院子里哭丧。村主任李荣林找河川镇法庭出面调解。起先，贾三以为外乡人势单力薄好对付，准备付一定的赔偿款和埋葬费就打发人家孤儿寡母回家。不承想，外乡人却有主意，她那懂技术的老汉金贵，给多少钱也不调解，只认一个死理，就要她的活老汉。河川镇法庭调解不了，外乡人就一级一级上告，结果，法院的人就一批一批往河川湾跑，来调查，来取证。后来，榆泉中级人民法院来了位满脸威严、面如包公一样的黑脸硬汉，他用鼻子嗅嗅弥漫在村里的臭油烟味说："一村疯子，神经病，看看你们在做什么？你们做的是非法致人死亡的事。将来你们下场会更惨，这不合格的土炼油会吸走你们浑身的血，浓臭的气味迟早会要了你们全村人的命，你们要钱为什么？钱赚下了人没了。你们投生到这个世界为什么？怕只怕钱也没赚下人也没了，还给你们子孙带来一辈子饥荒。"

此人一阵吼喊，坐上车留下一股烟尘离开河川湾，河川湾的所有土炼油户都大眼瞪小眼作鸟兽散。

一个月后，据说榆泉中级人民法院以一条"非法土炼油致人死亡"的罪名判处贾三有期徒刑十年并赔偿死者家属五十万元。其他土炼油户听说后，都为贾三叫屈，喊冤，鸣不平。抱团意识强烈的河川湾人，对上面的执法者没办法，凑起来商量后，把外乡人的婆姨捶打了一顿，直打得那婆姨哭爹叫娘，叩头求饶，声称再也不要五十万了，拉上她的死老汉逃离了河川湾。

就在贾三宣判的当日，夏小寒又接回来一辆新车。这次车是他一人买的，他和薛军与李四的合伙生意在车烧了之后自然终止了。薛军和李四还想和他合伙再买新车，被夏小寒婉拒了。他说天命不可违。

是啊，天命不可违。否则好好的生意，怎么就把车烧了？难道不是老天要他们分开吗？

三十八

　　时序已进入隆冬，河水却"哗啦啦"地流淌，河面上飘着一层厚厚的油污，散发着臭气。河川湾上空，依旧笼罩着一层浓浓的烟雾，公路两旁干枯的柳树和槐树，在强劲的西北风吹拂下，发出阵阵嘶鸣，仿佛一个个陕北硬汉在吼叫，又宛如一个个陕北怨妇在偷偷哭泣。

　　夏小草也想哭泣，但她不能哭，她反而要祝福，祝福弟弟新婚快乐。

　　夏茂源家里今晚人又聚齐了，明天就是夏小寒结婚的日子。

　　晚间，天空飘起了雪花。

　　夏小草不想听家人拉话，她站在窑檐下听雪。她喜欢雪，喜欢雪的飘飘洒洒，无拘无束；她喜欢雪，喜欢雪的纷纷扬扬，洒脱不羁。她更喜欢雪停后地面纯净的白，可以让人躺在上面随意打滚而不怕衣服沾上黑乌的尘土。

　　雪就是苍天赋予大地的最美的礼物。看着飘飞的雪花，再坏的心情也会变好。

　　有多久没有这样看漫天飞雪了？她说不清楚。现在她心中的结，仿佛被这温润的雪花，一点一点融化，一点一点解开。她的眼睛慢慢明亮起来，她的心情慢慢敞亮开来。

　　这场雪下得太及时了，就像一块洁白的棉被，把河川湾所有的污点全部遮盖，也给夏小寒的婚礼增加了一种非常圣洁的色彩。

　　夏小寒出生的时候，大地也落了厚厚的一层雪，那雪花比现在的更洁白，更晶莹，更透亮。那个时候，河川湾的土地能闻到一种泥土的气息，河水能照见头发丝里的头皮屑。当然，那是二十几年前的事情了，那个时候，河川湾还没有土炼油。

　　夏小寒命里注定与雪花有缘吗？这飘飘洒洒的雪花，分明就是上天打发来给他装扮婚礼的天使。

　　他的新娘也是天使。她叫宋小娇，可谓一个纳福聚财的富贵之人，命里旺夫。当然，这是后话。

　　宋小娇比夏小草小了整整八岁，竟然为人新娘，这让夏小草无法适应，仿佛她成了寄人篱下的外人，满脑子想着逃离，却又无处可逃。她的自卑感陡增，把自己关在后窑里，门也不出，人也不见，如一只折断翅膀的鸟，明明笼门大开，却无能力飞出去。

　　暗夜里，她时常扪心自问："我很差吗？我很丑吗？我很不被人待见吗？我很傻吗？我的白马王子在哪里呢？"

　　"女孩大了不中留"，留下来会徒增许多烦恼、许多忧伤。传统的女子到了一定年龄，必须嫁人，不嫁人就是大逆不道的行为，本人也会觉着丢人现眼，觉着成了剩菜馊饭。

这是作为女性的可悲。

夏小草现在就是这样的思想，迫切地想把自己嫁出去。然而，谁将是她的新郎？她将是谁的新娘？这是个谜，待解的谜。

她大脑空空，思想空空，心灵空空，四无着落。她把思想掩盖，把行踪隐藏，把作息时间打乱。她白天在炕上睡觉，夜晚起来奋笔疾书。夜深人静，她对着苍穹发呆，望着星星幻想。她时刻处在矛盾之中，心底里想把自己嫁出去，表面上却不想看任何人的嘴脸。但她不怨天尤人，把这全归罪于自己，暗地里挖苦自己："再让你任性，再让你叛逆，再让你不好好学习，再让你不听人话，再让你胡乱思想。"挖苦归挖苦，她却没后悔过，反而常常怀想过去的岁月，那些擦肩而过的人。她就这样怪，甘愿哑巴吃黄连，甘愿在孤独中成长。

其实，家人对她的态度一点没变，完全是她自己的心思作祟，是她自己感到长此以往就是丢人现眼，招人不待见，招人背后笑话。单单针对比她小八岁的宋小娇。

宋小娇是冤枉的，最起码目前是冤枉的。她并没有这种思想，也没有任何流露。她还是刚入门不久的新媳妇子，还跟婆婆公公同着家，一个锅里吃饭，她是天使一般聪明的人，怎么能不懂得礼数。

盛夏到来，有天晚上，夏小草捧着本书正看，有句话便跳进她的眼睛，钻入她的大脑，进入她的中枢神经，开始指挥她的思想。

对呀！凡事就要主动出击，怎能等待观望。

她问自己："为什么不主动出去寻找？而在家里苦苦等待，要等到天荒地老，头发花白吗？"

这些疑问跳出来，她当即有了新打算。她要出去呼吸新鲜空气，出去接受新生事物，她要变被动为主动了。

夏茂源和常艾莲举四只手表示赞同，他们建议三女儿去榆泉两个姐姐家散散心，他们提前两天就给三女儿准备行李。常艾莲免不了要给两个女儿带点稀罕吃的，结果收拾起满满一大包行李。

开往榆泉的班车在大清早发车，得早早起来等车，前一天晚上必须早早睡。可夏小草没出过远门，心里难免激动心慌，一夜睡不实。

第二天天不明，夏茂源和常艾莲就起来了，一个人做饭，一个人提了前夜准备好的行李下公路上等车了。一颗红心，两手准备。他们又怕女儿车误了，又怕女儿会饿着。难为天下父母心啊！

仿佛有什么东西卡在喉咙里了，夏小草只觉得喉头哽咽，眼泪就唰唰流了出来。她一骨碌从炕上爬起来，母亲已经把做好的一大碗荷包蛋拌疙瘩放锅台上了。她端起碗,边吹边吃,一阵吃了,提了自己的小包,便跑下公路。

一辆面包车过来,父女俩同时举手。车停住,他们才看清楚不是直达榆泉的,是去清绥的。

夏茂源说:"再等等,这不是直达车,坐下一趟。"

女儿第一次出远门,当爸爸的不放心,是情理之中的事情。女儿却想尽快离开,不听爸爸的建议,提了行李,一跳上车,转身高声道:"爸爸,我就坐这个。到了清绥,我换一趟去榆泉的。我知道怎换呢,你不要操心了。"

车不满,还有座位,正好靠窗,她从车窗探出头道:"爸爸,你快回去。到了姐姐家,我给打电话。"

她的话刚说完,汽车已开动了。司机喊她。她把脑袋拉回车内,泪水便涌出眼眶。

车没进清绥汽车站就停了下来,说不进站里了,让所有的人都下车,车开进路边的汽修厂。

她不曾来过清绥,连清绥汽车站在哪里都不知道,站在路边,一时间慌乱起来。她想不起来应该问问路,至少问问汽车站在哪里。举目四望,她企图看见"清绥汽车站"几个大字,或者写着"清绥汽车站"的牌牌,但是没有。就在这个时候,一辆写着开往榆泉的大公共车向她开来。她急忙举手拦车,仿佛抓住了救命稻草,唯恐司机看不见她。车停了下来,她上车才发现车里空空,顿生疑问:怎么没有别的乘客?

售票员不容她多想,催着她买票。她买好票,挑一个靠窗的位置坐下。车却不往前走,也开进路边的汽修厂。她要退票,售票员说很快就能修好,她只好坐下等。等待是个无比漫长的过程,半个小时过去了,车还没有修好,这让她心慌。她知道从家里到姐姐家,公共车路上要走整整一天,现在这车还不走,她担心赶晚上也到不了姐姐家。她又要退票。售票员蛮横无理,恨恨道:"要走,你走,票是不给你退。是你自己要拦车的,又不是我们拉你上来的。"

没有办法,她舍不得买票的钱,只好又坐下等。结果,这一等,就是三个多小时。

汽车出了汽修厂,开进不远处一条窄窄的巷子,她才看见里面停着许多的公共车,才知道汽车站距离汽修厂不足百米。

"再让你逞能,再让你不听大人的话,你现在饿了吧?"她确实饿了,又累又饿又瞌睡。她暗暗挖苦自己,数落自己,责怪自己,但全不顶事,天下不卖后悔药。车还在排班,前面的车走不了,她坐的车就不能装人。又过了好长时间,终于排到班了,却又没人上车,还要等。排班的时间到了,人还没装满,车出了车站,绕着清绥街道慢悠悠地转圈圈,售票员头探出玻璃窗口,扯开嗓子,不停地喊话:"榆泉、榆泉……"

简直悲催。车一直等到座无虚席才离开清绥县城,上了通往榆泉的道,她悬着的一颗心终于落地了。

她是大清早出门的，用了两个多小时赶到清绥，又在清绥汽修厂等了三个多小时，汽车站排班等了半个多小时，出了车站，街道里绕了半个小时，车正式开上通往榆泉的道，已经是她离开家门的七个多小时后了。她出门前就吃了妈妈给她做的一碗荷包蛋拌疙瘩，直到现在，她水米没打牙，真可以说是饥肠辘辘、昏头转向。

车子摇摇晃晃走着，摇晃间，她瞌睡了。她真想好好睡一觉，又担心睡过了头，车到站不知道，便不敢睡，努力睁开眼睛，不敢闭眼，但上下眼皮抗议，直打架，大脑也处于混沌状态了。迷迷糊糊间，她的脑袋就朝前面的座椅磕去。

她身边坐的大叔看见了，问她道：

"小姑娘去哪里？"

"去榆泉，快到了吗？"

"早着呢，榆泉是终点站。"

"我敢睡会儿吗？"

"敢，睡吧，到站司机会把所有人都叫下车的，你放心睡。"

"噢。"她应了一声，头抵在前面的座椅上睡过去了。

道路不平，坑坑洼洼，车颠簸得厉害，她的身体猛然间向过道倒去，又感觉被人拉了一把。她惊醒了，一睁眼，就看见右边双人座上有一对恋人。女的头枕着男的腿，横躺在男的怀里。男的一手搂着女的腰，一手摆弄女的头发。女的眯着眼睛，睡得好香。男的睁着眼睛，看得专注。她眼睛看着，心里竟羡慕起来，转头看一眼身旁的大叔，又失望地闭上眼睛。

车子停下了。她睁开眼睛，看见另一对恋人像是要下车。两人有说有笑从座位上站起，手拉着手下了车。她心里由不得泛起酸水，赶紧收回目光，让自个儿从座位上站起来，伸了个懒腰，又旋转身体，向车后看去。这一看，让她触目心惊。

车最后排坐着一男一女两个年轻人。女的面对着男的，骑在男的腿上，两手搂着男的腰。男的一手揽在女的腰间，一手压着女的后脑勺。两人紧搂在一起，专注地亲吻，仿佛车里的人都成了空气似的。

她赶紧转过身坐下来，又闭上眼睛。该死，她想起了徐建，想起了徐建和她亲吻的情形，就在这种暖暖昧昧的回味中，她又迷迷糊糊睡过去了。

那天，她怀着一种异常落寞、异常沮丧的心情到了榆泉时，已经是灯火通明的晚上。

出了榆泉汽车站，极目四望，前后左右都是一样的灯光、一样的楼房。人地两生，又是晚上，她彻底糊涂了，分不清方向，弄不清姐姐家该怎么走。

就在她迷乱间，看见很多脚蹬三轮车和电动三轮车的人在吆喝生意。她还算精明，跑上前问价钱。为了省钱，她坐了一辆脚蹬三轮车。

去夏冬枣家先要走过一条长长的街道，再上一道弯弯曲曲、陡陡峭峭的坡。

那条长长的街道，地面极其糟糕，全都是砖块竖插起来的。三轮车师傅卖力蹬车，气喘吁吁，三轮车走在上面颠簸不停。她两手紧紧抓着三轮车箱体，好像一不留心，身体立马会从三轮车里被颠簸出去一样。三轮车师傅把车停在曲曲弯弯的高坡下不走了，说三轮车上不了高坡。她只好下车，开始徒步爬坡。

究竟是城市，曲曲弯弯的坡上行人很多。

坡走起来比看起来更陡，好在她不是金枝玉叶之躯，加之有北蒿塬那几年的锻炼，她走走停停。

她看着形形色色的行人，心里不由得想象，想象有一天她也会成为这陡坡上的主人。

幻想的力量极其强大。不知不觉，她就跟着人流上到坡顶平坦宽敞处了。

很多人停下不走了，大多就地站着，像是歇息，有的则寻找合适的位置观赏夜景。

她提着行李，没精力挪动，只能就地转动身体观看。她看到了刚才坐三轮车走过的那条长长街道的全景，还看到了与长长街道并排的另一条比较宽阔的街道的全景。那条长长街道两边的建筑物，全都是一些老式的，看起来有点破旧的四合院，街道里的灯光是灰黄昏暗的。那条比较宽阔的街道两边的建筑物，全都是靓丽的高楼大厦，街道里的灯光是辉煌明亮的。

一阵饥饿袭来。现在，她急需填饱肚子，一碗面条，哪怕一碗小米粥也好。但令她沮丧的是，她不清楚姐姐家的门牌号。

这当儿，一个面相和善的大叔正好从她眼前走过，她赶忙上前打问。真幸运，一问就准。

大叔扬起声道："许老师，许老师，等一等。夏老师的妹妹，你给带过去。"

许老师驻足，转身等她。她提着行李包，疾走起来。

三十九

夏冬枣任教的学校是一所小中专，位于榆泉最高的红山顶，教学区、操场、宿舍区、图书馆、教职工住宅区，呈"一"字排开。教职工住宅区是平房，占了很大一片，总共有四排五纵，差不多一百户。夏冬枣的房子在三排三纵靠巷口。

夏冬枣有课才去教室，没课就待在家里。她有办公室，却很少去，把学生的作业本也带家里批改。只要家里有人，红色的大铁门就是虚掩的，轻轻一推，门就开了。大门进去是一个小院，左侧一个葡萄架，右侧一间小房，正对面两间大平房，里面隔成两室一厅一厨一卫，南北通透，前后开窗。

夏小草在河川湾习惯了农村生活，突然间到了大城市，感觉格外不适应。床是绵的，枕头是软的，晚上睡下有种虚空感、飘忽感，总觉得没有睡在窑洞里硬硬的炕上舒服、踏实，一日两餐改成三餐，人家吃早餐，她没胃口，她想吃了，却又不在饭点，关键她姐夫还在班上，最最关键她心疼姐姐，而且嘴贵，不想给又带孩子、又上班的姐姐添麻烦。等到了中午的饭点，她又饿过头，没食欲了，饭量骤减。结果头七天里，她的日子过得头重脚轻，轻飘飘的，云雾里一般。

  按冬枣的说法，小草是换水土；按小草的说法，她是在倒时差，倒饮食的时差。无论按谁说的，七日后，水土也罢，时差也罢，全都倒过来了，全都适应了。

  又过几日，下午放学后，姐妹俩正逗小袁浩玩，许老师带着一年轻后生进了门。

  许老师，小草当然认识了，正是那天给她带路的人。她礼貌地打了招呼，便起身回了卧室。不承想，她刚进卧室，就听见冬枣叫她，要她给客人泡茶，她只好又出了卧室。

  这段时间，她已经学会了城里人的待客之道。

  她进厨房泡好一壶茶，给坐沙发上的许老师和年轻后生各倒一杯，又要倒一杯，却被冬枣按住。

  这当儿，许老师指着年轻后生说话了，她说："夏老师，这就是我侄子，许向阳。"

  冬枣说："噢！那我们现在就去填那个表？"

  许老师说："行，谢谢你帮我啊！我的字写得太臭了，真不好意思。"

  冬枣说："许老师你客气啥，我们邻里邻居的。那让你侄子和我妹妹先聊一会儿，他们年龄相仿，一准有话题。"

  许老师说："好好好。向阳，你先坐一会儿，夏老师的妹妹也教过学，你们有话题。"

  许老师说完，抱了小袁浩先出门了。冬枣看一眼小草，随后跟出了门。

  这明摆着是给两个年轻人创造单独相处的机会呀！

  许向阳看起来很单薄，很清瘦，五官精致，像南方长大的，温软而腼腆的男孩子，外貌上缺少西北男子汉的粗犷与阳刚。小草很不喜欢这种类型。她很怀疑如此单薄的身板，究竟能否扛起生活的重担。

  两个陌生的男女，一时间找不到合适的话题，便双双沉默，现场气氛相当尴尬。小草就不停地给许向阳续茶。许向阳就不停地端起茶杯喝茶。

  "夏老师。"许向阳终于打破了沉默。

  "嗯。"

  "我们聊聊，好吗？"

  "好。"

  "我在西安上班。"

  "哦。"

  "你姐跟你说没说？"

"说什么？"

"你一点都不晓得吗？"

"不晓得。"

"那我明说了。"

"哦。"

"我叫许向阳，西安上班，钳工，工龄四年，二十五岁，父母农民，家中两哥哥一妹妹，排行老三，我是专程从西安赶回来见你的。完毕。"

"呵呵！哦。"

"笑什么？你感觉我的基本条件还合乎你的要求吗？"

"我喜欢做妹妹。"

"为什么？"

"缺少安全感。"

"就这样一棒子把我打死了？"

小草沉默。她想："我比他大了三岁，难道他一点不在乎吗？"

就在这个时候，夏冬枣和许老师进门了。许向阳便站起来说："夏老师，姑姑，我们可以出去看电影吗？"

冬枣和许老师异口同声道："可以啊！不吃饭就走吗？"

许向阳道："我们出去吃。"说完，他先出了门。

小草把大姐拉进卧室，嗔怪道："我不喜欢他，我不去，我都已经拒绝他了，他听不懂我的话吗？怎么还没皮没脸呢？"

冬枣却笑道："我看人家挺好的，又有工作，还在西安上班，你二姐当时跟上她的男同学去西安打工，不就是想在大城市里生活吗？听姐姐的话，先处处再说，再不敢以貌取人，贺斌那儿吃的亏你忘记了，谈恋爱处对象处的是心，处一段时间，感觉不好再下定论。"

"你的意思是说，我现在看不起他，也可以跟上他去看电影？"

"怎么不能？城里不同乡下，尽管去，吃吃喝喝都没事。"

冬枣这样一说，小草才知道吃饭吃不下乱子，看电影也看不下乱子。

小草第一次进电影院看电影，难免紧张。到了电影院，许向阳买票，她就紧跟其后，她怕跟丢，就差拉住许向阳的胳膊了。她连许向阳买的是什么电影票都不清楚，糊糊涂涂就跟着许向阳向检票口走去，面无表情地跟着许向阳找到了座位。两人的座位紧挨着，许向阳的在右边，她的在左边。刚坐下，许向阳就把嘴巴附在她耳边说："我出去一下，马上回来，你坐着别离开。"说完话，许向阳就离开了。她不解，却也不便问，目光紧盯着许向阳，一直盯得看不见了，才收回视线。

许向阳很快就回来了，带回来扑鼻的爆米花香味。他把双手握着的锥形纸筒递给小草，附在小草耳边说："差点忘了。看电影怎么能少了它。"

"你经常看电影？"

"也不，偶尔。快吃，电影开始就顾不了吃了。"

"为啥？"

许向阳没回答，探过手，从纸筒里拿出一粒爆米花塞进小草的嘴巴，然后抓了一把自顾自吃了起来。

电影开始的前一秒，许向阳变戏法一样变出两个塑料眼镜，一个他自己戴上，一个给小草戴上。一串英文字幕结束后，紧接着便是一阵狂风刮来，乱石飞来，眼前出现了一只怪兽，一个爪子下来，就要把人抓起了，一张血盆大口，就要把人吃进嘴里了……小草就本能地躲，一会儿左边，一会儿右边，一会儿蒙眼，一会儿抱头……结果在整场电影放映过程中，她的心一直在嗓子眼塞着，她的肩膀一直被许向阳搂着，她的头时不时会躲进许向阳胸口，而自己竟然浑然不觉。

第一次看如此恐怖，如此身临其境的电影，小草大失长久以来的淑女风范，仿佛又回到了童年，害怕鞭炮炸到脚后跟一样，躲在妈妈的怀抱里硬是不敢抬起头来。可想而知了，电影院的人都走光了，她才被许向阳拉回现实中来。

许向阳当然是志得意满，他要的就是这种效果。然而，小草看完电影后，却一言不发了，仿佛成了一棵含羞草，连正眼都不敢看许向阳了。一场电影，让她感受到一种既新鲜又紧张的感觉。

接下来一连三天，小草除了晚上睡觉，其余的时间一直和许向阳待在一起。两人在沙漠里晒太阳，在城墙上看夜景，在莲花池划船……

第四天下午，许向阳就要返回西安去。清晨，他们去城墙外沙漠里约会。

那是一片特别干净的沙漠，没有任何植被，也没有任何建筑物，一眼望去，金黄色的沙浪，如涟漪，一层一层，煞是养眼。沙子被前一天的太阳暴晒，赤脚片脚踩上去，温热，但不烫脚。他俩就把鞋子拎在手里，漫无目标地走，走累了，就仰躺在沙子里歇息，望天。

天，蔚蓝而高远，清澈而透亮。

突然间，许向阳侧转身体，把小草拥进怀抱，继而就把他滚烫的嘴唇吻了上去。小草惊呆了，尽管这已经不是她的初吻。

这是继徐建之后，第二个男子主动亲吻她了。这种久违的甜蜜，瞬间就把她揪住。就在她陶醉于这种美妙的感觉时，她感觉腰间的裤带扣子突然就开了。她感觉到了，是许向阳拉开的。继而，她就感觉到许向阳嘴里呼吸出的粗气涌入她的左耳，而他的一只手，似乎要进入雷区。

她只感觉热血涌向脑袋。她想起了北蒿塬学校，二狗踏破土窑门的场景。

她内心深处的爱情是神圣的。她认为男女情爱的最后底线，必须是在征得双方父母同意，得到双方父母祝福，并在一个温馨的、舒适的、浪漫的氛围下，才可以触碰。而不是在野外，不是在这般随意的情况下进行。她接受不了，她用力推开对方。

许向阳不甘心。他喘着粗气喃喃："小草，我爱你，今天下午我就要离开你了，你给我，好不好？我会永远爱你，永远爱你。"

怎么会是这样的人？怎么会是这样的人？不行。我得立即远离他。

想到这，小草抬起右手，照着许向阳的脸就是狠狠一巴掌。

许向阳呆了，他半天没了反应。

小草系好裤带，拎了鞋子，迅速离开。

许向阳追上来，一把拽住小草的胳膊，急道："原谅我好吗？听我解释好吗？在城里，谈恋爱这样做很正常，这只能说明我喜欢你，我爱你呀。"

小草不听，仿佛许向阳已成为瘟疫携带者，会危及她生命一般，她用上吃奶的劲，拨开许向阳的手，狠狠道："我不是城里人，讨厌，走开！"

就这样，这场恋爱算是终结了。

隔几日，百无聊赖，小草独自登上城墙吹风，远远看见一座城隍庙在沙漠里孤独矗立。她一阵欣喜，踩着小路下了城墙，穿进沙漠，步入城隍庙里。

城隍庙很小，里面却供着一尊大神。她立即虔诚起来，双掌合十，跪在神龛前默默祷告。她拿起签筒，摇出一支签来。上书："有心栽花花不活，无心插柳柳成荫。"看着签文，她顿悟：爱情是可遇而不可求的，姻缘未到，不代表心气太高。

此后两个月，小草就没心没肺地在冬枣和秋菊两家交替住着，冬枣家住得多一些，秋菊家住得少一些。因为秋菊忙，秋菊是工人，上班时间规律，准时准点，不像冬枣。知识分子和工人阶级的生活方式有很大的区别。

两个月下来，小草完全喜欢上了城里人的生活，甚至产生了不回河川湾的打算。常艾莲却打来电话，要她回去，说家里有事。她只得辞别两个姐姐，又返回河川湾。

四十

仅仅两个月时间，河川湾就发生了许多离奇古怪，让人匪夷所思的事情。

两户人家新建土炼油炉时，因地界发生了冲突，各不相让，争执不下，便武力解决，结果一家的儿子把另外一家的爸爸用刀捅死了。那家的儿子就被警车带走。据说，可能会被判处死刑。

一户人家三岁的小男孩，正玩耍着，突然口吐白沫。送到医院，没能抢救过来。据说，死因是吸入了过多的土炼油排出的废气。

老支书的儿子装原油的路上，连人带车飞下了老虎堖石畔，车毁人残废。据说，车是花了近三十万新买回来并改装好的油罐车。

一户人家的原油车停在柏油公路上等待卸油，亮红晌午，好端端地就起火了，一辆车一车油，全被烧为灰烬。据说，夏天气温太高，原油车在太阳的暴晒下发生了自燃现象。

一户人家的储油罐发生爆破，乌黑的原油从地表面冒出，流向河滩，涌入河槽，河遭了殃。据说，是储油罐原油装得太满，没来得及炼，太阳太毒辣，油受热膨胀，储油罐出现了憋罐自爆现象。

夏小草回到河川湾的第二天，河川湾来了好多小车，小车上下来好多人。据说，都是从县上来的，穿西服的，穿制服的，穿工作服的。他们不给任何人打招呼，直接走进了土炼油基地。

村主任李荣林竟然什么也不知道，还在自己家的土炼油炉前忙活着。有人认出了县上公安局局长的司机，凑上去偷偷问了，才知道事情的严重性，跑着给李荣林报信去。李荣林气喘吁吁跑来的时候，县上的人已经撤出了土炼油基地，准备上车返回了。李荣林追过去，最后面那辆车里下来一位年轻人，拦住李荣林。

李荣林忙说："我是村委会主任李荣林，家里有点事，没赶上招呼各位领导，有需要我配合的，尽管说。"

年轻人说："也没什么需要配合的，就是突击检查。"年轻人说完，就上了车。一溜烟，车就不见影了。

过几日，李荣林就在土炼油基地召开了村民大会，宣读了上面下来的文件。文件的大概意思是：土炼油是一种非法行为，土炼油作坊在生产过程中会产生大量有毒、有害气体，而且浓度很高，给生产者和周边居民身心健康造成了严重威胁；耕地受到污染，土壤肥力严重下降，水源、环境受到一定的破坏。基于上述情况，各级人民政府应组织公安、环保、土地、石化、商业、乡企、工商、行政、税务等有关部门，组成强有力的工作队，制定行动方案，深入现场，做好群众工作和具体组织协调工作，对凡不具备生产条件，污染环境的小土炼油厂勒令停止，对少数钉子户和无理取闹人员，要运用行政、经济、法律手段予以制裁；小土炼油炉取缔后，县（区）乡政府要帮助有关农户发展农副业生产，增加收入，改善生活，通过合法途径致富。

这个文件无疑给河川湾人浇了一盆凉水。

接着在一个月的时间里，河川湾天天有执法队来。今天带走一个村民，明天带走一个村民。今天端走一个土炼油炉，明天又端走一个土炼油炉。这期间，胆小怕事的村民，也不说什么，响应上面号召。有个别心思多的村民，想尽办法，依旧偷偷摸摸干着土炼油的营生。如此折腾了三个月，河川湾里搞土炼油营生的，便无疾而终了。

政府铲除土炼油，就好比外科大夫切除了人体内的恶性肿瘤。

继而，河川湾便寂静下来，如同术后的老人，卧在病榻上，呼吸着一口微弱的气息，似乎在等待末日的到来，又像是期盼生命的奇迹。

河川湾绝大多数人是遵纪守法的，他们响应号召，有头脑的另谋出路，有苦力的重操旧业。却也有个别不遵纪守法，惯常走轻路，因土炼油养成恶习的，难免会做一些坑蒙拐骗抽的下作行为。

次年阳春三月，夏茂源家里迎来了双喜临门。

宋小娇生了儿子，夏家添丁进口，可谓一喜。

河川湾换届选举，夏小满又被推选为河川湾村主任，可谓二喜。

对于夏小满来说，再次当选村主任，这根本不是他的意愿。他对此事并不上心，但村民上心。

前一个月，河川镇常书记来到小满家，跟他东沟上，西沟下，从他上一次被推选为村委会主任到被村民拉下台，从他复员回来开贸易货栈到开养殖场，拉拉扯扯的话，说了一下午。当时，常书记问他为什么没有涉及土炼油，他只是说了一些自己的看法，顺带谈了贸易货栈关闭的原因，以及现在养殖场的规模，没承想后来村里人就传说他会再次上任。夏小满不想说什么，人家李荣林见多识广，会来事，而他只是一门心思地老实。后来他办养殖场，还跟李荣林请示，甚至要李荣林帮他出谋划策。他怎么能跟李荣林抢？他不稀罕当官。他给常书记表明态度，说他不要当这个村委会主任，只想安安稳稳做自个儿的事。谁知，常书记却说是上面定下的人选，还说关于土炼油一事，上面很认真，这次换届说不准会换掉好多官，村委会主任是最小的，朝上可能会有镇长、县长，以及更高级别的，又说上面现在就需要稳扎稳打干实事，能带领村民走正确致富道路的人。小满无语了，心里暗暗思想，又觉着当村委会主任和自己做生意赚钱是两码事。自己做生意，自己一人说了算，而村主任却要带领全村人发家致富。现在河川湾就是个烂摊子，川田没有质量，环境全被污染，人心浮躁不稳，思想一盘散沙。这种情况下，倘若接手，干不好还落人笑柄。他横想竖想，觉着目前河川湾村委会主任一职，简直就是一颗烫手的山芋。

但容不得他多想，常书记撂话了："夏小满，你是有思想、有觉悟的人，我很赏识你，也很看好你，你一定能把河川湾人带上一条正确的致富道。不过这只是我的想法，至于说下届河川湾村委会主任究竟谁当选，这要在河川湾召开村民选举大会后才能拍板了，原则上会有三个候选人参加竞选。"

小满笑道："但愿会选别人。"

没承想，一个月后，河川湾召开的村民选举大会，偏偏就把小满选上了，他不想当也得当。

人的政治觉悟和思想高度往往就是在这种情况下才提高的。小满再次当选村委会主任，就觉着这不仅是政府对他的信任，更是村民对他的认可；就觉着不能辜负政府对他的重托，村民对他的期望。

现在，小满面前摆着一项艰巨的任务。他纵然没有回天之力，也要为政府交一份满意的答卷，也要为村民提供安居乐业的生活，也要让村貌焕然一新。

人呀！站到多高的台阶上，就有多高的思想。登上多大的舞台，就施展多大的本领。攀越多高的山峰，就能看到多远的风景。

夏小满现在思路清晰，信心满满，似乎领悟了如何当好一名村委会主任。他发动小皮卡车，去河川政府汇报他的想法去了。

新官上任嘛，必须要做出一些事情来。

四十一

夏小寒没了着落。他整天拉着个长脸，好像全家人都惹了他，幸亏这当儿宋小娇生下儿子，给家里添了不少喜气，让他脸上多了些笑容，少了些急躁，否则他非急出病来。他在家里等到儿子满月，便又开始着急找事做。最关键的是，他的油罐车停着，一天一个损失，他停不起。

男人全这德性，就要有事忙着，忙起来心情也畅快。

一日中午，小草趴正在被窝里看小说，小寒推门进来。她抬头看一眼弟弟，玩笑道："当了爸爸，不哄娃娃伺候老婆，过来做甚了？"

"憋屈死人了，快把人报废了。"

"土炼油停了，又不是炼油厂和采油厂停了。"

"是呀，我走呀，不打扰三姐看小说了。"

简直是一语点醒梦中人。夏小寒撂下一句话，扭头就走，吃晚饭也不见回来，上了灯也没回来，到晚上要睡觉了也不回来。

常艾莲不放心宋小娇一个人带着小娃娃睡觉，就让小草去给做伴。小草大不情愿，其一，她不想与弟媳妇相对无语；其二，她不想闻小孩子的奶尿味；其三，她怕娃娃的嚎哭声吵。却又没理由拒绝，只能在灯下看小说，拖延时间。

十一点多，常艾莲睡一觉醒来了，看见后窑灯光亮晃晃的，便催促道："小草呀，你还不睡啊。快过去，这么晚了惊扰得娃娃咋睡了？"

小草怕母亲不高兴，撂下正看的小说，悻悻出了门。宋小娇的门是虚掩的，她轻轻一推就进门了，连灯也没敢开，就着月光，蹑手蹑脚上了炕，仰躺炕上，眼明心亮，全无睡意。

其时，宋小娇和娃娃早已睡熟。

小草突然感觉脸上热乎乎的，就着月光瞄过去，看见宋小娇侧睡着，口腔和鼻孔呼出的热气正好吹在她的侧脸。她瞬间便感到一阵心烦意乱,下意识地往下缩了下脑袋,避开那股热气。

小草现在很迷茫,她成了这个时代所谓的剩女。用一个恰当的比喻来形容,她就像一袋被遗落在冰柜底层,混入一些肉制品里的冷冻饺子,彻底被冷冻起来了,不被人注意。

她从炕上坐起,透过窗隙,看着挂在树梢的月亮,那月亮似乎和她一样,也静静地"发呆"。她就宽慰自己:月亮高高在上,也如此孤独,我低如尘埃,孤独是难免的。

小家伙哭了。

宋小娇翻了一个身,猫起身子,抽出小宇超身下的湿尿布,换一块干的,又把他搂在腋下喂奶,眨眼间哭声便停了。可过不到两个小时,小家伙又哭了。宋小娇又起来伺应。如此这般,一夜里,小宇超哭了四次,宋小娇醒来四次。这些全被小草看在眼里,她彻夜无眠。

黎明了,小草还没瞌睡,大睁着眼睛看着窑顶,听着宋小娇均匀的呼吸声。她想:宋小娇太幸福了,小小年纪就找到爱情,走入婚姻,还不必为柴米油盐发愁,简直是个福人。

而她呢?她总感觉自己是在寄人篱下。

农村有规矩,女儿养大必须嫁人。年龄大了嫁不出去,会落人笑柄,遭人非议。

她就处在这么一个环境中,烦恼是必须的。她一无特长,二无能力,三无野心,四无想法,整日宅在家里不是看小说,就是写小说,从不投稿,似乎就是为过把瘾。她的手写稿压着,厚厚的一沓,够一尺高。常艾莲好几次搂起要烧火,硬是被她拦住,她把那些写过字的纸当宝贝,谁也不让动。

撑过黎明前的黑暗,天边就泛起了鱼肚白。她干脆起来,悄悄溜下地,轻轻走出门,又轻轻虚掩上门,出了外面。

时间尚早,鸡不叫,狗不咬,人们都还睡在梦乡。

她不想惊醒睡梦中的任何人,也不想惊动这寂静的村庄。她一手轻轻提起两只水桶,一手慢慢拿起扁担,悄悄走出了院子,朝着井子沟方向走去。她并不是勤快到要这么早就去担水,她是想去井子沟里呼吸清新的空气,想让自己的内心畅快一点,全因昨晚,满窑的乳腥味熏了她一整夜,她太憋闷了。

她提着水桶,拿着扁担,从一孔孔窑洞外经过,像一片树叶轻飘飘飞过。她不要弄出一丁点声响来。

她经过一孔贴着大红喜字的窑洞时,猛然间听见窑里传出河川湾人捶打粉条时发出的一阵紧似一阵的"啪啪"声。

她纳闷,窑里的男人不久前出外挣钱去了,平日里也不见这新媳妇侍弄过粉条呀,怎么天不明就起来捶打粉条了,她家哪里来的粉条可捶打呀?她正纳闷,却听见窑里传出一个男人的声音：

"我走了，七天后我再来。"

她感觉不对了，急忙躲在厕所后。她看见一个男人从窑里走出来，急急出了院子，上了公路边停的一辆油罐车，继而发动汽车离开了。

她若有所悟。

她想起琼瑶小说里那些吃着碗里的看着锅里的男人了。她每每读琼瑶的小说，就恨里面的男主角，恨得咬牙切齿，觉得那些男人令人发呕。现在，她又想呕吐了。她急急地逃离，跑得太快，手中的两只铁桶和扁担在寂静的村庄里发出刺耳的声响。她管不了许多，一口气跑到井子沟，放下桶，把扁担搁在两桶上，一屁股坐在扁担上呼呼喘气，头脑一片空白。

几日后，夏小寒从青边回来了。他带回来一家人乃至全村人都欢喜的好消息：他要组车队去青边开始新的油生意了。

夏家大院又开始门庭若市了。夏小寒组车队的消息传出去后，村里的养车户都上门来了，他们唯恐落后拿不到名额。

夏茂源的脸整天笑盈盈。现在他可得劲了，大儿子又当上村主任，小儿子又有了新营生。他真没急没愁了。他每天早上营务农活，中午开始基本消闲，无论冬夏，总要睡那么一小会儿，然后就学起城里人的样子，泡一壶茶，拎上棋袋子，到公路边的树荫下，摆开棋盘，品着茶，等人来下棋。他的棋艺实在不敢恭维，不是嘲笑他，他下象棋从来没赢过；他输了也不恼，喝几口茶，又开始下，之后接着输。如此反反复复下棋、输棋，棋友就给他送了一个外号"输不恼"。他不在乎，他以为，下棋就是娱乐，享受的是过程，不是结局。输赢有什么，又不玩钱。有时，他下棋实在投入，真是：两耳不闻别人语，一心只在棋盘上。有一次，常艾莲端着一碗面，站在他身边连叫好几声，他都没听见，还是围观者拍着他的肩膀，他才注意到。接了饭碗，却顾不上吃，放在一边，直到输局又定，才给别人让位置，端起碗开始吃饭。殊不知，面条早变成面团了，他却不嫌，用筷子夹成一块一块吃掉。

前几年，他还为小儿子没有正经营生着急上火。这几年，他彻底放心了。尤其这几天，他看见上门来的人们，就知道小儿子现在是多么有能耐的人了，根本不需要他瞎操心了。

他之前也为小女儿的婚事着急上火，后来发觉他急也没用，就不想了，顺其自然了。他认为小女儿不丑、不傻、不憨、不馋，嫁不出去是婚不动，时间不到。他甚至给小女儿宽心，要她安心家里舍着，不要瞎想，不要瞎跑。他很自信。

小草也自信，骨子里有股傲气，不把常人放眼里的傲气，所以才把自己耽搁成大龄剩女。

这天下午，小寒出现在小草跟前，凑在小草的耳朵边悄声道："三姐，这次去青边，遇到你的同学了，他问了你好多情况，你猜猜会是谁？"

这太出乎意料了，小寒往常从不这样，突然间神神秘秘，小草真如丈二和尚，摸不着头脑了，摇头道："谁呢？"

"猜猜。他知道你还没结婚，兴奋得快跳起了，还说你之所以没结婚，一定是等着他了。"

这更让小草琢磨不透了，谁会这么骚情？她在大脑里搜索，遗憾的是除了徐晓明，她再想不起第二个人，而她清楚徐晓明显然不可能。

小草和徐晓明分别后再没联系，可以说是音讯皆无。她懒得与弟弟捉迷藏，摇头道："想不起来。谁会那么稀罕我？早干吗去了？"

这是一句气话，埋怨人的话。的确啊！早干吗去了？小寒看见小草说气话，心里就觉着自己没有说清楚，便自己给自己搭台往下走，叹一口气道："看来你那同学自作多情了，老弟不跟你捉迷藏了，实话实说。"

原来，青边那个自称为小草同学的叫李建新，他的弟弟叫李建春，正是小寒的同学，在青边采油厂上班。

夏小寒一到青边，正准备登记宾馆，看见一个酷似李建春模样的男子，攀谈之后才知他就是李建春的哥哥李建新。

夏小草对李建新毫无印象，一丝丝都没有。

"一点点印象也没吗？他跟你是同学啊！"

小草摇头，她想不起绝不会说想起。

"这全不重要，重要的是他目前是大老板，是李建春的哥哥，而且单身。"

小草满脸惊讶，简直云里雾里。

小寒去青边收获大了。他和李建新要合伙做油生意，他负责组车队与跑运输，李建新负责公关。实际情况是公关全靠李建新的弟弟李建春。

谈话到最后，夏小寒就要夏小草不要太挑剔，还用兄长一般的口气说："女人三十就是分水岭，李建新这样的大龄单身男是很难遇到的。你收拾两天跟我一起去青边见他。"

她这当姐姐的太不够格了，婚姻大事还要弟弟操心。夏小草顿觉五味杂陈。但她心里却摇摆，她还不知道李建新的模样和身高。她也清楚选对象不能光看外表，光看外表是自欺欺人，但她拗不过内心。她太一根筋，第一眼看不顺眼，连话都没有了。她真不想大老远跑去，却发现李建新长得过于丑陋，寒了自己的心。她低哝道："他长得怎样？个头怎样？"

"又不是狗皮膏药给你黏上了，我还有事，你自己斟酌。"

夏小寒说完就出门了。夏小草却再也看不进书了，整个下午，她连后窑门也没出，呆坐着，浮想联翩。

临睡前，姐弟俩又合计了一番。两人一致的意见是不要跟大人说明，以免好事不成，还让父母盘问，更怕村里人知道，尴尬难堪。

夏小寒何等聪明，他甩出宋小娇一个人带不了娃娃为理由，想让夏小草同去搭把手。夏茂源和常艾莲当即应允，又见小女儿爽口答应，甚是高兴。

事情说定，夏小草心里却免不了怀疑：也许夏小寒真实的用意就是要她去当一个保姆，还找出这么一个堂而皇之的理由。

这是多么悲催的待遇啊！

然而，她不得不如此。她不想让父母操心太多，不想给父母造一种没必要的负担。她已经很能想开了，如果此行依然失败，她权当没有这回事，她悄悄地去，再悄悄地回，不落人一点话柄，也无可厚非。

四十二

夏宇超百天后的一个早晨，夏小寒组起的车队——十辆油罐车，全集中在夏小满门前的公路上。

村委会主任夏小满，无意中收获了料想不到的政绩。他满面春风，以村委会的名义，挂一个河川湾车队集体西征的由头，请来河川镇长和书记为夏小寒一行践行。

苏月影腰里系着围裙，脚下生风，在常艾莲的帮忙下，不到半个小时，就把一盆子荤汤臊子做好摆上桌子。再过片刻，一碗碗白格生生、软格溜溜的饸饹就出锅了。

夏小满招呼镇长和书记，以及夏小寒一行人进窑里吃饭。夏茂源免不了跟镇长和书记客气一番，他现在完全像个干部，无论说话还是穿着。镇长和书记吃完门在公路上溜达，夏小满跟出去招呼。

夏小寒撂下碗筷，就再不敢拖延时间，吩咐车队司机准备出发。

夏小满准备好一捆五千响的鞭炮，宛如一条红龙在公路上蜿蜒着。

逢喜事放鞭炮，这是河川湾的习俗，既表示喜庆，又为图个吉利。

镇长和书记分别跟夏小寒握手告别。夏茂源免不了给夏小寒安顿一番。常艾莲心细，跟小儿子、小媳妇千万安顿，还觉得不放心，临走又给夏小草布置了一箩筐任务。

告别声中，鞭炮响起，一行车队正式出发。

前半程，夏小寒和宋小娇拉一些无关紧要的话。夏小草靠着舒适的靠背，听着寡淡的话语，目视前方，感到一种从未有过的悠闲，好像她不是去相亲，而是去旅游，一种闲情雅兴在她内心里骤然升腾。夏小寒和宋小娇有一搭没一搭扯着些儿女情长的话，她全不感兴趣，耳朵门也不入，直接让风带走。她睁大双眼，盯着车窗外的景色，只看见连绵起伏的群山在她的视线里不断变化着她有点兴奋，思绪泛滥，甚至幻想着和李建新四目相对时会是怎样一种场景。

她太浪漫主义了，现实却往往残酷，不知道命运会怎样捉弄她，她却满心期待，哪怕空欢喜一场。她现在非常期待一场充满神秘色彩的罗曼蒂克。

后半程，宋小娇累了，抱着孩子睡了。

路上，孩子很乖，前半程哭闹了两次，尿布换上，奶子塞进嘴里也就没事了。后半程，小家伙累了，一直钻在宋小娇的腋窝下睡大觉。路上，她和弟弟交流很少。弟弟专心开车，她专心赏景。

后来，她越发觉得自己和弟弟无话可说了，他们不像小时候那么亲密了，不像很多的亲姐弟有很多话要说，他们之间似乎有了交流的障碍。

行程中，车队集中停在路边，所有司机下车撒尿。夏小草和宋小娇不敢露天尿尿，只能跑到民户的厕所里，跑进沙漠的沙蒿林里方便。下午五点，他们安全到达青边鸿泰宾馆后院。夏小寒的车队今晚就在这里安营扎寨。

"夏小草同学吗？"

她正往房间里搬东西时，一声洪亮的男高音从身后传来。小草吓了一跳，惊愕间回头，看见一个瘦瘦高高的男子向她走来，皮肤略粗，肤色健康。

来人立定在她眼前，仿佛这院子里除了他俩，其他人都成了空气，他与谁都没打招呼，单单望着夏小草又道："夏小草同学，我叫李建新，你不认识我一点不奇怪，我却认识你，太了解你了。杨树林里徐晓明和贺小强为你打架，我是目击者，那时我的个头这么点。"他比画了一下，接着道："我们不是一个班，所以你没印象。"说到这儿，他似乎看清了院子里还有很多人，于是他停止说话，跟夏小寒、宋小娇，以及其他司机握手打招呼，他道："小寒，一路辛苦，今晚我为大家接风。你先招呼弟兄们，我出去给咱准备饭菜，饭菜好了，我打发人来叫你。"他说完，转身就走，刚走两步，又停住，走到夏小寒身边，附在耳朵上嘀咕一阵，转身走开。他刚走几步，只听夏小寒叫道："李总，等一下，把我三姐带着，让她给奶娃娃婆姨准备点好吃的。"

宋小娇抱着娃娃，笑得眼泪都下来了，她低声道："三姐，快去。"

夏小草紧走几步追上李建新。

如意酒店距离鸿泰宾馆很近，不足百米。李建新直接走进一个小雅间。服务员跟进去倒茶水，之后拿起菜谱，要李建新点菜。李建新连菜谱也不看，报一个菜名，服务员往本子上写一个，连着报了几个后，问服务员他点了几个。服务员就数："一二三四五六七"。李建新又点：卤水耳丝、芳香排骨、夫妻肺片。之后让服务员念他点下的菜名。四素六荤，十个凉菜。

他听后又交代服务员："还来十来个人，给我们来个大包间，凉菜上齐过来叫我，我俩坐这儿拉拉话。"

"喝什么酒?"服务员问。

"泸州老窖。"

"热菜现在点吗?"

"烤全羊。"

"主食呢?"

"风干羊肉剁荞面。先上凉菜,热菜、主食待叫。"

"好嘞!"服务员应一声退出雅间。

夏小草猛然想起还有宋小娇,看着走出门的服务员急道:"回来,还有。"

李建新惊道:"什么?"

夏小草道:"奶娃娃婆姨的特制餐啊!"

服务员进来道:"还需要什么?"

夏小草道:"一大碗酸汤杂面。"

第一次进大酒店吃饭,第一次和一个男人面对面坐在一个小雅间里喝茶。尽管这个男人一再强调是她的同学,她却还觉着别扭,不自在,拘束,找不到话题,完全就是没见过世面的乡下姑娘进了城,傻不愣怔,一句话不说,眼睛飘向墙壁上的镜框。

镜框里镶着一幅画,红彤彤的一片荞麦地里,站着一个穿着蓝花对襟衫的姑娘,头上扎着一根粗辫子,眼睛向远处欣喜地眺望,好像她的情哥哥正一步一步走来。

"夏小草同学,要不要明天带你去拍一张?"

她正陶醉于画面中时,李建新说话了。她转头便与李建新的目光相撞。李建新便微笑道:"荞麦地里,你站在里面会比这更好看"。

她的心悸动了一下,也微笑起来。

"我们老大不小了,你还紧张吗?"

"也不是。"

"那咋了?"

"想你上学时应该是怎么个样子。"

"千万不敢想起来。上学时我又小又黑,纯粹小不点,很不起眼,从来不敢近距离看你,只是远远地瞧你。你那时很乖,长得很亲。"

夏小草瞪大眼睛。

"真的,我不说谎,印象太深了。"

"你的变化这么大?"

"是啊!如果我那时就风度翩翩,我也有信心追你,那样的话,白杨林里的决斗就成三个人了。"

李建新情商极高,三言两语就把夏小草的话匣子撬开了。不多时,服务员来报凉菜上齐了。服务员退出后,李建新从后腰间抽出一个形如小砖头的东西来,他用手指摁住一个小黑头，轻轻一按，一拉，一根细细的、明明的、亮亮的、长长的杆就抽了出来。

夏小草用惊讶的眼神看着李建新的举动。

"小寒，饭已经好了，带大伙先来吃饭。门口如意酒店 V02 雅间。"

夏小草第一次见那玩意儿，她不知道那玩意儿叫什么，但也不好意思问，怕李建新笑她无知。

是的，比起李建新，她确实无知。李建新仿佛强有力的磁场，把她吸住了，牢牢地吸住了。

李建新总能给夏小草带来的惊喜，譬如先前说带她拍照，现在坐在房间里拿着砖头一样的玩意儿跟夏小寒通话。而更让夏小草惊喜的是，李建新挂了电话又道："这太大了，带着不方便，听说有小款的快出来了，到时我给你买一个，方便联系。"

"很贵吗？"

"不怕贵。"

这句话很中听，夏小草的脸旋即便红润起来，她感觉到了，抬起双手盖住两脸。

"要吗？"

她没有说话，尽量装作平静，内心里却波涛翻滚。

李建新微笑道："我愿意给。"说话中，李建新站了起来，离开座位，移步到夏小草身后，用手抚弄着她的头发，弯下腰，把脸靠在她的脸上，低声说："真好！我们先出去，看小寒来了没。"夏小草却没了反应，只感觉心在狂跳，脸颊发烧。

她在小雅间里足足坐了四五分钟，听到小寒在大厅里说话，才走出门去，看见李建新给她招手，便跟了过去。接下来的吃饭变得冗长而惊奇不断。

先是一番热烈的互相敬酒，接着摇色子喝酒，继而是一只烤得金光灿灿的整羊，趴在桌子中央。夏小寒和随来的司机在李建新的招呼下吃得热火朝天，面红耳赤。宋小娇怪脾气，见不得腥荤油腻，开头的素菜还动筷子，后面的烤全羊上来，便把头扭到一边。她左胳膊弯里抱着小宇超，右手按住眼睛，怕得看也不看，好像不是她吃羊，倒是羊要吃她的架势。

夏小寒见状，忙问："三姐，你没要点别的？"

李建新听说，高声道："服务员，服务员。"

服务员进门，小草道："酸汤杂面赶快上来。"

酸汤杂面上来，小草接过来小宇超，让宋小娇专心吃。夏小寒心细，看见宋小娇吃完，便站起要送宋小娇和小宇超回住处先休息。那一瞬间，小草也站起来，说要一同回去，结果让李建新一把拉住了，说："你还没吃呢。"停一下，又说："小寒，你快去快回，我等你喝酒呢。"

小草骨子里胆大，别说是烤羊，就是烤老虎，她也敢吃，却不好意思吃，也可以说是不习惯吃，她长这么大，见也不曾见过，别说吃了。

李建新在她旁边坐着，见她坐着不动手，便撕下一块放在她面前的盘子里。羊肉带着骨头，很大的一块，非得用手抓起来吃，满桌的人全用手抓起来吃。她没那样吃惯，更重要的是担心肉汁粘在两腮难看。之前她从来不这样，只要遇见想吃的，她会狼吞虎咽，但今天，她面对着喷香的羊肉却变得特别斯文起来，但她不吃又是交不了差的，她必须吃。她就用筷子夹住桌子中央的烤羊，慢慢撕下一小块，快速送进嘴里，慢慢咀嚼。

李建新看不下去了，喊来服务员，要来一双塑料手套，叫她戴手上，笑道："这叫手抓羊肉，必须双手抓住吃，否则吃不出香味。"

满桌子的人都停止吃羊，齐刷刷把眼神射过来，她便低下头，慢慢吃起来。一块手抓肉吃完，她感觉两颊都是油，油得难受。李建新却又撕下一块，递了过来，她又接住。其实，她不吃也行了，已经达到七成饱了，但羊肉太香，诱惑力太大。吃完第二块，有了明显的饱腹感，她便脱下手套，用纸巾擦脸，却擦不净。羊油浸在嘴角与脸上，油腻腻的一层，黏得难受。她站起来，想寻找能洗脸的地方。她刚走两步，李建新却高声道："你去哪？"

她用两手拍拍脸，笑道："哪里有水？我洗洗脸。"

"坐坐坐，坐回来，看我这脑子，等下。"李建新做着要她坐回位子的手势，顿了一下，又扬着声叫道："服务员，拿毛巾来。"

不多时，服务员就端着托盘，送来了一些热气腾腾的小毛巾，每块小毛巾都放在椭圆形小骨碟上。服务员依次把小毛巾摆放在每人的右手边。

李建新真善解人意。夏小草顷刻间就在内心里对他产生了十二分的好感。

当晚，除了夏小草和夏小寒，他们都酒大了。往出走时，夏小寒搀扶着李建新，其他人跟在后面东倒西歪地趔趄着，夏小草便一会儿搀扶下这个，一会儿搀扶下那个。

李建新的宾馆是一座五层高的楼，楼顶矗立一个大大的招牌，"鸿泰宾馆"四个大字闪着耀眼的白光。

夏小寒搀扶着李建新走到楼下时，李建新怎也不走了，扯着含混不清的语调道："小草同学，我的办公室就在这楼上，四楼，门上挂一牌子，'总经理办公室'。你跟我上去拉话，我有好多话想对你说，憋了一肚子。"他甩开夏小寒的搀扶，又道："小寒，嘿嘿嘿，今晚我高兴，酒逢知己千杯少，你们回去睡吧。"说完，他就过来拉小草的胳膊。他显然已经醉得一塌糊涂了。

小草真担心李建新不小心跌倒，有心上去搀扶，又不敢去搀，便倒退了两步，没让李建新够着。李建新的身体立即向前倾斜，几乎要跌倒了。夏小寒手疾眼快，上前扶住了。

"三姐,你回去跟小娇一块儿睡,我跟李总住。"

次日一早,夏小草和宋小娇还没有起床,夏小寒就在院子里喊。她俩赶紧穿衣服,开开门,却看见李建新也外面站着。夏小寒进门,附在夏小草耳边悄声道:"初步印象怎样?"

小草点点头。夏小寒又道:"那赶快收拾,衣服穿好点。"顿一下,又道:"小娇,你给参谋一下,李总要带上三姐去荞麦地里照相。"

宋小娇说夏小草的衣服不好看,太土,找出她的两件看家衣服,让夏小草穿上看看,悄声道:"我也想去。"

"添乱。没眼色。"夏小寒嗔怪宋小娇。

夏小寒建议夏小草穿宋小娇的那件粉红色连衣裙,夫妻两人一唱一和说她穿上真好看,她却脱了下。她就这怪脾气,别人的衣服再怎么好,她也不稀罕穿,强要她穿上,总感觉别扭,连路也不会走。最后,她穿了二姐送她的那件淡蓝色的连衣裙出了门。

李建新看见夏小草出门,立即迎了上来,眼睛上下打量着,微笑道:"好看,清爽,站荞麦地里是绝妙的风景。"

夏小寒和宋小娇跟出门,李建新扬声道:"小寒,那你带领弟兄们去装油,我们这就走了。"

李建新人高大,步幅大,一步顶小草两步。小草跟不上,几乎要小跑才能赶上李建新的步伐。李建新走几步,停下回头看,便笑道:"不急,我去发动车,车在宾馆楼前,你慢慢走来。"

李建新开车带她去荞麦地。这让她心里又一悸动。

"他是上天赐给的吗?"她在心里暗暗地问自己,"我还有什么不知足呢?我还要等到何时呢?"她很容易满足。她的心已经完完全全接纳了他。她在内心里由不得暗自感谢她的弟弟——夏小寒。

李建新开一辆黑色的两头平。

她想起了,李建新开的车跟高占才迎娶招弟时开的一样,那车好像叫桑塔纳。

李建新把车开到照相馆门前停下按喇叭。照相馆里走出一个三十开外的男人。男人说:"李总,什么事?"

"上车,拍照,长短镜头都带上。"

"拍什么?"

"荞麦花。"

"好嘞,稍等。"

照相师傅怀抱肩挂一长一方两个黑色帆布包上了车。李建新就交代照相师傅放开选景,放开照,说照完一个胶卷收工。照相师傅高兴得嘴也合不拢,在后面的座位上小河流水般"哗啦啦"地笑了半天。

"高师,你笑什么?"李建新笑问。

"难得李总清闲啊!几时吃你的喜糖?"

李建新看夏小草一眼,笑道:"你说几时?"说这话时,李建新嘴角上扬,抿嘴微笑,满脸写着喜悦,仿佛前面就是大片的荞麦花,正陶醉着呢。

果然,走不到一个小时,就看到了荞麦花。

放眼望去,满满一大片,绵绵长长,一簇一簇红红的花,一浪接一浪,在七月的热风中滚滚而来。

时值早晨,荞麦地里看不到一个人。

麦垄间窄窄的土道,不能并排走,需一个人侧着身子通过。高师傅前面带路,夏小草走中间,李建新走在最后。走不远,高师傅站住,支起三脚架,开始对焦。他让夏小草沿着土道继续走两米站住,转动着身体做各种动作。

拍了几张,李建新居然叫停,说要去别处的荞麦地拍。他不嫌辛苦,一早上带着跑了四个点。照相师傅也由着李建新的性子,仿佛电视剧里拍外景一样,亮红色的荞麦花里拍一组,淡粉色的荞麦花里拍一组,紫褐色的荞麦花里拍一组,金黄色的荞麦花里拍一组。

刚开始拍,小草不大习惯,姿态扭捏,感觉脸也一阵阵发烧。拍了一会儿,渐入佳境,她的脚后跟像踩在云彩上似的,淡蓝色的连衣裙飘飘的,飘飘的,像一簇孔雀翎在花丛里刮来刮去。初升的阳光打在她身上,暖融融,醉晃晃。披在肩上的长发,丝丝缕缕,飘飘忽忽地晃动,将七月的太阳光芒一甩一甩,弹射出一波一波的荞麦花馨香。她把下颔微微上扬,眼睛眯成一条缝,感受光圈在眼皮上"舞蹈"。那些天花乱坠的光芒,引逗着她无端地抿嘴偷笑,把自己幸福成痴痴傻傻的模样,脸蛋在蔚蓝的、飘荡着朵朵白云的天空下妩媚着。她把整个身体都埋进花海,只露一张脸在花中央,她的脸顿时就绽放成一朵花,心顿时就沉进蜜罐里,整个身体都感觉到一种甜丝丝的舒爽。而李建新呢?他就站在照相师傅身旁,始终咧着一张嘴傻笑着。

返回途中,李建新的脸上依然挂着欢喜,附在小草耳朵边悄声道:"今天你简直太好看了,肯定会选出你最满意的一张。"

小草笑而不语。

李建新又道:"所有的都洗出来,制一个相册,选一张最好的,挂在我们新房的墙上。"

四十三

小草到青边的前六天晚上,一直跟宋小娇一起住,全因李建新在宾馆里给夏小寒开了一间房子。可是到了第七天，李建新不干了，他不让夏小寒住宾馆了，理由是夏小寒和宋小娇不能长期分开住，影响夫妻情感。夏小寒也觉得有道理，于是就在第七天晚上回了自己的小窝。

这下难坏了小草，她没有睡觉的地方了。

夏小寒和宋小娇的住处，统共一张床，还不大，只有一米五宽，还要睡个娃娃，与宾馆一个人一张床，真无法比。

小草正在发愁的时候，李建新来叫她去看电影。她想也没想，真就跟上李建新去看电影了。电影是爱情片，喜剧，结尾两个相爱的主人公真到一起了，正所谓有情人终成眷属。电影结束，李建新毫无商量的余地，直接带小草去了宾馆，嘴上说跟小寒商量好的，实际是他的"小九九"，他想跟小草有进一步的发展。

之前的七天，宋小娇负责带娃娃，夏小草负责做饭，其余的时间，夏小草抽空就往鸿泰宾馆跑，找李建新谝闲传。

年轻人谈恋爱嘛，肯定要一起相处才好了解，但两人还不曾有过亲密的举动，哪怕只是深深的拥抱，全因没有合适的时机。

青边的宾馆生意火爆得很，夜夜爆满，白日里还有钟点房。做生意的男人，一出门就不安分了，不分白天黑夜，总会搂着小姐过来享受。而李建新呢？白日里尽忙着生意，却顾不上谈情说爱，有时还把小草一晾就是大半天，近乎残忍地冷落。

今天晚上，他们豁出去了……

第二天早晨，李建新早早就起床走了，独留小草一个在房间。她害怕死了，捶打着自己身体，暗暗责问自己："怎么可以？怎么可以这样没有原则？怎么不等到洞房花烛夜？"

李建新买早点去了。他把豆腐脑和油条摆在床头柜上，手推推小草的肩膀，嘴附在小草耳边低语："起来吃早点，不敢贪睡了。"

她的头缩在被子里，眼睛紧闭。她觉着自己没脸见人了。她想不起来起床后又能去哪里。她甚至担心连楼梯也走不下去。她两腿发软，心跳得厉害。

李建新就笑道："情商太低了，怪不得你爸爸养你到三十岁。"

"不是三十，二十九。"她在被子里纠正。

"知道。我先忙去了，等我走了，你坐起来吃点，然后好好睡一觉，等睡够了再起来。今天你就不要过去做饭了，我跟小寒说，从今以后，你就是我的人了，咱们不干伺候人的营生。"

"你？"她把头伸出被子，本想反驳、质问，一时间又找不到合适的词语，便临时打住。

"嘿嘿，"李建新笑道，"这段时间太忙了。我给爸爸打电话让看日子去了，我们正月就举行婚礼。你也告诉我老丈人一声，给他一个惊喜。"

"打一个电话告诉吗？就这么简单？"

"先打电话通通风，听听老人的想法，看他们有什么意见没。不行的话，我们抽时间回去一趟。"

"我不好意思打电话，你让小寒去打。"

"行，我给小寒说，你不管了，安心睡个回笼觉。中午饭，我给带过来。"

"宋小娇一人吃不上。"她想起母亲的嘱托了。

"活人自会想办法，别操那份心。我走了。"

李建新走到门口，又折回来，俯下身子，在小草额头上吻了一下，转身又出了门。

大年后的一日，夏小草和李建新的婚礼如约而至。

他们的婚礼可以说是创了河川镇之最，其一因为隆重，其二因为两人的年龄。他俩同岁，虚三十。两个三十岁的男女结婚，还是初婚，这在河川湾，乃至河川镇，可算是首例。

夏茂源苦日子过惯了，他惜钱，觉得出嫁女儿大操大办就是浪费。殊不知，他的三女儿找了个有能耐的女婿，轮不上他指手画脚了。他也落得省心，有空就品着三女婿送来的上等好茶，下下棋，唠唠嗑，坐观风云突变，静听陕北快书，一番自得其乐、革命成功的样子，让河川湾人羡慕着、吹捧着。

李建新给了夏小草足够的脸面，让夏小草在娘家的地位直线飙升。他的出手大方，夏小草始料不及。他学城里人举行婚礼，把娘家的客人全部请到他家吃流水席，而礼金却让夏茂源收去，就连娘家事前事后需要的烟、酒、饮料、蔬菜，也全都是他安排人置办的。他没要夏茂源为他们的婚礼掏一分钱，操一点心。这样的好女婿，简直是全河川湾人打着灯笼也找不到的。

喜事到来的头两天晚上，夏家全家人围坐在热炕上。夏茂源坐在热锅头，笑容满面，眼睛眯成一条线，感慨道："革命成功喽，以后我就剩享清闲了。"话音刚落，全家人就都把目光投向小草，看着小草笑。小草也笑，却无语。她心道："这下好了，爸爸头上的愁帽卸掉了。"

喜事来临的前一天早上，夏家的人团圆了。榆泉的夏冬枣一家、夏秋菊一家都回来了，夏小满一家，夏小寒一家，黑压压的一片人把脚地都站满了。

夏小草数学没学好，她在心里数人数。

夏小满一家五口，夏冬枣一家三口，夏秋菊一家三口，夏小寒一家三口。五加三，加三，加三，加二，加二，哎呀，已经十八口了。她想，再过两年，加上自己的娃儿，要是对对娃，那就二十口人了，还是个整数。想到这，她由不得按了下自己的肚子，顿时便害臊起来，脸颊开始发烧。

夏小草正盘算着，李建新正好进门来。

李建新家就在河川后街上。他居然请来了照相馆的师傅，进门就招呼大家赶紧拍合影，说拍完还去他家拍呢。这提议真好，全家人手忙脚乱地配合，搬凳子，高凳子、低凳子，搬出来一院子，娃娃们坐乱了，夏小寒一个一个安排，不让乱坐。

十八口人各就各位。照相师傅调好焦距，对准镜头，喊"三、二、一"，相机快门连着"咔嚓、咔嚓、咔嚓"响了三声。

照完相，李建新就与照相师傅走了。

到了晚上，除了哄娃娃入睡的宋小娇外，夏家一家子大人全都围坐在热炕上拉话。娃娃们都不在，夏宇越带领着在自家里玩耍呢。

当炕空开的位置上摆着四方炕桌，炕桌上放着四个凉菜。凉菜是苏月影在晚饭后做好摆上去的，四个菜中间放着酒瓶，酒是李建新提前送来的，也是明天宴席上用的西凤酒。后炕上常艾莲、夏冬枣、夏秋菊、夏小草挨挨挤挤坐在一块儿，女人们全不喝酒，坐一起窃窃私语。夏茂源、夏小满、夏小寒三人坐在下炕，他们也不怎么喝。袁明博和常胜利在前炕坐着，他俩是喝酒的主角。苏月影不上炕，她历来如此，只要家里有客人，她就像一个佣人，在脚地下凳子上坐着，以防炕上的人需要什么，她方便找。不过今晚她没有坐凳子，她坐在挨着炕栏的灶火台台上。灶火台台上火烤得温热温热，坐上去舒服。她和凑在炕上的四个女人一起，听炕上的人拉话。

这是一个其乐融融的大家庭了，一家人在这喜庆的日子里，说着喜庆的话，气氛也就格外喜庆。

夏茂源不喝酒，两个儿子都像他，也不喝酒。他不喜欢喝酒的人，却遇上两个女婿都喝酒，嗜酒如命。两个女婿遇一起了，都好酒，难免喝醉，有一次喝醉了，竟然耍酒疯，让他骂得狗血喷头。

吃一堑，长一智。后来，两个女婿学精了，在他面前一般情况下不喝酒，特殊情况下喝文酒。

喝文酒夏茂源允许，适可而止，再说酒是活血的，对身体也无大害。

今天是个喜庆的日子嘛，属于特殊情况，当然文喝。但夏茂源担心两个女婿管不住嘴，就时不时问一句话。夏小满多数时间在请教袁明博政策上的事情，比如夏宇越和夏宇桐将来的就业问题，以及政府对农村的未来发展持什么态度。袁明博现在是副科级干部了，正努力上正科。夏小寒与常胜利的话多些，他们之间的话题离不开做生意和贷款。常胜利现在是城市银行的信贷科长了，他这算不上是官，却也牛气得很。经济腾飞的时代，生意人都要贷款，自然抬举他的人不少，求他贷款的人也不少。

喜事当日上午，亲戚客人正吃荤汤饸饹和炸油糕时，迎亲的就来了。六辆汽车，打头一辆白色奔驰，其余清一色黑色宝马。打头白色车是有讲究的，寓意白头到老。

李建新家里排行老大，弟兄二人，两个妹妹。他弟弟李建春早他几年就已结婚，国企上班，在青边城里住着。他的两个妹妹都在上学，一个上了大学，一个读高中。他父母都是农民，家里居住。他家有新门亮窗六孔窑洞，他父母住两孔，李建春结婚时占了两孔，给他留两孔。李家有李建新和李建春撑门面，光景在河川街上数一数二。

李建新现在青边的生意做大了。鸿泰宾馆是他独资的，后来又和夏小寒合伙做油生意，新近又装修起一个大酒店，四星级，KTV、足浴、餐饮、住宿、商务以及各种娱乐都有，总共六层楼，光住宿的房间就有200间，占了酒店四、五、六三层楼，足浴和各种娱乐在三层，餐饮在二层，商务和前厅占了第一层。酒店现在试营业阶段，再过半个月就进入正式营业了。

夏小草看到那六辆小轿车后，突然想到了招弟。她与招弟断了联系。她也想到了沈天宝，也想到了徐晓明。自从遇见李建新后，她就把之前的过往全都放下了。现在，她有一种说不清道不明的思想，甚至想让他俩知道自己结婚的消息，并且还找了一个爱她而能力很强的男人。她打心里想显摆显摆。现在，用"幸福""满足""超级乐""内心疯狂"这些词来形容她一点不过。她不像别的女孩，出门前抱住娘亲痛哭，表现出舍不得离开娘家的意思。她是高兴的、欢悦的、无比愉快的。她被迎亲的和送亲的簇拥着走出了家门。

唢呐鸣号后，鞭炮"噼里啪啦"地响起。鞭炮声停止后，迎亲婆姨、新娘、送亲婆姨、迎送亲的男人，在院子里"一"字排开。鼓乐班带头，锣响、鼓敲、唢呐齐奏，人们全都踏着鼓点迈起了轻快的步伐。还没走到坡下，又一阵"噼里啪啦"的鞭炮声响起，鼓乐班驻足吹打，鞭炮声停止，鼓乐班挪着小步慢慢往前走。

坡下，六辆小轿车"一"字排在路边，鼓乐班便走到白色小轿车的前面，开始卖力吹打。

夏茂源请来的执事总管早带着夏小寒等候在公路边了，他们给来迎亲的男人和送亲的男人每人敬一杯酒，每人点一根烟。礼仪结束，迎亲的和送亲的在双方执事官的安排下才往小轿车里坐了。

白色小轿车打头，里面坐着迎亲的男人们。紧接着一辆黑色的小轿车，坐了迎亲的婆姨和她们的丈夫。迎亲的婆姨有一个李建新叫二妈、已经五十几岁、满脸皱纹的乡村妇女；另一个是李建新的叔伯嫂嫂，看上去年龄不大，衣着打扮得体，是有工作的人。第三辆是新娘的专属车了。

夏小草今天的着装是夏冬枣和夏秋菊参考着穿好的。里穿白底蓝碎花缎子面斜襟袄，外套粉红色对襟布衫，裤子是紧腿蓝黑色弹力裤，脚下是高跟长筒红皮靴，最外面披着红色带绒领呢子大衣，脖子围着米白色纱巾。头发在青边理发馆烫过，披肩大波浪，颜色棕黄，眉毛淡淡描过，嘴唇涂成淡红，脸部还是素日的淡妆。整个人看起来清新素雅，显示着她做人的格调，隐藏着她追求的境界。

新娘车上另外坐了童男童女两个小孩，小孩是来迎亲婆姨里李建新那个叔伯嫂嫂的一对龙凤胎。

第四辆小轿车上坐着夏小满、苏月影、袁明博、夏冬枣，他们是送亲的主角。后面两辆车上全都坐着送亲的男人。

夏小寒和另外三个司机开着各自新买的四辆小车，车里坐着夏茂源和常艾莲，以及其他亲戚。还有一些人自己骑着摩托，开着三轮，骑着自行车，三三两两，全部跟在后面。他们不是送亲队伍里的，是去李建新家吃宴席，为小草道喜、上礼去的。

整个婚礼形式，创河川镇历史先河，开启了乡村婚礼新局面。老辈人说从来没见过这样举行婚礼的，李建新却说这是以后的潮流，他从青边学来的，青边县城里娶媳妇都是这种形式。

河川湾距离河川镇路程不足十里，路上用不了多久时间，打头的白色小轿车在三轮车后面跟不多时，绕过一个小弯，超过三轮车，前面打柴门报信去了，其余的五辆黑色轿车跟着三轮车在后面慢悠悠开着。

迎亲车队刚进河川街入口处，就响起一阵"噼里啪啦"的鞭炮声。李家的炮官在放鞭炮迎接了。迎亲车队便停止前进，迎送亲男人女人以及新娘全都下车，按顺序"一"字排开，步行过街。鼓乐班在前面吹奏开道，迎亲队伍走在中间，车队后面压阵。只要听到鞭炮声，鼓乐班就开始原地吹奏，鞭炮声停止，鼓乐班又吹吹打打往前走。街道里住的人多，看的人也多。队伍时不时就被观看者挡住，当街戏耍一番。

河川人有讲究，光景歪好从红白喜事燃放的炮仗数量上看。要是放几串鞭炮就完事，肯定会被人笑话，如果炮仗噼里啪啦响起一天不停，说明就是好人家，光景日月自是没的说了。李建新自然知道这讲究，他怎么会落人之后呢？炮官也清楚，事主家无论准备下多少鞭炮，炮官必须全放完，响响亮亮、红红火火燃放一天，预示着以后的日子也红红火火。

迎亲队伍走完整条街道，便到了李建新家坡下。李建新早在坡底等候了，一应敬酒点烟的礼仪结束后，李建新就被一群弟兄们活捉活拿了，不让他靠近新娘半步。新郎新娘就像牛郎织女见面一样艰难。两人的距离明明近在咫尺，却就是靠近不了。好不容易两人被挤在一起了，一群后生却不让顺顺地走，变着戏法折腾。一会儿要新郎背着新娘走，一会儿又让新郎抱着新娘走，却又不让安安稳稳地背着或抱着走，新郎背上新娘走不了几步，新娘就被一群小后生使坏给拉了下来。

夏小草全知道，这是乡俗。即使她多么胆小、多么内向、多么不爱热闹，纵然有万般的不适应、不情愿，也不能拉下脸给人看，必须耐着性子被人耍，还要表示出欢喜，还要假装扭捏，还要适度配合，这样她才能被李建新的亲戚朋友喜欢，才能得到他家人的拥护，才能落下通情达理的好声誉。

李建新的年龄较大，要他的户族弟弟们更多。那些弟弟们才不管他的身份，变着戏法刁难，图的是喜庆，图的是热闹，还没人怪罪。

白日进洞房前那一阵子耍，无论怎么折腾倒还好些，能应对自如。夏小草个子娇小，身体瘦弱。李建新个子高些，身体结实。倒是晚上的闹洞房让人受不了。来闹洞房的人除了本家户族的弟弟们和李建新的朋友外,还有一些户族里的嫂嫂小叔子。

李建新长期出门,和户族里的嫂嫂小叔子们常不见面,这下落他们手里了,哪里还能轻饶,个个拿出看家本领来折腾新人。有些嫂嫂简直刁钻,不知从哪里学来一些粗俗不堪的游戏,伙同小叔子们一起捉弄新人,硬要新娘、新郎配合着完成。

夏小草未出嫁时,从来不凑这些场合,也不知道闹洞房竟然这么复杂,那些游戏简直飞机上挂暖水瓶,没高水平的人无论如何都完成不了。他们整出来的游戏实在古怪,她简直闻所未闻。什么贴面舞、吃香蕉、吃火腿、喝芥末、撩妹妹,个个生猛,条条老辣,她这般腼腆的人,哪里能完成那些高难度动作。她被闹洞房的人整得泪水涟涟,哭笑不得。

李建新却不能出手相助。

一时间,闹洞房出现了尴尬冷场。这当儿,一个面善的小叔子给李建新使眼色暗示。李建新才明白农村里闹洞房有更深的讲究。他给那小叔子低声承诺,两人嘀咕了小半天,那小叔子才出来打圆场,又出了一些比较传统的节目,把闹洞房这一环节掀入高峰。

晚上十二点钟,闹洞房环节终于结束。李建新出去送客,夏小草只感觉精疲力竭,斜靠着被褥迷迷瞪瞪就想入睡。

李建新送客回来,低哝道:"这些人,把我俩耍了半夜,还要红包,亏了小伟子解围,否则我俩今晚受大罪了。嘿嘿,不过我高兴。你呢?"

夏小草眯着眼睛,只是笑笑。

就在这个时候,李建新突然高声叫道:"小伟子,进来,伺候哥哥嫂嫂洗脸。"

全没想到,进来的竟是先前那一对龙凤胎。两孩子颤颤巍巍各端一脸盆放地下。脸盆里浅浅漫着一层清水。李建新给两孩子手里各塞一个红包,两孩子高兴地跑了出去。讲究真多。

一整天被折腾,草草洗漱后,他们再无精力互相折腾了,再说这乡村大院,他们有心折腾,也不敢折腾。窗外有很多碎脑子,等着看稀奇呢!

两人放下快散了架的身子,仰躺在温热的炕头,同时向对方侧转身,凝视着对方,好像他们之前从不认识,或者刚刚相识一样,同时瞪大惊喜的眼睛,他们互相微笑,拥住对方的身体,按捺住急促的心跳,进入温柔的梦乡。

四十四

阳春三月的一个傍晚,李建新和小草正在家里腻歪,却听见了敲门声。一开门,看见夏小寒门外站着。

原来夏小寒想把旧车换成新车，又不想先卖旧车，再买新车。明摆着嘛！怕耽误生意，但资金不够，心里就想着让李建新先给他垫上，但又不想明说，拐弯抹角了半天，最后又说他要回河川湾找夏小满帮忙贷款。

凭李建新往常的豪爽，这时他肯定会说："回什么回，我先给你垫上，旧车卖掉再还给我，这么点事，你就明说嘛，怎么不好意思起来？"但他说出的话是这样的："小寒，真不凑巧，前天一个朋友刚从我这里借走十万，否则我能把那十万先给你借上。"

小寒说："不是那样的，我来的意思，主要是想问三姐要不要一同回去住几天？我得去榆泉接车，怎么也得几天。"

小草听了，忙说："要啊！要啊！哪天回？"

小寒说："明天早饭吃了就起身，坐班车，摇摇晃晃，回去也怕到下午了。"

晚上，李建新免不了要与小草云雨，一连几次，好像要把以后几天的功课全要提前做完似的。结果，夫妻二人前半夜一潮又一潮，后半夜疲累至极，沉沉睡去，不觉得一觉睡到太阳老高。两人忙起来梳洗，还没有梳洗停当，夏小寒的电话就打来了，要小草赶快出发。

常艾莲家门大开着，人却不在家。

宋小娇在窑里逗妞妞玩。宋小娇过完午没去青边，一直家里住着，全因夏宁超太淘，她一人顾不过来。

夏小寒进门抱起儿子就开始亲。

小草站在门口跟宋小娇打了个招呼，就说去找妈妈，赶紧退出门，她生怕打扰人家的亲热。

小草走到硷畔，跨上小满家的窑脑畔，朝院子里一看，果然看见常艾莲与苏月影在院子里划玉米。黄灿灿的玉米，在太阳光下，像金山峁一样，堆了一个大堆。她站在脑畔上叫道："妈！"

"哎！"常艾莲应一声，站起身，拍拍身上的玉米粒，仰头又问，"你俩都回来了？妈这就上来。"

"小草，叫你们女婿下来帮忙划玉米，晚上嫂子给做饸饹。"苏月影停了手中的生活，抬起头，看着小草，大声说。

"好嘞！嫂子。妈，你别上来了，我下来划玉米。李建新没回来，我跟小寒一起回来的。"小草说着就跑下坡，拦路挡住了常艾莲，笑着说，"妈，过会儿再上去，又不到做饭的时间。"

常艾莲听说，就与小草一同折回又划起玉米。可她刚划一阵，又站起来，拍拍裤子，说："我还是上去走走。"

苏月影等婆婆走了，问小草："有情况没？"

"啥情况？"小草一时间没反应过来。

"你说还能有啥情况？怀上没？"

"哪能那么快？"小草羞得满脸通红。

"怎不能？你哥复员回家，第一次，我就怀上了。"

"你怎知道？"

"我当时也不知道，傻不叽叽的，老呕吐，妈就说怀上了，很准，日子对日子，刚好九个月零十天。"

"那么灵。"

"也对人了，有的一年半载怀不上，也有三年五年怀不上的，还有一直怀不上的，那种叫石女。"

"噢。我不会是石女吧？"

"呸呸呸，别瞎说。"

小草笑而不语。停顿片刻，她岔开话题：

"哥呢？"

"串门了。"

"现在生意好不？"

"就那样，不死不活地吊着。"

不多时，小满回来。看见小草就问：

"你一人回来？"

"还有小寒。"

"他回来作甚？"

"好像说要找你帮忙贷款了，我也不太清楚。"

"他太贪了，现在不是有两摊子生意做吗？你们酒店的生意听人说可好了呀，他还不知足？"

"钱又不扎得手疼。"

"多少是够？贷下的刚还完，又要贷。而今不同以往了，信用社贷款还要抵押，手续越麻烦了，单靠我这脸面，肯定不行的。"

小满听说小寒又要贷款，就开始犯愁。他不帮，说不过去，他帮，却要为难自己。小草不想听哥哥唠叨，就借故走开。她说："嫂嫂，我先上去，一会儿再下来。"

小满跟出大门外，悄声道："他没说贷多少？"

"我没问，他会跟你说的。"

小草生性悠闲，不爱管事，对男人们的生意从来不过问。她现在过着养尊处优的生活，小家庭的柴米油盐全由李建新操心。

李建新大男子主义，有能耐，当然不需要女人在外抛头露面挣钱养家了，也娇宠她，钱放家里，任她随便花随便买。可小草不是个败家的娘儿们，她基本不会花钱，白天的时间，除了看小说，就是写小说，要不就听着歌曲，憧憬未来。

写小说，她似乎陷进去了，就像谈恋爱陷进去一样，不能自拔，乐在其中，苦在其中。她尝试着投过几次稿，却都石沉大海，便不再投稿，权当自娱自乐。

小满现在还当着村委会主任，他的养殖场不死不活地吊着，现在也不雇佣人了，他和苏月影两人也能打理过来。土炼油退出河川湾后，他征得上面的审批，集资弄了一个洋芋淀粉加工厂，试图以此来把河川湾的经济带上去，却因只懂生产，不懂销售，把以前的积蓄赔了个精光，还带累了同村的许多人。一度，他家里也是门庭若市，却全都是要账的、讨债的。他没办法，天天饸饹床子支起，哄人家嘴软到心软。好在他还是村委会主任，还能跟信用社的人说上话，用淀粉加工厂的厂房抵押，贷了一笔款，把村里人的股份都退掉。现在，他守着一堆废铜烂铁，靠养殖场维持日月。

小草进门，看见母亲做饭，小寒抱着小宇超在母亲窑里戏逗，却独独不见宋小娇。小草也没问。一会儿，夏茂源背着一身土进门了，小草赶紧拿了笤帚帮父亲扫衣服后背的土，问道："爸爸，你还种地？"

"舍不住嘛。我就种点洋芋，你二叔赶着毛驴帮我种的。李建新没回来？"

"他要招呼生意呢。"

隔不多时，小满端着一小盆饸饹进了门。他把饸饹盆放锅台上，转身去抱小寒怀里的娃娃，抱在怀里一阵戏逗，戏逗够了，又递给小寒，才说："妈，你跟我爸先把饸饹分开吃了，小草，你自己下去吃。"

"给我做了吗？"

"做了，赶紧下去吃。"顿一下，他又说：

"宋小娇呢？"

"做饭着了。"

"怎么分灶了？"

"她想吃洋芋擦擦，你爸爸又不爱吃，今天有小寒哄娃娃，就分开吃一顿。"

常艾莲把饸饹分在两个碗里，一碗递给老汉，一碗递给小儿子。小寒不吃，说他想吃洋芋擦擦。常艾莲强要小寒吃。小寒就端起吃了两口又放下，说他想吃洋芋擦擦。结果，两碗饸饹都让夏茂源吃了。小草也想吃洋芋擦擦，跑过去让宋小娇多做点，就坐下来听他们拉话。

小满就给小寒诉苦，言下之意想让小寒在生意上拉他一把。小寒却说他现在的营生风险太大，搞不好会赔本，又说小满不适合做。小满听了大不高兴，恼问道："怎么我不适合？"

小寒说："你思想太落伍了，跟不上社会潮流了。"

小满质问："怎么我就跟不上社会潮流了？"

"你做事太小心谨慎了，太诚实讲信用了，太耿直，不懂变通，总之不适合。将来有了适合的，我一定不会忘记的。"

"谨慎、耿直、讲究诚信，这些不是全是优点吗？"小满让小寒说糊涂了。

"还优点？谁把这些优点占全了，谁就在而今这社会里混不开。"

"那就说都成缺点了？"

"看什么场合了。生意人要圆滑，耍心眼。"

"那什么是优点？"

"我也说不清。"

"小满，能给贷就贷吧。"夏茂源忍不住了。

"现在贷款，光靠一张脸皮担保行不通，还要抵押，拿什么抵押了？"小满知道政策，不知道对策。

"哥哥，不管怎样，先试试。"小寒说。

"你先问问，大不了不贷嘛。"夏茂源又说。

"哥哥，要不给点青边特产？"

"什么特产？羊？"

"嗯。"

"我没整过。"

"我整，你跟上我就行了，我就要你这张脸。去了你什么话不说，有我说，你只管坐着抽烟。"小寒说完给小满递过去一盒中华烟。

"叫我抽这个？这么贵的烟？"

"嗯。去时我给带上两条中华烟，一只羊。"

"你舍得？"

"舍不出羊，套不住狼。"

正说话间，宋小娇端着两碗拌好的洋芋擦擦过来了。她递一碗给小寒，转头对小草道："三姐，你自个儿过去舀，锅台上摆着了。"

"那你们先吃饭，我先下去了。"小满看见宋小娇进门，打了个招呼，出门去了。

饭后，夏小寒出去转了。宋小娇回了自个儿窑里。夏茂源、常艾莲和小草轮着戏逗小宇超玩耍，直到晚睡。

次日一早，宋小娇就把小宇超抱过来，放在常艾莲窑里炕上，她过自个儿窑里打扫卫生和洗脸梳头。她把浑身拾掇得干净清爽，又过常艾莲窑里来照看娃娃，见有小草哄娃娃，她就给常艾莲打下手，帮忙做饭。饭刚熟，夏茂源说："小草，娃娃给我，你吃饭去。"

宋小娇说："爸爸，你先吃，我先哄着。"

夏茂源说："我不饿，爱吃凉饭，你不敢吃冷的，你吃了，我再吃。"

夏茂源戏逗孙子小半天。宋小娇抓住时间一阵吃罢，接过小宇超。夏茂源腾开手，才开始吃饭。小草看不下去，想出口。常艾莲就给女儿使眼色，示意她不要多嘴。

常艾莲附在小草耳边说："雷打不动的习惯了。"

饭后，小宇超闹着要睡觉，宋小娇干脆让娃娃睡在婆婆炕上，她过自个儿窑里睡午觉去了。

宋小娇的午觉睡得很长，一觉醒来，基本到了大下午，又到做饭的时间了，她才过婆婆窑里，或看娃娃，或帮婆婆做饭。饭熟了，又是公公给她抱着娃娃，她先吃饭，而后等公公饭吃了，她就又不用看娃娃了，一个人又在自个儿窑里歪着看电视，直到公公扯着嗓门喊道："宋小娇，过来抱娃娃来，娃娃睡着了。"她才过来抱走娃娃，娘儿俩插门关灯睡觉。

这基本上就是宋小娇现在的生活状况了。

晚上睡下，小草就在常艾莲耳边嘀咕："妈，宋小娇也太幸福了，我有这福气就好了。"

常艾莲悄声道："她不是特殊时期吗？等你怀上了，你婆婆也这样心疼你。"

小草惊讶道："这么快？宇超还不会走，她就又怀上了，检查了？"

常艾莲道："惊奇甚，小子娃娃腿脚瘫，走路慢，宇超隔开奶水已经四个多月了。"

小草道："她现在有感觉了？"

常艾莲道："肯定有感觉。一天就是睡觉，怀的肯定是女子。怀上小子娃娃睡觉少，小子娃娃娘胎里就好动，淘。"

小草无语。她想，宋小娇这女人真还会讨公婆金贵，小小年龄，儿子有了，女儿也怀上了。又想自己比她大了那么多，结婚也快半年了，却无动于衷。而真实情况是，她跟李建新在一起远远不止半年。

常艾莲小半天听不见小草说话，用手推推小草肩膀，悄声道："你呢？有情况没？"

"没呢。"

"这么大年龄了，对自个儿的事上心点。你婆婆就没上去看过你？"

"没。"

"以后改改你这不急不躁的性格。"

"性格是小时养成的，还不怪你。"小草心里突然觉着委屈，一句抱怨话随口而出。

"白养你了，你婆婆怎么也不急躁，啥人嘛？儿子那么大年龄了，不闻不问，挣下钱要做甚？亏她还赤脚医生呢。"常艾莲显然为女儿担心，发一顿牢骚，又怕女儿上心，又宽慰说："不过你也不要往心里去，有的人三年五年也怀不上，都以为不会生了，人家却就怀上了，这种情况很多。"

白日里苏月影就问了同样的话题，现在常艾莲又提起。小草被婆媳二人排炮般地轰炸，心里着实焦躁，她真往心里去了，由不得胡乱盘算，禁不住为自己的未来担忧起来。结果，一整夜她都没有睡熟，眼睛涩得难受，黎明时分，她才迷糊过去。

四十五

一阵奇怪的声音吵醒了刚刚睡熟的小草，她睁眼一看，夏宇超拿只塑料小狗，放在她眼前，用小手捏得小狗"哇啦哇啦"直叫。常艾莲低吼：

"小东西，不要吵你三姑，吵醒奶奶揍你。"

"妈，你舍得打吗？"

"还是把你吵醒了。"

小草爬起一看，太阳照到炕上了。她是出嫁的人了，得有个样子。她一式坐起，穿衣下炕。但昨夜没睡好，眼皮肿胀得难受，她原想洗把脸应该好些，结果不顶用，依然难受，便又上炕重新躺下。夏宇超又拿小狗吵她。小家伙别有用心，要小草陪他玩了。小家伙刚学说话，在她耳边"咿咿呀呀，哇哇啊啊"了小半天，仿佛外国人讲出的话，她一句也听不清，却没了睡意，把侄儿抱起放在肚皮上，嬉闹起来。小家伙就"咯咯蛋蛋"笑个不停。

她感觉自己心性大变。要是往常，她一定会大吼大叫起来的，她从不喜欢与孩子嬉闹，但今日，似乎太阳从西边出来了，她看见侄儿今日比任何时候都亲，都可爱。她干脆把侄儿放在被窝里，紧紧搂在怀里，俯下脸，不停地亲起来。

她突然间马上就想要个自己的小孩了，特别地想。她一刻也不想在娘家停留了，想马上回到丈夫身边，马上与丈夫做爱，要丈夫给她种一个孩子出来。

宋小娇过来了，她今天打扮得很清爽，模样看起来似乎更俊了。

小草现在真羡慕宋小娇，羡慕宋小娇的幸福，羡慕宋小娇神仙一般的生活。就是呀！一儿一女赛神仙。宋小娇将来的生活一定会赛过神仙。

宋小娇站在炕栏跟前道："三姐，你也快了吧？"

小草没有回答，抿嘴笑了一下。

宋小娇惊道："三姐，你们不会是不想要娃娃吧？要我说，女人就得有娃娃，娃娃是女人的势皮子，有了娃娃，公公婆婆都会疼你。赶紧要一个。"

小草苦笑，眼泪都快出来了，双眼朦胧。

她想，难道我有毛病吗？

宋小娇看出夏小草的表情不一样了，又宽慰道："这不由人。我们村之前有个媳妇子，结婚三年都怀不上，婆家就说人家不生养，给离婚了，结果那女的跟另外一个男人结婚后，一连生了两个娃。我们村还有一个，结婚两年没怀上，一家人急，婆婆带上到医院检查,医生说有点小毛病,开了些中药,回家调理了半年就怀上了。"

听了宋小娇的话,小草更觉得自己有毛病了,她连一分钟也待不住了,匆匆收拾东西,大有立即走的样子。

常艾莲看出了端倪,忙制止宋小娇:"小娇,你别说风就雨,瞎说些甚。"

"妈。不是说风就雨,都是真事。三姐,我的意思是你们俩都这么大年龄了,到医院看看准没坏处。"

"小娇,你说得对,我听你的。我吃了饭就回去,我俩一起去检查。"

"你不等小寒相跟上回了?他的款还没眉目,怕还要等几天了。"

"不了,我坐班车走。"

让小草想不到的是,回到青边,一进家门,婆婆正好家里坐着。原来,她和婆婆是同一天出发,她刚回到娘家,婆婆就来到她家。

"小草呀,妈没打招呼就来了,建新怪我呢,说我来也不打个招呼,又说你回娘家去了,你怎没多住两天就回来了?妈正好有顺车,想你们了,就来了。"婆婆看见小草一阵解释,唯恐媳妇怪罪她。

"妈,建新给我打电话了,说妈来了,要我少住两天。你来了正好,我高兴你来。"

其实,压根就没有的事。李建新和小草结婚后,男人的本性全露,除了晚上回家大妻恩爱,白天几乎全天都忙着,有时她打电话叫,他还忙得半天回不来。不过,她完全理解。男人嘛!都以事业为重,哪能整天陪着老婆腻腻歪歪。再说李建新在婚前就有事业了,哪里能想到这些婆婆妈妈。

小草现在这样解释,完全是替丈夫说话,让婆婆高兴。一种聪明女儿讨好婆婆的做法,真实用意也是为了让婆婆多关照她呢。

李建新和夏小草谈恋爱时,在青边最繁华的地段买了一套三居室,做婚房用。李建新当时说:"新人就要住新房。"他俩都不是张扬的性格,商量好新事简办,结婚证一领,把生意上的朋友叫上,在青边酒店里摆上几桌酒席,简简单单就行了,也因当时生意太忙,耽误不起时间。不承想家里人说不通,非要大操大办,还说不操办左邻右舍还笑话,怕人家以为新媳妇摆不上桌面呢。因这,李建新才弄了一个排场婚礼,彰显自己的能耐,抬高小草的地位。

"你高兴就好。妈这次来了,想住段时间再回去。"

"妈,你想住多久都行。建新白天不在家,家里就我一人,还不好舍。"

婆婆在河川街上住着,不像常艾莲一样喂猪喂羊,整天有事忙。她是村里的妇女主任,村里有些事情离不开她。之前她还是赤脚医生,后来,村里回来卫校毕业的小后生,接替了她赤脚医生的班。现在不叫赤脚医生了,叫村医。即便如此,婆婆在村里的地位还很高,全因她懂一些怀孕以及生男生女的常识。据说老灵了,常有只生女娃,不会生男娃的婆姨来找她咨询、让她治疗。

"小草,趁建新还没回来,妈跟你拉两句悄悄话。"

"妈,你说。"

"你跟建新好着不?"

"好着啊!怎啦?"

"妈就明说,你别生气,准不?"

"妈,你说,怎么啦?建新惹你了?"

"没有,没有。"

"那为甚?"

"妈想抱孙子呀!我打了好几回电话,问你怀上没,建新连句准话都没有,还不要我管。这不,我偷偷来了,妈就想住段时间,给你改善改善伙食。你们都老大年龄了,真不能拖,你们不懂,妈懂。你不要生妈的气,夔撑妈回家就准。这往后,妈给做饭,准不?"

"妈,那怎成?你住多久都行,我做饭。"

晚上,李建新回来,小草立即上纲上线,说她想要娃娃了,又说宋小娇又怀上一个了,如果她再怀不上,以后没脸回娘家了。李建新听了小半天没反应,回转过神来,悄声道:"你说为啥哩?你怎怀不上?我们的姿势不对吗?"

"胡说啥了,我俩明天去医院,看什么原因。"

"也行。"

次日,李建新找了个借口,谎说有朋友结婚请吃席,中午接小草去了趟医院。结果医生说小草宫寒,不易坐胎,需要调理,开了一大堆中草药,并交代了注意饮食。

婆婆知道后,也高兴,就住下来,给媳妇熬药、做饭、打扫卫生,把媳妇金贵得跟皇后娘娘一样。

小草一下子理解了她的母亲对宋小娇的好。

婆婆一住两个月。两个月过去,她陪着小草去医院复查。医生根据各种化验,说停药一月后,可以考虑怀孕了。

婆婆听了大喜,说她来对了,来好了,却不说要走,依然住着,大有常住下去的势头。这正合小草的心意。两个月下来,她已经养成被人伺候的习惯,不知不觉喜欢上了婆婆做的饭菜,感觉婆婆也变得可亲起来。

又过两月,她果真怀孕了,这不免让一家人高兴,为此,她把这好的消息电话上告诉娘家人。

婆婆见儿媳妇怀上,就说要离开一段时间,说离家太久了,必须回去安顿一回了。小草当然理解,尽管心有不舍,却不得不让婆婆离开。婆婆走时,夏小草和李建新送到汽车站。小草看着婆婆的背影一步一步离开,眼里竟然有了汪汪的泪水。

都说媳妇跟婆婆生分,她一点都没觉得。

婆婆回去还不到一月，她就开始嫌饭，什么都吃不成，闻见饭味就吐，大吐特吐。李建新没招，一个电话，又把婆婆调来。

婆婆到来，变换着花样给她做吃的。她却一点都不给婆婆带面子，依然吃一口，吐一口，一口也吃不进去。

女人在怀孕前期嫌饭，这可以理解，她却顿顿饭都嫌，咸了嫌，淡了嫌，酸了嫌，辣了嫌，没有她不嫌的。也就是婆婆性情好，一般人可担待不了。李建新就担待不了，刚刚几天就受不了，搬来了救兵。

婆婆心疼儿子。夏小草彻底理解了，这就是母子。她也理解丈夫，觉着自己实在难伺候了，怎么怀个娃娃还兴师动众。她见过苏月影怀娃娃，也嫌饭，却不是都嫌，有她想吃的，要么喜欢吃酸的，要么喜欢吃辣的。宋小娇更是，常艾莲说她只是犯困，没精神，想睡觉，饭照样吃。

她想想别人，再想想自己，越想越觉着自己讨厌，不招人喜欢，她却没办法。婆婆也不怪她。婆婆面前，她挣扎着吃，有时想吐，强忍着，眼泪忍不住会掉下来；有时肚子里翻江倒海，实在忍不住，往往吐得一塌糊涂，好像肠子苦胆都吐出来了。婆婆看见也难受，也心疼，眼泪直掉，不停地想办法，打电话到处问人，找偏方。

说也奇怪，一日婆婆端来两张色泽金黄的薄脆饼，她出奇地没有嫌，而且一连吃了两张，还想吃。婆婆看着她吃得香甜的样子，眼泪直流，嗔怪她道："小草呀！你这娃娃呀！连自己想吃什么都不清楚，害得我的宝贝孙子跟上你受罪。你忘记你喜欢这一口了？"

她被婆婆说得如入云雾，惊奇地望着婆婆。

"你这娃娃，这么不记事。这是你妈妈发明的，说你小时候一闹病，就爱吃这。"

"这是我妈妈做的三合饼？她来了？她在哪？"

"她没来，她告诉我的。"

"我只记得小时候吃过，这么多年，早忘记这口了。"

"妈，我还想吃。"

"准，妈再给烙去。"

的确如婆婆说的一样，她小时候吃过这饼，是生病了母亲才给做的。后来，她长大了，口不那么细了，常艾莲就再没做给吃。三合饼需要趁热吃，饼皮上是淡淡的咸，酥酥的脆；饼里面是淡淡的甜、嫩嫩的软。三合饼是妈妈的味道，有着淡淡的乳香味含在里面。噢！她的记忆更清晰了，里面还有一种原料——羊奶。

她在身体不舒服时，偶尔也会想起母亲曾做的三合饼，却只是想想而已。她纵有母亲的智慧，却也没有学会母亲的手艺，她甚至没有试着做过一次。她完全想不起打电话问母亲，只是听母亲说孕妇嫌饭神仙也帮不了，全要自己硬熬。

婆婆真是心灵手巧，真是用心良苦，竟然想起打电话问常艾莲。婆婆烙的三合饼和常艾莲烙的三合饼如出一辙，都含有独特的乳香味，吃起来酥酥、脆脆、甜甜、嫩嫩。

不多时，婆婆又端来了两张。小草接住，大口吃起来。

四十六

夏小寒贷款时机不对，拖了好长时间才批下来，最后还是夏小满用已经废弃的淀粉厂厂房作为抵押，信用社才答应的，当然请客送礼也是免不了的。

李建新给小草说这事，小草追问详细，他又闭口不提，却说要回一趟河川湾，给小寒送两个司机回去。小草更不理解了，惊问："不是买了一辆车吗？他自己开上来不就得了，怎么还要俩司机？"

李建新便解释说："信用社款不是不好贷吗？又抵押又请客又送礼的，还拖了那么长时间，小寒淌进河里不怕湿了，干脆多贷了一些，这不就一下子买了三辆新车。当时去接车，大哥开一辆，小寒开一辆，4S店派了一个司机开一辆。那4S店的司机车放下就回去了，小寒就要我在青边雇两个司机。"

"噢！原来这样啊！"

"最关键雇佣当地的司机好处太多，工资掏得少，还不必考虑住处，还流动性小。"

小草的嫌饭期业已过去，精气神也恢复了，就央求李建新带上她也回娘家走一回。李建新的母亲见状，也要坐车回家里，她家里还有老汉、娃娃，的确不能长时间待在媳妇家里。

小寒的新车停在小满家门前的公路上，三辆前四后八，威风凛凛，震慑住河川湾的老老少少。夏茂源脸上挂上了比先前更灿烂的笑容。他端着茶杯，绕着三辆车前前后后、左左右右看个仔细，而后坐在路边榆树下的石凳上，眯着眼睛，瞅着车，品着茶。他看见小草和李建新到来，忙站起来招呼，扬起声叫道："小寒，你三姐夫回来了。"

小寒闻声跑出大门，招呼一行人进窑里吃饭。

苏月影系着围裙正揉饸饹面，灶火里噼里啪啦呼呼直响，大锅里气冒喧天。荤汤臊子业已做好，盛了满满一大搪瓷盆子，上面飘着透明的油花、金黄的葱花、翠绿的香菜叶。色香味俱佳。小满招呼小寒、李建新与青边雇来的两位司机上座后，便给苏月影锅灶上帮忙。这么热闹，独独不见常艾莲和宋小娇。小草便问苏月影："嫂嫂，妈怎么没下来？"

"宇超不乖，闹人了，刚刚来医生上去看了。"

饸饹捞出来，小草跑出门，站在当院叫道："爸爸，快回来吃饭。"

"我不饿，你们先吃。"

小草便端了一碗送到父亲手里。夏茂源吃面时，眼睛一刻也不离开那三辆新车，仿佛小男孩看见许多玩具汽车一样欣喜而兴奋。小草回窑里看见苏月影连臊子带面浇好一盆，心领神会，便端了出门，出院，上坡。她还没进院子，就听见宇超正"哇啦哇啦"号哭。她推门进去，见母亲和宋小娇正给宇超灌药。小东西不配合，药汤子在胸前洒了一摊。

"妈我回来了，嫂嫂说宇超不乖，请医生来了，怎这么快就走了？"

"你俩一起回来的？"

"嗯，还有两个司机，现在哥哥家吃饭呢。"

"赶紧哄哄宇超，让药吃了再说。"

小草正好给宇超买了玩具——会响的玩具手枪。她用手一捏，手枪发出"砰砰砰"的声响。这下好了，宇超的注意力分散，竟然小口大张，几口就把药全咽了进去。宋小娇道："三姐，你住一段时间？还是跟上回去？"

"我就是跟回来转了，看李建新了，他回时我就跟上回去。你和妈赶紧吃去。"

"你吃了？"

"还没，我下去吃。"

"那你下去吃，我一会儿下来。"

"妈，那我下去吃了，你们趁热吃了，坨住不好吃。"说完，小草转身出了门。

小草走到哥哥家大门口，看见父亲已经吃完，碗却在一旁放着。她端起碗道："爸爸，再舀一碗来？"

"你嫂子又给我端了一碗，吃饱了。"

小草便端着空碗进门，看见满窑里热气，就端了一碗出外面吃。她正吃着，常艾莲、宋小娇、夏宇超次第进了院子。

恰恰吃停当，小寒就带着两个司机看车，准备装油罐去。小满闲着没事，也要跟去装油罐。李建新说家里有点事，得回去一趟，问小草要不要回去。常艾莲礼多，便催促小草一同回去看看。

汽车跟前站着很多人，左邻右舍，不远不近的村人。他们来看车。他们第一次看见这么大的车，第一次看见一户人家一次性买了这么多的车，他们在车身上这儿摸摸，那儿看看，那目光，是惊奇，是羡慕，抑或是妒忌，混合不清。

小寒跟村人们打招呼后，就与两名司机全都上了驾驶位。李建新是女婿客，不常来，好多人不认识。人们七嘴八舌问夏茂源。夏茂源高兴得合不拢嘴，面对村人们的盘问，他一一回答：

"小草的女婿。"

"叫李建新。"

"河川街上人。"

"常在门外,很少回家。"

"在青边。"

"做油生意。"

"对对,小寒也在青边。"

"肯定的。"

李建新跟在丈人身旁,对着村人们点头,与一些男人握手。随后李建新和夏小草从左右两边上了小轿车。

三辆大车前面走,一辆小车后面跟,眨眼间便淡出了村人的视线。

就在这个时候,村里人免不了恭维夏茂源和常艾莲好福气,免不了议论夏小草好眼力。

四十七

一日清晨刚起床,小草突然间就感觉肚子疼得厉害,并且感到下身有东西流出,脱下裤子一看,内裤里有一摊血。她惊呆了。

李建新听说慌了手脚,赶紧给他当赤脚医生的老妈打电话,电话挂了,就一把抱起小草,跑下楼,上了汽车,到了医院。医生检查完,一边开药方,一边警告夏小草:"子宫前位,同房导致子宫出血,影响胎儿正常发育。根据目前的情况,建议孕期前四个月、后三个月不可同房。"

小草羞得满脸通红,却不免心虚,又弱弱地追问道:"还需要注意什么?"

"不要劳累,保持好睡眠,要再发现出血,就要采取卧床保胎。"

小草着实惊慌,拿了医生开的药方子,出外赶紧把信息传达给李建新。李建新听了,当即笑道:"这龟儿子,这么不禁打。"顿 · 下,又道:"我还是叫妈上来吧,我一天不在家,要是你再有什么,我给老李家不好交代。"

小草道:"那你要听医生的话,前四个月,后三个月,你不能胡来,不能让我们的宝贝再受气。"

李建新忧伤道:"那我想了怎办?"

夏小草生气道:"凉拌。"

李建新长叹一声,拉着小草的手,出了医院大门,上了车,坐车里就给老妈汇报情况,言下之意还是想劳烦他母亲再来青边。他在电话里三分威胁七分乖哄道:"妈,你还是再来青边一回。医生建议小草不能劳累,还要休息好。把她一人撂家里,我不放心。你说我们都这么大了,好不容易怀上了,若再有什么闪失。妈,你就心疼心疼儿子，体谅体谅儿媳，要是她再受累了，闹不好还要卧床保胎，那多憋屈人呀！要不你跟爸爸一起来我家住，好不好？妈。"

李建新给他的母亲叨叨了一阵，挂了电话，又开始对小草叨叨："老婆，以后你就安稳家里待着，不要做饭，不要打扫卫生，无聊时听听音乐。每天吃饭时间，我一准回来陪你，亲自下厨给你做饭。要是我走不开，我会安排酒店厨师按时把饭做好，安排人给你送回来。你要是想出去，记得给我打电话，不要一个人出门，千万千万把我们的宝宝照顾好。"

李建新的一番叨叨，像极了一个碎嘴婆婆，在交照不懂事的儿媳妇。他开车到家门口，突然间后悔，又掉头到了酒店。小草不解，问：

"你怎么把我带这儿了？"

"今天你跟我到酒店待着。把你一人撂家里，我真不放心。"

"有必要吗？"

"有必要。下午我们一同回去。"

到了酒店，李建新就忙去了，把小草一人安置在他办公室里间休息。

酒店正是李建新和夏小寒合开的酒店。

夏小寒在里面只占了百分之三十的股，不参与酒店管理。李建新控股，管理酒店。酒店取名"青新草大酒店"。青边的"青"，李建新的"新"，夏小草的"草"。酒店的得名完全是李建新的个人创意，明眼人一眼可以看出他别有用意，可以看出他和小草真挚的、不含一丝杂质的爱情。他自己也说过，酒店的创办，离不开小草带给他的动力与激情，酒店就是他们婚姻的见证。

青新草大酒店的装修与硬件设施位居青边第一。它稍稍偏离县城主街，隐蔽在一排高大的钻天杨后面。

小草仰躺在席梦思软床上，回想着自己结婚以来的生活，心里漾起层层欢悦。她被巨大的幸福感包裹，不知不觉就进入了梦乡。一个女人的声音惊醒了她，继而她又听到李建新的声音。"李哥，几年不见，你发达了呀，也不照顾照顾老相好，竟然偷偷吃包子。"

"你是谁？瞎说什么？"

"哎呀！李哥，你好健忘，前几年，你还常常点我的局呀。"

"胡说八道。滚。"

紧接着便是高跟鞋敲打地板叮叮当当一阵响。像是女人离开了，接着有椅子拉动的声响，李建新的脚步声渐渐淡出了办公室。

她起初以为自己做梦了，用手掐一把大腿，感觉到生疼，才知不是梦。那女人的声音妖里妖气，太像卖春的小姐了，听得她起了一身鸡皮疙瘩，连着激灵了几下。

这不是梦？是真实的事情？李建新和她结婚之前竟然耍小姐？她禁不住连连发

问，不想接受这样的事实。而她竟然和他结了婚，还怀了他的孩子。这样想的时候，她就感觉自己好像被李建新玷污了，有种受骗上当的感觉。

于是，她一整天郁闷，提不起精神，不想说话。中午，李建新给她端来喷香的饭菜，她竟没了胃口。

李建新看见小草一脸情绪，追问她怎么了。她闭口不言，懒得理他。

但她内心深处却能理解李建新。

李建新是男人，结婚那么晚，单身男人，生意场上混，尤其他从事的行业，卖春小姐如云的环境里，让一个正常男人"出淤泥而不染"也不现实。但她就是心里别扭，思想上接受不了，心情上接受不了，仿佛她是吃别人咀嚼过又吐出口的食物，胃里不自觉地翻搅，喉咙上也发呕，哽得难受，一连几次几乎呕出声来。李建新慌了，焦急道：

"嫌饭期不是过了吗？怎么又发呕？早知这样，还不如不要孩子。告诉我，想吃什么？我让厨房重做，好不好？"

"不麻烦了。我不是嫌饭，是不想吃，这里不想吃，一时想不开。"她指指自己的心口。

"有什么想不开的？你不要想太多，好不好？坚持几个月，孩子生下就全都好了。妈大后天就上来，这两天你就乖乖的，不要再出乱子了。说，想吃什么？"

"我想回家，不想酒店待了，万一再听见我不该听到的，我更受不了。"

"你听到什么了？"李建新一下子就想到刚才那小姐了，心里着实惊慌不小，但他巧妙地打消了小草的疑虑。他笑道："噢！你是说我刚才跟那个小姐的谈话吗？那小姐是个四川妞，她们就从事那种职业的，是公开的。有一段时间，我给一个集团老总跑腿，那老总上了 次那女的，就忘不了了，自己又不好意思经常去找，就让我传达消息了，她说的'点局'就是这个意思，绝不是你想象的。"

小草半信半疑，却也再没有追究。

次日，小草便没跟李建新去酒店，她独自待在家里。百无聊赖，她就回想起自己的经历，由不得她控制，一股股酸楚便涌上心头。

下午饭时，李建新打电话回来，说小寒在酒店请客，要他作陪，他打发酒店服务员到时把饭送家里来。他问小草吃什么。小草突然想起母亲擀的杂面来，就随口道："酸汤杂面，清清淡淡的那种，不要放油。"

不多时，服务员就把做好的杂面送来。她站在门口接了饭盆。服务员转身就跑下楼。

吃罢饭，她歪在沙发里躺了一阵，睁开眼，天已经大黑了，但李建新还没回来。她想起白天那个小姐的声音，由不得胡思乱想，就拨通李建新的电话。电话接通，李建新说什么，她一句听不清，只听话筒里音乐震天，一个女人高声唱道："你要拉我的手,我要亲你的口,拉手手呀么亲口口,咱二人圪崂里走。你要亲我的口,我不要丢你的手,拉手手呀么亲口口,一搭里朝前走……"

过了一阵,她才听见李建新的声音:

"怎的啦?"

"怎还不回来,都几点了?"

"小寒今天请客,我在陪客,他的客人还没走,我不能离开。你早点睡,好不好?想吃什么?我回来时带上。"

"什么也不想吃。"她没好气地挂掉电话。

她完全没了睡意,看一阵电视,听一阵音乐,时间过得太慢了,如同一只受了重伤的蜗牛,在努力向前爬行。

她躺在沙发里闭目养神,静等时间过去。

轻音乐的催眠下,她开始犯困,渐渐地,上下眼皮开始打架,她睡过去了。

一阵冷风吹来,惊醒了她,再看客厅墙壁上的时间,已经过了深夜十一点,李建新还没回来。她又想起白天那个小姐的声音。顿时,她疑心大起:会不会李建新撒谎?会不会李建新又和那个小姐在一起了?她不敢往下想了,心慌得不行,又拨通李建新的电话。电话里传来李建新的声音:"小寒,不行,我得回去了,后面的场你圆吧。你三姐又催了,她身体不舒服,咋天我还带她去医院了。"顿一下,李建新又道:"吴总,失陪,失陪。我家里撂着娇妻呢,特殊时期,我得照顾照顾她的心情。你们继续,继续。"随后,她就听见闭门的声音:"小草,还没睡吗?说,想吃什么?我给你买回来,十分钟后到家。"

小草听了李建新电话里对别人的一番解释,心下顿时坦然,两天来的坏心情顿时就消失得无影无踪,她脱口而出:"想吃你。"

"哈哈哈,好,好,你等着。"

李建新回家兴趣盎然道:"小草,小寒简直神通广大,今天招待了重要人物,简直五毒俱全,胃口大得惊人,胆识与魄力可谓了得,酒店所有的娱乐环节,他都要耍一遍,而且眼不眨,脸不红,简直高手,高手。"顿一下,他意犹未尽道:"小寒找到好靠山了,以后真要飞黄腾达了,说不准我还要沾他的光哩。"

小草两眼紧盯李建新,哑然失笑,在心里暗暗道:"太不公平了。社会怎能这么偏心?怎能允许男人有这么多的特权?"

四十八

夏小草和李建新为了彻底避免同房,两人一致同意分房睡。这是李建新提出来的，他约束不了自己，怕睡在一张床上会犯规，造成严重的后果。

婆婆看出端倪，以为夫妻俩闹了不愉快。李建新不得不说明原委。从此，小草基本上不做任何家务，一切生活都由婆婆代劳。李建新落得一身轻松，没有特殊情况，总是早出晚归。

一日，李建新回家，附在小草耳边神秘道："小寒买小轿车了。"

"真的？"小草大为惊讶。

"真的。不过你要保密，不可告诉任何人，包括你的家人。若真有人问起，你就说借别人的。他不愿张扬，特别要我嘱咐你的。"

"为甚？有必要吗？"小草百思不得其解。

是啊！如今这社会，但凡生意人，贷款也要把自己武装成有钱人，为的是好来事，好做事，哪有小寒这样做事的，简直离谱。

"别问那么多。小寒明一早回河川湾，回去住一晚，你若想回去，也回去走走。"

小草当然想回去，马上收拾衣服，唯恐明天早上时间赶不来。婆婆听说有顺车，也要回一趟家，还说路上正好照应媳妇，她也心安。

原来小寒买的是二手车，九成新的红色桑塔纳。

小寒是爱面子的人，难怪他要说成借别人的了。

小草已经猜得八九不离十，但她想知道小寒的真实思想，还是附在小寒耳边悄声问："为甚要说成借别人的？"

"买辆二手车多没面子。"

"那有什么？"

"你不懂。"

"那你干吗不买新的？"

"买不起。"

"买不起就不买呀！"

"这不同，物有所值。你知道就行，千万别说我买的，连同宋小娇、妈妈、爸爸全不要告诉，记住没？此事只有你我三姐夫三人知道。"

"晓得了。"

小寒开大车多年，技术绝对一流，现在开上小车，宛如耍流星，没觉着时间过去，就到了河川街。小草的婆婆到站下车后，一脚油门，眨眼间就到了河川湾。

小寒把小轿车往公路上一停，顷刻间便聚拢过来许多人，个个眼睛聚光，满脸惊奇。一阵喊喊喳喳惊讶声，就把小满两口子惊出了大门。

小满惊道："小寒，你买小车了？多少钱买的？"

"借的。"

"小寒你牛啊！"

的确，任何年代，能借车开的人，比买车开的人更牛。20世纪90年代，农村人能买起小车的，几乎没有，除了李建新那种长期身居门外，并且直通油田的大老板。那时，更多的农村人还在温饱线上挣扎，小部分的人才开始奔小康。能借大老板的车开着回家，这充分说明小寒的能力有多么强，社交面有多么广，人脉资源有多么丰富，接触的朋友层次有多么高。

村人们的眼光更亮了。小寒和村人们一一打了招呼，而后小跑两步，追上小草和小满，三人并排上了院坡。宋小娇窑里传来小娃娃的哭声。噢！宋小娇的二娃已经快百天了，是女儿，取名夏宇萱。小寒没好意思先进去看婆姨娃娃，而是跟着小满和小草进了门。夏茂源端坐炕上。常艾莲正在做饭。夏宇超追着皮球满脚地跑。少顷，宋小娇进门来。宋小娇问小寒："公路上红色的小车你开回来的？买的？"

"借的，你也不想想，贷好多款呢，哪能买得起。"

"哦，我就说嘛，没听你说要买车呀。"

夏茂源听说小儿子开别人的小车回来，屁股一溜下了地，出了门。他去看小寒开回来的小车去了。

宋小娇说完，自个儿先出门。小寒随后跟出门。小满抱起宇超戏逗。宇超大概感觉到小满脸上的胡茬子扎得疼了，用两手直拍打小满的脸。小草头探出门，看一眼小寒进了自家门，又听见关门的声响，心里窃笑。常艾莲免不了关心小草，问长问短。小满见插不上言，跟常艾莲打了招呼，抱上宇超出了门，下了坡，回他家里戏逗去了。

母女拉话，脱离不了家长里短。常艾莲先问女儿的身体，后问女儿的饮食；问一阵小草与婆婆的关系，又问一阵小草与女婿的生活，一切都得到满意的答复后，当即满脸堆笑道："现在你不吃宋小娇的醋了吧？"

饭后，村人们都来串门，夏茂源窑里一下子涌进来一脚地人，他们来找小寒拉话，却因窑里有吃奶娃娃，不便过去，央求小草去叫小寒过来拉话。

小寒和村人们有一搭没一搭闲扯。小草不感兴趣，过宋小娇窑里拉话，看侄女。

小草这次回来没有准备，走得匆忙，没有给侄儿侄女带玩具回来，她给宋小娇放下二百元钱，权当给娃娃的礼物，给大人的慰问了。

小草怀孕后，不再讨厌月婆子窑里的味道了，相反她还觉得月婆子窑里有股让她迷恋的味道。她对宋小娇的态度也一百八十度转弯，觉着宋小娇越来越可爱，越来越值得尊敬，在内心里甚至把宋小娇当作老师。现在她迫切地要咨询一些准妈妈的常识。

宋小娇已经是两个孩子的妈妈了，从经验上说，足够给小草当老师了。她心直口快，小草问甚，她答甚，把她知道的竹筒倒豆子般悉数倒出，不藏情，不遮掩，以一个成熟老到者的身份细心说教，全没一点因年龄差异造成的代沟感。小草为取经，也完全放下以前那种清高孤傲的姿态，认真聆听导师的讲解，唯恐有半点走神。

大概十点多点，小寒过来，小草便告辞，过母亲窑里洗漱上炕睡觉。

次日一早，小草和小寒就要返回青边了，顺路在河川街上接小草的婆婆。小草的婆婆招呼小草和小寒，喝小米粥，吃烙饼。吃饱，喝足，三人正式出发。

走至半道，在一个叫槐树湾的村子里，小寒的车被交警拦住。小寒以为是交警例行检查，忙掏出驾驶证和行驶证。万万不曾想到，交警说要扣车。小寒大惊，质问交警道："你们凭什么？我两天前刚买的车。"

"跟谁买的？"

"侯三，我有买车协议呢。"

"你被骗了，侯三已经被逮起了。"

"为什么？"

"侯三偷的车卖给你，赃货，明白不？"

"那我的钱呢？"

"我们不知道，我们接到车主报案，幸亏侯三被逮住，否则带走的就是你。"

"我要见侯三，要回我的钱。"

"好，跟我们要走。"

"哪里？"

"榆泉。"

小寒惊呆了。交警开了车扬长而去。小草若有所悟。婆婆不明真相，云里雾里，惊慌失措，但她神志清楚，催促小草赶紧给李建新打电话求救。小寒的脸变得乌黑，圪蹴在公路上半天不说话。两个小时后，李建新才赶来槐树湾。返回的途中，他们谁也没说一句话，车内的气氛异常沉闷，仿佛有一场暴风骤雨就要来临。到了青边，李建新把小草和婆婆先送回家，又去送夏小寒回住处。那晚，李建新没有回家，他给小草打来一个电话，说小寒心情不好，他要陪小寒说说话。

婆婆是个极其精明的人，从来不过问儿子生意上的事，更不喜欢多事。她只尽母亲的职责，极尽所能地关照儿子和儿媳的生活。

小草很尊敬她的婆婆，更多的是依赖。在生活上，在饮食上，她也从来不与婆婆多嘴，极尽所能地尽一个媳妇应尽的义务。

这样的一对婆媳，平日里相处得自是非常融洽，非常和睦，情同母女一般。说白了，小草和婆婆都属于明理明智的精明人。

小草很少在婆婆面前与李建新卿卿我我，倒不是说她呆板，是她懂得如何尊重一个婆婆。然而，她背过婆婆却极会甜腻，即便分房睡着，也会想办法制造夫妻间的情趣。

李建新已经养成了一种习惯，每日早上去酒店前和晚上回家里后，总要来小草屋里走一回，哪怕不说一句话，只是悄悄地看一眼。当然很多情况下，他会躺在小草的身旁，闻闻小草的体香，听听小草的心跳，或者头伏在小草肚皮上听听动静。

这个时候，小草的感觉是极享受，极享受的。她喜欢这种被人疼被人爱的感觉，有时会毫不遮掩地向丈夫撒娇。她时常自问："怎么之前不曾遇见李建新啊？"真是相遇太晚。

李建新很体贴，性情很暖。他能想到买《孕妇必读》，能想到买适合胎教的轻音乐碟片，甚至研究早教。他说《春江花月夜》曲调柔和，清丽淡雅；《平湖秋月》清新明快，悠扬华美；《云水禅心》《高山流水》《汉宫秋月》《小城故事》，听起来有一种超然脱俗的感觉。他说轻音乐如流水，是一种空灵的音乐，百听不厌，蕴含着欢乐与安详，能给人很自由很舒服的感觉。

某日傍晚，小草半卧在床上，听着优美的乐曲，突然间就想到李建新的体贴，禁不住陶醉了小半天。

小草对生活要求不高，她很容易满足，而李建新更让她感到一种浓浓的幸福感。她总想：现在人心浮躁，唯利是图，而李建新能在这浮躁与唯利是图的洪流袭击下，依然给她一片宁静，给她独特的幸福，真的让她感动，从未有过的感动。

现在，乐声撞击着她的心灵，她的心跟着起伏。一切往事，一切伤感，所有心里积郁着的愁绪，都在这优美的乐声中得到了洗涤，得到了释放。

寂静的傍晚，听着这优美的乐曲，真是享受，莫大的享受。她静静地听着，愉悦与欢欣随着优美乐曲的流淌而缓缓飞跃，缓缓奔驰，在一望无际的荞麦花丛里自由翱翔，翱翔。

小草被这天籁之乐抚慰得迷醉起来，开始飘飘欲仙，迷迷瞪瞪。她带着久违的安详，缓缓走进梦中。

梦里，她的宝宝会跑了，是一个男孩。她与李建新一人牵着宝宝的一只手，三人快乐地奔跑在一片紫红的荞麦地里。跑着，跑着，突然间，她看不见宝宝了，她以为宝宝和她玩捉迷藏。她找到李建新说宝宝不见了，哪里也找不到。她跟李建新要宝宝。李建新一脸迷茫，怪她不小心，怎么把宝宝搞丢了。顿时，她大哭起来……

婆婆把她从梦中摇醒来，笑道："怎么了？做噩梦了？还哭得眼泪汪汪。"

"原来是梦，吓死我了。"

李建新正好进门，听见了小草与婆婆的对话，也笑道："你梦见几个虼蚤抬几条瓮？"

小草摸摸肚子，长长舒一口气道："好了。"

又过一个半月，时序进入金秋十月。

那日正午，一束耀眼的阳光，透过窗隙，撩拨醒午睡的小草。

小草伸伸懒腰，眯起眼睛向外观望。窗外的天好蓝好蓝，连一朵云彩都看不见。

她仰躺在床上，双手抚摸着圆圆的肚皮，贪婪地享受着秋日阳光暖融融的抚慰。

突然间，她看见天边飘来一片彩云，煞是美丽，宛如一件多彩的霓裳在天空中飘飘。她趴在窗台上向楼下望了一望，看见很多的大人娃娃晒太阳。她也就想起下楼转转，晒晒太阳。于是，她就给婆婆打了个招呼，披了件紫色的风衣出了门，下了楼，加入其中。院里树荫下站着学生模样的一男一女，说话声很高。

男生说："我喜欢金庸的武侠小说。"

女生说："我喜欢三毛琼瑶的。"

男生说："你们女孩净喜欢情呀爱呀，全没意思。"

女生说："你们男生才没意思，一天光幻想打打杀杀。"

男生说："我听爸爸说新华书店新来了三毛的小说，你买了没？"

女生说："没买，爸爸不给我零花钱了，他就怕我买闲书。"

小草听了两学生的对话，不由自己就走到跟前，她问："新华书店距离这里远不远？"

男生看她一眼道："你买书？"

"我想看看有没有我要的。"

小草还真没留意过新华书店在哪，家里的《孕妇必读》还是李建新买回来的。自从怀孕以来，她基本疏淡了看书，也很少动笔写文字了。刚刚听了两学生谈论小说，激起她买书的欲望。她想买本琼瑶或者三毛的书读读。

"阿姨，你可真问对了，他爸爸就在新华书店工作。"女生说。

"离这远不远？怎么走？"

"不远不远，我们小区大门出去，左拐，巷子走完，再走五百米就到了。"

小草按照男孩所指，很快就找到新华书店，书店恰好有琼瑶的小说《烟雨濛濛》。她想买下，衣兜里却没有钱，她猛然想起，钱装在短外套兜里，她今天没有穿短外套，穿了件长风衣。

她有点懊恼，准备折回家找钱，却发现书店距离青新草大酒店更近一点，她就想起去酒店找李建新拿钱。她要给李建新一个惊喜。想到这儿她欢欣愉悦起来，觉着没带钱，还成了好事。

秋天是美丽的季节，美丽的秋天蕴涵着成熟的魅力，街道两边金黄的柳叶为秋天的成熟渲染了一笔艳丽之美。此时，阳光温馨恬静，暖融融的，轻飘飘地滑过她的头发，轻轻撩舔着她的后脖颈，舒爽顷刻间便漫上她的心扉。

酒店前那一行钻天杨美极了，片片叶子，仿佛无数放大了的金币，在强烈的太阳光下更显魅力。一股微风吹来，叶子随着秋风在空中翻飞起舞。她好庆幸自己刚刚的决定，否则这优美的景色，就与她错过了。仿佛一个天真的少女，她弯腰捡拾跌落地上的落叶。她突然间想到要用这些圆圆的大"金币"，在李建新的办公桌上摆三颗金色的心。她每捡一片叶子，都要在她滚圆的肚子上挨一挨，仿佛是在告诉腹中的宝宝——谢谢你！我亲爱的宝宝。是你，让妈妈对博大精深的爱有了全方位的理解与阐释。我亲爱的宝宝，你知道吗？只有心中充满爱的人，才会热爱生活，热爱身边的人和事；只有心中充满爱的人，才会善待亲人，善待朋友，善待大自然的一草一木，以及每一片落叶。

小草脸上泛起一种无比幸福的神色，她陶醉在优美的景色中，忘记了去酒店。她正陶醉着，突然间，一阵疾风刮来，树上更多的叶子纷纷落下，她在这纷乱的落叶中打了一个冷战。一股阴冷的风，防不胜防，"嗖"地钻进她的衣领，顿时，她便感到后背冰凉起来。

她疾走起来，直奔酒店李建新的办公室。

李建新的办公室在二楼的楼梯口，门虚掩着。小草到了门口，停歇了一小会儿，等喘气声平息下去，慢慢推开门，蹑手蹑脚，走了进去。

办公室里空无一人。

她准备给李建新打电话，刚拿起话筒，一个女人的声音从里间传出，进入她的耳朵："李总，这样好吗？"

"好，好，舒服，太舒服了。"李建新的声音。

他们在做什么？那个女人是谁？

疑问钻进她的大脑，她便不能控制自己了。她推开了里间的门。她看见一个穿着咖色风衣的女人，站在床下，撩起李建新的毛衣，双手抚摸李建新的胸口。

她彻底崩溃了。刹那间，她感到天旋地转起来，眼泪如决堤的湖水奔涌而出。她不要看下去，转身欲跑，身子和脚却不能默契配合，脚下一绊，身子便踉跄到了楼梯口，整个人失去了重心，顷刻间跌倒在楼梯上，仿佛一颗皮球，在楼梯上滚了下去。

四十九

小草睁开眼睛，感觉光线刺眼，当即又闭上眼睛。她把手按在眼睛上，揉揉，又放开，又睁开，这才意识到自己是在医院里。

李建新穿一件破军大衣靠墙而立，目光呆滞，脸色灰暗，一脸倦容。他背对着小草，并没有发现小草醒了过来，就那样呆痴痴地站着。

小草纳闷，禁不住自问："难道已经进入隆冬了？难道我在医院里睡了一个多月？"她的大脑非常清晰，想起酒店里看到的那一幕，随后她就转身跑出，脚下一趔趄，身子便扑向楼梯，一阵剧痛袭来，她的思维便断片了。她下意识地把手伸进棉被里摸肚子，感觉不对了，肚子怎么瘪了？宝宝哪里去了？她怀了整整六个月的孩子哪里去了？她急吼起来：

"医生，医生，我的宝宝呢？我的宝宝呢？"

李建新听到小草的喊声，转身扑了过来，惊道："小草，小草，你终于醒了。"

她用力推开李建新的身子，低吼道："滚开。"

"小草，小草，你听我说。"

"宝宝呢？我的宝宝呢？"

"没了。"李建新低沉道。

"没了？我的宝宝没了。我怀了整整六个月的宝宝没了。你还我宝宝，还我宝宝！你害死了我的宝宝，我要我的宝宝，我要我的宝宝！你还我，还我宝宝……"她撕扯着李建新的衣服，号啕大哭起来。

"够了。你不好好家里舍着，跑酒店做甚来了？你，你，你让我说什么才好，简直无聊。你睁大眼睛看看，看看我这里有什么？"李建新有满肚子的委屈，仿佛火山爆发，顷刻间全都喷射出来。她的脸上和身上便溅满了熔岩。李建新瞪着一双充血的眼睛，歇斯底里地吼叫的同时，撕开他的上衣。

她惊呆了，李建新的左胸前，爬着一个非常难看的东西，状如女人的阴唇。两片"阴唇"上，又向外突出宛如双排扣一样间隔相等的五对小肉丁来。

李建新身上哪来的伤疤？她怎么一点都不知道？她禁不住暗暗问自己。

她突然间想到，他们有三个月没有同房了，他们三个月不曾有过肌肤之亲了。想到这里，她惊出一身冷汗，意识到自己误会他了，是她自己把宝宝搞丢了。她想起了不久前的那个梦，梦里她和李建新到处找孩子，却怎么也找不到。那个梦原来是预兆，她怎么没想到呢？她看着李建新胸前的伤疤，当即自责起来。她不能饶恕自己，她抡起双手，朝着自己的脸，狠狠抽打起来。

李建新上来拉住她的双手，抱住她的头，向她低声喃喃："两个月前，我发现自己左胸上冒起一个圆溜溜的肉瘤来，如同杏子一般大，不疼不痒，我没当回事。没想到那肉瘤长势很快，一个月前，竟然长到苹果一般大小了，把外衣顶起老高。我怕你担心，就没有告诉你，独自去医院检查。庆幸的是，医生说那只是脂肪瘤，需要手术切除。那手术也不大，只是门诊手术，术后也无需调养，可以照常工作。万万不曾想到的是，拆线后伤口开始发痒，奇痒难耐。我就去医院，李医生又说我是疤痕体质，术后伤口就会长成那样，需要用一种外国进口药涂抹伤口，才会止痒而慢慢恢复。那药，不是处方药，青边医院也不卖，我就托李医生在北京帮我买。"

李建新正说着，病房里进来一个穿着白大褂的女人，她用一种非常鄙夷的目光看着小草，用一种非常痛惜的腔调对小草说："我就是那个李医生。疤痕灵回来的第二天，我正好去酒店吃饭，就把药带了过去，我是在李总办公室给他示范怎么涂药。你也太矫情了，怎么不信任自己的丈夫，他那么爱你，你却不懂他，作践自己，害人害己。"女医生说完，愤然离开。

至此，她才明白自己做了多么愚蠢的事情。

李建新似乎一点都不恼她，还一个劲给她擦眼泪，安慰她："不能哭，哭多了会落下眼病，你现在相当于坐月子。"

她根本止不住哭，越哭越伤心。她千后悔，万后悔，后悔不该误会丈夫。她想：自己才是杀死宝宝的凶手，罪孽深重，得给宝宝偿命。

想到这，她就觉着自己再也不能苟活了。

她想起了婆婆，那个为了孙子伺候了她快一年的慈祥妈妈。想到这里，她弱弱地问："妈呢？"

"回家了。"

顿时，她就感觉后背发冷，仿佛整个人都跌入寒冬腊月的冰窖。她让婆婆伤心了，婆婆生她的气了，婆婆永远不会原谅她了，婆婆再也不会伺候她了。小寒穿着厚厚的棉袄进来了，他手里提着不锈钢饭盒，散发出扑鼻的小米米汤香味。李建新接过米汤饭盒，倒出一碗。她便眼泪汪汪起来。小寒摇起床。李建新拉过凳子，坐下来给她喂米汤。小寒连招呼也不打，头向窗子迈着，转身就出去了。

她想：小寒肯定怪她心胸太狭窄，不会原谅她了，否则不会连个招呼也不打就走了。还是李建新对她好，唯有李建新不离开她。

李建新眼眶里全是米汤。他眼眶里的米汤滴落进小勺子里的米汤里。他把混合有眼泪味道的米汤送到她口边。她不张口，好像喉咙里卡着东西。现在她进入了死胡同，转不出来了。她呆呆瞪瞪地望着米汤，不说一句话，眼泪汪汪。李建新居然不生气，还乖哄："喝一口，一口，就喝一口。"

她依然不张口。李建新放下米汤，走出门，站在门口喊小寒的名字。小寒半天不进去，他生小草的气了。李建新没辙了，继续站在门口喊小寒的名字。过了很久，小寒才进门来。他的头还是迈向窗子，不看小草，背对着小草说："三姐，你不要太伤心，我现在回去接妈上来。"

她听清楚了，她听明白了。小寒声调带颤，他不是不想看小草，不是讨厌小草，不是生小草的气。他是不敢看小草，怕看见小草，他会更伤心。小寒走出病房。李建新跟了出去。李建新道："小寒，雪太大，路太滑，过两天再去接。"

"唉！如果婶没回去，我也不会这么急。也许我妈来了，我三姐的心情会好点，我还是今天回去接。"

"要不你帮我看着，我回去接。"

"还是你留着方便照顾。"

"要不明天再回？"

"明天一早又降温，降温了雪会冻成冰溜子，更危险。"

听到这里，她把自己狠狠抽了一个耳光。她大声道："建新，小寒，你们进来，别回去接妈，我能行。"

夏小寒和李建新同时涌进来。

李建新欣喜道："小草，现在喝米汤。"

夏小寒道："三姐，别想太多，等天晴开了，我送你回河川湾跟妈住段时间。你不知道，外面的雪下了三天三夜，厚厚的一层，路很难走，否则我早把妈接上来了。"

李建新正给小草喂米汤喝，护士进来，量血压、测体温。

"体温正常，血压偏低，得好好增加营养。"

护士刚走，医生又进来，是一位五十开外的胖女人。胖女人问小草："感觉如何？"

小草喉咙里低声"嗯"了一声，再没说话。李建新道："还好，还好。"

胖女人走出病房，片刻后，两名护士推着输液车进来，手脚麻利地给她把吊针打上，又给她注射了一针药水，并嘱咐道："过五分钟，提醒护士给病人输血。"

护士走后，小寒问小草："三姐，你想吃什么？我回酒店让厨师给你做你最喜欢的。"

"小寒，你回去休息一会儿，我给安排。你过一个小时，到酒店厨房找常师拿了送过来。"

"也行。那我先走了。三姐，你吃了好好睡一觉。"

李建新蹲在床前，握紧她的手，看着她，低声道：

"想开点，你尽快好起来，我好专心地去赚钱。"

"你也弄点吃的。"

"好。我这就弄。"李建新说完拨打电话，"常师，煮一大碗酸汤杂面，炒一份猪头肉炒面，过一个小时，我小舅子来拿。"李建新挂了电话，停不够一秒，又拨打出去。他道:"常师,再炖一只母鸡,炖烂烂的,炖好给我打电话。"

李建新三天三夜没吃饭了吗?

李建新眼睛红肿,嘴唇干裂,头发凌乱,脸色灰暗,神态焦躁,眼神迷茫,仿佛坐了十八年禁闭,刚刚刑满释放的犯人。

"怎么可以这样对他?自己犯下的错误,还要拉上他赔罪。一错再错,错上加错,是要他的命吗?他欠你的命吗?"

她暗暗拷问自己。她把手抬起来,伸进李建新的头发里,摩挲着他的头皮。李建新心领神会,喜极而泣,呜呜地哭了起来。

五十

小草出院后,天气渐渐回暖,公路上的雪彻底融化了。小寒回河川湾接来了常艾莲。这已经是小草出事后半个月的事情了。

小草不敢正眼看妈妈,不敢和妈妈对视,担心妈妈会骂自己。小时候养成的习惯,长大也改不了。小时候,她若做错事,妈妈准骂,甚至用笤帚把打她,要她长记性。这次,显然是她错了。就像医生说的,她太矫情了。不,确切地说,她太冲动了。冲动是魔鬼啊!

然而,妈妈并没有骂她,反而开导她道:"傻女子,不吃不喝有用吗?要想开。妈的头首首娃长到五岁大,说没就没了,妈还不是过来了,最后又生下你们活蹦乱跳的五个。命中注定成不了人的娃娃,急他做甚?甭急,好好吃,好好喝,把身体养好好的,用不了多长时间,就能再怀一个。再怀上,妈寸步不离守着你。"

她想,妈妈说得也对。渐渐地,她也就放了下来。

常艾莲来了,李建新看见小草吃起了饭,便抽开身子,去酒店打理生意了。他早上走了,中午回家来吃饭,吃丈母娘做的饭,下午也按时回来,基本很少应酬了。每次回来,总会把原料采买回来。

其实,他也不是特意去采买,是从酒店拿回来的。鸡肉、羊肉,这些大补、暖胃的,小草一百天没有断头。

这是一个冷清的月子,没有笑声的月子,没有婴儿哭叫的月子。小草和妈妈还有李建新三人在一起的时候,相处得再怎么融洽,也难免伤怀、叹惋,全因没有小家伙添乱。

常艾莲伺候小草月子,简直等于煎熬。她忙碌惯了,一下子让她享清闲,反而不适应,不踏实。她时不时念叨家里的营生,念叨家里的孙子。

有些话总会见缝插针,一不留心,就钻进小草的耳朵,小草心里头就很不是滋味，觉得过意不去，给娘家人添乱了。

临近大年，常艾莲必须回河川湾了，却又放心不下小草，就跟李建新商量，要带小草一同回河川湾过年。其一为了好照顾，其二家里人多，孩子多，能分散小草的心情，有利于她心情回转。

结果，李建新举双手赞成，小草却不要同去。

小草的理由有二。其一，她不舍得离开李建新。李建新对小草真的好，小草做了那么大的错事，他都没怪小草，没有恼小草，对小草依然如初。其二，她不舍得离开她的家。小草已经习惯了这种小家庭生活，安然，没有人惊扰。而娘家呢？大年前后势必会有很多人来，人多嘴杂，说什么的都有，她怕被人说教。

小草给妈妈保证道："我一定照顾好自己，妈妈放心回去，等酒店不忙了，或者春暖花开，我和李建新一起回来。"

常艾莲走后，小草的一日三餐，由李建新从酒店打包回家。月尽这天，李建新接小草到酒店，跟酒店员工聚餐热闹。除夕夜，酒店客人不多，李建新干脆在酒店开了房间，跟员工们红火热闹后，夫妻俩躺在酒店的席梦思床上看春晚，初一早上吃了饺子，才又回到家里。

正月里，小草的身体还虚弱，心情也不大爽快。李建新就放弃了回老家看父母的计划，也放弃了拜丈人的计划，只是在电话里问候了双方父母，始终陪在小草左右，偶尔要应酬，干脆带上小草一同前往。

这样的日子过起来不觉慢，晃正月就过去了。

二月中旬，婆婆却来了，不请自来。

婆婆是大中午到的，当时家里只有小草一人。她对小草的态度简直一百八十度大转弯，言谈举止与之前判若两人，一进门，以无比迅猛的速度，给小草当头扔了一个炸药包："夏小草，我们婆媳的缘分已经到了，我不想隐瞒你什么，我现在就告诉你真实情况，全因你的任性，不信任丈夫，一意孤行，导致你失去了做一个母亲的权利。你别用那样的眼神看我，你不明白吗？就是说你已经没有资格，也不可能再怀孕了。我的孙子，连同你的子宫，在上次全部让你毁掉了。我的儿子仁至义尽，这几个月来，他没有对你一点不好吧？你的身体已经养好，完全可以自己照顾自己了。我这次来，就是要督促你和李建新抓紧离婚。"

婆婆连珠炮发。小草猝不及防。她当即就被婆婆扔下的炸药包炸得魂飞魄散，心脏更震落成无数碎片。

婆婆全不管炸药会造成怎样的严重后果，不慌不忙地进了厨房，拿出来一把扫厨房地板的扫帚，在干干净净的客厅地板上大扫特扫，碰到挡道的残骸，狠狠踢一脚，而后又继续清理。

小草的子宫被切除了，成了一个没用的女人。她再也不能怀娃娃了，再也不能为老李家传宗接代了。她一下子全明白了，婆婆要把她扫地出门。她始料不及，始料不及啊！现如今扫她出门的婆婆，就是之前对她关怀备至的婆婆。

那天，她一时冲动，热血上涌，判断失误，竟然造成这样严重的后果，简直就是"一失足成千古恨"啊！还好，她亲爱的妈妈已经回河川湾了，否则，又会是怎样的伤心欲绝，替她难受呢？

婆婆，小草之前一口一个"妈妈"的女人，全然不念及一点昔日情分，双手拿着扫把，眼睛也不看，埋着头，不管不顾地扫个不停。

李建新开门进来，上前抢下婆婆手中的扫把，急道："妈，你在做什么？"

"你别揣着明白装糊涂。我早就跟你挑明了，你把我的话当耳旁风，竟然隐瞒到现在。我的忍耐是有限度的。明天你们一起去办离婚手续。"

"妈，你怎能这样？"

"我就这样。你是我儿子，我养你是为了让你给我养孙子。她能吗？占着茅坑不拉屎。我要她做甚？"

"妈你别拿农村泼妇那些套路耍了，我的事不要你管。"

"好啊！你个龟子子，你竟然骂我泼妇，那我就泼妇给你们看。"

"小草，我们走。"李建新上来拉了小草的手，转身要出门。

"你敢！你走了，我就死给你看。"婆婆说话间，从厨房拿出一把菜刀，横在自己的脖颈上。

小草惊呆了，她从来没见过这样的阵势。顿时，她的身体就像筛粗糠一般抖了起来，小腿一哆嗦，整个人几乎跌倒在地。李建新一把抱住她，祈求道："妈，你是不是不想要我活了？你能不能别闹了？消停点好不好？她的身体还虚着呢，经不起你这样的折腾。"

"是你小子不要娘活了，有了媳妇忘了娘的白眼狼，老娘就死给你看，你信不信？有我没她，有她没我，你就护着她。"

"我同意离婚，你不必死给我们看。"情急之下，小草脱口而出。

婆婆立即停止耍横，放下刀子。

李建新把小草拉进卧室，关死卧室门，低吼道："你怎么了？犯什么糊涂。我的妈，我清楚还是你清楚？我不许你再提离婚。我们商量好，坚决不离婚，我们收养一个孩子。"

李建新如是说，小草哭得更厉害了。

李建新又道："我已经和医院沟通了，一有机会我们就收养。坚强点好不好？再不要我妈一闹，你就软柿子。有我跟你一条心，你怕什么？别哭了，烦人。"

小草不敢哭了。接下来的时间里，房间里一片寂静，死寂一般，再没有发出任何声响。那晚，小草和李建新结婚以来，唯一一次谁也没吃饭。当然谁也没做饭。

次日一早，李建新让小草收拾一些换洗的衣服，趁着婆婆还在熟睡，两人悄悄离开家，到了酒店，开了一间套房。李建新安顿小草住进酒店，做好打持久战的准备。

然而，不到中午，婆婆就出现在酒店里。她进了酒店，大吵大嚷，全不管闹下去会带来怎样的严重后果。

李建新恼羞成怒，却不能把自己的母亲怎样。他指使酒店大堂经理出面给母亲做思想工作，母亲却一副王八吃秤砣——铁了心的样子，任凭大堂经理说破三寸不烂之舌，始终不松口。

小寒知道后，前来说和，却被疯婆子一阵恶骂，便一怒而走。随后他就给小草打来电话："三姐，我给你说，你千万不敢再做糊涂事，你一定要主意牢，不管你婆婆怎么闹，你坚决不要接茬。你就在酒店住着，不要回家，不要和她照面，更不要和她发生任何冲突。你身后站着我三姐夫，只要他对你好，别人都是鸟皮，懂不懂？"

接下来的几天，常艾莲给小草打电话，冬枣和秋菊也给小草打电话，苏月影和宋小娇也给小草打电话，夏小满一连打了好几次。他们都跟夏小寒说的一样，都是同样观点，持同样的意见。

有家人的支持，她也给自己暗暗鼓劲："小草啊小草，你的处境堪忧，必须坚守阵地，千万不能败下阵去。"

然而，她最终还是败下阵来。打败她的不是婆婆，而是她自己。

婆婆在儿子家里常住下来了，她也是来打持久战的。她不回家，李建新和小草也就回不成家。一僵持，三个月眨眼就过去了。

三个月里，李建新始终陪着小草，他们在酒店吃，酒店住，过一种衣来伸手饭来张口的生活。有时小草要回去取衣服，李建新都不让，宁肯要小草买新的穿，也不要婆媳再打照面。

可是，一日上午，李建新突然接到小区大婶打来的电话："李建新啊，你妈正走路着，突然昏倒在楼梯口了，现在已经送去医院抢救了，你赶紧过去看看。"

李建新拉着小草急匆匆到了医院，母亲还在抢救室抢救中，抢救室外站着小区里住的俩大婶。

俩大婶抢着给他们讲了详细过程：

"我俩相跟着去买菜，市场里遇见你妈。"

"往回走的路上，你妈说家里有蟑螂闹腾，进商店里去了，我俩站外面等她。"

"你妈买了一瓶'蟑螂一灭灵'，我们仨又相跟上往回走。"

"我们拉话着，无意间说到了儿女，你妈就说她死的心都有。"

"我俩就问她怎么啦？她又不说。"

"我俩还开导她，让她别胡思乱想，我俩都说她是小区里最有福的老太婆。"

"我们仨在你家单元门口分开，我俩继续相跟着走。"

"没走几步,听到身后'咚'的一身。我转身就看见你妈跌倒在院子里,怕死人了,我一把拉住张大婶。"

"我俩跑过去。推,你妈没反应;叫,你妈也没反应。"

"猛然间,我想起你妈路上说的话,又看见你妈手里紧抓着"蟑螂一灭灵"的瓶子。"

"我感觉要出大事,急得团团转。"

"我大喊救命,幸好有一个年轻人下楼来,帮忙打了120。"

五十一

坏事中的好事是婆婆抢救过来了。

洗胃、涮肠后的婆婆身体虚弱,躺在病床上,闭着双眼,打着点滴。李建新叫她,她眼睛睁开,看见小草跟前站着,眼睛又闭上。

小草想,婆婆不待见她,她若执迷不悟一直站着,势必给婆婆添堵,不如早点消失,让婆婆眼前清净。想到这儿,小草就把李建新拉出病房,悄声道:"我回酒店弄点可口的吃食来?"

"也好。你招呼好自个儿。"

李建新又把酒店的生意撒手了,整日守在医院,怕他妈妈再想不开。小草则承担起送饭的任务,一天酒店医院两头跑。七日后,医生建议李建新办理出院手续,他妈妈却不要出院,说要继续调养。李建新没招了,用无奈的目光注视着小草,似乎想在小草的脸上找寻到答案。就在这一刹那间,小草发现李建新鬓角有了影影绰绰的白发。

半年来,小草与婆婆一直僵持。李建新夹在中间,两头乖哄,面貌看起来日渐苍老,眉头也终日紧锁,忧伤时不时漫过眼角。

回到酒店,小草躺在松软的席梦思大床上,想了好多好多。突然间,她觉着自己好自私,为了安乐的生活,置所爱的人于不顾,不考虑丈夫内心的感受,让丈夫如此苦恼。想到这里,她就决定主动提出离婚。

李建新听了先是摇头,后是点头,接着苦笑。他大概太累了,或许因为身心俱疲,不再想坚持了;或许因心力交瘁,再无力气折腾了。他的母亲听后,当即要求出院。

隔一日,小草去收拾衣物。

李建新的母亲在家里满面春风地打扫卫生,仿佛她压根就没有住过院,宛如一只快乐的燕子,在房间里飞进飞出。

李建新从卧室里走了出来,嘴里叼了一支烟。

李建新怎么学起了抽烟?显然不太专业,抽一口,咳嗽好几声。他内心里并不想和小草离婚。他们的婚姻还在新鲜期。大概是迫于强势的母亲。

小草却没心没肺地嗔怪道:"不会抽就别抽!之前常说我,现在怎么作践起自个儿了?"

小草决定离婚,娘家那边谁也没告诉,她怕娘家人又摆龙门阵。小草心里做事,总喜欢闷声不响,先斩后奏。这次她斩了也不打算奏,她就是这样一个极有主见的人,不喜欢被人左右,喜欢我行我素,也容不得别人说教。她原以为她为李建新解围,没想到她完全错了,李建新的母亲倒是高兴了,李建新却更纠结,更难受了,还学起了抽烟。

李建新皱着眉头,做了一个无可奈何的手势。

小草提高两个音阶道:"我拿了衣服就走,不耽误你多少时间。希望你早日结婚,为你们老李家延续香火,传宗接代。"小草这话是说给她婆婆听的。

李建新看着小草,露出一个僵死的微笑。他进了卧室,拉出来两只大大的皮箱,对小草说:"我已经整理好了。"

"那我走了。"小草接过两只皮箱,移步门前。

"我送送你。"李建新进卧室拿了外套,跟出门,接过小草手上的皮箱,跟下楼,把皮箱装后备厢,上了驾驶位,又说,"去哪?"

"走哪算哪,先离开这儿,送我到汽车站吧。"

"还是去榆泉。"

"为什么?"

"那里有熟人,好照应。"

"我的熟人?"

"我的也有,生意上的朋友,你要想做什么,他们可以帮你。"

"我能做什么?"小草心里没底,她对自己完全没有信心。

"所以需要人帮,起步比较难,愿你强大起来。"

"一定的,否则我以后怎么活人呀。死过一回的人,对生命特别敬畏,我会好好活着的。"

"到了榆泉,先找酒店住下,休息几天,调节好心情,我会托朋友联系你。"

听了李建新的话,小草的心情更沉重起来,她没接话茬。李建新接着说:"这不是我想要的结局,自然走到这一步,就要往后打算。你不要把自己想成一个落魄的人,被婚姻遗弃的人,你现在和我一样,平起平坐。"

"平起平坐?简直笑话。我怎么跟你平起平坐?"小草心里这样想着,嘴上却一句也不反驳,只是用沉默表示回答。

"忘了问你,你告诉家人了吗?"李建新问。

"没有。"小草答。

"我们夫妻一场,以后生活中遇到难事,记住我在你身后站着。"李建新说。

小草点点头，表示回答。

"做人处世，底气要硬，心气要强，不要让人看穿你柔弱的本性，那样容易吃亏。"李建新说。

李建新如此中肯的一番安顿，让小草旋即就产生了一种错觉，她感觉李建新不像她的前夫，反而像她的父亲，面对远行的女儿，话语里尽是不放心。

到汽车站了，两人下车。李建新又送小草进车站，帮小草买了车票，却不说离开，不向小草道别，而是跟小草并排站着，全不像婚姻走到尽头的人，倒像是刚刚新婚的夫妻，丈夫送妻子出远门而表现出来依依不舍。

汽车快要出发了，李建新竟旁若无人地紧紧抱住小草，一言不语。

说真心话，小草真不想离开李建新给她创造的避风湾，不想离开李建新宽厚的怀抱。他们的离婚纯属不得已而为之。

小草的眼泪又下来了，简直如喷泉一般喷涌，她用力推开李建新，转身跑上车。

李建新就站在车下喊："我安排了朋友接站，到了榆泉给我打电话。"

绝不是笔者刻意营造，而是真真实实的难分难舍。印证李建新和夏小草感情好的有力证据是，夏小草到了榆泉，住进酒店，整理皮箱的衣物时，在皮箱内侧的夹层里发现一个信封，里面装有一张银行卡、一封信。信很简短。

> 小草，下辈子，你投胎做我的女儿，让我用一生补偿今生对你的亏欠。我把酒店的股份划了一半给你，给你单独开了一个账户，户头是你的名字，密码是我的生日，往后八年的每年二月中旬，财务会把分红直接打入账户。

扯远了，回过头再叙述，叙述小草和李建新车站分别后的情况。

小草没敢再看李建新一眼。她想，她要是再看他一眼，就会毫不犹豫地下车，然后不走了。她心里沉重极了。这真的不是她想要的结局。然而，她却这样做了，毫无顾忌地做了。她正反思着，隐约听见有人叫"夏老师，夏老师"。她没有理会，肯定不是叫她，她现在又不是老师。然而，那声音又传来了，一声连着一声，一个女子的声音，似乎耳熟，一时又想不起来。这样的叫声，她已经好多年了没听到了，这久违的叫声，让她觉得好亲切。她下意识地四下里张望起来。

"夏老师，夏老师，我在这儿呢，后面。"

小草看见了，认出来了，是招弟。招弟的变化太大了。她几乎认不出来。招弟穿戴时髦，一身名牌，浑身珠宝，还烫着发，头发染成了红棕色。她看看招弟，再看看自己，觉着自己好像一个出土文物。

"夏老师，真的是你，你去哪里？"招弟说着就向小草走来，她对小草身旁的男人说:"我们换换座位好不?她是我老师,我们好多年不见了。"

那男人站起来,朝后走去。招弟顺势坐下。

"我去榆泉。你怎么回事?"

"我回榆泉,我们同路,我在这里行门户来了。"

"你住榆泉了?"

"嗯,基本上榆泉住,我供娃娃念书。夏老师,刚刚送你那男人是相好?"后一句话,招弟附在小草耳边悄声问的。

"你想哪里去了?"

"那你们是什么关系?"

"前夫,我们刚办了离婚手续。"

"夏老师,不兴这样开玩笑啊!你们那么好!谁信啊!"

"爱信不信。"

"为什么?"

"一言难尽,以后慢慢对你说。你呢?"

"唉!不能提,我们没离婚,但也一言难尽。"

"没离婚就好。"

"好个头。"

"为什么?"

"你不晓得,我那老汉包二奶,养小三,根本不把我当回事,可气的是,他的二奶小三都比我年龄大。"

"怎么会这样?怎么会这样?"小草一时难过起来,她想不起怎么安慰招弟,暗地里由不得替招弟担忧。但招弟却大不咧咧道:"夏老师,你也不必替我担忧,多少年都这样了,我早习惯了,也想开了,他爱怎怎地,我也想怎怎地。"

小草睁大眼睛瞪着招弟,她想不来招弟怎变成这样的人。突然间,她又把老师的架子端了出来,盯着招弟道:"招弟,你怎么能这么想?"

"我妈支持我,她给我出的主意。她说:'现在新社会,允许州官放火,也允许百姓点灯。'我觉着我妈简直伟大,要是我为争一口气,真和他离婚了,那我吃啥喝啥?还不是要找男人,靠男人?而我没有资本,又能找下怎样的?说不准还不如他。再说他是俩娃的亲老子,经济上,他从来不困着我们。"

招弟这样说,小草倒能听下去了,为了两个娃娃,当娘的受委屈又算个啥。她没接招弟的话茬,她想捋捋。难道她提出离婚真错了?捋了小半天,她又觉着自己的事不能与招弟的事相提并论。

"夏老师,你和天宝哥后来有联系吗?"

招弟心直口快,说话不过大脑,想哪说哪。

小草正沉思的时候，招弟猛然问她这样的话题。她最不想谈的就是沈天宝。她摇摇头，表示对招弟的答复。

"你知道当年天宝哥为啥结婚的吗？"

看来今天是躲不过了，招弟来劲了。小草摇摇头。

"夏老师，你想知道吗？"招弟又追问了。

她未置可否。她不想太拂招弟的面子，没有继续摇头，她干吗要知道？她不想知道。陈芝麻烂谷子的事，过去就让过去吧。她就是这样想的。

"我想说，我不说难受，替你们两个难受。"

小草干脆不说话了，她懒得搭理招弟。

"天宝哥当年打工的建筑公司老板，看上了天宝哥，想培养成他的接班人，可巧那老板检查出了癌，就把女儿托付给了天宝哥，把公司大印也移交给天宝哥，天宝哥就是在那种情况下跟丽丽结婚的。"

这个答案让小草略感欣慰。

招弟简直聪明过人，怎么就猜到了小草多年的纠结呢？竟然三言两语就让小草多年来的心结一下子解开了。

招弟继续说："当时我傻得屁也不懂，后来我才知道，当年你和天宝哥是相爱的。你别用那样的眼神看我，天宝哥都承认了的。"

他现在几个孩子？他现在生活得如何？他的建筑公司做大了吗？小草在心里由不得又想起那个早已成为别人丈夫的天宝哥。这些答案无须她亲口问，她完全能想到，招弟会像竹筒倒豆子一样全倒出来的。

"天宝哥现在也住在榆泉，他买了一处宅基地，修了三层高的小洋楼。他的建筑公司也进驻榆泉了，他现在是大老板了，牛得很。丽丽现在家里做全职太太，过着上层人的生活，吃香的，喝辣的，我老羡慕了。"

"你不也是吃香的，喝辣的，想怎怎地吗？"小草忍不住接了一句。

"不一样，天宝哥不花心，外边没有女人。"

"噢。"小草心里由不得高兴。转念一想，她又觉得招弟的话不值得信任。都说天下男人皆花心，招弟怎么能知道沈天宝不花心？这鬼女子，指不定动过什么坏心思，一口一个"天宝哥"，叫得让人肉麻。想到这儿，她便玩笑道："你个死女子，这么肯定，是不是也勾引过你的天宝哥？"

这一句简直绝了，招弟的表情当即就证实了。

招弟两眼大瞪，继而钻到小草怀里"嘿嘿嘿"地笑了小半天，抬头笑道："夏老师，你简直神仙转世。"

小草一惊，起了一身鸡皮疙瘩，但她又不想接受这样的事实，就附在招弟耳边继续试探道："这么说，你的天宝哥现在是你的人了？"

"夏老师，我的玩笑你随便开，可不能糟践天宝哥哟。我给你说实话，我是动过那心思，你知道天宝哥怎么说的吗？天宝哥板着一张脸，跟我一本正经道：'你们夏老师那么优秀，那么出众，当年，我有那么多的机会，我也不曾歪想，别说我们一村住着。你还口口声声说人家高占才包二奶、养小三，你也好不到哪里去。收起你的鬼心眼，以后我们还是好兄妹。'夏老师，天宝哥一番批评，我简直无地自容。后来，我就想，天宝哥是对的，所以我才得出上面的结论。"

小草身上冒起的鸡皮疙瘩又慢慢下去了，她悬着的一颗心也终于踏实了，她又附在招弟的耳边问："那你真听你妈的话，也点灯了？"

"那你说我想了怎办？真如古代女人整夜蹲在地下捡黑豆吗？现在这样的情况多了去了，都是两相情愿，各取所需，又不需要承担责任。"招弟也附在小草耳边说。

"噢。"小草长长出了一口气，她突然间就觉着自己怕是融入不了这个社会了。

接下来的时间，她俩长时间地沉默，好像互相都找不到话题了。临到榆泉车站的时候，招弟又问：

"夏老师，你下车先去哪里？"

"我先找个酒店，住下来再说？"当下，小草还是想听李建新的安排。她没有给招弟详说李建新有安排之类的话，她担心招弟又追问，她又不想解释太多。

"要不跟我去住？我家宽敞，三室两厅，两个娃各住一间，你跟我住一间，我们继续拉话。"

"我还是住酒店方便些。"

"为什么？"

"我喜欢清净，怕吵。"

小草觉着招弟被这个社会染浊了，浊到她不想靠近了，仿佛靠近了，也会被染浊。

五十二

车快进站的时候，小草的手机响了，一个陌生号码。小草想，可能是李建新安排的接站人打来的电话，就把电话接起。果然是李建新安排的接站人。那人吩咐小草出站向右走五十米，公路上停一辆黑色小轿车，车号为陕K5181。

"谁的电话？"

"来接站的朋友，你不必操心了。"

小草来过几回榆泉，基本熟悉了，有李建新委托的朋友接站，她内心很坦然，完全没有刚刚离婚的那种落魄感。这得感谢李建新。在青边汽车站，他说的那一番话确实给小草打足了底气，仿佛有一股强大的内在力量支撑着她。她下了车，从行李箱里取出两只皮箱，一手拉一只，昂首前行。招弟没走，等着小草一起出站。她要帮小草拉一只皮箱。小草摆摆手，不要帮，看上去非常坚定。招弟也不勉强，并排跟小草走在一起。

到了出站口，小草指指右边，说："朋友的车在那边停着，我过那边。"

招弟说："我送你上了车，我再打车回去。"

两人正走着，招弟突然叫道："天宝哥，你怎么在这里？又接哪位老板吗？"

李建新安排接站的人是沈天宝吗？他就在陕K5181旁站着。他显然知道接的人就是小草了，只见他笑道："招弟，是啊，她就是我来接的老板，你不会还不知道你的夏老师现在是老板吧？"

招弟当即转脸，用一种怀疑的目光望着小草，笑道："夏老师，你不是说跟天宝哥不联系吗？刚刚还说朋友来接，朋友变成了天宝哥，这怎么解释呢？"

小草的脸早红到了耳根。她根本不知道李建新安排的人就是沈天宝。刚刚通电话，她压根没想到接站的人是沈天宝。她全不知道，她双手一摊，而后望着沈天宝惊疑道："怎么会是你？我也没想到。"

"我和李建新是朋友，我们打过好几次交道的。他打电话让我来接，存你号码的时候，我问了你的名字，这才知道他要我接的人原来是你。就这样，不复杂。"

"那刚刚电话里也不自报家门？害得招弟瞎猜。"

"我没想到你和招弟在一起，我是想看你还能不能认出我来？"

"世界有时很大，有时却也很小。"招弟听着听着，由不得感慨一句。

"招弟你行啊！哪里学来这么经典的台词。我真没想到，我们仨能在榆泉碰见，梦里一般，刚刚我还以为是幻觉，以为回到了北蒿塬。"

一语结束，三人就在榆泉汽车站门口同时大笑起来。笑一阵，沈天宝道："招弟，别磨叽了，上车，我们找个饭馆，为夏老师接风。"

变化真大。小草完全想象不来，眼前这个衣着考究、一脸从容、举止大方的男人会是当年的那个拦羊后生，从他的身上已经看不出一丁点乡村人的印记了。

沈天宝把车停在一个叫"塞上饭庄"的门店前。三人下车，入内，上到二楼，找到一个小雅间，点完菜，就开始了别后重逢的叙话。

十几年没见面了，三人谁也不避讳谁，把窖藏在心里、宛如陈年老酒的话一股脑全倾吐出来。招弟在旁边听得不自在，好几次提出要走，小草不让走，说招弟走了，她会不自在。沈天宝也不让招弟走，说招弟走了，他也会不自在。

招弟只好留下，招弟笑说："我就是你俩纯洁感情的见证人，之前在北蒿塬是，现在在这饭馆里是，以后在榆泉也是，永远做你俩纯洁感情的见证人。"

三人就都开始回忆。起先是共同回忆，回忆北蒿塬的时光。后面各说各的经历，各说各的生活。

招弟说一阵，骂一阵，义愤填膺。夏小草和沈天宝正为她纠结，她却又没事了，说说笑笑如常。沈天宝婚姻美满，家庭和睦，儿女健康，事业有成，引得小草和招弟一阵羡慕，一阵嫉妒。轮到小草了，开头小草怎也不想说，怕他们笑话。最后禁不住他们围攻，也说了出来。小草想，把自己的情况如实告诉他们，是对他们的尊重，或许他们在日后还真能帮到她，毕竟人生漫漫，她才三十几岁，不敢奢望什么，却也不能不奢望，这是她骨子里潜藏的，外人不知的一种自信的表现。她离婚不久，情绪难免低落，仿佛一个碎嘴婆姨，说着说着，就把心里暗藏着的许多郁闷与愁肠，一股脑全倾吐了出来，而后潸然泪下，"呜呜呜"哭出声来。结果，沈天宝听了，在雅间里来回直走，一个劲抽烟。招弟听了，竟然嘤嘤抽泣，为小草难过。到最后，反而是小草开导招弟和沈天宝。小草道："我之所以说出来，不是要博得你们同情和安慰，我要你们帮我想出路。我想做点什么，你俩分析分析，参谋参谋，我能做什么？"

招弟道："要我说，你就安心舍着，什么也不做，李建新不是要你底气硬吗？再说你每月都有收入，又不是吃不上。"

沈天宝道："人不是舍的，必须做点什么。让我想想，这不能急，慢慢来。"

次日，小草还睡着，手机就响了起来，一声赶不上一声。她迷迷糊糊地接起，便传进来沈天宝的声音：

"夏老师，我给你找下住处了。"

"这么快？在哪里？"

"是这么回事，我公司旁边的筒子楼里有套一居室，房主人去外地了，钥匙给我留着。我昨晚猛然间想到，你要在榆泉待下去，必须得弄个住处了，长期住酒店肯定不是个事。那房子干脆你住得了，省得我到了冬天还要专门给房子烧暖气。房子基本干净，就是一点灰尘，打扫打扫就能住人了。中午，我带你过去看看，你若看上，我就把钥匙给你。"

"那要不要付房租呢？"

"不付。他要我看着，又没说出租，指不定人家什么时候会回来的。你就当过渡先住着吧！"

"那好，中午几点过去看？"

"十一点左右吧，到时我给你电话。"

这最好不过了。

那房间里一应家具陈设全有，沙发、电视、床、厨房的锅碗瓢盆、卫生间全都有，就是家户人家的住所。

小草免不了要感谢沈天宝，为了表达谢意，中午请沈天宝吃饭，结果饭钱让沈天宝抢先付了。当天下午，她打扫好房间卫生，晚上便退了酒店的房间，住进了筒子楼。

次日早起洗漱后，小草正准备下楼，手机却响了。是沈天宝打来的，他要带小草

去榆泉乳品厂应聘促销员去。小草不懂,她问:

"促销员干什么工作?"

"我也说不清,人家培训了,但招聘条件上说只招未婚姑娘。"

"那我不合适呀!"

"你现在不是未婚吗?"

"也算吧!"

"什么也算,就是。"

因有熟人推荐,加之小草一直养尊处优,皮肤细嫩,一副娃娃相,也不显大,负责招聘的副厂长也没看出什么,过程无非就是询问、填表之类的一般流程。流程走完,副厂长要所有准促销员明天就开始业务培训,培训期三天,厂办培训,没工资,第四天进入酒店开始上班。

促销员的工作是进入高档酒店,直接面对前来用餐的客人推销自己的产品——酒、饮料、乳制品。促销员赚的是提成工资,计件,工资上不封顶,全凭的是一张嘴。促销员要掌握好时间,运用好话术,男人、女人、领导、商人,面对不同的客人要用不同的话术。完全不同于给学生上课,只用一种口气、一种套路、千篇一律的陈词滥调。

小草初次进入大酒店,初次面对陌生的用餐人,私底下想好天花乱坠的语言,到了用餐人面前却怎么也张不开口了,结果可想而知的惨了。第一天下来,简直恓惶,她连一日三餐,每餐两块五毛钱的饭钱也没挣到。还好,她有李建新给的老本,囊中不至于羞涩,否则真要喝西北风了。

入夜,她仰躺床上,想着一天的经过,由不得怪怨沈天宝给她找了没尊严的工作,搞得她心里一百个不落忍。但转念一想,又觉着自己无理,怎么能怪怨人家,要怪只能怪自己,怪自己的一时冲动。

她原来是大酒店的老板娘,陪着老板一起享受着上等人的生活,现在竟然落魄到做一个促销员,去别人开的酒店,给来用餐的客人说上一大堆的好话,博得人家欢喜,否则人家连好脸色都不给。

就在她埋怨自己的时候,李建新打来了电话。

李建新的一阵软语问候,更让她觉着自己做下了荒唐事。但她隐瞒了所有,谎说自己过得很好。

她骨子里好强,怎么可以轻易服软,轻易服输。李建新越是安慰,她越是要强。她暗暗给自己鼓劲,明天必须先把柔弱的自己打败。

第二天她果然成功了。她遇到了一大家子给老人过寿的客人,全都不喝酒,喝她推销的乳饮料,十八个客人,每人两罐,总共三十六罐。每罐她抽两元,一桌客人,她就赚了七十二元,再加上其他客人喝的,那天,她总共赚了一百一十八元。

她高兴啊！从没有过的高兴。

她想把这个好消息告诉李建新，但号码拨出去，又立即挂掉，她觉着不合适。干吗要告诉他？他算什么人？但她想把自己的快乐分享出去，唯一想到的人是沈天宝，准备拨号，又觉得不合适，因为时间已经是晚上了。无奈，她把快乐分享在日志本里。

那晚，她上床不久，李建新又打来了电话。

李建新喝酒了，在电话里絮絮叨叨了半夜暧昧话，说他想她，想插一双翅膀，飞到她的身边，钻进她的被窝，抱着她睡。她知道李建新的毛病，喝酒到七分醉，话就多了，只要她允许闹，允许折腾，一会儿他也就消停了，就入睡了。但现在她只是听，听着电话线那头的醉话，泪湿枕巾。

那一刻，她真想说"那你来吧"，但她忍住没说。她不能说。她如果说了，李建新准会来，百分之二百的会来。那样的话，她就真的把他耽误了，也许耽误到他再也不想娶妻生子了。那样的话，她成什么人了？明里一套，暗里一套。这不是她做人的风格。

次日，小草又遇上了贵人。一帮成功人士聚餐，没用小草开口，其中一位女的站起来，把小草手里的"乐乐乳"接过去，举起来，面对满桌子客人说道："大家看，这就是我的奶。"

女的刚说到这儿，满桌子的人全都笑了起来。

女的自知失言，当即满脸通红，但不失领导风范，慌忙自圆其说："哎呀！我一高兴，就想给各位分享。现在隆重介绍，这就是榆泉乳品厂生产的最佳乳制品乐乐乳。香甜可口，味美纯真。今天是我的主场，我建议，我们别喝酒了，就喝它。大家同意不？"

满桌子人齐声高呼："同意，太同意了。"说完，大家又笑。

原来女的是市上一位领导，那乳品厂是她一手抓起来的企业，她带着许多企业家来用餐了。

小草接过领导递过来的乐乐乳，风一样刮出包间，片刻后，又风一样刮进来，跟她一起刮进来的还有一整箱二十四罐乐乐乳。

结果，那天小草总共卖出去三箱零六罐乐乐乳，净赚一百五十六块。

下班后，她第一时间把好消息告诉给沈天宝，想把美好的心情分享给沈天宝，并且想当面感谢沈天宝。但电话打通后才知沈天宝不在榆泉，去省城谈生意去了。

时间尚早，趁着她的好心情，她买了一些礼品去看望姐姐夏冬枣。

见面冬枣就一个劲怪小草生分。

也是啊！小草宁肯租房子住，也不住姐姐家，未免太生分了啊！但小草的理由充足，说她又不同以往的小姑娘，出出入入也不方便，再说她是常住，又不是串亲戚，住几天就回去。

冬枣留小草吃了晚饭，姐妹两人又拉一阵话，小草才告辞回出租屋。回时，她当着姐姐的面，给自己拦了出租车，表现出她有钱气硬，生活质量一点没下降，死要面子的虚伪一面。

晚上她独自在电灯下写日志，正写着，李建新又打电话进来。又说一通暧昧的话，言下之意是想复婚。小草惊道："你不要给老李家留条根了？"

"老李家的根我弟弟早留下了。"

"那你不想要自己的亲骨肉了？"

"原来也没想，我对那个看得很淡，当时答应你，也是缓兵之计。这些日子，白天晚上满脑子全是你。要不干脆瞒着我妈，我们在一起？"

"再办一次结婚证？"

"一纸证明管什么用？之前我们不是有吗？"

"那算什么？你又不是不知道我的传统思想。别说了，以后别打电话了，过段时间就会好了。你妈也是的，不说抓紧给你介绍对象。"

"介绍了，我不看，没心思。"

"你命硬，一棵树上吊不死你。"

"那你呢？"

"就这样吧，独身的一层了，我也不想再害谁了。"

她嘴上这么说，心里却满满的幸福。

隔两日，利用中午休息时间，她看了一回二姐——夏秋菊。

秋菊现在当上师父了，老资格架子摆起了。见小草来，便溜出厂房，请小草吃街边小吃。吃东西时，秋菊免不了问长问短。小草专拣没用的话说，实质性的问题避而不谈。秋菊最懂小草，也不强追问。因时间问题，姐妹俩饭后不久便分开，各自回单位。

小草直接回了下午上班的酒店，她在酒店服务员休息区里打了一个盹儿，等到上班的时间，打仗似的，跑进跑出了几个小时，直到酒店快打烊时，她才返回住处。

李建新又打来电话。李建新的表现简直不可思议，他学会了煲电话粥，几乎每天晚上都煲一锅，不管小草想不想吃，他坚持煲。

这简直是好事。

李建新的电话粥，让小草内心里升腾一股强大的力量——战胜自己、克服困难的强大力量。这力量，让小草信心百倍，干劲满满，白天工作的时候，她会表现出意想不到的精彩。结果，她的业绩在姐妹们中总是遥遥领先。

说真心话，这要感谢李建新晚上的电话粥。但小草却不愿继续享受。她换了一个号码，不让李建新联系自己了。

沈天宝出差回来，第一时间上门来找小草，要带她参加朋友的生日宴会。她不要去，说要上班。沈天宝却说已经跟酒店老板请好假了，要她必须去。

原来，李建新把小草换手机号的事情已经告诉沈天宝了，并且告诉了沈天宝小草有独身的打算。沈天宝思前想后，觉着小草的思想幼稚，不可取，他就想到一种阻止小草独身思想蔓延的最佳办法——介绍对象。

小草当着众人的面不能拂沈天宝的好意，只能敷衍。散场后，她却嗔怪沈天宝，说她还没走出前一段婚姻，暂时不想考虑。

半年后的一天，李建新结婚了。

消息来源于一个用餐的客人嘴里。小草当时正站在包间里给客人倒"乐乐乳"，她听得清清楚楚。李建新新娶的妻子还是一个黄花闺女，两人就住在她曾经住的那套房子里。

那一瞬间，她难受得要命，她提前下班了。她从来不喝酒，却破天荒地约招弟出来喝酒。几杯酒下去，两人完全没有了以往的矜持，竟然抱住头哭起来。

酒馆老板吓坏了，无计可施，就从小草包里掏出手机，看见通信记录里第一个名字是"天宝哥"三个字，于是便拨通了沈天宝的电话。

次日一早，小草被一阵急促的敲门声惊醒，一睁眼，却看见招弟歪在她身旁。她大为惊疑，正要推醒招弟，又听到客厅里传进来一个女人的委屈声："好你个沈天宝，你不是说这房子给人租出去了吗？怎么你睡这里了？你什么意思啊？你金屋藏娇啊！我们这日子过到头了。"

"悄悄，悄悄，别瞎说。房子是租出去了，租给招弟的老师了，昨晚她俩喝酒，都喝醉了，我就把两人都送这里了，她俩都在卧室。我太瞌睡了，就在沙发上睡着了。我是什么人，你不知道？大清早上，跑人家家里吵闹什么？快回。"

小草和招弟听着糊涂，互相逼视着对方，想要找出答案。就在这个时候，丽丽却进了卧室。招弟和小草同时从床上下来，站在地中央。丽丽抢前一步，抡起巴掌，照着小草的脸就是狠狠一下，而后撂下一句："我叫你金屋藏娇。"然后，摔门离开。

小草顿时眼冒金星，站立不稳，跌倒在地。沈天宝和招弟同时上去搀扶小草。招弟一把推开沈天宝，冲着沈天宝就是一顿吼叫："谁让你接我们？我们喝酒关你什么事？我们死在外面罢与你有什么相干？你瞎掺和什么？你老婆威风耍了，夏老师怎么办？你纯粹怕老婆货，是男人你就和老婆离婚，跟夏老师结婚。"

沈天宝被招弟一顿数落，顿时满脸乌黑。他一句话也说不上来，呆瞪在门口，仿佛钉子钉住一般，一动不动。

五十三

那场醉酒事件后，小草失业了，全因她无故离岗一天；那场醉酒事件后，小草搬家了，全因她不想给沈天宝造成更大的麻烦。

小草和招弟在榆泉大街两侧的胡同里转了整整三天，最后在一个叫米粮巷的四合院里给租了两间小房间，一间做饭，一间住人。找到住处，小草又开始找新的工作，仿佛一只无头苍蝇，在榆泉两条街上到处乱闯。闯了两天，机会终于来了。一款白酒，要在榆泉往开打市场，需要招一批进店促销员。因小草之前有促销的经历，就被派往榆泉当时最高档的四星级酒店当了一名白酒促销员。

然而，好景不长。小草干白酒促销不到两个月的时候，店里来了一名客人，借着耍酒疯，竟然当着众多客人的面，对小草欲行非礼。小草一顿叫骂，一顿厮打。客人颜面尽失，下不来台，却恶人先告状，反咬小草一口。酒店老总出来打圆场，以不遵守酒店服务规则为由，取消了小草进店促销的资格。她又失业了。

沈天宝得知小草再度失业，便邀请她参加朋友聚会。小草推辞不过，只好一同前往。

聚会是假，给小草介绍对象是真。然而哪有那么容易的事情。每次都以失败告终，不是人家不来电，就是小草没感觉。几次下来，她就感觉不好意思，相亲的欲望就像乌龟的脑袋又缩进壳里不肯出来了。

就在这个时候，适逢沈天宝的母亲来榆泉看病。小草得知后，就去医院看望。沈母认得小草，握住小草的手，亲热地问长问短。这当儿，丽丽来了。她看见小草，蜂蜇了一样，脸色大变，当着老人的面，给小草一阵难堪。小草赶紧告辞离开。丽丽竟然追出病房，恶狠狠道："以后别让我看到你。"

小草一阵泪如雨下，跑出医院，迎面却撞上沈天宝。

沈天宝原本要去病房，看见小草哭着跑出，不问自知，当即拉了小草的手，从医院出来，发动汽车，送小草回到住处。

沈天宝建议小草开一间书屋，说榆泉上上下下提倡全民阅读，开书屋可能是个不错的打算，最关键的是能让小草重拾爱好，说不准灵感大发，还能创作出惊世之作呢。

沈天宝的建议着实让小草高兴，她一整夜胡思乱想，无法入睡。

一个月后，小草的书屋就在榆泉步行街上开张了。店面不大，却温馨雅致。店面正上方挂一牌匾，上书"咖啡书屋"；地上立一竖牌，写四字——阅读免费。

沈天宝是开建筑工程公司的，书屋内部装修设计，全没用小草操半点心。里面的书籍全是他托朋友帮小草联系到的，适合各年龄段、各层次、各身份的人阅读。咖啡的创意来源于李建新，当然是沈天宝私下里请教的。咖啡的采购，以及咖啡杯子，全都是李建新一手挑选、搞定，然后托运给沈天宝的。

怎么说呢？李建新成了幕后，沈天宝到了幕前。夏小草鼓里蒙着，她只领沈天宝一人的情。

书屋开张当天，李建新却不请自到，还带来三位朋友，一同来的还有夏小寒。沈天宝也叫来几位朋友。让小草想不到的是高占才也来了，更有一位小草几乎忘掉的发小——胡三毛也来了。冬枣、秋菊、袁明博、常胜利、招弟全都来捧场。

那天，小草从小寒嘴里得知，小寒要和高占才合伙买煤矿了，两人把签合同的仪式就放在书屋了；胡三毛已经是榆泉城市银行的副行长了，主管信贷，牛得很，小寒正跟胡三毛申请一笔贷款；李建新的三位朋友榆泉有事，顺道来捧场了。沈天宝的朋友却是特意邀请来的。

沈天宝把小草叫到一边，指着其中一位身材高大的男子，悄声道："他叫毕然，房地产老板，俩孩子，男孩十岁，女孩八岁，老婆三年前病故，现有意择偶，今天你多留意下。"

沈天宝说的时候，小草多看了两眼，感觉挺够范儿的，第一印象极好。毕然当时跟两位朋友说话，露个侧脸给小草，简直酷帅，是小草喜欢的类型。

胡三毛拨开众人，两手抓住小草的一只手使劲摇，嘴里连连道："小草，真想不到，我们在这里碰见了。我们有三十年没见面了吧？我们一块儿拔草是几岁？六七岁的样子吧？说不准更小。我记得我俩一块儿玩过家家，我把你弄哭了，我妈还打我呢。你记得不？"

"记得记得，婶为了哄我，还给我吃炒鸡蛋呢。"

书屋面积不大，十几个人，几乎把空间挤满了。小草看看时间差不多了，悄悄给沈天宝提了个醒。

揭牌仪式开始，所有人都站外面。

沈天宝主持，他公司的四个年轻后生站在书屋门店两边，负责燃放鞭炮和喷洒彩带，其余的人站在当街，面对着书屋。

她不曾见过这样的开业仪式，感觉特新鲜。她更不曾见过沈天宝如此好口才，谈吐幽默，声调合适，气势冲天，简直能给人增加一种无形的力量。小草手举竹竿，揭开招牌上蒙着的红布。

这个时候，小草内心里升腾起一股强大的气场，那是一种由内而外的自豪和成就感。

小草挑下那块红布的刹那间，她却想到了沈天宝给她买的那块红围巾。

当年，沈天宝说要把那块红围巾盖在小草头上，满足小草骑毛驴的心愿。尽管现在的红布和当年的红围巾不能相提并论，但小草却宁愿混淆。她由衷地感谢。

揭牌仪式结束，所有人进书屋，喝咖啡，侃大山。

书屋提供开放式阅览。进门左右两排书架中间放了可供人坐的两套小桌凳。对门的书架放在地中央,可以里外取放书籍,书架左右两面均可以进人。进去有一排三套小桌椅,小桌椅左右两边的墙壁涂了米黄色。紧靠里面的墙壁上面是一个满墙宽的玻璃小窗,小窗下一扇小门和一个悬空壁架,壁架里摆着不同品种的咖啡,小门进去是厨卧间。厨卧间左边靠墙是煤气灶和一个小橱柜,右边靠墙是一张单人床,小草吃饭午休全在这里。

胡三毛次日下午又来书屋。

胡三毛不是来看书,也不是来喝咖啡,他是冲小草来的。他从小寒嘴里知道小草的近况后,当即对小草有了兴趣,有了想法。

这些小寒已经透露给小草,可小草对胡三毛纯没想法。

人常说"三岁带着老来性",胡三毛本性难改,拈花惹草的爱好榆泉居住的河川湾人都知道,他到死也不会转变成一个洁身自好的人。

胡三毛的老婆三年前死了,死于一场车祸。没过一年,他就跟一女人同居,但没过多久,两人却分开了。后来一直没有固定的女人,给外人的印象,他还单着。

胡三毛是河川湾人,又身居重要岗位。夏小寒有求于他,他也不藏情,言表心声,说:"小寒,你的事,我一定办,特殊对待。你看我和你三姐,我有心,希望她也有意,你就给我传句话。"

箭在弦上,不得不发。小寒需要贷款,节骨眼上,怕胡三毛给自己穿小鞋,当时应允了。他话传给小草,却又特别交代:"胡三毛品质不行,差李建新十万八千里,不可深交,与他来往仅此一回。"

胡三毛进了书屋,对书屋吧台女琪琪的询问置之不理,直接进了里间,直勾勾的一双眼神,嬉笑道:"小草,不忙吗?"

"噢!不忙。"小草说话间,手不由自主到头发里摸那块伤疤,那是胡三毛留在她头上的作品。她出于礼节,抽出一张凳子,示意胡三毛坐下,她开始煮咖啡。

胡三毛落座后又道:"好多年不见面了,有许多话想说。这里人多,三哥请你出去坐坐?"

小草把煮好的咖啡递过去,微笑道:"琪琪马上就下班,店刚开张,关门早了会影响生意。想说什么就这里说吧。"

"早关一会儿不碍事的,有三哥帮忙,你还怕生意做不好吗?"

"那太感谢三哥了,我请三哥喝咖啡聊天。"

"你总要吃饭嘛,三哥请你吃饭。"

"不麻烦了,我这儿可以做饭,我喜欢做饭。"

"真好!我看看你在哪里做饭?"胡三毛说着站起来,朝厨卧间走了进去,继而惊讶道,"小草,你晚上就睡这里吗?又做饭,又住人,太不安全了,万一煤气灶关不严,漏气会很危险的。我给你说,三哥空放一套房子,两居室,闲着也是闲着,你搬进去住。"

"不不不,我另外还租了房子。"

"你还在哪里租了房子?"

"就在附近,小四合院。"

"小四合院能与楼房比吗?楼房里条件好,做饭、洗澡、上厕所、睡觉,比四合院又安全又舒适。三哥不要钱,你搬进去住就行了。"

"真不用,三哥,我正物色着买一套呢,住自己的舒适、坦然,也自在。"

"小寒昨天没对你讲吗?"

"讲什么?"小草明知故问。

"看来你真不知道。"

"知道什么?"

"不说了,三哥改天再来。"胡三毛语带生气,说完,转身离开了。

小草看着胡三毛的背影,内心里禁不住疑问:他是生气了吗?会影响小寒贷款吗?

想到这儿,她拨通小寒的电话,急道:"小寒,四毛刚刚来书屋了,他的好意我全拒绝了,我感觉他走的时候一脸懊恼,会不会影响到你贷款呢?"

"不会,不会。三姐,你别担心,大不了我拿钱砸他,你照顾好自己。"

听小寒这样说,小草才略觉心安。琪琪下班走了后,她见没人光顾书屋,便早早就关门了。

五十四

隔几日,胡三毛又来。他一进门就交给小草一张表格,两沓钱。表格上打印着密密麻麻的姓名和手机号。两沓钱没拆腰,足足两万元。小草惊问:

"这是什么?"

"读书卡的名单。"

"什么读书卡名单?"

"我给设计的。卡已经卖掉了,200张卡,年卡,每张200元,刚好两万元。"胡三毛说着,从上衣兜里又掏出一张,递给小草,又道,"就是这样的,只要有人出示此卡,看书免费喝咖啡。"

"你怎么想到的呀?"小草满脸惊讶。

"为了你,我必须想到呀。"

小草看着眼前的两沓钱,她真不知该不该接。她担心接了钱,胡三毛会得寸进尺;又担心不接钱,从根本上得罪了胡三毛,毕竟小寒还靠胡三毛给放款呢。她一时没了主意，竟想不到怎么应对。

就在这个时候，只听胡三毛又说："你这妹子争气呀，单凭我们是发小，三哥也应该帮你，你就不要顾虑了。三哥喜欢你是打小就有的，但三哥总不能强迫你，三哥尊重你，往后我俩好好相处，三哥继续帮你。好了，今天我还有点事，就先走了。"

胡三毛的卡果然起了作用，连着两礼拜，持卡来书屋的竟然络绎不绝，但来者大都冲着咖啡来的。

隔一个礼拜的周日下午，胡三毛又来，进店就问小草书屋人气如何。不等小草回答，店员琪琪抢先道："有胡行长关照，书屋人气天天爆棚。"

胡三毛听了，脸上立即光亮起来。他踱步到小草身边，附在小草耳朵上低声道："出去坐坐。"

"还有谁吗？"

"说的啥话嘛？为什么还要有谁？"

小草难为了，却也不好推辞。

胡三毛不急着走，坐在最里面的一张桌子上，翻开一本书，又低声道："我等你。"

小草只好去煮咖啡。

琪琪到点挂了包包，前脚刚出门，胡三毛便站起来，催促小草关了店门。

胡三毛把车停在二道街的一条拐巷子里，走几步便看见一饭馆，门脸不大，进去却宽敞，周围一圈全是小雅间。迎宾小姐带他俩到一个叫"小香港"的雅间门前，推开门，示意他俩先进。

雅间很小，里面一张小圆桌、一个备餐台、四把椅子，两把靠墙角放着，两把在圆桌两边放着。胡三毛很绅士地拉出一把先让小草坐下，他移步坐在小草的对面。

服务员递过来菜单，胡三毛翻开，用指头指了两下，又抬头问小草："喜欢吃甜的？还是辣的？"

小草说："都可以，清淡些最好。"

胡三毛又用指头指了两下，服务员就退下了。

片刻后，服务员端上来一瓶红酒，打开，往两个高脚杯里各倒了小半杯，又退了出去。少顷，一素一荤两个凉菜就次第端了上来。

胡三毛请小草吃饭，又上了红酒，他的用意天知地知。小草当然知道。小草更知道，有心计的男人请女人喝酒，绝不会把自己喝醉，除非傻。

小草做酒饮料促销期间，见过的单独邀请女人进餐的男人也多了去了，但凡是上红酒的，多数会有一人喝醉。倘若女人喝醉，多半是真醉；倘若男人喝醉，多半是装醉。

小草天生对酒精没有反应，这是她与李建新结婚前调试出来的。那时她嫁不出去自己，心里特郁闷、纠结，独自在夜深人静的时候，偷偷学着男人喝酒。她把亲戚逢年过节孝敬父亲的酒偷偷打开,有好几次,独自对月喝上半斤白酒,却屁事都没有,照样眼明心明思想明。所以她不怕喝酒,她今日真想借着胡三毛的酒,把她近两年来深埋在心底的不快全部浇死了。

结果胡三毛就醉了。他必须醉,不醉就不合乎常理。小草必须送胡三毛回家,这是胡三毛预先就设计好的,小草躲不过去。小草把胡三毛送到楼下,胡三毛耍赖上不了楼,软油糕一样,黏在小草身上。小草只得搀扶着胡三毛上楼。小草心里清楚,她进了胡三毛的家门,一定会发生什么,铁镊子也拔不过去,但她还是进了。

胡三毛果然装醉,进门就动起了手。但就在胡三毛动手的那一刻,小草想起了北蒿塬的那个夜晚。她不知从哪里来的力量,一把推开胡三毛,夺门而逃。逃出胡三毛的家,小草顿觉舒畅,她觉着榆泉的夜晚变得格外美丽。她已经对榆泉很熟悉了,回出租屋的路她闭着眼睛也能找到。她不需要打车,胡三毛的家距离她的出租屋并不远。仿佛从战场上凯旋的士兵,她哼唱着胜利的歌曲,迈着豪迈的步伐,在步行街上大踏步走起来。

隔两日下午,胡三毛又来,就像什么事也没发生一样,进门就说:

"身份证借我一用。"

"为什么?"

"小寒买煤矿的贷款批下来了,他给我挂了点股,我想把这股送你。"胡三毛附在小草耳边神秘道。

"为什么?"

"你懂的。"

"无功不受禄。"

"那借我用下,我也是不得已而为之,老婆死得早,我自己的又不能用。"

"你家亲戚那么多,七大姑、八大姨。"

"你怎么不懂我的心呢?"

"你的什么心?"

"天地良心。"

"逼婚吗?"

"你也单着,我也单着,不可以吗?"

小草拧身出门,兀自走了。

胡三毛呆瞪在书屋,半天没有反应。

琪琪风一样刮进柜台里,从包里掏出自己的身份证,双手递给胡三毛,嘴甜道:"三哥,跟谁结婚的事以后慢慢说,我的借你用,三哥随意用。"

琪琪在干什么?胡三毛简直不相信自己的耳朵和眼睛,瞪着一双惊恐的眼睛望着眼前这个又漂亮又年轻又嘴甜的女孩,一脸茫然。琪琪却向他眨眼道:"三哥是我的偶像，我可崇拜了。"

琪琪，一九八九年出生，大学毕业待业，花季少女，正值谈情说爱的年龄。

琪琪是想嫁给胡三毛吗？按年龄论辈，琪琪可以做胡三毛的女儿。胡三毛不敢接身份证。琪琪却硬把身份证塞进胡三毛手里，委婉道："三哥，我以为你只是要借一个身份证用用而已，难道我的是假的吗？"

胡三毛终于回过神来，双手攥住琪琪拿身份证的手，感动道："三哥不会亏待你。"一语结束，他转身出门。

一礼拜后，琪琪就辞职了。

又过一段时间，冬枣、小寒、小草和秋菊四人聚餐。吃饭间，姐弟四人闲扯，话题一下扯到胡三毛。

小草说："我从小就讨厌他，烦死了，后来他终于不来骚扰我了。"

小寒说："三姐，你知道不？你书屋那女孩，他包养起来了。那女孩比他的女儿大不了几岁。"

小草说："我还真不知道，我以为她上班了呢。"

秋菊说："变化真大啊！"

冬枣说："不议论人家的事。小寒，说你的，煤矿现在怎样？"

小寒说："正谈着卖呢？"

秋菊说："怎么刚买的就卖？"

小寒说："不懂别问。别出去嚷嚷，八字还没一撇呢。"

过一月，小寒的煤矿真脱手了。好家伙，一夜之间，小寒就变成千万富翁。但也有好多人替小寒吹牛，说小寒变成亿万富豪了。有人甚至扳起指头，一五一十算小寒的账，算得头头是道，有板有眼。连同长时间没联系的李建新都给小草打来电话祝贺："长江后浪推前浪，前浪拍到沙滩上，让我们为小寒祝贺。再过两年，青新草酒店到期，我们全都跟上小寒混。"

小寒的动静更大了。他在榆泉买房子、买车子，把生意从青边做到榆泉，把宋小娇从老家接到榆泉，两个娃娃全都在榆泉上学。

小草却惨了。由于琪琪从中横插一杠，胡三毛那条财路就彻底断了。随着榆泉经济的发展，书屋的生意基本上没了，仿佛开水锅里煮活鱼，眨眼间便死翘翘了。小草也再没雇人，她一人打理，一人管理，老板伙计全她一人，无须看谁脸色，生意好赖她也全不管了，过一天算一天。

榆泉人全都眼红了，眼睛都钻进地里了，谁还整天享清闲读书喝咖啡？放下钱不看不捡的那是傻人，傻人才一天看书喝咖啡呢！

一日傍晚，小草正与大姐在家闲聊，一个戴眼镜的女生进门。女生是来送中期考试成绩单的，手里除了成绩单，还拿一本白皮书。小草好奇，要过来翻看，见全是短篇的文字，两页、三页、一页的也有，但里面勾勾画画，有多处用红笔进行了批注，像是老师给学生修改的作文本。她心下疑问：这明明是书，怎么当作文本修改呢？又看一眼女生，发现女生极其文静秀气，便怀疑里面的文章应该是女生写的了。她来了兴趣，想问女生，却在姐姐面前，又不敢问，直等女生告辞，她替姐姐送客，出了大门，才问："这是你写的？"

"嗯。"

"怎么勾画成这样呢？"

"让你见笑了，这是校正稿。"

"你要出书？"

"嗯。"

"你是作家？"

"不是。"

"不是作家就可以出书吗？"

"当然，出了书，才有可能成为作家。"

这个时候，女生又说："你是夏老师的妹妹，也不算外人，我们交个朋友，我把我的电话留给你，以后需要我帮忙，可以给我打电话。我男朋友还在等我，我得走了。"

那晚，小草躺在床上一夜无眠。她的心被那女生点活了，她也想出书了。

以前她不知道，以为出书是作家的专利，现在她才知道，作家也是作品支撑起来的。她做梦也想成为一名作家。

她突然间领悟，放弃与收获有时完全就是一对同义词，放弃过去的同时也就收获了未来。过去的已经过去，一去不复返。未来多美好呀！未来她也会成为一名作家，登文学的殿堂。她失眠了。

五十五

那日，小草正在往电脑里敲打文字，沈天宝打来电话要她去参加一个满月宴会。她大惑不解，在电话里疑问道："我干吗要参加？"

"你别一根筋了。你的书难道就放在书屋里准备往完卖吗？我给你创造卖书的机会，懂不懂？快快捯饬，捯饬得知性点。既然出书了，更应该结交一些有层次的人，好让人家帮你。"

榆泉最豪华的酒店——帝都大厦的宴会厅里，很多社会名流、企业大亨都来参加满月宴。

小草从来没有参加过这么高规格高级别高层次的宴会，也没有见过这么多的有钱人，她学着沈天宝的样子把五百块塞进一个红包里，在封口内页写了自己的名字和金额，塞进搁在桌子上的大红贺喜箱里。

就在这个时候，又簇拥上来一群送礼的人，就把小草和沈天宝冲散开来。

毕然恰好在人群里，又恰好看见了小草，便上前打招呼："你一人来的？"

"还有沈天宝。"

"他人呢？"毕然四下里看。

"刚才还在，一眨眼就看不见了。"

"那坐下等等，我也找他呢。"

"噢。那等等。"

"我们聊聊？"

"聊聊。"

毕然，清绥县人，农村长大，房地产老板。他的老婆年纪轻轻就得了不治之症，花了很多钱，最终离他而去，给他留下一双儿女，目前一个上了初中，一个在读小学，暂时有父母帮忙照看。他目前正在谈一个房地产项目，该项目的负责人恰好是今日举办满月宴的人，项目基本谈好，就差一个签约仪式了。

也真是难为沈天宝了，小草的书屋开业当天，他就提到这事了，可这么长时间过去，小草却没有给他表态。今天他是霸王硬上弓，哄来小草，强行要给两人制造机会。此时，他正藏在屏风后面，默默为两人祈祷呢。

许是小草有过一次婚姻的缘故，许是小草的思维比之前成熟的缘故，许是小草的行为比之前沉稳的缘故，许是小草更清楚自己的缘故，她从心理上对再婚产生了一种畏惧，所以她一拖再拖，竟然一拖就是两年。

今天，她和毕然全都心知肚明，所以不需要客套。

毕然不十分健谈，说话却幽默。两人东拉西扯了小半天，左右等不来沈天宝，小草才意识到沈天宝带自己来的真实用意了。

她对毕然的印象颇好，两人谈到最后达成一个约定——互相接触、了解一段时间，看能否适应对方，之后再做进一步的打算。

宴会快要开始的时候，沈天宝才露面了。他坐在毕然身旁，望着小草，微笑道："我远远看见你俩交谈甚欢，没敢过来打扰，互相感觉还行吧？"

小草和毕然同时望着沈天宝微笑，却谁都不言语。

沈天宝继续说："毕总，你有所不知，夏老师有才，最近出书了，书回来时间不长，就在她的书屋放着了，你抽时间过去看看？"

"必须的。"毕然眉头一抬，做了一个惊讶的表情，继而道，"遇到才人了，那我以后说话得注意了。"

小草和沈天宝同时微笑。

毕然又道:"那我们这儿结束,就过去看看?"

沈天宝道:"我还有事,你送夏老师过去?"

小草道:"不麻烦了,我走过去就是了。"

毕然道:"要送,我要过去看书学习,长点知识。"

那天,直至宴会结束,沈天宝也没有介绍谁跟小草认识。回到书屋,毕然翻看着小草出版的文学集子,道:

"这些书需卖吧?"

"是啊!"

"卖得怎样?"

小草双手一摊,继而摇摇头。

"我给你想想办法?"

"你那么忙,有时间吗?"

"我试试。"

"谢谢你!"

"你太客气了。印了多少册?"

"一千。"

"一本多少钱?"

"二十五。"

"事不大,你给我先签两本,有了消息我告诉你。"

隔半月,毕然再来,果然带来了好消息。小草的一千册书大部分都卖了。

次日,小草拿着毕然交给她的纸条去国税局开发票,没费半句话就把发票开好了。

隔一日,毕然过来取发票。再隔一礼拜,毕然就把钱给小草送来。

一下子从天而降好多钱,她本该高兴才对,但她却觉得心情好沉重,仿佛心上压了一块巨石,呼吸都难受起来。

"你再给我签一本,以后有朋友来了,我好借你的光,提升我的魅力。"毕然笑道。

这样说话小草喜欢听,也缓解一下她内心的压力,也给了她继续创作的信心。她的钢笔字很大方,有着陕北男人的豪放。她心底里本想给毕然卖弄一下,但在嘴上却故意谦虚:"我字写得不好,不敢卖弄。"

毕然却严肃道:"必须写,以后你若成为名家,我可就是见证人。名家的处女作,太有收藏价值了。"

毕然真会说话,不经意间就把小草心上压的那块石头卸掉了。顿时,小草感觉一阵愉悦,身体仿佛踏云一般轻飘飘起来。文人孤傲,小草也是。

当天晚上,小寒打来电话,说明天要回一趟河川湾,问小草要不要一同回去。小草沉默了小半天,想不出应该怎么回答。

先前说过，小草和李建新离婚，是背着父母姐妹的。但她的家人很快就知道了。不光是她的父母，所有与她沾亲带故的，全都说她脑子进水了。更让人们气愤的是，人家李建新半年后就结婚了，现在已经是一个男孩的爸爸，而她却依然单着。她和李建新离婚后，不曾回过娘家一回，哪怕过年，她宁肯一个人在榆泉孤独着，也不想回去。她的两个姐姐和一个弟弟每逢过年总叫她回去，她却以各种理由搪塞，以各种借口拒绝，仿佛对父母有了意见一般。其实，她内心里就是怕父母怪怨，怕河川湾人笑话。那段时间，她全没自信。那段时间，她错误地想，逢年过节本来是喜庆的日子，她若回去，势必会让娘家人想起自己不堪的婚姻，造成心情上的不愉快。所以她一直推着。

小寒却以一种兄长般口吻替她出主意："不管以后发展成怎样，你现在可以把毕然拉出来当枪。爸妈唠叨，全为你好。再说你现在过得也挺好嘛，又开书屋，又写书，也不见得比谁差，你应该理直气壮才对。"

经小寒这样一说，她终于开悟。于是，便问小寒道："你回去做甚了？"

"前些日子我给河川湾小学买了三十台电脑，现在村里说要弄个捐赠仪式，叫我回去。"

"那我回去，我也参加捐赠仪式，回来写点文字。"

"那好，明早六点我来接你，早点走，路上不晒。"

次日中午，小草和小寒回到河川湾。夏茂源和常艾莲果真沉着脸，但眨眼间，常艾莲就拉住小草的手，嗔怪道："没良心的，这么狠心，几年都不回来一回。"一语结束，母女俩就抱住哭泣起来。

夏茂源看见小草和小寒回来，本来心里高兴，却被母女俩弄得也伤感起来，便狠劲抽烟，不说一句话。小寒就出来打圆场："妈，别哭了，三姐现在好得很，她的生活不比谁差，书屋生意有收入，出书还又赚钱了，已经是作家了，结交的都是高层次的人，你应该高兴才对。"

常艾莲马上止住了哭，松开小草，后退一步，怔怔地看，仿佛不认识似的。夏茂源更是惊讶！他真没想到，几年不见女儿，变化竟然如此大。

小寒见小草呆愣着，就把小草肩膀轻轻推一下，道："三姐，赶紧把你的书拿出来，让爸爸和妈看看。"

小草这才反应过来，忙从包里掏出一本来，摆在夏茂源和常艾莲跟前。

眨眼间，夏茂源家院子里进来好多人。原来是左邻右舍听说小寒回来了，都来串门。夏茂源就拿起小草的书，翻得哗啦啦直响。

一个后生看着好奇，嘴里便问："叔，你翻的什么书？"

夏茂源脸上当即便显示出难以掩饰的笑容。他把书合住，给村人们显摆道："小草现在是作家了。她写的书，这么厚的一本，得好长时间才能写出来啊！"

村人们全都露出满脸的惊讶!

夏茂源脸上更是得意,好像书是他自己写的一样,满脸荣光,满脸自豪。

那天夜里,一贯节约的夏茂源破天荒半夜里还不睡觉,开着明晃晃的电灯,端坐在炕上,捧着小草的书,细致认真地阅读,仿佛古时候即将上京赶考的书生在灯下认真学习呢。那天夜里,常艾莲破天荒一改往日的安排,抱了被褥,铺在后窑炕上,和女儿睡在一起,母女俩一直拉话到后半夜。

五十六

陕北黄土高原,一连两年,冬季无雪,夏季无雨,尤其是盛夏季节,更是酷暑难耐,酷热难当。就在这样的干旱状态下,河川湾那些在黄土地里刨挖的人,再也靠不上赖以生存的洋芋了。洋芋减产,洋芋涨价,迫使一部分人停止加工洋芋粉条,开始想别的致富门路。恰在这时,小寒回来资助家乡学校,这无疑让河川湾人眼前一亮,仿佛干涸的土地上洒了一场透雨,人们顷刻间便准备播种庄稼了。

小寒买煤矿、卖煤矿狠赚了一把的消息在河川湾不胫而走,加之他赞助学校的那三十台电脑,使他在河川湾名气大扬。那天他从河川街上回来,刚踏进院子里,就被村人们团团围住。村人们七嘴八舌,争着抢着给小寒诉苦,说着生活的难处与窘迫,仿佛战场上的高射炮打出来的排炮一样,轰隆隆,全射在小寒的身上,全不想小寒能否招架住。

小寒听完乡亲们的诉说,捋清了乡亲们诉苦的目的,明白了乡亲们是希望他能拉扯一把,也能赚上一点钱的意思后,他就产生了要成立公司的念头,但他在父母亲跟前却只字没提。他就这样,做事从来不征求家里人的意见,连同宋小娇在内。他就是这样一个独断独立的人。

三个月后,隆盛投资集团有限公司在榆泉注册成立。

又隔一个月,隆盛投资集团有限公司在榆泉投资第一个项目——煤矿。夏小寒放出风,河川湾夏氏族人均可入股。但他特别强调:"生意有风险,投资需谨慎,赔赚不保,后果自负。"

河川湾人全不把提醒放在心里,仿佛买煤矿就是包赚不赔、万无一失的美事,连考虑都省略掉,想也不想,问也不问,眼睛也不眨一下,就把看家的钱全都交给夏小寒。结果,没用两天时间,五千万的买煤矿资金就全部到账,河川湾夏氏族人的投资就占到了总投资的五分之一。小满、冬枣、秋菊全都成了股东。唯独小草没有投资。

小草不投资煤矿,这完全可以理解。她还处于一人吃饱全家不饿的状态,全没必要考虑那么多,那么复杂,再说她原本就没有多少强烈的赚钱欲望,目前全身心又扑在了写作上。

财运来了挡也挡不住。

隆盛投资集团有限公司投资的第一个项目，不到一年时间完美收官，所有入股者都得到了相应丰厚的回报。如此一来，夏小寒在夏氏族人心中的威望就直线飙高。与此同时，隆盛投资集团有限公司投资的第二个项目——四星级大酒店——隆盛大酒店的装修宣告完工，各个部门的工作人员均已到岗，培训的培训，学习的学习，从上至下，全都投入开业前的准备工作中。

那日傍晚，小草和她的两个姐姐——冬枣和秋菊相约来酒店参观。姐妹三人正在四处观看，却意外地碰见了李建新。不言而喻，李建新是夏小寒邀请过来做指导工作的。李建新做酒店的经验当然要比夏小寒丰富了。

小草居然大模大样地向李建新走过去，仿佛是久别重逢的老夫妻，虽没有小夫妻那种如隔三秋的激动，却也相互流露出非常欢喜的表情，但又当着众多熟人的面不好意思用语言表达，兀自呆愣不语。

冬枣和秋菊先是一愣，转瞬便识趣地离开。

李建新先打破沉默。他居然凑到小草耳边，悄声道："进展如何了？"

小草想不出李建新怎么突然间冒出这样一句话来。她惊讶道："什么进展？"

"毕然。"

"你怎知道？"

"他人不错。"

小草沉默了，眼眶开始湿润。

"签两本书，我明天过去取。现在小寒等我，我走了。"

待李建新走开，小草跑几步，追上冬枣和秋菊。

冬枣问："怎么还有话说？"

小草说："打个招呼而已。"

秋菊说："小草，你太乖了。"

小草说："不乖又能咋，怪我自己。"

冬枣说："就要你命好，否则你后悔死。"

小草没接话茬。这话题太沉重，姐妹仨同时止住。

次日早餐后，李建新果然来到书屋。

李建新先看一眼呆坐出神的小草，后看看墙角堆放着半人高还没拆包的书，便严肃道："还有这么多！"

"嗯！知名度不够，卖不动了。"

"那给我带一部分吧，我和朋友说到你写书，他们都好奇呢，签十本给我，我送他们每人一本。"李建新说完，便拿起桌子上的笔，摇晃着，又说，"给我一片纸。"

"做什么？"

"写名字啊！我写好，你照上写。"

"严肃点，你的名字我会写。"

"谁说写我的，写别人的，另外九个朋友的。"

"我又不认识人家。"

"我认识啊！你傻啊！难道那书你不卖了？"

小草这才悟出，便从书架最下面的格子里找出一个盒子，打开，从里面找出一个笔记本，从里面撕下一页空白纸，递给李建新。

李建新接过笔，在那页纸上写出十个人名字来，男的女的都有。

小草照着纸签，签完便把书推过去。李建新便瞪着小草问："这就签完了？"

"完了呀。"

"什么人？继续签，还有我的。"

小草一听，浅笑不语，又签，签好，又给推过去。

李建新收好书，出了门，把书放车上，人又折回来，对小草道："还是多带点吧，免得有人要，我又没书。"说完这些，便出出进进几趟，往汽车后备厢装了八捆书。

八捆书一挪，书屋立即就宽敞起来。

李建新上了车，头又探出来，低声道："听小寒说又要投资煤矿了，你有想法吗？"

小草摇摇头。

李建新又道："也好，不要做强迫自己的事，需要帮忙打招呼。"

小草微笑。李建新发动汽车，离开。

小寒的酒店要开业，这是大好的事情，必须要举行隆重的庆祝仪式。河川湾的夏茂源和常艾莲自是必须到场的。按照往常，完全可以打个电话，时间通知了，夏茂源和常艾莲坐着班车就可以到来的，但小寒现在做大了，又买了新的小轿车，就想亲自回去接二老。他准备得妥妥当当，就要出发了，接听了个电话，又说要招待重要客户，一时掰不开身，便央求小草带上司机回去接。

司机开辆七座黑色轿车。小草不认识车标，也叫不出车名，但她知道这可能就是小寒买的新车了。是不是无关紧要。以小寒现在的实力，买辆豪车，完全是小事一桩。

回到河川湾，小草才知道不光接父母，还有夏小满和苏月影。

夏小满这些年在河川湾想尽了办法，终不能使村民生活改善，反而把他的积蓄赔进去不少，光景日月，表面上看起来光光堂堂，实际上紧巴得很。还好，在袁明博的帮忙下，他的大儿子夏宇越已经在榆泉上班了，女儿夏宇雯的工作也有眉目了，小儿子夏宇睿年前也去当兵了。基于这样的状况，在夏小寒的建议下，夫妻二人就处理了养殖场，双双踏上了出外打工的路。

其实，也不算打工，是当管理人员。夏小寒聘用夏小满当煤矿的矿长，管理近百个煤矿工人；聘用苏月影到煤矿当厨师长，管理三个做饭师傅。

返回榆泉的半路上，小草就给冬枣和秋菊打电话报告好消息，结果车到酒店门口一停，冬枣和秋菊便簇拥过来。

时间刚好到了下午饭时，小寒便招呼家人们坐在一个大包间里，围着一张大圆桌，先喝茶拉话，而后他又打电话通知宋小娇、袁明博、常胜利。

这顿饭，一大家人，除了夏宇睿在部队外，其他人都来了。你一言，我一语，从饭桌上欢喜笑闹到客房里，直到晚上十一点多，儿女们才辞别父母，分开各自回家。

小草光杆司令，书屋生意自己说了算，她主动承担起陪护二老的任务，晚上干脆不回书屋睡觉，跟常艾莲挤一张床。

酒店开业庆典在明天，恰好是星期天。早餐过后不久，冬枣和秋菊齐来酒店报到，当然是陪父母来了。隔不多时，宋小娇带着夏宇超和夏宇萱也来了。

夏宇超上了一年级，夏宇萱上了幼儿园。娃娃的人气大，两个娃本又生得讨人喜欢，可亲伶俐，大人们便抢着逗。俩娃娃不拘束，又唱又跳，一会儿像小兔子，一会儿又像小燕子。

小草坐在房间的拐角里默默观看，由不得感伤，竟然控制不住，眼泪便在眼圈里打转。她怕自己破坏了美好的气氛，趁家人不注意，急急溜出去，走到电梯口，望着窗外的蓝天白云做深呼吸。

这当儿，电梯门打开，李建新走了出来。他显然看到了伤感的小草，便驻足惊问："你怎么了？"

小草看一眼李建新，仰起头，不让眼泪掉下来。

李建新又追问："究竟怎么了？"

小草道："房间里孩子吵，我出来透透气。"

李建新道："要不我和她商量，生个三胎，送给你？"

小草惊讶地瞪着李建新，奇怪李建新怎么会有这么荒诞的念头，不过她心里还真是感动，感动李建新懂她。

李建新不等小草回答，又道："孩子叫你妈妈，叫我爸爸，抚养费我承担，你没有负担，也能养在身上，将来也会亲你，你觉得呢？"

李建新这样一说，她就更加感动了。那一刻，她真就想听李建新的建议了，但转念一想，又觉着势必会带来很多麻烦，将来给孩子解释不清不算，说不准还会给李建新的家庭和睦、夫妻情感，都造成影响，到那时，她真就罪过大了。想到这，她连连摆手，嘴里急道："不好，不好，一点都不好。"

两人正说话间，毕然和沈天宝从电梯里出来。沈天宝反应快，抢先一步近前，微微一笑，拉着李建新迅速离开。毕然平时就喜欢大摇大摆地走路，好像头上的福压着他走不快似的，等他走出电梯口，沈天宝和李建新早没了人影，独留小草一人在电梯外愣神。毕然便抿嘴笑着走过来,又看见小草一脸沉重的表情,眼睛里泪花闪烁,由不得关心道:"怎么了?不会他惹你了吧?"

小草连连摇头,悄声解释:"刚刚谈孩子呢。他说要再生一个孩子送我,我被感动了。"

毕然生气道:"李建新究竟想干什么?把我当猴耍吗?想送一个孩子来夺我的家产吗?我们结婚了,我的孩子,不就是你的孩子吗?你别着急嘛!我今天回去好好做俩孩子的工作。你要对我有信心。要不改天我带你回家,只要俩孩子敢怒不敢言,我们就准备结婚。你说呢?"

小草被毕然的一本正经逗笑了,她觉着毕然说得也在理,便点点头,表示同意。毕然又道:"你要往开想。我那边还谈事呢,先过去了。"

毕然走后,小草一人又在窗口呆立良久,估摸着吃饭的时间快要到了,才折身去找家人们。

五十七

那日,小草无聊,去冬枣家串门,坐在沙发上与冬枣闲谈,看见茶几上搁着一份《榆泉日报》,顺手拿起翻看,便看到一则征文消息,细细一看,才知需要千字短文。她平时就写一些千字短文啊!她当即便想到了也试着投稿。有了想法,她就再连一刻也坐不住了,遂带了报纸向冬枣告辞,急急赶回家里,翻找出许多之前写好的千字短文,看了半夜,觉得都不满意,立即打开电脑重写起来。最为神奇的是她彻夜不觉瞌睡,赶到凌晨时分,又写好一篇千字散文。她怕有错别字,反复看了数遍,直到自己觉着非常满意了,才照着报纸上的邮箱投了过去。

稿子刚投过去,瞌睡虫袭来,她就和衣躺在书屋的小床上,睡了过去。次日,她还在熟睡中,报社文艺版主编就打来的电话说她的稿件被采用。她的那份欢喜呀,简直无法用语言描述,但她却不像普通人欢蹦乱跳地表示快乐,而是转身又坐在电脑前"噼里啪啦"地一阵敲打,不到一个小时,一篇投稿心得就写了出来。

隔一日,她又去冬枣家,果然在姐姐家送来的新《榆泉日报》上看到了自己的文章。接下来,好运气便接二连三到来。先是李建新连续三次光顾书屋,把她的文学集子全部拉走,接着是好几篇文章被《榆泉日报》刊登,最后是那篇征文竟然获奖,而且是特等奖。

征文的获奖,给了她极大的创作热情。接下来的日子里,每当夜晚来临,她就会坐在电脑前安心创作。写了一段时间后,她的野心放大,居然开始了长篇小说的创作。一发不可收拾,简直走火入魔。她停止一切生意,关闭手机,闭门谢客。四个月过去，二十五万字的长篇小说脱稿。她给自己放假一个礼拜，去哥哥嫂嫂所在的大河塔煤矿散淡。

大河塔煤矿位于柳湾镇大河塔村，距离柳湾镇约有四十公里的山路，属于柏油路，不通班车，人到了柳湾镇须下车，等煤矿派来的专车接，还有一个办法是拦一辆去煤矿拉煤的车。

那天，班车到达柳湾镇，已是中午十一点，她明显地感到饥饿一阵阵袭来，便就近找了个饭馆——稀饭肉夹馍。

饭馆门口立着一个油桶改装的烤炉，里面"滋滋滋"响个不停，一股喷香的烤饼味钻入她的鼻孔，她便更觉饿了。烤炉是非常熟悉的，与她的家乡河川街上的烤炉一模一样，烤饼的味道也熟悉，卤肉的味道也熟悉。进入店内，看见店里左右两排桌子坐满了吃客，她便想，现烤的饼，香酥脆，加上熟烂的猪头肉，味道一定绝妙。赶紧吃吧，否则肚子抗议了。

一个肉夹馍、一碗钱钱饭下肚，她顿觉精神大振。她看看手机，又看看外面的大太阳，再看着消闲下来的店主人，便想到跟店主人攀谈一会儿，好有理由坐在店里等前来接站的车。想到这儿，她便问店主人：

"老板，你是哪里人？"

"河川街上人。"老板一边打饼，一边跟她唠嗑。

"真的？"

"哄你能赚钱吗？"

"我们老乡哎。"

"那钱钱饭送你喝。"

"不是，不是，我觉得肉夹饼味道熟悉才问你了。"

"噢！好吃吗？"

"好吃。"

"好吃常来吃。"

"我是路过了。"

"你去哪里？"

"大河塔煤矿。"

"去做什么？"

"看我哥哥和嫂嫂。"

"叫什么？"

"夏小满。"

"夏矿长啊，他我认识，好人。我听他说有一个写书的妹妹，一定是你了，看着就像，文气很足。是也不是？"

"老板很会说话。"

"实话实说,你哥哥接你来吗?"

"嗯。"

"那你就坐店里等,你看外面的太阳,正烤人。"

"谢谢老板!"

"拉成老乡了,要是渴,再喝上一碗钱钱饭?"

"不不不。"

小草和饭馆老板正唠嗑间,她的手机响起来了,一接听,是接站的黄师来了。小草向店老板告辞,上了副驾驶位。

黄师交代一句:"坐好。"皮卡车就飞驰起来。

刚开始走的路比较平展,黄师人年轻,反应灵敏,车开得好,皮卡车如入无人之境,左绕右绕,快速飞驰,前面出现一个急弯,稍感减速,车子平稳穿过,拐弯处车子微侧。小草难免紧张,两手紧抓车顶吊环,眼睛却不忘左顾右盼,前后观望。依稀看见路两边的茅草、沙柳、羊胡子草上盛开的白花花、紫花花,以及一些叫不出名字的杂草杂花,仿佛穿堂风一样向后刮去。柏油路两边的黄土一不小心撞上汽车轮胎,灰尘就在车后滚滚而起,云山雾罩。渐渐地,路面开始变得糟糕,七拐八绕,坑坑洼洼。车速不敢快,慢了下来,却依然颠簸不断。小草的身体便随着汽车的颠簸,时而下沉,时而腾空,幸亏她抓得牢,否则非把她颠簸下去不可。

黄师只顾开车,一句话不说。

皮卡车爬上一道陡坡,一眼看见车在悬崖上行走。幸好小草这边是慢山坡,不至于产生晕眩感。爬上高坡,即下陡坡,继而皮卡车就沿着沟底穿行。沟里树木很少,路两面覆盖着一些杂乱的植被,偶尔能看见比较平整的山峁上会有庄稼,是一些极其耐旱的农作物。前面出现了像是新铺的柏油路,路面看起来比先前的路宽了够双倍,平了够百倍,车走上去时,果然异常平稳。走不多时,路面变得乌黑起来,上面浮层黑乎乎的煤面子,路两边的杂草也变得黑不溜秋。抬头远望,前面便出现一片黑乎乎的煤,周围许多人、许多车。再远便是一座二层高的建筑物,依山而建。

黄师把车开进大门,停稳。小草看时间,已快下午三点了。还不到做饭时间,小草先到二楼矿长室。

夏小满正在办公室。

苏月影从办公室里面的套间里走出来,拉住小草的手一阵问长问短,又带小草到里间,两人躺在床上拉话。刚拉几句,小草便呵欠连连。苏月影见状,便不再说话。片刻后,小草便睡了过去。

小草正睡得熟,觉着有人在肩膀上推,醒来就闻见一股饭香。原来,苏月影看见小草睡得沉,不忍心叫醒,等工人们吃罢,又重新做了,用一个盘子端上楼来。

小草大为感动，后悔来时没买礼物。饭毕，仍觉得瞌睡，和衣歪在床上，继续睡，一觉竟然睡到次日天大亮。昨夜下了雨，她竟全然不知。地皮湿润，空气新鲜。她站在二楼阳台上，做一个深呼吸，顿觉神清气爽。她下了楼，沿着潮湿的路面向前走去，远处有一片黑亮亮的精煤，仿佛一个个赤裸裸的黑人，挺着有弹性的臀部，侧转脸，用狡黠的目光，忽闪忽闪地挑逗她。长久以来的焦渴，让她感到一阵玄幻。目光处，她分明看见李建新正伸出一只手向她微笑着走来，她浑身便涌起一阵激动，禁不住走了过去，也伸出手来，握了上去。该死，摸了她一手黑。看着一手乌黑，她禁不住双颊发烧，怔怔地望着那一摊精煤，半天没有反应。

中午饭后，热辣辣的太阳直射下来，气温骤升。矿长办公室里的电风扇一刻不停地转动着，小草却热得满头大汗。

小满忧心忡忡，似乎在自言自语，又似乎在向小草唠叨："小寒不听我劝，让我不停地开采，发疯般地往出采煤。可现在煤炭供大于求，天天卖也卖不完。煤露天存久了，风化没火力，不经烧不算，还怕自燃。"

"有那么严重吗？"小草惊道。

"可不。我小时候就见过煤炭自燃，就在咱河川湾炭窑的炭场见过。那炭场总共也没多少炭，可有一天就是烧着了，火苗蹿上天，把炭场周围的树都烤焦许多，把炭场唯一的茅草房也烧成了灰烬。"

"那赶紧想办法呀！我早上去煤场看了，那一大片精煤可多了。哥哥，煤还能做什么？"

"兰炭，用来炼钢的一种化工原料。好多大煤矿都自建焦化厂，消化库存的煤炭，制成兰炭，再卖给炼钢厂。"

"赶紧给小寒打电话，说说你的担心和建议。"

夏小寒下午赶来煤矿，看见那一大片精煤也着实吓了一跳。饭后，兄弟俩坐在沙发上商量对策。小草没事，便在小满的电脑上浏览网页。突然间，电脑右下角跳出一则新闻来。她点开细看，才知新闻里正在播放陕北煤炭的新出路：炼钢厂冬季将放开尺度，大量收购优质兰炭，这一机遇，势必会带动正规焦化厂建设，陕北煤炭价格有望再次回升。

这真是一个好消息，宛如一股凉爽的风，驱赶走酷暑盛夏里的闷热气息。夏小寒看后脸上大放光彩，立马就想到投建焦化厂。说干就干，傍晚时分，他就离开了煤矿，回市上跑审批投建焦化厂的手续去了。

小草在煤矿住了将近半个月。她从苏月影嘴里得知，大河塔煤矿投产是一种无奈的选择。小寒原本还要采取即买即卖的原则，再赚一笔过手钱，不承想算盘打错了，煤价下跌，买卖煤矿只能持续观望，但上千万的煤矿搁在手里，一天一个损失，所以只能投产卖煤，走一步算一步了。

五十八

如今，夏小寒的生意做大了，摊子摆大了。是否日进斗金，暂且不管。他作为一个企业的掌舵人，生活的品质自是上去了，一天也就过着普通人认为极其悠闲的、望尘莫及的生活——喝茶，钓鱼，融资。

可不！那日他真就钓到一条大鱼，就连水库管理人员，从来都不曾见过的大鱼，足足三十三公斤，六十六市斤呐！

水库管理人员看着那条大鱼，眼睛瞪得铜铃一般大，惊讶道："老板，不得了，好兆头，六十六，六六大顺呐！今年你可坐在金罐子上了。"

夏小寒一高兴，大宴宾朋，请了朋友，又请家人。他把榆泉居住的所有家人都请到酒店里吃鱼，拉话。一家人正有滋有味地吃鱼，他的手机猛然间响了起来。他看一下手机号，站起来，走出包间去接听电话了。

他是怕影响到家人们吃饭吗？还是怕宋小娇听到什么？他平时接听生意上的电话也不在意家人听啊！一家人就同时把目光投向宋小娇。宋小娇似乎发觉了什么，站起来欲走向门口，却又折转身来，大大咧咧道："他才不是你们想象的那号人，我放心着呢！"说完，一家人全大笑起来。

夏小寒那个电话接了好长时间，等他再次进包间，桌子上的鱼已经被大伙吃得所剩无几了。他看着大瓷盘里的鱼骨头，眼睛眯成一条线，嘴巴笑成一朵花，绕着家人们一圈转过去，笑道："吃饱没？要不我再上一条鱼，要瓶红酒，我们好好尽兴？"

家人们全愣住了，以为他也想吃鱼。他却压得沉稳，直等服务员把红酒拿上来，他亲自给每人杯里倒上红酒，然后率先举杯，致祝酒词："报告大家一个好消息，焦化厂的兰炭有销路了。"

夏小寒高兴，太高兴了。他是从来都不喝酒的人，却破天荒地把自己喝醉了，连家也回不了。宋小娇只好在酒店里开一个房间，陪了一整夜。

隔天上午，小草正在校正小说，沈天宝打来电话说要带她去参加市里举办的一个慈善活动。

慈善活动不就是为帮助改善社会上的那些弱势群体的困难生活而发起的捐助物资与金钱的活动吗！小草又不是企业家。沈天宝究竟卖的是什么药？

小草不管他卖的什么药，当即干脆道："我又不是企业家，不去。"

"快快捯饬，我已经到你书屋门口了。"

小草挂断电话，站起来走向门口，差点与进门的沈天宝撞个满怀。

"赶紧的，我奉命来接人，毕然要我来接你，他先过会场了。他要你把户口本、身份证带上，说散会后要跟你一起去婚姻登记所办证去。"

"明天不行吗？"

"明天他要出门，得耽误半个月了，他怕夜长梦多，你被旁人撬走。再说他好不容易说服了两个孩子，所以要趁热打铁赶紧办证，否则两个孩子反悔了，又要拖。他说我们去会场走个过场，敷衍一下，然后就去酒店吃饭。再说他父母上来了，也想见见你。你动作麻利点。我们马上出发。"

沈天宝这样一说，小草只能撂下手中的营生了。

"大前天，毕然还说他爸妈下礼拜才上来，怎么提前上来了？"

"两个娃娃要有人给做饭关照呀，他又怕劳累你，再说也不好意思跟你开口，所以就请二老提前上来了。"

到了慈善会现场，小草才知道是外省某地方发生严重的泥石流，灾情相当严重。榆泉市慈善协会便倡议榆泉企业家伸出友爱之手，捐资捐物，帮助灾区度过艰难。

小草不是企业家，她没钱捐，但是她看到投影仪上放出了泥石流现场的惨烈场景，有一些失去双亲的孩子，有的嗷嗷待哺，有的才刚刚学会走路。这些孩子清纯的眼神，一下子揪住了她的心。她是女人，她是一个失去做母亲的权利的女人。她有过许多种幻想，想着能成为一个妈妈，甚至想过到福利院收养一个孤儿，却久久没有付诸行动，原因是她近期爱上了创作，把计划搁置了起来。现在，慈善会在倡议，这是积德行善极好的机会，无钱捐，就收养孤儿吧。

天天呀！居然还是一对龙凤胎，不满二岁。他们清澈的眼神紧紧抓住了小草的心。她当即就感到了生生的疼，仿佛俩娃就是她失散多年的孩子，突然间回来找她了。她再也不能控制自己，从黑压压的人群里噌一下站了起来，举起手高声道："我要收养那对龙凤胎，我要收养那对龙凤胎。"

她唯恐自己的说话声引不起主席台上领导的注意，连说了两遍。她的话刚停，会场上所有人都把目光齐刷刷地投了过来，仿佛看妖怪一样，用一种异样的眼神打量着她。主席台上领导的眼神更是惊愕。她身材瘦小、单薄，昨晚熬夜写作，导致她眼角发红，满脸倦容。

众人的惊奇眼神，让她由不得暗暗疑问："他们为什么那样看我？难道我说错了吗？"她心里这样问自己，但全不管众人的眼神。一股强大的力量在她内心里升腾起来，滔天巨浪般地从她的嘴里涌了出来。她再次用标准的普通话，字正腔圆地补充道："我不是企业家，也不是大老板。我是一个女人，失去了做母亲权利的女人。我梦想成为一个妈妈，我认为这是最好的办法，最说得过去的理由，最摆得上桌面的方案。如果我符合收养条件，我愿意成为这对龙凤胎的妈妈。我会视为己出，我会爱护他们，教育他们，培养他们。请领导帮我圆梦，谢谢！"

话落，台上台下掌声雷动。

就在她做那一番陈述词的时候，会场上所有的摄像机、照相机都对准她。"咔嚓、咔嚓……"快门响个不停。她很激动，她泪流满面。那一刻，她想起了自己胎死腹中的孩子，因她的不理智而夭折。她泪水长流，喃喃自语："他们能让我将功补过，他们能让我灵魂坦然。"她捏紧拳头，暗暗给自己鼓励："这是生活对我的厚爱，更是上天对我的恩赐，我要牢牢抓住这大好机会。"顷刻间，幻境在她大脑里出现：蓝天白云下，鸟语花香间，小桥流水人家，她和一双儿女在欢唱，在蹦跳，在戏水，在荡漾……

就在她愣神的时候，坐在身旁的毕然，狠劲拽了她一把，把她拽回现实。

毕然伸出手摸着小草的额头，瞪着一双惊讶的眼睛惊道："你没发烧吧？要收养孩子？你不和我结婚了？"

"冲突吗？"

"冲突啊！"

沈天宝猫着身子过来，扯一下小草和毕然的袖子，先走出会场。

小草生怕别人把龙凤胎抢走，还想补充一句，无奈她被毕然拉出了会场。

"你在做什么？知道你有多幼稚吗？毕然现在是两个孩子的爸爸，你和他结婚，再收养两个，意味着他就成为四个孩子的爸爸。而他又那么忙，你又没有带孩子的经验，你不想想，顾得过来吗？再说你现在已经和毕然走到了要领证结婚的阶段了，你不能主观臆断啊！你要替自己的处境想想啊！你真欠考虑，为甚不和我们商量一下？自己私自决定，还那么大声嚷嚷，唯恐人家都听不到。"

沈天宝不知哪来的气，对小草就是一阵咆哮。

沈天宝显然不支持小草收养孩子。

小草现在听见沈天宝的话特刺耳，她才不要听，反驳道："你是我的什么人？你是我父亲吗？教训完了吗？我父亲的话，我都选择地听，别说你的了。"

毕然原本满心不爽，看着好朋友和心爱的女人各持己见，便过来解围："不好意思啊！为了我，让你俩生气，全是我的罪过，我向你们道歉。不过沈总，你那样说话，真还有点欠妥。小草可能一时没想那么多，仅从孩子的角度考虑问题了，这更能说明她内心的善良。我认同，我理解，我看好，我支持她借机圆梦。"顿一下，他又说："小草，我想说，你最起码应该和我商量一下，我就坐在你身旁，我们紧挨着呀！你干吗那么激动？我那俩孩子不是已经接受你了，叫你妈妈那也是迟早的事情呀。现在，你要抱一对娃娃回去，我思想上肯定支持，但我很担心，和沈总说的一样，我怕你一人顾不过来。"

毕然说得确实在理，夏小草能听下去，完全能听下去。她不是没有想过。她在会场上说出那一番话之前，已经在内心里有过激烈的思想斗争了。她权衡过利弊，也许是妇人之见，也许是小私心，她觉着毕然的俩娃娃未必会与她交心。俩娃已经上学了，有独立思想，将来能叫她妈妈是尊重他们的爸爸，是表面文章，做样子而已。而这一对龙凤胎，完全会把她当成亲妈妈，一定会依恋她，亲近她，心疼她。

毕然那一番话的言外之意她完全懂，但她不想改变自己的决定。她对毕然抱歉道:"毕总,耽误你这么长时间,现在我只能对你说声对不起了。谢谢你这段时间对我的关照,真心地感谢!你可以怪我,哪怕骂我,我都毫不在意,我只愿你将来能遇到更好的,抱歉了。"说完这段话,小草给毕然深深地鞠了一躬。

"不是,不是,你听我说,你听我说,唉!怎么说呢?你就不能替我想想吗?老两口高兴得几天睡不着,都已经来了,我还说今天一块儿吃饭定我们的事呢。早知你慈悲心肠这么严重,就不该要你来这里。真是我欠考虑。小草,权当你没来这里,好不好?我们现在离开,好不好?"毕然话锋一转,满脸尴尬地说了小半天,意思是希望小草能遵守原先的约定。

"毕总,真不好意思,我第一眼看见俩娃,就有种骨肉至亲的感觉。你可能理解不了我的心情,我恨不能现在就抱他们在怀里。毕总,谢谢你!我想成为他们的妈妈,我想为他们服务,做他们的精神支柱,当他们的生活靠山。"

毕然无语了,他转过身,走到一边抽烟去了。

沈天宝对小草低吼道:"你能不能别头脑发热了?我了解你的能耐,没人帮你,别说两个,连一个你都忙不过来。你知道现在的娃娃怎么带吗?你知道现在的娃娃要费多大的精力吗?"

小草现在感觉沈天宝纯粹就是杞人忧天,简直可笑。她懒得和他争辩,掉一个后脑勺给他。

"你没有带娃娃的体验,没有帮手千万不能胡闹。单亲家庭长大的娃,性格怪僻,思想狭隘,心灵脆弱,与孤儿院长大的孩子有啥不一样。"沈天宝试图说服小草放弃决定,仿佛一个碎嘴婆婆叨叨个不停。

沈天宝如此说,夏小草还真没有想到。但她意志坚定道:"那我另外找个男人结婚,找个乐意接受俩孩子的男人结婚。不瞒你说,我第一眼看见那俩娃的眼神,我就喜欢上了。俩娃是那么可爱,而无情的灾难让他们这么小就失去了双亲。俩娃需要我的爱,需要家庭的温暖,不应该生活在孤儿院。"小草说着,看见沈天宝又想接话,她不容他说,继续朗声道:"天宝哥,我非常感谢你带我来这儿。我现在找到生活目标了。能给予那一对娃娃母爱,就是我未来的生活目标。我相信,俩娃就是上帝专门派给我的孩子,我和他们前世有缘,我一定要呵护他们,陪他们长大,给他们良好的教育,让他们快乐地生活,幸福地成长。"小草很激动,说着说着就泪光盈盈起来。

轮到沈天宝用异样的眼神审视夏小草了,他觉着她太不可思议了,太不可救药了,他瞪大眼睛凝视着她。但是,就在沈天宝凝视夏小草时,夏小草却感到一种无可替代的荣光。

是的,夏小草的思想超越于疯狂,而她正用充满母爱的温柔与坚定,保护着俩娃不被强盗抢走。

沈天宝静默不语了,他被彻底打败,败下阵去,但心有不甘,就用失望的眼神注视着小草。良久，他满脸愧色，眼睛发红，好像一粒尘埃飞进了他的眼睛。他慌忙走向一边，仰起头，用手去揉眼睛。

沈天宝放弃了对夏小草的劝说。

夏小草也没有再说什么，她转过身，独自一人走进会场。她刚刚落座，一个戴着胸牌的姑娘走近她，留了她的姓名、联系电话，以及详细住址，说有关部门将会与她进一步交流并考察她有无收养能力，如果确认她符合收养条件，会通知她完善相关手续。

接下来到了会场捐赠的高峰，小草觉着自己没必要继续待着，打算离开。起身往外走时，迎面碰见沈天宝和毕然进来，她给他俩点点头，道一句："我先回去了。"然后离开了会场。

回到书屋，刚坐下不久，李建新就打来了电话，劈头就是一句："夏小草，你简直胡闹。"

沈天宝呀沈天宝，你干吗告诉他？小草心里这样想着，嘴里却笑道："你不是说过要生个三胎，让我抚养吗？现在怎么这口气？不过我还要谢谢你给我灵感。"

"你和毕然都要扯证了，他那么好的条件，你能不能清醒点？我为你考虑。"

"知道，谢谢你，我还忙着，不和你说了，我挂了。"她本想说你有什么资格替我考虑？想了想又觉着不合适，忍住没说。

隔不多时，又一个电话打进来，一看号码是夏小寒的。她就想，肯定是李建新嘴长。夏小寒在外地，昨天晚上还没回来，宋小娇告诉她的。接了电话，才知道不是为她的事。小寒给小草布置了一个任务，要她明天一早回河川湾给父母搬家，还说他把搬家的车都准备好了。小寒生意做大了，是大忙人。小草光杆司令一个，又没拖累，她当然要答应了。

小寒年前又买了一套更大的房子，最近搬进去住了，旧房子空下，让夏茂源和常艾莲上来安享晚年，这是早就有的安排，一大家子人全都知道。他当时住新房子，家里人曾调侃他，住新房，不暖房，不请客，不厚道。他当时回说，等他不忙了，把父母接上来了，一准暖房请客。看来他要兑现承诺了。

其实，小寒的旧房子也不旧，是上榆泉才买的。当初买时开发商只剩一套，面积不大，还是一层，没得挑，仓促买下。他长时间心里不落忍，觉着一层不好，总想调换。后来，钱宽裕了，思想变了，觉着多几套房也是可以的，又因夏茂源和常艾莲渐渐年迈，还在老家住着，孝顺心作祟，就想着要接父母上来住，现在倒觉着当初买一楼简直是明智之举。后来，他就跟家人们商量说要接二老上榆泉来享清福，脱离农村打炭烧火、土天土地的生活。

五十九

　　次日一早，小草回到河川湾，一进家门，夏茂源当头就是一通质问："你都这么大的人了，净做些傻事。你说你当年，李建新那么好的人，你连家里人消息也不给，悄悄就跟人家离婚了。现在也是，你放着省心事不做，跟毕然结婚了，能缺你吃还是缺你穿，人家对你那么好，你干吗给自己戴紧箍咒？抚养一个娃娃不知要受多少劳累，要花多少心血，哪能一时兴起，别说还要抚养大一对娃娃了，真是胡闹。快快收起你的心思，早早跟毕然结婚，踏踏实实过日子，我和你妈也就不要操心了。"

　　至此，小草才明白小寒要她回家接父母的真实用意了。她知道，弟弟为她好，沈天宝为她好，李建新也为她好，这些人都希望她能与毕然结婚，享清福。但是，她一根筋拧住了，谁也难解开。她认为家里人都不懂她，但她不想辩解，她从来就是这样，从来不辩解，哪怕自己有理也不辩解。

　　仿佛一个碎嘴婆婆，夏茂源比常艾莲还话多，见小草不说话，又开始叨叨："小草啊，我和你妈原本不打算这么早就上榆泉住，看来我们不上去不行了，我们得上去看着你，否则你净干傻事。你说李建新那么好的女婿，你说离就离，你就是缺少一根筋。而今呢？李建新两个娃娃了，你还单着。好不容易遇上个对眼的，条件也不错，你就应该干干脆脆。你说你答应了要和毕然结婚，家里所有人都知道了，人家毕然连客人也差不多请了，你可倒好，收养什么孤儿。就你高风亮节，你也不替毕然想想，在这节骨眼上撂挑子，让人家在亲朋好友面前怎么解释。你就听爸一句劝，快别做傻事了，赶紧上榆泉跟毕然说清楚，把结婚证领了。你已经这么大年龄了，过了这个村恐怕很难遇到店了。我和你妈都是土埋在脖子的人了，没多少日子过了，要是临死也看不上你过好日子，死也不会瞑目啊。"

　　夏茂源说得激动，眼圈发红。

　　小草受到爸爸的感染，眼泪在眶里打转，想哭的样子，却忍住不哭，不让自己表现出妥协来。她想说："我是成年人了，我的事自己能做了主，你们没必要操心了。你们执意要为我操心，我也没办法阻拦，你们爱怎么操心就怎么操心去，我连谢谢都不说，我不领你们的情。"但这样的话只能在心里想想而已，嘴上是万万说不出口的，否则她就成了不识好歹的白眼狼了。

　　她耳朵里听着爸爸的唠叨，眼睛里看起来湿漉漉挺感动的样子，手里却一刻也不闲着，帮着妈妈收拾东西。

　　其实，东西常艾莲早收拾好了。炕上的被褥早就叠得方方正正，用床单包好，搁在当炕的炕桌上了，防止老鼠嚼咬。炕早就扫干净了，脚地也扫干净了，盆盆碗碗早都安盖好了，半袋子大米、半袋子白面、小米、绿豆、钱钱、扁豆、豌豆、红豆、豇豆……全都装好了，柿子酱也装在箱子里了，穿的衣服也包好了。一切都拾掇得停停当当，打包得妥妥当当，摆在凉窑里，码放得整整齐齐，只等装车了。

小草和司机成了搬运工，把需要带的东西，全都装在小轿车的后备厢里。夏茂源就跟在小草屁股后面，跟进跟出叨叨，意思只有一个，劝说小草不要干傻事，抓紧和毕然结婚。需要带的东西真多，吃的、用的、穿的等。把所有东西都装车上，后备厢就装得满满当当了。

小草站在院子里打量，打量着她住了近三十年的院子。院子依旧，没有围墙，方方正正的土院，石碾子、石磨、羊圈、猪窝、鸡舍、柴炭房、厕所，完全没变。整个院子干干净净，柴炭房里的柴，码得整整齐齐；柴炭房里的炭，垒得方方正正。

夏茂源看见小草打量院子，感慨道："这里住习惯了，山山水水都亲。"

是的，早先老两口说啥也不同意去榆泉，不想离开住习惯的老窑洞，可娃娃们都在榆泉，各忙各的生活，没有时间常回家看看，逢年过节，把回家都当成了思想负担。娃娃们一致劝说老两口别给娃娃们增加负担，别让娃娃们过多牵挂，别让娃娃们逢年过节，还车马劳顿几百里路上往家跑。做子女的是多么自私啊！明明各自不想在爸妈身上花太多时间，还美其名曰"孝顺"。

小草和司机搬东西的时候，常艾莲在窑里做饭。她做了小草最爱吃的小炒猪肉酸白菜炖粉条，蒸了大米饭。小草把要带的东西装好，在院子里寻找记忆，引起夏茂源感慨的时候，常艾莲做好了饭，撩起门帘，叫道："小草，叫师傅跟你爸都进来吃饭。"

"妈，什么饭？这么香！噢！小炒猪肉啊！好多肉啊！妈，是不剩下的肉一顿全吃了？"

"是的，省的还要带。"

临出发，常艾莲和夏茂源谁都不肯上车，两人在院子里推诿了小半天，这里看看，那里看看，这里摸摸，那里摸摸。小草就默默跟着，一句话都不说，她担心话出口会横生伤感。

老两口在院子里站着，眼睛湿润，眼神呆瞪，表情沉重，全没有要去享清闲的幸福样，反而表现出一种难舍难分。

那一刻，小草突然明白了什么叫故土难离。她在心里由不得叹服弟弟的精明，把这么伤感的场面要她独自面对。她把眼泪咽进肚子里，假装淡定。估摸着过了一刻钟后，她强行搀扶老两口上车。司机油门一踩，车慢慢下了院坡。她让司机把车窗玻璃放下来，把车速放到最慢，尽量让爸妈能在徐徐开动的车里和村人们打招呼话别。

走至半道，夏茂源和常艾莲低落的情绪慢慢缓转过来，心情也渐渐好了起来，开始跟小草有说有笑。车快到榆泉，小草给小寒打电话。小寒让车往新丰小区走，说宋小娇已经在家里等着了。

新丰小区就是夏小寒之前居住的小区，从今往后，这里会是夏茂源和常艾莲的家，也会是夏家五姊妹以后常要走动的地方，宛如河川湾的老窑洞一样。

冬枣和秋菊已经站在小区门口等候了。小草摁下车窗,头探出去,叫一声"姐姐",又叫一声"二姐"。冬枣和秋菊两人便像风一样,追着车跑起来。

夏小寒安排今天晚上给父母接风,一大家——几小家的人全来了。

常艾莲在家里习惯了干活,突然间要她享清闲,吃一顿省心饭,反而不适应,时不时跑到厨房看女儿们做饭的进度。夏茂源倒是自在,坐在沙发上,有两个女婿招呼着喝茶,嗑瓜子,谈新闻,看电视。宋小娇站在茶几对面,问道:"爸爸,你说这房子比河川湾的窑洞好吧?"

夏茂源全不用语言回答,他那自得其乐的享受样子,可以说明一切。

饭做好了,摆了满满一餐桌,非常丰盛。

夏茂源喊一句:"孩子们,吃饭来。"

另一个房子正打游戏的袁浩、常远、夏宇超,却没听见一般,依然脑红地玩耍着。

宋小娇给夏小寒打电话:"你快回来没?"

夏茂源问宋小娇说:"快了吗?"

宋小娇回道:"快了,已经在路上了。"

上班的夏宇越和夏宇雯,先后进了家门。等不多时,夏小寒回来了。夏茂源去叫玩游戏的孙子们,等了小半天,玩游戏的才从卧室里出来。一家人全部入座后,夏小寒要拿白酒招待袁明博和常胜利。夏茂源却给拦住。他不喜欢喝酒的人,哪怕是两个当官的女婿,他也不允许喝酒。两个女婿倒也给他带面子,全都拦着,不让小舅子往开打酒。

饭到半饱,夏茂源却发话了。

结果其乐融融的接风宴,硬生生上演成群情高昂的批判会。在夏茂源的倡议下,全家人的矛头指向小草,群起而攻之,一致反对小草收养龙凤胎,坚持要小草和毕然结婚。

小草本来就不善言谈,光靠她的拙嘴笨舌自然不是一家人的对手,她只能保持沉默,放开耳朵听家人们畅所欲言,却不做任何回应。

"小草的想法,我倒觉着是好事,可以考虑,你们全都别瞎说。我也是抱养的,你们说说我看见哪个妈亲?生我的妈亲,还是养我的妈亲?你们说说我对我的哪个妈操心多?我倒觉得,要是毕然单单因小草收养娃娃就不跟小草结婚,说明他也是没爱心的人,也不值得留恋。不结婚就不结婚,我们另外找一个心甘情愿和小草共同抚养娃娃的有爱心的男人结婚。小草,妈给你说,只要你舒坦,只要你好受,你就收养,妈支持你。妈住到这里又没地种,闲着也是闲着,妈帮你带娃娃。"就在这个时候,沉默寡言的常艾莲却表态了,她的一番话如同一声惊雷,把全家人都惊着了。夏茂源、夏小寒、夏冬枣、夏秋菊、宋小娇、袁明博和常胜利全都睁大眼睛望着常艾莲。

就在这个时候,夏茂源生气道:"头发长见识短,你懂个屁。"

"你才懂个屁。"常艾莲不甘示弱。

常艾莲的确有两个妈妈。生她的妈妈一连生了三个女儿，生下第四个，不想要了，不想养了，就要一尿盆扣死，但当娘的舍不得，痛哭流涕央告老汉留娃娃一条小命，送人养活。适逢有个总也养不活娃娃的妇人，知道此事，小脚直颠，赶了五里山路，从奶头上把娃娃抱走了。该娃娃正是常艾莲。常艾莲的生父亲姓艾，养父姓常，养母出生于大户人家，为人良善、品性高洁、清爽利索的精致女人，给养女取名字的时候，很是费了一番心思，最后得名常艾莲，谐音常爱莲，寓意可想而知。而常艾莲受养母影响，确实胜任此名。

小草全没想到母亲能站在她这边，顿时就觉得自己不再孤立无援了。她现在力量满满，意志坚定。她在内心里由不得感慨：全天下唯有母亲，最了解女儿的内心世界；全天下唯有母亲，说的话才最有分量。她赶紧出来打圆场："爸，妈，你俩不敢吵，今天可是乔迁之喜的大好日子呀！我一定参考各位的意见，我的话题就此打住，现在好好吃饭。"她嘴上这么说，心里早下定了决心，不可动摇的决心。

六十

次日，全家人同去隆盛大酒店参加夏小寒的暖房宴，自然也要参观隆盛大酒店董事长办公室。夏小寒此时不在办公室里坐着，门却敞开着，墙壁上挂着许多牌牌，简直五花八门。夏茂源和常艾莲眼睛花了，看不清楚。小草照着牌牌念："爱国企业家""创业之星""先进人物""优秀民营企业家"。

牌牌大都是铜质的金色镜框，里面镶嵌红色带绒布，上面统一是黑色字，以及许多红底白字印章。小草念的时候，夏茂源不停地点头，他满脸微笑，眼神欣喜。常艾莲嘴角上翘，抿嘴微笑。夏茂源突然间附在常艾莲耳边悄声道："老婆子，我的那梦显灵了吧！"常艾莲却满脸严肃，表情淡然。

夏小寒的生意做大了，人却不张扬，暖房宴只请家人，并没有外人，吃饭过程也随意自在，没有诸多礼数与客套。难得聚在一起，热闹自是不必说，酒店里散场后，一家人又全都聚在新丰小区夏茂源和常艾莲的新家里一直"嗨"到快十二点了，才各回各家。

一礼拜后，民政部门通知小草去办理收养手续。

有了常艾莲的支持，小草便不再藏掖，大胆付诸了行动。全没想到，在民政部门手续办完，去福利院接孩子时遇上了《榆泉日报》的两名记者，他们拉住小草要采访。小草急着看孩子，不想搭理，却拗不过俩记者死缠烂打，只能配合，一问一答了小半天，也不隐瞒自己的真相，最后又做一番陈述，才算完事。

那对娃娃已经会走，认生，不要她。她早有准备，掏出两个变形金刚来，俩娃娃居然跟她玩耍起来。玩一阵，她又想到俩娃娃这么小的年龄，却因天灾颠沛流离，便感到心里揪得疼痛，当即就想给俩娃娃妈妈的温暖。她控制不住自己，张开双臂搂紧俩娃娃在怀里。喃喃道："叫妈妈。"

俩娃娃却不叫，反而道："不是妈妈。"

她内心里又一阵涛奔浪流，眼泪顷刻间涌出眼眶。她暗自喃喃："多么精灵的宝宝呀！我确实不是你们的妈妈，但是，从此，我要给你们亲妈妈般的关爱、亲妈妈般的温暖，我要看着你们长大，我要让你们享受家庭的温暖，我要让你们接受良好的教育，我要让你们健康成长，过上幸福的生活。"

次日，夏小草收养孩子的消息就见报了，以整版的篇幅刊登在《榆泉日报》的头版头条，标题为"这是前世注定的缘分，我一定会成为合格的妈妈"，副标题为"一个离异女人收养灾区失亲龙凤胎的内心独白"，副标题下面有一张小草双膝跪地搂着俩娃娃的照片。

报纸是记者专程给小草送来的。记者看了小草书屋的陈设，又问了一些情况，知道小草还有写作的爱好，又说以后还要继续追踪报道，希望小草能积极配合，写出关于带孩子、养孩子的心得体会、心情感悟、心路历程，以及孩子的细微变化。

记者的一番话很给力，小草顷刻间就觉着自己的小心脏强大而充盈起来。

书屋太小了，一下子添了俩宝宝，睡的地方都没有了。小草在新丰小区父母家里先凑合着住下，又托人四处打听租房子。隔两日，招弟打来电话说房子已经租好，要她去看。她托付父母代管宝宝，急急忙忙赶去接收房子。

值得庆幸的是，招弟租好的房子距离书屋很近，也在步行街，骡马寺上巷的八号院里，一进三开的正阳房。小草急急忙忙赶去时，看见两个工人已经在刮墙，心下便感慨："招弟真细心，不愧是我的学生，没用我说，就给我找来了粉刷工。"正感慨间，却看见沈天宝从四合院大门里进来，顿时明白是怎么回事了。那一刻，她真想扑上去，抱住沈天宝，在沈天宝怀里痛哭，感激沈天宝这些年对她的帮助。但她强忍住，控制住，不让自己有任何表现，可内心里却早已土崩瓦解，没出息的眼泪又滚滚而来。

小草与沈天宝在慈善会场分开，再没联系。事后，小草觉着自己太过分，有心给沈天宝解释，却一直没时间。这当儿，她乍一看见，就更觉着自己小气，沈天宝大度了。她含着眼泪和沈天宝握手言和："你不生我的气了？"

"我有那么小气吗？"

"招弟告诉你的？"

"嗯。还能有谁？"

"几天能弄好？"

"两天就好了，处理完晾半个月再入住。"

"到时我请客，庆祝我当了妈妈，你一定要过来。"

"再说，有时间我就过来。"

两人正说话间，招弟来了，带着盒饭，说是给工人师傅买的。招弟先招呼工人师傅吃饭，之后又招呼小草和沈天宝到步行街一起吃饭。招弟一点不见外，反客为主，好像这房子是给她租的，全没小草的事。小草质问招弟，招弟却有理道："天宝哥吩咐我的，天宝哥说我闲出油了，你家里肯定乱成一锅粥了。他说你能认个熟路就行，剩余的事情全不必操心了，等最后搬家住人就行。"

饭后，沈天宝要结账。小草没让。

是啊！怎么能让沈天宝结账，不在道理。

沈天宝脸上似乎漫上一层腻子，光着一层粉子，他非常不好意思地悄声问小草："毕然和你联系没？"

"没。"

"那你也不必联系他。"

"我肯定不会联系，我上次已经说明了。"

"走着看吧。"

"谢谢你！"

"客气！"

别说，小草还真得感谢沈天宝和招弟，幸亏有他俩帮忙，否则她的生活真要乱成一锅粥了。俩娃来她家的第四天开始拉肚子，非常严重，不吃不喝，她担心奶粉不对，常艾莲说是换水土。情急之下，她带俩娃娃到医院。夏茂源和常艾莲年迈，自是不能同去。冬枣上班忙，没时间。秋菊伺候公公婆婆，也抽不开身子。宋小娇身份高贵，她不敢动用。想来想去，只能求救招弟了。招弟撂开自己的两个大娃娃，跑来医院帮她带小娃娃。带娃娃，小草是生手，招弟比小草有经验。在医院里，小草和招弟的身份颠倒了，小草做起了招弟的学生，招弟反而成了小草的老师，招弟教小草育儿知识。还真让沈天宝说对了，两个宝宝原本就费事，闹病了，不光费事，更费精力。结果，一礼拜俩娃娃痊愈出院，小草的体重整整降了五斤。

俩娃娃出院，常艾莲留住小草不让走，说住房子得挑吉利日子，又说她已经看好日子了，等到吉日，邀请家人一起过去庆祝乔迁之喜。

吉日那天，除了家人，小草特别叫了招弟和沈天宝。暖房宴结束，家人们正围着俩娃娃逗乐子时，门里进来一位不速之客，惊得小草呆呆瞪瞪，没了反应。来人双手拎着两大包玩具，站在门外，怔怔地望着小草。沈天宝第一时间反应过来，拨开小草，上前接了玩具，拉住来人进到屋里，惊道："你不是在西安吗？几时来的榆泉？怎么不告诉我？快坐，快坐。双份的玩具，看来你是有备而来的，你怎么知道夏老师收养了一对娃娃?"

沈天宝连珠炮发,全不管来人是否能一下子回答他的问题。来人却什么问题也不回答,把手里的玩具丢给两个玩耍的孩子,从裤兜里掏出一张报纸递给沈天宝,又从上衣兜里掏出一个盒子,当着众多亲人的面,打开盒子,露出一枚戒指,单膝跪在小草面前,大声道:"夏小草,嫁给我好吗?"

宛如惊雷炸响,满屋子人全都没有了反应,而小草几乎跌倒,幸亏招弟站在身后,及时扶住。待她反应过来,就再也控制不住,泪水喷涌而出。

幸福来得太快,她怎能反应过来。

沈天宝反应最快,带头喊道:"嫁给他,嫁给他,嫁给他!"

招弟跟着喊:"嫁给他,嫁给他,嫁给他!"

其他人睁大眼睛看着眼前这一幕,空气凝住了。

小草顾不了揩眼泪,忙伸出右手递过去。待来人给她戴上戒指,她忙伸出左手,双手上去拉人家站立起来。

来人是谁?是她二十年没见面的初恋——徐晓明。

二十年不见,他们之间有太多的谜要解开,他们之间有太多的话要说。小草的家人太懂小草了,简直善解人意,竟然在一瞬间全藏了起来,连两个宝宝也被藏起来了。

徐晓明老了许多,鬓边可见银丝,身体略显发福。

小草不能辜负家人对她的一片良苦用心,不能辜负这大好时光,她和徐晓明拥抱了,深深地拥抱,长久地注视,仿佛他们是失散多年,突然间相遇的恩爱夫妻。

徐晓明的出现,把暖房的气氛再度推向高潮,全家人为小草欢呼,为小草祝福,祝福小草厚德载物,纳福呈祥。

常艾莲面对这突如其来的喜事,似乎早有预料,仿佛神仙一般,一脸淡然。夏茂源脸上,则洋溢着对老伴的心悦诚服。小草透过父母的脸,看出了他们深埋于心底的欢欣。她简直陶醉,感觉这世上再也没有比她更幸福的人了。俩宝宝更陶醉,面前堆了那么多的玩具,完全浪气起来,在床上翻滚,打闹,嬉笑。

卷五

六十一

小草与徐晓明阔别多年后再次相遇，恰逢沈天宝也在场，她才知道多年前在北蒿塬，他俩有过一个约定，约定好要等徐晓明四年大学毕业之后，两人才开始对小草展开追求，这才有了徐晓明暗地里给沈天宝找工作，沈天宝去县城当建筑工人一说。

小草大受感动。

但后来，半路上又杀出个徐晓明的姑表妹丽丽。

当年徐晓明的姑夫——沈天宝的老板一眼看中了沈天宝，认为沈天宝是根好苗子，可以栽培。恰好他的独生女儿丽丽和沈天宝年龄相仿，娇生惯养，学业不成，跟着他在建筑公司管账。他便私心大发，有意撮合女儿与沈天宝处朋友。不打两年，老家伙检查出肺癌晚期，自认为时间不多了，干脆来了个亲自保媒，为的是移交帅印，这才有了沈天宝骑着摩托车带着丽丽出现在北蒿塬，让小草目睹到的那一幕。

小草知道前因后果，又多了一种欣慰，欣慰当年她没有认错人。事实上也如此，她在北蒿塬教学期间，以及她与李建新离婚后来到榆泉，沈天宝不是她的亲人，却胜似她的亲人。她在暗夜里也时常问自己："沈天宝究竟是你什么人？"但是她想不明白，心里似乎又很明白，所以只能把沈天宝藏心里。

那么徐晓明呢？

小草暖房后的第二日，徐晓明又来，两人竟发生了一场唇枪舌剑的争执。不过情有可原，两人多少年不见面了，猛然间见面，多少年的冤屈肯定要理论清楚。徐晓明第一句话竟是："夏小草同学，你也太狠心了吧？"

小草被问得莫名其妙，她奇怪徐晓明昨天和今天怎么会变化如此之大。她惊道："我怎了？我不怪你不信守约定就好了，你反而责怪我，但我当年一点都不奇怪，我有自知之明，我根本就高攀不上你。"

"我给你写了那么多信，你干吗一封都不回？昨天你家里人太多了，我不好意思问，今天特意来问你。"

"谁见过你的信？我当年盼星星盼月亮盼你的来信，怎么能收到不回呢？我连一封都没有收到。"

"这就奇怪了。"

"一点都不奇怪。你记得不？二十年前，在北蒿塬小学院子里，你就说给我写过信，我那时就说没有收到。你当时还说你明白了，怎么现在又不明白了？"

"看来你还是怪我了。"

"也不怪你。"

"怪谁?"

"怪我们缘分不到。"

"也是啊!沈天宝和我姑姑家女儿丽丽结婚后,我去过你家三次,三次都没找到你,你那时藏哪里去了?"

"那时,你找到我也没用,你高我低,不可能的事。不说之前了,讲讲现在,你为什么还单着?"

"我大学毕业后,找你不见,干脆又考研又读博,获得了留学美国的资格,便去了美国,结识了留学生张音美,结婚,生孩子。后来,夫妻感情破裂,女儿三岁上,办理了离婚,我就回国了,北京、西安都待过。因牵挂父母,想距离老人近一点,又申请来榆泉工作,年前刚在市环保局报到,主抓环境改进工程。之所以能知道你,还得感谢我后来养成读报好习惯,我在报纸上看到了你的事迹,知道了你的底细,便找上门来了。夏小草同学,这是天注定的吗?轮你说了。"

"看来,我俩各自绕了一大圈,又绕回到一起,这是上辈子注定的缘分吗?"

他们都是成年人,过来人,都已经四十岁了,无须征求父母的意见,无须在花前月下约会。在那个晴朗的天气里,他们面对面坐在小草的房间里,每人怀里抱着一个小孩,起先是互相质问,后来变成了促膝交谈,俩孩子为他们见证,谁也不隐瞒各自的婚史,互相安慰,互相关心,互相疼惜对方内心的孤寂,互相诉说深埋于心底的思念。聊到最后,他们约定明天就带上两个娃娃去婚姻登记所办理结婚证。

时隔六天,一场别开生面的婚礼就在隆盛大酒店的三楼宴会大厅里拉开了帷幕。

都是二婚的人,按常理一般会低调行事。徐晓明不要,他想给初恋一场婚礼,不必张扬,简约就行。他宴请的客人也不多,除了双方家人之外,还有几个交好的朋友。夏小草上学少,交友不广,要请的朋友只有招弟和沈天宝。

婚礼由徐晓明精心策划。在一曲欢快的音乐声中,婚礼主持人入场。当主持人宣布新郎出场时,身穿蓝黑色西服的徐晓明,手中牵着穿白色纱裙的玉玉——小草的宝贝女儿,由舞台侧门缓缓入场;当主持人宣布新娘入场时,穿白色婚纱的小草,手中牵着身穿蓝黑色西服的青青——她的宝贝儿子,缓缓出现在红地毯尽头的花房门口。紧接着,在欢快的轻音乐中,徐晓明手牵着玉玉缓缓走向花房,向新娘走来;在欢快的轻音乐声中,夏小草和徐晓明的手牵在一起。就在这个时候,两名礼仪小姐上来牵走了青青和玉玉。新郎新娘步入舞台中央,婚礼进入高潮,双方家长上台致贺词,夏小寒宣读证婚词,新郎新娘交换婚戒,下来是两家人合影。

酒宴开始,新郎新娘给来客敬酒的时候,小草蓦然发现李建新和毕然坐在席间。这太出乎意料了。两人不请自到,让小草顿时尴尬起来。

好在沈天宝坐在两人中间,否则她真不知道怎么应对突然来的变故。徐晓明全没在意，绅士一般举着酒杯给李建新和毕然看酒。李建新面露歉意，毕然满脸惊讶。在敬酒的过程中，小草瞄了两眼李建新和毕然，居然发现两人频频举杯，开怀畅饮。这简直让她五味杂陈。禁不住扪心自问：男人这玩意，究竟是个什么东西？

晚上，青青和玉玉被常艾莲接走了。

今天是夏小草和徐晓明的大喜日子，虽不是初婚，却胜似初婚。

是夜，圆月高悬，宁静祥和。

隔了些日子的一个晚上，夏小草安抚两个孩子熟睡后，又悄悄起床，出了卧室，推开虚掩的书房门。徐晓明端坐在写字台前。她轻移脚步，近身，双手搭在丈夫双肩上开始揉捏。

徐晓明的工作性质不同于普通坐办公室的，经常要下乡，带领着工作人员深入基层考察，回家后还要连夜赶写治理方案。所以，自他们重新组合家庭以来，夏小草每每在孩子入睡后，想着法儿体贴丈夫，不是揉肩，就是捏背，有时还会要打一盆热水，端来书房，让徐晓明泡脚，以舒缓一天的疲累。

夏小草揉着徐晓明的肩膀，低头看时，发现徐晓明并不是看文件、写东西，而是看信。"呼"地一下，她当即就血涌上头。

新婚不到两个月呀！徐晓明难不成又浪漫到搞起了婚外恋？

这个念头一出，夏小草的易冲动的本性就暴露无遗了，她一把扯过徐晓明手里捧着的信件，翻到首页，立时又呆瞪了。

信不是别人写给徐晓明的，而是写给她自己的。

"小草，是我错怪你了，我给你的信全让爸爸截留了。今天，爸爸乘坐班车，专程来到我的单位，把我给你写的信全还我了，有满满一箱子呢。"

说完这段话，徐晓明站起身，红着眼睛望着夏小草。

墙角果真搁着一个红色的酒箱子，箱盖朝四面揭开，里面没有开封的信封码得整整齐齐、满满当当。

夏小草蹲下身子，用手抚摸着那些信封，拿起一封，贴在自己脸上，过一会儿，又放进去，又拿起另一封，又贴在自己脸上，如此这般，把上面并排着的四个信封，挨次拿起，贴脸，又放下。仿佛那些信件带着热热的温度，又好像那些信件是她失而复得的宝贝。她站起身，抬起头再看徐晓明时，早已泪流满面了。

"我会一字不落地全部读完，并且给你写一样多的回信。"

"不必了，我们能在一起，就是你给我最好的回信。"

那晚，徐晓明和夏小草两人聊了好久，大概凌晨三点多才相继入睡。

次日早晨，青青和玉玉精身子、光脚片从小卧室里跑了出来，推开大卧室的房门，爬上徐晓明和夏小草的大床，钻进被子里，把两人从睡梦里拉出。

"哎哟！这么晚了，我得赶紧去做早餐了，你给青青和玉玉穿衣服吧！"夏小草撂下一句话，翻身起床，飘飘出门，宛如一只紫燕，在卫生间、厨房、客厅、餐厅里，飞来飞去。

爱情的力量真大啊！昨夜她睡觉那么少，精神却还这么饱满。

六十二

大河塔煤矿发生了矿难，死了人，上面查封了煤矿，并且对煤矿法人提起了公诉，并带走了夏小寒，约谈了夏小满。

大河塔煤矿的法人是夏小寒，矿长是夏小满。

提起了公诉，意味着什么？夏小寒的隆盛投资集团有限公司现在投资的企业涉及煤矿、焦化厂、酒店、房地产等，要是法人被提起公诉，集团公司投资的其他项目会有影响吗？夏小寒又将面临什么？谁也想象不来，谁也不敢想象。

夏茂源的脸又变成了乌黑。常艾莲向来泰然处之的一个人，几天不吃不喝。两位年近七旬的老人为他们的小儿子担忧。人之常情！

袁明博、常胜利、徐晓明，三人全都在公门里身居要职，却全都使不上力。冬枣、秋菊、小草也只能干着急。宋小娇干脆躲在家里不露面。苏月影一句话也不说。

夏家一大家子人紧张了半个月后，夏小寒终于回来了。但他告诉家人是大哥夏小满揽起了发生矿难的所有责任，法院判了夏小满有期徒刑三年。

苏月影当即就号啕大哭起来。她有理由号哭，矿难的责任又不全在矿长，凭什么？但苏月影一贯语言少，人贤惠，紧要场合半句话也说不出来，她不接受又能咋？她又没有回天之力，况且她也在小叔子手底下吃饭。所以她即便有十二分的不满，也说不出口，只能痛声号哭，表示抗议了。

夏小寒赶忙安慰他的嫂嫂，他说："嫂嫂，你不要哭，不要担心。我还在想办法，一定不让哥哥在里面受罪。我现在争取保释，这是唯一能把损失降到最低的办法。"

苏月影哭声小了。

夏小寒又说："这样一来，哥哥就是留了个案底，别的什么也影响不了。我依然会用哥哥当矿长，只是从台前走到幕后了，有些场合别人代替哥哥出面而已。"

隔几日，情况又有所好转。

夏小寒出面通融与力保，又提起上诉，夏小满就免了牢狱之灾，最终，法院改判：夏小满有期徒刑三年，缓期四年执行。在整个过程中，夏小寒赔偿了死者家属一笔钱，取得了死者家属的最终谅解，并向中级人民法院出具了谅解书，才出现了被宣告缓刑的情形。这算得上最好的结局了。

夏小满，一个当过兵，从来都洁身自好、小心谨慎的人，为家族企业，为兄弟情分，如此深明大义，甘愿付出，大有担当，不愧是家中兄长。

这个世界不是谁的世界，不是说谁成功了，想做什么就能做什么。做人的最高境界是节制，而不是释放。土地，你若把它视为一种精神，就会尊敬它，保卫它，珍惜它。你若把它仅仅视为一种物质，就会无度地使用它，任意地改造它，随心所欲地破坏它。

陕北，这一片宛如临盆孕妇隆起的肚腹一样的山脉下，潜藏着宝贵的资源——煤。很多人误以为它取之不尽，用之不竭，然而，在数不清的煤矿同时开挖后，却出现了惊人的变化：地表开始塌陷，水土开始流失，生态遭到严重的破坏。与此同时，数不清的焦化厂产生的废水、废气和废渣，同样成了人们生存的隐形大患。

隆盛投资集团投资的大河塔煤矿被封，下河湾焦化厂面临双重压，一方面是周围的村民开始闹事，没文化的用武力闹事，有文化的用文章闹事；另一方面是大河塔煤矿被封事件，牵引出连锁反应，周边煤矿停止供煤，下河湾焦化厂兰炭产量无法保证，信誉受损，又被签约方提起诉讼。一时间，攻击夏小寒的帖子，在网络里，宛如鸡毛，满世界飞。

夏家全家人都紧张了起来。

夏茂源连下棋都没了兴致，整天在家里喝茶，抽烟，吞云吐雾。

某日，夏小草打开电脑，像往常搜自己文章一样，在百度里敲了自己的名字，妈呀，她的名字也出现在热搜了。她博客里的文章，被无数网站转载、攻击，说她捏造事件，鼓吹恶人，最可恶的、不道德的文坛杀手。而更严重的是有人直接打电话问她收了对方多少贿赂。天呀，怎么会是这样？晚上，徐晓明下班回来，她把帖子搜出来。徐晓明立即关闭电脑。嘱托道："别看，别慌，过一段时间就没事了，小寒会处理好的。"从此，一连数天，她把手机关机，生怕有人给她打电话；一连数天，她连楼也不下，生怕一下楼就会遇见旁人盘问。

徐晓明是研究环境污染的行家、专家，他引经据典讲了许多关于焦化厂对环境污染、生态破坏的严重性。他说："焦化厂是高污染企业。排放的废气，产生的废水和废渣，对自然造成的不是一般的污染，对生态环境有着恶劣的破坏。焦化污水是一种典型的含氮化合物，是一种复杂性高、难以处理的有毒的工业污水。这种污水最终会形成一种化学物质苯……"

徐晓明说了一大堆，说得太专业，小草听不懂，也不感兴趣，听得头晕，但她记住了最后一句话："人，如果长期生存于这种恶劣环境，会严重影响人的寿命。"

她觉着这问题好严重，好可怕，但她只能想想而已。

这不是谁能解决了的事情，更不是哪个企业家能解决了的事情，这是大形势所致。好比香烟盒子上明明写着"吸烟有害健康"，可国家照样生产，国民照样吸烟。

能让国家GDP提高的事，各级政府部门全都大力支持，并且还一如既往地、争分夺秒地、不失时机地，今天给这家企业成立挂牌，明天又给那家企业颁奖致辞，后天又树立另外一家企业为模范。而往往是牌子越大的企业，对农民的伤害越大，对生态的破坏也越大。

那天晚上，徐晓明在枕头边授意小草请小寒来家里吃饭。小草一时不解。两个孩子后来学会闹腾了，吵得她一天不得消停，书屋好多天都不去露面，撂给雇来的女女打理，也不知成何体统了，她说还想抽时间去看看自己的生意呢，表现出不大情愿的意思来。

徐晓明却执意要请，还神秘兮兮地说："随便做点家常饭，有些话不方便在外面谈。"

不是小草没有人情味，连亲弟弟都懒得给做顿饭吃，而是多少年她一个人清闲惯了，现在身边多了三个人，就感觉日子特别纷乱。说真心话，她现在心全操在徐晓明和俩娃的吃喝上了，她满心愉悦，也倍感幸福，却就是懒得招待客人。她想，这许是李建新给她惯下的毛病，跟李建新在一起的几年里，她连手梢梢都不动。但说归说，想归想，次日清晨，她还是给小寒打了电话，请弟弟来家里吃饭。

终究是姐弟情深，小寒理解小草，他在电话里讲道："三姐，你带着俩孩子还能做出什么好饭来。我晚饭后过来，两个宝宝想吃什么？我在酒店打包带过来。"

"别，别，别。你记得过来就好了。我忙去了。"

夏小寒是上灯时分来的，来时拿两个一模一样的玩具，随手交给小草后，直接进了书房跟徐晓明拉话。拉了些什么？书房门闭着，小草一句也没听见。

那晚，小寒很晚才离开，走时弄出了声响。小草从卧室里出来，追到客厅，听见小寒给徐晓明说："三姐夫，我记住了，我会考虑的。"

徐晓明说："也不急，慢慢来，有啥情况，我会告诉你。"

夏小寒走后，夏小草问徐晓明："你们神神秘秘谈什么了？"

徐晓明说："没谈什么，分析一下当前形势。"

夏小草不感兴趣，也没再追问。

隔一月，小草从秋菊嘴里听来一个好消息——小寒跟胡三毛贷了一笔款，填补了焦化厂违约金的漏洞。秋菊的消息来源于常胜利。常胜利现在依然是胡三毛的手下，职位提升为信贷科科长了，而胡三毛已经升为榆泉城市银行行长了。

又过两个月，夏小寒被封的煤矿和焦化厂顺利易主。这两单生意，前前后后算起来，夏小寒是亏本了，但并不影响生意的正常运作，这全凭胡三毛行里贷的那笔款周转。至此，夏小寒从榆泉煤矿行业和焦化厂行业悄然退出。之后，他把精力全部投入地产行业和其他领域。

夏小草为了她收养的俩娃儿将来能衣食无忧，在徐晓明的权衡下，她也在夏小寒的地产里投了点小股份。

六十三

　　夏小满和苏月影回了河川湾。

　　夏小寒的公司之后投资的生意，大都需要懂技术、高文凭、能谋会算、能说会道、能独当一面、能叱咤风云的人才。夏小满的前身只是村主任，他显然落后了，跟不上时代的步伐了，不过根据他的年龄，也不应该操太多的心了。夏小寒没上多少学，没念多少书，人却精明，会来事，会用人。他用人，绝对是人尽其才，绝不大材小用，小材大用。他经常对用来的人说："是根萝卜就插在萝卜的坑里，是个财神就供在显眼的位置。"

　　夏小寒毕竟与夏小满是亲兄弟，不能不看兄弟情分，他给夏小满一笔不小的钱，让哥哥和嫂子暂时回老家调养身体。

　　调养身体，这话说在点子上了。夏小满在煤矿与焦化厂这几年，煤尘毒气臭味吸入了不少，加之年岁渐长，健康指数日趋下降。他每天三餐饭前饭后必须吃药，药当饭吃，药不离身，走哪带哪。医生早就建议他远离高污染区，他却不听，执迷不悟，说弟弟离不开他，说煤矿与焦化厂离不开他。这下好了，煤矿和焦化厂都卖了，夏小寒可以离开他了，他可以全身引退了。

　　小草知道这样的结局后，心里却不免难过，不免担忧。

　　夏小满真能全身引退吗？他人是引退了，心也能引退吗？

　　周六中饭后，夏小草带上两个娃娃，叫上徐晓明又去新丰小区。敲开母亲的家门，却见小寒两口子也在。她就打开书房门，翻出一堆玩具，任由青青和玉玉玩耍，自己又过了客厅，挨挨挤挤坐在徐晓明身边听家人们拉话。听了一阵，她听出了眉目。

　　原来是墨尔本有夏小寒的一位商界朋友，叫乔华，也是榆泉人，之前一块儿做过生意，交情颇好。说这乔华钱赚多了，生活条件提高，就感觉国内雾霾太大，教育太差，似乎连适合生存的土壤也没有了，于一年前移居墨尔本，却因语言不通，又觉着孤单寂寞，隔三岔五给夏小寒发邮件，说不完墨尔本的好。乔华在墨尔本买了一套大别墅，地上地下总共有五层，要夏小寒组织十个家庭，三十个左右的人来墨尔本旅游，吃、住、玩所有的费用他全包了。这不，夏小寒果然被忽悠起来了，现在一门心思想去体验一回国外的生活，想去看一回墨尔本究竟是怎样一个人间仙境，现在已经开始着手组团了。

　　出国旅游在榆泉已经很盛行了，很多社会名流和各界优秀人士以及经济富裕的家庭，一家一家出国旅游。旅游团抓住这一大好形势，借机推出一些固定的旅游线路，比如新马泰双飞十日游，香港澳门双飞七日游，等等。

　　夏小寒有此想法也不足为怪，毕竟他的生活已经在那个层次上了。夏小草却对出国旅游不大感兴趣，在言语中对弟弟的想法大不苟同。

夏小草说:"我要是有钱,在时间允许的情况下,会在中国旅行。中国好多的大好河山、名胜古迹我都没去过,为何要去国外?"

三观不同,没办法进行交流。

榆泉的有钱人,除了花钱买房子,买铺子,买车子,买地皮,买煤矿和办公司,再就是玩爱好。爱好里面,男女皆爱旅游。榆泉人旅游就是出去烧钱,他们有花不完的钱,想办法天南海北去烧。有人调侃榆泉人旅游:"上车睡觉,下车尿尿,到了景点拍照,回到家里傻笑。"这形容简直恰如其分。

两个月后,夏小寒就给了全家人一个肯定的答案:墨尔本可谓人间天堂,他爱上了墨尔本,无论从哪个角度,他都爱,他诞生了去墨尔本居住的想法。

夏小寒的做事干脆到能惊掉全家人的下巴。他已经给两个娃娃请了专职外教,教授英语,他说要让两个娃娃先行一步。

然而,好多国人看不上中国教育了,跑去国外接受西方教育。

宋小娇起初也持反对态度,当着全家人的面和夏小寒一阵唇枪舌剑。

"语言都不通,要去,你一人去,我不去。"

"娘生下你就会说话吗?"

"我上学最不爱学的就是英语,上学也没学会,现在根本学不会。"

"妇人之见。到了那里,人家都讲英语,听也听会了。"

"你说得轻巧,我们这个年龄,接受能力差,学什么都难,得从零开始,哪有那么简单的事。"

"我们自己交流不需要讲外语,还有和我们一同去的十几家交流,都用中国话。"

"天天跟中国人待一起,与现在有甚区别?"

"区别大了去了。空气质量、社会治安、办事效率,太多太多了。"

"我就担心到了人家地盘上,有嘴不会说话,有耳朵不会听话,成了聋哑人。"

"你没个担心上的。"

"十几家又不可能把房子都买在同一个地方。"

"怎不可能?"

"像榆泉的小区一样?"

"别想那么多,去了再说。我觉得不在一块儿更好,还能相互做客。"

宋小娇不再争论。

夏小寒长长舒了一口气。他站起来,走到窗边,伸开双臂,做了一个拥抱蓝天的动作,旁若无人地高声道:"蓝天、白云、海水、沙滩、贝壳、脚印,赤脚走在海边的沙滩上,让海水漫过脚面,这是多么美好,多么惬意啊!你们爱不?"

"爱不上啊!"夏小草惊讶道,"没想到你还会作诗,看不出来了啊!"

"那是,平时忙,静不下心而已。"

"别吹了。"宋小娇说。

"哈哈哈。"一家人听到这儿全都笑了起来。

每个人都希望有一个幸福的人生,却并非每个人都懂得幸福的真谛。从古至今,许多人曾经试图定义幸福,然而纷繁复杂的文化酝酿出了各种各样的幸福观,人们都把幸福之树种在了各自的心田上。不管是顺应自然的知足常乐,还是勇于进取的以挑战为乐。说到底,幸福卸了妆,就是物质与精神的两重享受。

六十四

月儿弯弯照九州,几家欢乐几家愁。

煤炭产能的过剩导致榆泉迎来了一场史无前例的阵痛,榆泉企业的金字塔在一夜之间倒塌了,各大企业的资金链断裂了,波及好多的利益,造成直接亏损,而当事人全蒙在鼓里。

榆泉城市银行信贷科长常胜利不幸命中。

常胜利从信贷员升为信贷科长后,来找他贷款的人就多了起来,这样一来,他结交的老板也就多了起来。在人人都可以赚钱的时代里,常胜利当然免不了私底下做些投资了。房地产入股,煤矿入股,酒店入股,炒股。他有得天独厚的优势啊,不入股会被人认为傻子。他的亲戚朋友眼见他发达了,阔绰了,当然免不了来借力发财。

榆泉人聪明,赚钱不用体力,用钱,钱赚钱。人们把之前辛苦攒下的积蓄、养老钱、棺材本、卖地钱、卖房钱,全部通过朋友亲戚投入到各种能赚钱的企业里,叫入股,也叫投资,还叫小股东。有的甚至用住房抵押贷款,从银行里低息贷来的款再高利息存在小额贷款公司、地下钱庄,专吃钱生钱的饭。这样一来,这些靠钱吃饭的人,不用出力受罪,不用受苦流汗,不用起早睡晚,就能见天儿喝着小酒,打着麻将,跳着迪斯科,唱着卡拉OK,嚼着舌头,全国各地乃至世界各地烧着钱。这样的日子谁不羡慕?

常胜利的亲戚朋友就是在这种心态下,来找常胜利入股、搞投资。亲戚朋友的股份都挂在他名下,但他只能当暗股东。常胜利的上级胡三毛就这样,不同的是胡三毛有权,入的是干股,不掏自己的腰包,而常胜利不行,权不大,机遇却不少,地产、煤矿、酒店,跟对了一个老板,老板的生意样样都会介入。

榆泉资金链断裂来得太猛了,一夜之间的事情。常胜利整天在银行里上班竟然全然不知,当他感觉不对劲时,已经迟了。各种报道、各种帖子,在网络上铺天盖地飞了起来。没几天,城市银行行长就被"双规"了。紧接着,常胜利的那些当初求他拉一把赚钱的人便上门讨钱来了。

在那个下岗大潮中秋菊下了岗,一直赋闲在家,心甘情愿做了家庭妇女,已经有十多年了。她家里的经济来源基本上靠常胜利一人。常胜利思路宽、头脑灵活,人活套,眼界宽,又在银行里工作,随便做点投资,就把秋菊打工赚的那点小钱挣回来了。这样的情况下,秋菊就一直闲着,也没找别的事做,过一种养尊处优的幸福生活。她除了做饭收拾家,空闲时间跳跳舞,逛逛商场,每年邀三五朋友出外游山玩水,逢年过节带上礼品,跟上丈夫到两面老人家或亲戚处走走串串。要不是这世事多变,他们的小日子过得滋润得很。

世事多变,凡人难以预测呀!

秋菊在家里顶不住那些要账的亲戚了。亲戚们看到各自的利益被损,根本不认亲戚了,不做亲戚了。秋菊把好饭给亲戚管上,好话给亲戚说上,亲戚还不依不饶,说要到银行告常胜利,要端掉常胜利的饭碗。

常胜利便没办法了。说白了,常胜利也就是普通的工薪阶层工作人员,也没什么能耐,也就是遇上几年好机遇,赚了点小钱。

常胜利是善良人,善良人心理承受力都不强,亲戚朋友一闹,马上觉得亏了人家,非砸锅卖铁还清债务不得安宁。还好,他这些年也挣下点实货了。他有三处房产,一处铺产。房产出租着两处,铺产也出租着,一年光租赁费也收入不少,小康生活早达到了。

常胜利是注重名节的本分人,不想在亲戚朋友跟前落下话柄。其实也不完全是。是他实在顶不住了,摆不脱了,便自认倒霉,决定把手上挣下的三处房产和一处铺产卖掉给亲戚朋友还钱。

他给自己宽心:"三十年风水轮流转,没有大富大贵的命,咱就认了。"

他不认能怎样?饭碗给他端掉,他能做个甚?他又没有孙悟空的本事。

秋菊不干了,养尊处优的日子过惯了,一下子要她回到解放前,她怎么也接受不了,怎么也不甘心。但她聪明,想到了娘家弟弟夏小寒,却又不敢开口,便哭哭啼啼来娘家求告老父亲说话。

夏茂源哪能做了小儿子的主。他现在住着小儿子买的房子,享受着小儿子给的待遇,再说他更清楚这场风暴来临,小儿子也自身难保,况且前不久的矿难让小儿子元气大伤。手心手背都是肉,他的儿女他都心疼。说心里话,就是小儿子有办法往起揽,他也不想让往起揽。小儿子的企业大了,操的心多了,头上的责任大了,也操心不过来,要他出面再给小儿子增加这许多负担,他还真不想。再说,常胜利有的是房产铺产,全卖了还账,没地方住了,他可以跟小儿子开口,让跟他住一起来,也饿不起呀。

唉!夏茂源是从苦年代过来的,他吃了太多的苦了,他感觉现在住在小儿子的楼房里跟之前住在河川湾的窑洞里也没甚区别，也没给他的身体增加几斤肉呀！所以他从心里是支持常胜利卖房子还账的。但他不能明说，他就一个劲抽烟，一根接一根。

那天恰好是周六，小草一家也正好来娘家蹭饭。门一开就嗅到呛人的烟味，一进门就感觉到沉闷而紧张的气氛。

夏茂源坐在沙发上抽烟，已经抽得几个房间满是烟味了，依然抽个不停。秋菊坐在沙发上，一把鼻涕一把泪，泣不成声。常艾莲在阳台小凳子上坐着，看着窗外，一句话不说。常胜利坐在茶几前的小凳子上，茶几上摆放着三本房产证。

常胜利面对着门，看见徐晓明进门，点了点头，把三本房产证都摊开，用一种征询的口气道："妹夫，你来得正好，你说我摊上这事该怎么办？我说把房子卖掉给人家还账，她还哭哭啼啼说不想租房子住。当初也是农村人，还不是土院子里长大的，又不是生来就是金枝玉叶。"

徐晓明听出常胜利的话有言外之意，不好接，便不回应，坐在夏茂源身边空着的沙发上。小草进门后，把青青和玉玉关进书房里，倒出一堆玩具，让俩孩子自己玩去，她又进了客厅，到阳台上找了个小凳子，坐在秋菊的身边加入听话的阵营。

秋菊泪眼婆娑，抬头看一眼小草。小草往前探了探身子，够到茶几上的面巾纸，抽出一张，递给秋菊。

常胜利恨声道："哭什么哭？就知道哭。房子是我们当手挣的，卖了救急，总比我的工作丢了强吧？要是我的工作丢了，房子也被人拿去顶账，我们喝西北风去？"

秋菊道："不能留下一套住人的？想想别的办法。"

常胜利道："不卖不够还。你能想出来你想，我又不是不让你想。"

夏茂源道："留得青山在，不怕没柴烧。"

常胜利道："爸爸说得太对了。"

小草道："二姐，也对，我们是人，人挪活，越挪越活，二姐夫说得对，房子卖了咱们睡觉也踏实，胆正，租房子其实也没什么的，还省得整天打扫。"

常艾莲道："这家里数你不禁事，小草遇上那么大的难事全是她一人扛着，给家里连招呼都不打一声。她租房子那么多年也过来了，从来就没到我们跟前念叨半个字。钱是人挣的，胜利都那样说了，你还有什么担心的？跟婆婆公公住一起怎么了？租房子住又怎么了？能把你什么少下了？天塌下来也有胜利给你顶着，你怕甚了？即便回到解放前，吃烂菜叶，照样有活下来的，我们就是那个年代过来的，你们而今是太享福了。我之前常跟你爸爸说，数你心细，数你会疼我们，现在看来数你不懂事，全是胜利给你惯下的毛病。有办法胜利不给你想，我们也会给你想，但那数目太大了，即便全家人能给你揽起来，你还不是要给全家人还账？是账就要还，咱们祖坟里也没有埋进去不讲信用的人，还吧，卖吧，房子卖了，不想租房子住，搬过来跟我一起住，你跟胜利商量好。"

常艾莲一般情况下不说话,紧要关头还很能说,说出来的话,句句在理,句句中听。

秋菊受到众排,脸上难免无光,但她终于想开,便低声道:"既然你们都这样说,那我听他的。爸爸,妈,我们先回去了。"

常艾莲道:"快到饭点了,一起做得吃了再走。"

常胜利道:"妈,不吃了。我去打印广告,早一天还了,我早一天安心。"

小草送二姐和二姐夫到楼下,抓住二姐的两只手道:"二姐,其实租房子住真的没啥,也清闲,到时需要我帮啥忙,言传,我有这方面的关系,容易一些。"

"小草,我知道,你上去陪陪爸妈,我们回去要打卖房广告。"

三个月后,夏秋菊就由收房租的房东变为交房租的房客了。

六十五

袁明博连着一礼拜没回家里吃饭,再回来后又连着一礼拜没去上班,再上班以后人就全变了,全看不出领导的派头与霸气了。

从此,他拒绝与人接触,拒绝参加单位亲友宴会,拒绝参加同学朋友聚会。他每天早去早回,回到家也少言寡语,不是捧着书看,就是在本子上写,要不就是叼着烟吞云吐雾,对着天空发呆。

冬枣心里难免紧张。她的紧张不无道理。

袁明博大学毕业,毫无背景,却由一名普通干事一路提拔为正处级干部。这已经很能让亲戚朋友羡慕了,很能让亲人姐妹骄傲了,很能让父母长辈自豪了。的确,一个家族能出现这样一位有能力的后人,是很能光宗耀祖、光耀门庭的。

为此,他的岳丈夏茂源经常夸他,说他能力强,能设身处地为亲戚朋友帮忙。有理有据,他大舅子的两个娃娃的工作就是他帮忙安排的,还有他乡下的穷亲戚多,但凡能帮上忙的,七大姑八大姨,能扯拉上的关系,只要人家开了口,只要他能办到,他都不会拒绝,他也不能拒绝,他也没办法拒绝。他确实能办到,他在那个位置上,若不给亲戚帮忙办点实事与大事,面场上也说不过去。他如若与铁面包公一样,一脸无情,在亲戚朋友心里准落不下好,亲戚朋友一准会说:"当官不为民做主,不如回家种红薯。"他只能帮了,甚至请吃请喝地去给帮。当然,那些都是官场上的朋友互相交换下来的。人活在世上,谁也有可能用到谁,所以他硬着头皮也要帮。帮了,大家相敬如宾,逢年过节,抬抬举举,好酒、好烟、好茶无须掏钱买,无公害的食品整年不断头,有病住院还有人陪,不寂寞。说白了,他不帮白不帮,帮了不白帮,他不帮似乎就是傻,也融不进这个社会。

现在好了,他真的融不进这个社会了。

话说回来,不做饭的人不知柴米油盐贵,不做官的人,也不知做官的难。

现在是新社会,仕途上的人,倘若不能洁身自好,降级处分是难免的事。一步走好,步步走好,就好了。步步走好,一步走不好,就不好了。世人都说张三好,唯有李四不说好,张三肯定就不好。

袁明博被人实名举报了,举报他受贿,以权谋私,还有桃色事件。袁明博有口莫辩。这些事实存在吗?存在。为何受贿?爱钱。为何以权谋私?钱权交易。为何桃色事件?难抵诱惑。这些都是存在的事实,他就被悬起来了。还好,他受贿不算多,官也没有升太高,与美色也只是闹着玩玩,没有金屋藏娇,从轻处罚,免职留薪,束之高阁。

这事来得太突然,毫无征兆。

冬枣平日里就是个按部就班,整天面对学生照本宣科的老师。她对当不当官不感兴趣,也根本没想到这上面去,仅仅以为丈夫办事不力,挨了上级领导的批评而已。让她万万想不到的是,她从一份党报上看到了丈夫被免职的消息,之后又在网络里查找到更多的信息。

怎么可能呢?横看,竖看,袁明博都不像啊!

冬枣想不开了,接受不了了,不能释怀了。她从来心性好强,平日里喜欢较真,跟外人有了矛盾,也总要争得自己有理,占了上风。但现在,她已经年近五十,加上她又是受过良好教育的人,面对着相伴了二十几年的丈夫,说啥她也不想把事情做绝,不想把自己逼进生活的死角,可她又确实没有一个让自己释怀的办法。她在心里愁苦了好长一段时间,实在想不开,就在周六那天,到新丰小区找常艾莲寻找答案。

女儿有心事跟妈妈说,这完全合乎常理,合乎人性。再说这些事不能跟外人说,更不能跟当事人较真,指不定就是举报者的恶意中伤,添油加醋,捕风捉影。常艾莲遇事临危不乱,在秋菊和小草的事情上,最终都是常艾莲拍的板,定的音。

冬枣进门免不了一阵不着边际的絮叨,最后才把话题拐弯抹角扯到了袁明博的近况上。在场的听众——常艾莲、夏茂源、徐晓明、夏小草全听得目瞪口呆。常艾莲能说什么?常艾莲就是一个家庭妇女,年近古稀,又不问政治,不懂人心险恶,况且她什么事也不知道,只能沉默,任何态度她都不能有。

人心一格翻,天变一时辰。

榆泉的天变得好多人叫好,好多人叫苦。叫好的人说,看榆泉的天变得多么高远蔚蓝,真如陕北民歌里唱的一样——蓝格盈盈的天上飘着几疙瘩云,抑或是蓝格盈盈的天上不飘一丝丝云。

天空,倘若透亮成蓝格盈盈的天上不飘一丝丝云,那就宛如一面镜子了,能把人脸上的黑,一下子就照出来;更宛如一面魔镜,能把人屁股底下坐的黑也照出来。

这样的天，怎能叫人不叫好嘛！叫好的人大多是乡下的留守农民、进城摆摊卖小吃的、进城谋生的农民工、没有权的工薪阶层、洁身自好的党员干部，除了这些人，大概就剩叫苦的人了。

袁明博此时肯定在叫苦，或许是反省，或许还想不明白，正郁闷纠结呢。

榆泉经济的腾飞，让一些官们不知不觉就走到了贪官的行列里了。榆泉，太多的贪官。钱是多好的东西啊！钱能让孩子实现出国留学的梦，钱能换来宽敞明亮的高档住房，钱能买来屁股底下的豪车，钱能让普通老百姓过上富裕的生活。试问谁不需要钱？谁不喜欢钱？又有哪个人与钱有深仇大恨啊？

袁明博或许依然没想通。冬枣也没想通。

冬枣道："我有什么不好？这些年我为他操持家务，做饭带孩。我也有工作，挣着工资。我哪一方面差了？哪点做得不够好？你们倒是给我点化点化呀。"

冬枣很聪明，她避重就轻，不从钱的角度想，只从色的角度想。

常艾莲给不出答案，夏茂源不想给出答案，徐晓明不能给出答案，唯有夏小草坦荡，她毫不避讳道："爱钱，爱美色，人性使然嘛。"

夏小草一语击中要害，全家人全都不说话了。

六十六

夏茂源得病了，是大病，最先是小草发现的。

那天是周六，小草依然拖儿带女跟随徐晓明去新丰小区妈妈家蹭饭。

小草帮着妈妈做好饭，把饭端上桌子，一家人坐下还没吃几口，夏茂源突然间就皱起了眉头，没好气道："小草，你妈后来做不成饭了，你吃吃，没咸没油，吃进嘴里满口渣子，涩得人咽都咽不进去。"

小草惊讶道："爸爸，我感觉挺好的，我是吃惯妈妈做的饭了，徐晓明，你说呢？好不好吃？"

徐晓明道："我也觉着好吃，味道、口感都好。爸，你是不是身体不舒服？"

夏茂源道："没有，没有，我好好的。不对，你们都向着你妈说话，我就不信今天这饭没毛病。"

常艾莲不高兴了，她生气道："门神老了不捉鬼，我想当年是村里的做饭好手，你说咱周围有谁家娶媳妇嫁闺女，没请我帮忙做过饸饹汤呢？我伺候你多少年了，怎么老了老了反而伺候不行了。小草，你爸这些日子是跟我寻上气了。还是原来的做法，怎么就伺候不对他了？"

小草道："爸，你今天是不是感冒了？感冒了胃口就不好。你说想吃什么，我给你重做。"小草站起来，探过身体，摸夏茂源的额头。

夏茂源道："我没感冒，好好的，早上还出去锻炼呢，再说我多少年都没感冒了。"

常艾莲突然委屈道："小草，晓明，我也不怕你俩笑话了，你爸爸不知怎了，后来总发脾气，总吵我。我每天变着花样做饭，他还总挑剔，一阵说咸了，一阵又说淡了，一阵说硬了，一阵又说烂了。你俩说说，是妈做不了饭呢？还是怎么的？我觉着挺好吃，怎么他总说没味？我怀疑你爸爸有毛病了，他后来的饭量一直减少，一天比一天吃得少。我原想，人老了，消耗少，饭量减少是正常的，可今天他连一口也没吃，就说不好。昨天你们没来，他还吃了半碗，可饭碗撂下没一阵，全吐了出来了。我说他感冒了，让他吃药。他说好好的，头不发烧，身体不发软，就是不吃药。小寒的电话这好几天了，一直打不通，要不你俩带上你爸爸去医院检查一下，看究竟怎么了？给他买点药，横竖让胃口好点，我也少挨骂。"

小草惊讶道："我爸胃口不好有多长时间了？"

常艾莲道："差不多两个月了吧，越来越差。"

小草道："妈你干吗不早说呢？"

夏茂源道："别听你妈瞎咧咧，说风就是雨。"

常艾莲再不说话。

小草道："爸，听妈的话，我和徐晓明带你去医院看看，做个简单的检查，让医生给开点开胃药。"

夏茂源却道："我不去，除非小寒带我去。"

小草当即拿起手机给小寒拨打电话，电话那头一直没人接。小草心里就难免担心，担心小寒会不会也遇到麻烦了。

徐晓明道："爸，小寒可能忙呢，他那么多事。今天我没事，我和小草带你去，有什么不可以吗？"

夏茂源沉默，不做应答，眼睛里却开始湿润。

小草全明白了，她给徐晓明使眼色，徐晓明便出门去了，她跟出门，又给冬枣和秋菊各打一个电话。

小草的担心全是多余，不多时，小寒和徐晓明前后进了门。徐晓明悄声告诉小草，小寒这段时间正忙着办理出国居住审批手续。

夏茂源看见小寒进来，一把拉住小寒的手，要儿子挨挨挤挤坐在他身边，欲言又止，满眼含泪，仿佛吃奶娃娃看见多时不见面的亲娘，瞬间就把那种思念的情绪淋漓尽致地流露了出来。返老还童，夏茂源真的老了，尤其他现在生病了，感情极度脆弱，宛如孩子依恋大人一样，也开始依恋儿女了。

夏小寒顿时就眼眶红红，满眼含泪。小草心底里涌起一股难言的情绪，仿佛有东西卡在喉咙里，一时间竟说不出话来。夏小寒的喉头蠕动了一下，紧握住夏茂源的双手问:"爸,早上吃了什么饭?"

"你妈老了,不会做饭了,做的饭一满不好吃,不是咸,就是淡。"

"爸,那是你的味觉变了。我们去医院看看,让医生给开点药,调理一下,味觉就能调回来。"

"好好的去什么医院,别听你妈瞎说。"

"我下午有空,明天又忙了,我们就做个简单的检查,花不了多少钱。"

听说花不了多少钱,夏茂源同意了。夏茂源早年间受了不少苦,年轻时吃喝不好,患上了胃病,胃疼得止不住时,就用擀面杖顶着胃彻夜往明熬。有年夏天,他实在疼得受不了,趁常艾莲睡着了,跑出外面,一头栽进茅坑里。"扑通"一声响,惊醒了眯睡过去的常艾莲。那是一个月明星稀的晚上,常艾莲惊恐的哭声,惊动了熟睡的左邻右舍。在邻居们的帮忙下,夏茂源被抢救了过来。后来,很多人知道他有严重的胃疼病。恰好河川湾对面的梁家沟,有个赤脚医生,给了他一个偏方,妙妙地把熬煎了他十几年的胃病给彻底治好了。为此,他还给赤脚医生送了一面锦旗。他的胃病好了后,偶尔也感冒发烧。但他从来没把感冒发烧当作病,总是往过扛,说来也怪,扛扛也就过去了。

初步检查结果出来,小草和小寒的脸就全灰了。

夏茂源进了CT检查室。徐晓明等在检查室门口。小寒、小草、秋菊、冬枣,四姐弟聚在过道里。小寒红着眼圈道:"这段时间我一直忙,没来看爸爸和妈。你们来过吗?二姐你是不又给爸爸和妈说你们家的事了?姐姐你把姐夫的事也说给爸爸和妈了?爸爸现在病成这样了,我们做儿女的太不孝了。医生说如果确诊了的话,估计最多就是半年的时间了。你们各自掂量着,最后这半年该让爸爸怎么度过?以后别把自己家里那点破事说给老人听,爸爸就是为我们操心操成这样的。"

经过一系列的检查,夏茂源的病确诊为肺癌晚期,已经扩散到肝与其他部位,医生不主张住院,建议保守疗法。

肺癌晚期?夏茂源曾经患过胃病啊!怎么会是肺癌晚期?

冬枣道:"怎么不会?我听妈说过,爸爸之前有好几年下煤窑掏炭,晚上回到家里,腰也直不起来。"

小寒道:"还有河川湾土炼油那几年,幸亏土炼油被铲除了,否则还不知祸害多少人了。"

小草的眼泪再也控制不住,涌了出来。

是啊!很多做儿女的确实不够好,家里受委屈了,往父母跟前跑;外面受排挤了,往父母跟前跑;身体不舒服了,往父母跟前跑。做儿女的似乎总也长不大,一味地给父母诉苦,却很少转过身来关心父母。做儿女的总以为,父母是大树,永远能给儿女遮风挡雨,殊不知,大树也有枯萎那一天。做儿女的确实不够细心,心情好了见了父母就像小学生一样,表现出快乐的情绪来,总以为父母脸上的笑容表示着他们健康快乐,殊不知,他们把病痛掩藏,强装笑颜,不想让儿女担忧。

近些日子来,秋菊家里乱成了一锅粥,要对付要账的,侍应来看房子的,还要出去租房子,租好了,又忙乎收拾房子,她的心情可想而知地不好了,她又哪里有精力来关照父母的心情。袁明博突遭变故,影响了冬枣的情绪,她本人要强,家里门外都要做好,学校一阵,家里一阵,一天的时间扣得满满当当,如同机器一样连轴转,又没有孙悟空的本领,哪里能挤出来时间关心父母。小草倒是每个礼拜看一回父母,但说句心里话,她是要母亲帮她照看娃娃哩,她好抽空去书屋一回。小满回了河川湾,来榆泉不方便了。小寒忙着跑出国的手续,处理公司的事务。唉!家家有本难念的经,谁也算不上孝顺的儿女。古人说"人心向下长",试问:人世间又有哪个父母不是为儿女操碎了心?

次日中午,小满到了榆泉。小满一来,夏茂源立即意识到他真病了,并且病得不轻,他央求大儿子带他回河川湾。

当父亲的病得这么重,榆泉条件又这么好,现在把老人送回河川湾,显然不是个事。做儿女的都不同意,七嘴八舌给老父亲讲道理。

夏茂源不听,像个孩子一样,眼泪汪汪,拉着哭腔道:"你们要把我埋在这里吗?我和你妈在河川湾生活了一辈子,我们生是河川湾的人,死是河川湾的鬼。"说到这儿,他一把拉住夏小满的手又说:"小寒忙,没时间。小满,你带我回家。你这段时间正不忙,我和你妈跟你回家,我们今就动身。"

姊妹五人大眼瞪小眼,全在心里疑问:谁也没有告诉过父亲病情呀!父亲知道了吗?父亲预感到了吗?姊妹五人都看母亲,发现母亲也眼泪汪汪,母亲也预感到了吗?

其实,夏小满的到来,就是很明显的告白。

倘若夏茂源预感到了,他这样说就真不足为怪了。

还在夏茂源和常艾莲刚来榆泉的时候,小寒隔三岔五来给父母做工作,他想在榆泉给父母买块坟地,说将来二老百年之后,可以就近上坟。

小寒当时把榆泉的坟地说得跟花一样好。说坟地周围松柏林立、鲜花遍地,坟地里有平坦而干净的水泥路;说榆泉的达官贵人、生意老板,都早早把老人的坟地买好了,不买的反而落不下好威望。

小寒再三劝说后,夏茂源居然同意了。适得空闲,小寒就开车拉了二老,叫了他的三个朋友去看坟地。果然看中,又打电话叫三个姐姐到酒店聚餐庆贺。不料,小寒的朋友在席间无意间说出了那块坟地的价格——五万元,让夏茂源听在了耳朵里。

夏茂源节俭惯了,哪里能舍得花五万元买块坟地,就是花儿子的钱,他也舍不得。他当着满桌子人的面,就给小寒一个净面,让小寒差点下不来台。宴席散后,回到住处,他又当着全家人的面把小寒臭骂了一顿:"你赚下几个钱了?你扎的什么势？我又不是皇帝，别说五万，五千我也不。死了知道个屁。你以为买上块坟地就说明你孝敬吗？不是。今天，我就当着你们的面说清楚，以后谁也别有这想法。活着我是河川湾的人，死了我做河川湾的鬼。"

至此，小寒再也不提买坟地的事了。

不光河川湾，农村大都那样。人殁了，或者老人老了，后人请阴阳先生看块坟地，不论看准谁家的，顶多兑一块土地，关系好的，甚至连土地也不需要兑，打个招呼就可以了。

常艾莲本来话少，这当儿，话更少了。她呆呆瞪瞪坐了一会儿，拿起围裙。小草探身把围裙接了过去，系上进了厨房。

饭后，一大家人开会，商量谁回去陪老人常住。商量的结果是，没工作能走开的都回，有工作走不开的双休日回去。

夏小满住了一晚，次日一早先回了河川湾。

河川湾，夏茂源和常艾莲之前住的窑洞好几年不住人了，老尘土盖了一层，窗户上的麻纸早被风撕扯成破棉絮了，要住人非得好好打扫。扫干净，窗子糊了，炕烧暖，才可以住人，否则这初冬的天气，好人也冷得住不成，何况病人了。

小草全没心思看管书屋了，征求了徐晓明的意见，干脆打了转租广告。正好，有外地老板来榆泉做生意，看准她的书屋。她就拣了些有用的书，拉回家里，放在地下室存了起来，剩余的尽数给外地人盘了过去。

盘了书屋，她就带着青青和玉玉住到新丰小区伺候二老。常艾莲说小草的做法不对，硬要小草打电话叫徐晓明这段时间也来家里吃饭，省得女婿下班回家还要亲自做饭。丈母娘疼女婿，从古就有，也符合常理。

夏茂源一天也不想在榆泉住了，天天催着要回河川湾。小草只有好说，像乖哄娃娃一样，乖哄着老父亲。

夏茂源的病发展起来出乎意料得快，半个月后，诸如米饭、馒头、面条、炒菜之类的，基本上都吃不成了。医生也不建议吃，说病情已经大面积扩散，需要卧床，只能吃流食，好消化的，比如米汤、面糊糊、豆浆糊糊。牛奶也不让喝，牛奶容易积食，不好消化。

病来如山倒啊！

小满来了电话，说家里已经全收拾好了。

等到周六，小寒借来一辆加长小轿车，拆掉里面所有的座椅，塞进去一张席梦思床垫，然后把父亲背起，冬枣、秋菊在后面扶着，出了院子，姐弟仨把老父亲安放在席梦思床垫上，由冬枣和秋菊左右两边护着。小草和常艾莲以及青青和玉玉，四人坐了徐晓明的车。小寒的车前头开，徐晓明的车后面跟。小寒车开得很慢，平时三个小时的车程，那天走了四个多小时。下午五点，一行人回到了河川湾。

苏月影已经做好了饭。

徐晓明和冬枣要上班，住了两晚，周一大清早回榆泉了；小寒公司有事务，住了两晚，中饭吃过后也回榆泉了；秋菊的公公住院了，不得不随小寒的车也回了榆泉；小草的书屋盘出去了，青青和玉玉也带回来了，她有时间，也能安心，就与俩孩子都留下了。

说心里话，小草也想陪老人住，她想尽孝，想找补回这些年来对老人的冷漠。她小时候身体不好，老犯病，不知让爸妈操了多少心，她记得清清楚楚，而她的婚姻变故后，有好几年跟老人绝交一般。现在想来，她感觉自己做得很差劲，就想极力弥补。

苏月影承担起了做饭的任务。小草单纯做陪护。

左邻右舍、亲戚朋友、乡里乡亲知道了夏茂源病重，每天都有人上门来。这是乡俗，是人情礼道。

夏茂源说不了几句话就累了，自顾自闭上眼睛睡去了，撂下他的那些老朋友独自哀叹，叹世事沧桑，叹人生苦短。

夏茂源回家不到半月，浑身开始疼痛。医生建议打一种叫"杜冷丁"的止疼针。又过几天，病情愈加严重，发展到小便失禁。这样一来，小草和小满两人轮流守夜，换尿不湿，像给婴儿换尿布一样。

又过一月，学校放了寒假。小寒安顿好公司的事务，一家四口全回来了。继而，冬枣一家、秋菊一家、徐晓明、夏宇越和新婚的妻子、夏宇雯也都回来了，全都回来陪老人过年。

临近大年，小寒和小满突然间开始张罗闹春扭秧歌。

河川湾的秧歌是清河县最好的，只是近十来年，人们都跑出门外，忙挣钱去了，没人操心了。

小寒的心思明摆着，他是想借闹春，给病中的老父亲冲喜，想让老父亲在人间多留些时间。

自从孩子们成家立业，唯有这一年的大年夜，夏家老小全都团圆了。然而，年夜饭摆上，夏茂源却连一口也不能吃了，甚至连流质的液体都无法吃一口了。病魔入侵了他的每一寸肌肤，每一个细胞，他与病魔做最后的抗争。

正月初六，一场异常热闹的春节大秧歌过后，天空飘起了雪花。雪花扯天扯地，下了一天一夜。次日凌晨，夏茂源的魂灵随着飞扬的雪花，飞上了天空。

六十七

半年后，夏小寒一家飞往墨尔本。

在外界人看来，夏小寒是享受异国风光去了，其实不然，这纯粹是一种无奈之举，迫不得已。榆泉的资金链断裂，怎能影响不到他？好在他有先见之明，转租了酒店，套现了资金，安抚了河川湾的那些投资者，否则他将永远无颜见家乡父老了。

夏小满的长子，夏宇越也没能逃脱榆泉那场经济危机，带着妻儿也回了河川湾，这更是无奈的选择。准确地说，榆泉已经没有夏宇越的立足之地了，他只能回到这片生他养他的热土了。

夏宇越又算啥？夏小寒那样有魄力、有能力的商界精英也逃不脱经济危机的冲击啊！如果说夏小寒是龙虾，夏宇越连虾米也算不上。

夏宇越本来有份很好的工作，他在榆泉某事业单位上班，月月有工资，收入也稳妥。可他上了几年班，看见榆泉人人开车上下班，回家住楼房，每逢节假日还带着朋友出去旅游，而他却要挤公交车上下班，租旧房子住，节假日逛街都不敢耍大手，谈女朋友更不可能。新时代的女女个个主意很牢，口径统一，无车无房，想也别想。为此，他想到了请假做生意。

当时的榆泉可谓遍地铺着钱，有头脑有思想有胆量的，只要敢想敢干，敢闯敢拼，银子进入口袋，也不是难事。

夏宇越首先想到了存煤，全因夏小满当着煤矿矿长，得天独厚的条件。

夏小满根据煤矿掌握的信息，给夏宇越找了个合伙人，是销售煤炭的行家。继而夏小满出面担保，通过常胜利在银行里给夏宇越贷出一笔款。后来，夏宇越就一边上班，一边做起了存煤生意。

适逢煤炭行情好，夏宇越出手第一单生意就赚了不少。半年下来，银行里的贷款还清之外，还结余了不少。他淘到第一桶金，有了信息，又到银行里贷了更大一笔款，扩大了生意。时隔不久，他就成了有车有房一族，继而又谈下了女朋友。

夏小满逢人夸儿子会做生意，那口气简直与夏茂源当年夸夏小寒别无二致。

夏宇越心胆更大了，后来，他又加入炒房的行列。再后来，他的煤越存越多，房越买越多，银行的钱也越贷越多。他把赚来的钱压了煤，压了房，银行的贷款非但不减少，反而增加。他认定一个理：越是有钱人，贷款数额越大。这里面有一个重要因素，他听说二爸夏小寒在银行贷款的数额高达几个亿。

然而，让夏宇越始料不及的是，他的智力与他二爸的智力相差甚远。

当榆泉的煤炭市场出现萧条的时候，他存下的那些原本金子般的煤块却变成了不值钱的黑炭。他的生意，显然成了一桩赔本的买卖。他看出不对了，想到卖房填补漏洞，没料到榆泉的住房却呈现有房无市的恶劣状态。银行到期的款要还，他却无力偿还，银行只能执行走他抵押的房产。这样一来，他就被彻底打回原形，又变成了无房一族。雪上加霜的是，他那份来之不易的工作，因他姑夫袁明博下台了，没人为他说话，适逢上面清理领空饷人员，也被勒令出局了。更为严重的是，他最近总感觉四肢无力，头晕眼花，去医院检查，医生说他患上了城市环境过敏症，要到绿水青山的乡村里生活，方可慢慢恢复。

凡人都没有先知先觉，都不知道自己下一秒会是什么状态，明天会面临什么，将来会发生什么灾难和欢喜，所以很多人被生活折腾一番后，会变得没有锐气，开始相信命运。

夏小满接到儿子的电话，听了儿子的情况，一夜睡不熟，一夜思想。早些年，他在河川湾住着，没有介入土炼油，却生活在乌烟瘴气的环境里。这些年，他没有做大生意，却当了几年煤矿的矿长、焦化厂的厂长，依然离不开高污染环境。这可恶的、无法躲避的恶劣环境，给他闹下了一身病。想到这里，他就觉得这钱把人害苦了，把他害苦了，把他的儿子害苦了。

苏月影听说了儿子的情况，便打电话跟小草唠叨，唠叨一阵儿子的病，又唠叨一阵家里的处境，又唠叨一阵村子里的处境——自从土炼油撤出后，河川湾的好多村民都出外谋生了，剩余一部分人没有出路的，要生存，要生活，只能又操持老本行，但做出的粉条却没法吃。那些做粉条的河川湾人大都没文化，还以为多时不做手生了，根本不多想，还用老以前的办法，还用水井里的水，一回做不好做两回，两回做不好做三回，结果粉条做出好多，却卖不出去，又把资金压住了。

夏小满本来就心情不太好，现在他的儿子又回到农村变身农民了，他的心情更加糟糕，但他又不得不帮儿子走出生活的困境。然而，在经济低迷的形势下，他确实想不出什么法子了，只能扛起生活的大旗，与儿子在河川湾重操旧业了。

挂了苏月影的电话，小草就开始担忧，担忧侄儿的未来，担忧哥哥的生活，担忧河川湾粉条的质量与销路。她心里清楚，河川湾粉条的辉煌期已过去；她更清楚，那些生产粉条的家庭作坊，为了能生产出好质量的粉条不惜资金从外地往回调运洋芋和洋芋淀粉。她满脑子盘算着河川湾粉条的质量，以至于徐晓明开门回到家里，她都没注意到。

青青和玉玉已经上了一年级，被徐晓明顺道接回来了。俩孩子一进门，就开始给妈妈汇报学校里的情况，仿佛两只小鸟，叽叽喳喳一阵吵吵，把小草思想全部打乱了。

小草亲一阵孩子们，又丢开，让一边玩去。她拉了徐晓明的手进了书房，开始诉苦。徐晓明未置可否，嘴上却要她不要操心，说车到山前必有路，又点燃一支烟吞云吐雾去了。这是徐晓明的惯常动作，只要他思考问题，就会抽烟，天不管地不管地抽。烟味从书房里窜出，飘到客厅里，正玩耍的青青和玉玉顷刻间便咳嗽起来。

小草不解，没好气道："去外边抽。"

徐晓明却把烟掐灭，带俩孩子下楼玩耍去了。小草没讨来上上大签，进了厨房，闷闷不乐地去做饭。

隔不多时，徐晓明和孩子们又上楼来。徐晓明把孩子们依然留在客厅玩耍，独自进了厨房，闭住厨房门，揽住小草的后腰，附在小草耳朵边，悄声道："周末，我们回河川湾看看，顺道去县城看看我爸妈。"

"怎么突然想起回去？"小草不解道。

"回河川湾采样啊，你为娘家的事着急上火，我能不管吗？这是我的专业。"

小草的眼睛顿时明亮起来。徐晓明又说：

"河川湾那些年大张旗鼓搞土炼油，水质难免被侵蚀与污染，生态难免遭破坏。我检测一下，看看问题大不大。"

"然后呢？"

"我只能从生态保护切入，如果问题不大，可以改良好的，国家政策也支持，我给家乡人做点好事。"

徐晓明的话，让小草立时欢欣雀跃起来，当即有了劲头，做饭的兴致陡增，不出一小时，就做好一桌子丰盛的饭菜。

周末下午，徐晓明开车，车里坐着小草、青青和玉玉，一家四口先到清河县城，后到河川湾。

睡一夜起来，徐晓明从汽车后备厢取出许多大小不等的玻璃瓶瓶罐罐，跟着夏小满出去了，再回来，那些玻璃瓶瓶罐罐里就全装满了水或土。他要把那些玻璃瓶瓶罐罐带回榆泉的实验室做检测。

一礼拜后，检测数据出来，小草才知道河川湾的土壤与水质都存在着不同程度生态隐患。

此后，徐晓明见天儿忙到很晚回家，还隔三岔五跑北京。小草问他做什么，他说跑一个课题。小草不懂，也不追问。

又隔两个月，徐晓明又去北京，回来就告诉小草他上报的课题批了下来，榆泉市已经根据他的建议，把河川湾定为新农业课题研究示范点，近期市里将派人进驻河川湾，展开土地与水源改良工程。

小草听得云里雾里，疑问道："这与河川湾的粉条有关系吗？"

徐晓明道："怎能没有？新农业课题的主要农作物是土豆，课题农产业是生产土豆淀粉和加工土豆粉条，课题任务是以农产业带动养殖业、以养殖业推动农产业的可循环作业，课题终极目标是五年内让河川湾的山川变绿、土地变肥、水源变优，你说有关系没？"

小草听得更加云里雾里。

徐晓明却一本正经道："示范点定在河川湾是我的小私心，只有这样，河川湾土质改良和水质改良这一系列前期工程才可以由环保部门出资来完成，这样就等于我从根本上解决了河川湾，乃至河川镇人现在面临的生态隐患，这也是环保部门的责任。"

小草激动得半天说不出话。她根本不曾想到，她随口的念叨，竟然让徐晓明如此重视，把它当作课题去研究，把它当作项目去完成。她一激动，竟然跳起来，双手钩住徐晓明的脖子，在徐晓明的嘴上、脸上、鼻子上、额头上，就像小鸡啄米一般，亲吻起来。随后，她就把这好消息，告诉了夏小满。

新农业课题研究示范点在河川湾挂牌半年后，夏小满加工出了第一批质量上好的粉条。为了庆贺粉条成功生产，夏小满用猪肉炖粉条招待所有前来参观者。

河川乡政府书记听说后，也开着小车前来。一碗猪肉炖粉条下肚后，拍着手欢喜道："好吃，好吃，这才不愧对洋芋粉条是河川湾一村一品的称号呀！小满，我们要感谢政府啊！"

"那是，必须的。"

"小满，我跟县里说，看能不能把咱河川湾粉条推广到电视上，如果能那样，河川湾粉条就会走得更远。"

"那太好了，感谢领导。你明天就去县里给我们跑节目去，事成之后，我请领导再吃猪肉炖粉条。"

"猪肉炖粉条就不必了，今天已经吃过了嘛。跑节目是我分内的事，河川湾的粉条上电视了，销路打开了，牌子打出去了，带动河川湾人全都富裕起来，也正是我要做的工作，也正是政府想要的呀。我明天一早就去。"

隔一月，电视台摄制组就真来夏小满家里录制节目了。

电视台摄制组先参观了夏小满的粉条小作坊，在夏小满的讲解下，认识了粉条的种类——板粉、二条粉、细粉，看了粉坊窑正在漏粉的场景，听了夏小满对河川湾粉条来历的介绍。这一系列全部结束后，最后品尝了粉条宴。

苏月影会做饭，变着花样做了一大桌子丰盛的饭菜——猪肉翘板粉、牛肉炒细粉、羊肉粉汤、黑豆芽白菜烩粉条……

夏小满如数家珍，说出一大堆粉条的吃法——炒粉条、涮粉条、烩粉条、炖粉条、炝粉条、粉条饺子、粉条包子、粉条饼、肉末粉条、咖喱粉条……

又隔半月，河川湾粉条就上了电视。随后几天，河川湾粉条的视频便在网络上传了开来，点击量蹭蹭上涨。

网络真好！原在墨尔本的夏小寒看到了河川湾粉条上了电视的视频。

看完视频，他彻夜无眠。看视频之前，他跟国内的家人们也常常视频，也了解国内的情况，了解家人们的情况，了解徐晓明从中做的一切，让他不曾想到的是，河川湾的洋芋粉条这么快就又能重登上中国大舞台。看视频之后，他在内心里把自己与徐晓明做了一番比较。

他，夏小寒，少年贪玩，不思学习，初中没毕业就辍学混入社会，摸爬滚打，一心想着用财富改变生活，用财富改变未来，为了逃避国内的恶劣环境，居住国外安享生活。徐晓明，少年勤学，考上大学，读研读博，留学美国，一心想着用知识武装头脑，用知识丰盈人生，为了改变祖国和家乡的恶劣环境，回国埋头工作。

这样一对比，他就觉着自己与徐晓明简直不能相比，觉着徐晓明高高在上，而他却需要仰头观之。他彻夜不睡，最后得出一个新的决定，他要回国投资建设家乡，带领村民共同致富。

与此同时，那天晚上，夏小草捧着手机看完视频，便由不得幻想，不久的将来，河川湾的天，一定会更蓝；河川湾的山，一定会更青；河川湾的水，一定会更甜；河川湾的树，一定会更秀；河川湾的空气，一定会更新鲜；河川湾的风光，一定会更旖旎；河川湾的生活，一定也会更美好。

三年后。

中秋节前夕，夏小草带着一对娃儿，乘坐徐晓明的车再次回河川湾。

河川湾真是旧貌换新颜了。蓝天白云下，一挂挂白色的粉条沿着307国道挂起来了，一间间厂房绕川建起来了，一座座土山变青翠了，大河里的水清澈了，川田里的禾苗茁壮了，不知谁家的姑娘站在一挂挂白色的粉条背后，扯起嗓子唱起来了——

  白格生生的粉条前站着一个谁
  那就是我要命的二妹妹
  二妹妹，你看过来
  三哥哥，我买粉来
  哎……

"晓明，你听。"歌声传入小草的耳朵。她说："慢点开，慢点开。"

徐晓明把车停靠路边，摁下车窗玻璃。歌声便清晰入耳——

  天下的粉条你知多少，知多少
  最数咱河川湾的口感好，口感好
  入口劲道耐浸泡，耐浸泡
  哎……

听着听着，小草惊讶道："晓明你听出来了没？我写的《晒粉条的俏妹妹》，那女孩唱得真好。"

  天下的粉条你知多少，知多少
  最数咱河川湾的色泽好，色泽好
  白格生生亮晶晶，亮晶晶

二妹妹呀走过来

白格生生的粉条捆起来

三哥哥呀走过来

白格生生粉条抱起来

两人拉住一捆捆粉 死死活活不离分

两人拉住一捆捆粉 死死活活不离分，不离分

听完整首歌，小草笑说："我以为只是救场了，想不到还有人传唱哩。"

徐晓明微笑着说："你这场救得好，给河川湾粉条锦上添花了。"

"比起你和小寒，我差远了，你们做了很多，而我只写了一首歌词。"

"不是我做得多，是现在的政策好，但也离不开勤劳能干肯吃苦的河川湾人。小寒的功劳是大大的，谁让他是河川湾的企业家呀！"

就在这个时候，坐在后排座椅上的青青叫喊起来："妈妈，我闻到月饼的香味了，我们赶快回外婆家吃月饼走。"玉玉也跟着叫嚷："妈妈，外婆家的羊肉味钻到我鼻孔里了，好香，好香，我等不住了。"

夏小草和徐晓明听到孩子们的叫嚷声，两人互望一眼，而后"哈哈哈"大笑起来。继而，徐晓明笑着说："走起，宝贝们，坐好了。"话落，小车后面冒出一股青烟，又缓缓行驶起来。

夏家大院，已经翻新。一线六孔窑洞，青色瓷砖窑面，藏蓝色挑花檐头，檐头上蹲着六只欲展翅飞翔的乳白色石鸽；碎花窗棂，里外镶着玻璃；大理石门台，高一米，宽两米，正中斜坡下去，一条大理石走道，两边是郁郁葱葱、一派生机的绿色蔬菜，以及一圈开得正盛的五颜六色的菊花；白色不锈钢栅栏围墙，红色大门墩，红色栅栏大门，大门外宽阔的停车场。窑里装修新旧结合，取暖设备均已到位，沙发家具焕然一新，窗明几净，火炕温暖。

明日就是中秋节，也是团圆节，夏家大院提前一天团圆了。这是常艾莲的英明决定。她历来善解人意，早些日子就做了安排。她说："今年的中秋节，必须庆祝。八月十四晚上，我设宴，请各位回来团聚。八月十五，当媳妇子的，去与自家老人团聚去。八月十六，全都分开，各回各家里庆祝。"

八月十四这天，夏家大院可真热闹了。

常艾莲的儿子、儿媳、女子、女婿、家孙、外孙、家重孙和外重孙，全都聚齐了。他们提前一天过起了团圆节。

当院的大石桌上，摆满了各种水果和大小月饼。边窑的厨房里，一股一股的羊肉

香味，直往鼻孔里钻。夏小满从窑里拉出一张大圆桌，支在石桌旁。苏月影系着围裙端着一盆炖羊肉出了院子，大声招呼着家人趁热吃羊肉。夏小寒张罗着要拍全家福，指挥着全家人绕着石桌里三层外三层，围成一个圆弧形。他摆好相机支架，对好镜头，调在自动连拍按钮上，跑到宋小娇身边，带领着一大家子，三十口人齐声喊道："三二一，茄子。"顿时，大人娃娃对着镜头，全都笑了起来。

开饭了，三十口人太多了，饸饹一下子做不出来，得分批吃。不干活的男人、孩子们先吃，各端一碗羊肉饸饹，各找位置，坐的坐，站的站，仿佛农村人办喜事，满院里飘荡着说笑声、羊肉香。

小草安抚青青和玉玉坐小桌子上吃，她端了一碗，走至埝畔，望着川田里斑斓的色彩，浮想联翩。

2017 年 3 月 06 日一稿于榆林静雅斋
2018 年 7 月 11 日二稿于西安和基居
2019 年 5 月 30 日三稿于榆林静雅斋
2020 年 7 月 27 日定稿于西安和基居

后 记
我的文学根

刘小玲

韩少功在《文学的根》里说,文学是有根的,文学之"根"应深植于民族传说文化的土壤里,根不深,则叶难茂。

的确如此!一个地方出了一个作家,这个作家便如同老农一样,以笔当镢,开始在他所成长的地域文化土壤里刨挖,刨挖着、刨挖着,就挖出了深埋在文化土壤内不为常人所知的,如同一个庞大蛛网密布在各个角落里的文学根。

其实,文学的种子,早在几千年前,就被我们的祖先,播种在文化土壤里了。

我是陕北人,我的文学根在陕北,在陕北贫瘠的土壤里,在陕北连绵起伏的群山里,在陕北九曲十八道弯的一道道川里、一条条河里、一缕缕袅袅炊烟里。

开始写文章,总写最熟悉的,写家乡黄土地里的故事——院子里的碾子、石磨,老黄牛卖力地耕地、小毛驴机械地转碾道,老妪额头上的皱纹,煤油灯下的眼泪,软石沫飞扬的教室,腊月二十三的忙碌……现在依然写,总觉得黄土地里的文字如同庄稼一样,一茬一茬,永远也收割不完。在我看来,那就是套着铁铧犁的老牛犁地时,我的祖爷爷特意播种下去,专门等我长大来收割的。当然,我极爱收割那些沾满青草气息、略带牛羊骚味、混合着猪舍羊圈鸡窝兔棚味,以及扑鼻的酸菜油糕味和各种年节味的文字。那些文字真的很有味道,很有嚼头。

有文学前辈们说,越是贫瘠的地方,文学的氛围越浓,文学的气场越强大。我就想,深埋于文化土壤下的文学根系越发达,上面结出的文学果实也就越饱满,越厚实。譬如说柳青的《创业史》、路遥的《人生》与《平凡的世界》、高建群的《最后一个匈奴》,这几部作品都讲述的是发生在陕北这块文化沃壤里的人和事。这些作品在中国文学界享有盛誉,可谓陕北文学的奠基石、脊梁。这些作品里的主人公也全都让中国人津津乐道。他们的淳朴、善良、勇敢,影响着一代又一代的陕北学子。

我的出生地位于陕北大理河流域的一道宽川里,我家捡畔下的公路底滩里有一块土地,它原先就是一块土地,很普通的土地,上面生长着各种农作物,但在改革开放初期,有人说那块土地下面有条油河,于是就来了一干人,带着钻井队的工作人员,忙活了一整天,却没钻出来油来,钻出来一股巨大的盐水,于是那块土地就变成了一块盐地,不是盐碱地,是能种出能吃的那种盐的盐地。这于我们村来说,也绝对是好事,因为除了不缺盐吃,有一部分人还可以当盐农,种盐养家。但在后来,村里刮进来一股土炼油风,一夜之间,那块盐地就变成了土炼油基地。土炼油盛行那几年,我刚从学校毕业,就感觉我们村,人们的生活,简直如万花筒,天天在变花样,今天开一家饭馆,明天开一家歌舞厅,似乎歌舞升平,好事连连,但悲剧也是一桩连着一桩,一件连着一件,桩桩件件,惊险刺激,让人难过、难忘,全因土炼油而致。然后,土炼油基地就被上面铲除了。土炼油基地被铲除后,村里的人一下子就本分了,他们又翻腾出老祖宗给留下的老手艺——做粉条。我们村的人,几乎家家户户都会做粉条,从包产到户开始一直就做。面朝黄土背朝天的农民,没别的本事与能耐,为了生存,为了养家,一直靠着祖传的手艺维持生活,但在土炼油引进村子期间,村子里的人就把祖传的手艺搁置了,封存了。他们大概认为仅仅靠做粉条,不足以发家致富奔小康,结果他们全都判断失误,但好在还有祖传的手艺兜底。一方水土养一方人嘛!再后来,我们村出现了一个很能成事的人,他就在那块土地上建起了一个较大规模的粉条加工厂。

迷恋上文学创作后,我就总想把那块土地上发生的那些事给写出来,想把那块土地的变化给展示出来。于是,就有了创作《守土》的欲望。我是想告诉人们,其实,看社会的发展,看一块土地的变化足矣。

我妈生了三个女儿,我最小。我们姐妹仨结婚后,我回娘家的次数最多。我妈就说我是最恋娘家的女儿。其实不然,我是借着收割文学果实的机会才去看娘家人的。

历经四年,我终于把《守土》这颗文学果实采摘到手,但它究竟是酸?是甜?是涩?是苦?是饱满?是干瘪?那要奉送众人品尝之后才能给出结论。但是现在,我只是想就这颗果实如何孕育诞生,在这里啰唆几句。

关于书名的诞生。《守土》原名叫《葳蕤》,也可以说是乳名,小名,取意草木茂盛,是为了契合习近平生态理念——金山银山不如青山绿水,在初稿完成之前,《葳蕤》是作为暂定名来申报中共陕西省委宣传部重点文艺创作资助项目的,结果有幸入选,小说定稿,交出版社谈论出版相关事宜的时候,我突然又觉得《葳蕤》似乎有点小家子气,于是我就想到要给它换一个比较大气的名字,就像大人给娃娃取官名、学名一样,以显重视。因这,就有了《守土》之名的诞生,取意守一方水土。

关于内容的设置。男人一生奔事业,女人一生奔爱情。这是《守土》的两条创作线。我是一个业余马拉松选手,去过多个城市参加马拉松赛,发现陕北男人在追求事业的道路上和陕北女人在追求爱情的道路上,遭遇竟然惊人的相似,如同马拉松赛场上的选手,有的能把配速和体能掌握到最好,跑出满意的成绩,拿到镀金的奖杯;有的却总是差强人意，不是因各种突发事件被迫半道退赛，就是被关在门外，更有遭逢无法抢救的不幸者。夏小寒和夏小草是《守土》中的两个主要人物，我把一系列的故事嫁接在这两个人物身上，然后让他们把印在我记忆里的那块土地呈现给读者。夏小寒特立独行，有主见，有个性，能运筹帷幄，初中没毕业就步入了社会，历经磨难，最终事业有成，走出家乡，走出县城，走出省城。他的创业成功，归根结底，是因他遭逢了一个好时代。夏小草外柔内刚，不善言谈，心地善良，性格执拗，羡慕自由恋爱，却命运不济，遭逢失恋，离异，以及各种打击，最终结局喜人，究其原因，是好人终会有好报。夏小寒的创业史，其实就是陕北男人的创业史。20世纪70年代出生的陕北男人，只要能看清形势，能解读政策，能吃苦受罪，能心正博爱，哪怕历尽艰难，总会苦尽甘来。所以我就借夏小寒这个人物来完成宁愿吃苦受累也要干出一番大事业的一类陕北硬汉形象。夏小草的爱情史，就是陕北女人的爱情史。在那个时代里，农村人是不兴谈恋爱的，农村人谈恋爱是见不得人的，是要招来闲话，招来非议，招来唾沫点子的，所以我就借夏小草这个人物来完成宁可把真爱藏于心底，也要有尊严地生活的一类陕北柔女形象。

关于感恩鸣谢。《守土》能如期问世，得感谢许多人。其一感谢书名的题写者与序言的撰写者——中国一级作家、陕西省作家协会副主席、陕西省文联副主席、西北大学客座教授高建群老师！高老师就像一位慈父，他在我的文学成长道路上起着非常关键的作用。他是我2011年出版的长篇小说《榆钱谣》的序文《文学是一个强人吃的饭》的撰写者。当时，我还是个特别青涩的文学青年，没有足够强的自信心，正是那篇序文，鼓励着我、督促着我走到今天。其二感谢书名的构思者——袁茂林老师！他是我在文学起步之时就认识的文学前辈，他也是我2010年出版的首部文学作品《大漠流韵》书名的构思者。他的创意总是那么走心。他也是《守土》初稿完成后的首个阅读者。其三感谢陕西师范大学出版总社的责编老师，是他对本书细致认真的校对，才有《守土》最终的完美出版。最后特别感谢中共陕西省委宣传部对我的栽培！感谢榆林市文联、子洲县文联对我的扶持！感谢凡章文化全体工作人员对《守土》的编排！

我是一个业余马拉松选手，有了一点点文学情怀，自创了一句马拉松语录，之前在小说集《脸面》的《后记》里就用作结尾语，现在请允许我依然用它来结尾并激励我自己——在追求理想的道路上，我要用持久的毅力与恒心来追赶超越，即使被关在理想的大门外，也不会自暴自弃，毕竟一路跑来，赢得了许多观众的呐喊助威、加油鼓励，必须坚持到底，绝不愧对观众。

2021年5月26日于西安和基居